KB169835

Butcher's Crossing

부처스 크로싱

Butcher's Crossing

존 윌리엄스 장편소설

정세윤 옮김

차례

1부

I	8
II	16
III	29
IV	51
V	63

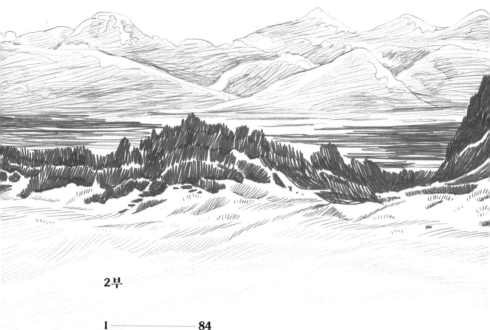

2부

I ——————— 84
II ——————— 97
III ——————— 110
IV ——————— 148
V ——————— 157
VI ——————— 189
VII ——————— 227
VIII ——————— 252

3부

I ——————— 280
II ——————— 315
III ——————— 333

일러두기

괄호는 옮긴이 주입니다.

1부

I

엘스워스에서 부처스 크로싱으로 가는 사륜마차는 합승 마차를 소형 짐마차 겸용으로 개조한 것이었다. 대평원에서 부처스 크로싱으로 들어가는, 이랑이 패이고 울퉁불퉁한 길 위로 노새 네 마리가 마차를 끌었다. 합승 마차의 작은 바퀴가 대형 마차들이 만들어 놓은 바퀴 자국 위를 지날 때마다 마차 가운데 캔버스 천으로 묶인 짐들이 덜컹거렸고, 말려 올라간 측면 가리개는 윗가지(벽면에 얽는 작은 나무쪽—옮긴이)와 캔버스 천 지붕을 떠받치는 히코리 나무 막대에 부딪혔다. 승객은 한 사람뿐이었고 마차 뒤쪽에 있었다. 그는 마차의 좁은 옆면에 몸을 밀며 간신히 지탱했다. 한 손은 쭉 펴 튼튼한 가죽으로 덮인 좌석 위를 눌렀고, 다른 손으로는 옆면에 부착된 철제 장붓구멍에 꽂힌 매끄러운 히코리 나무 기둥을 붙들었다. 거의 마차 지붕 높이만큼 쌓인 짐들 때문에 승객과 떨어져 있던 마부가 노새들의 콧김과 마차의 삐걱대는 소리 사이로 외쳤다.

"바로 앞이 부처스 크로싱입니다."

승객은 고개를 끄덕이고 마차 옆쪽으로 머리와 어깨를 기울였다. 노새들의 땀에 젖은 궁둥이와 위아래로 움직이는 귀 너머로, 키 큰 나무들이 모여 자란 숲 앞에 자리한 낡은 판잣집과 천막 몇 개가 얼핏 보였다. 그는 회색과 섞인 밝은 연갈색이 짙고 화사한 녹색과 조화를 이룬 그 색조에 깊은 인상을 받았다. 마차가 덜컹거리는 바람에 다시 꼿꼿하게 앉아야 했다. 빠르게 눈을 깜빡이며 앞에 있는 짐 더미를 응시했다. 남자는 이십 대 초반에 체격이 좋은 편이었고, 하얀 피부는 온종일 햇볕에 노출되며 빨갛게 타기 시작했다. 모자를 벗고 이마의 땀을 닦았지만 다시 쓰지는 않았다. 버지니아 담뱃잎처럼 연한 갈색 머리카락은 깔끔하게 깎았지만, 지금은 고르지 못한 색의 곱슬머리가 되어 귀와 이마 근처에 젖은 채 달라붙었다. 황갈색 낸킨(승마용 바지로 주로 사용되는 면직물) 바지를 입었는데, 두꺼운 감 사이의 주름이 아직 희미하게 보일 정도로 새것이었다. 갈색 색코트(허리 라인을 조이지 않은 신사용 재킷), 조끼, 넥타이는 일찌감치 벗었다. 하지만 마차가 천천히 앞으로 달려서 바람이 이는데도 흰색 린넨 셔츠는 땀으로 얼룩져 늘어졌다. 이틀 동안 면도를 못 한 금빛 턱수염이 땀으로 번들거렸다. 까칠한 수염이 피부를 자극하는 듯 때 묻은 손수건으로 얼굴을 가끔 문질렀다.

마을이 가까워지자 길은 평탄해졌고 마차는 좌우로 천천히 흔들리며 좀 더 빠른 속도로 달렸다. 그래서 젊은 남자는 히코리 기둥을 잡은 손에 힘을 빼고 딱딱한 좌석 앞쪽으로 좀 더 편안하게 털썩 앉았다. 노새 발굽의 달가닥거리는 소리가 일정하게 잦아들었고 마차 주변에서 노란 연기 같은 먼지구름이 일어나 부풀어 올랐다. 이제는 마구의 덜컹거리는 소리 위로 노새의 거친 숨소리, 달가닥거리는 발굽 소리, 마차가 불규칙하게 삐걱거리는 소리, 그다음에는 멀리서 사람의 외침과 말의 힝힝거림을 들을 수 있었다. 길가를 따라 길게 펼쳐진 목초지 위로 맨땅이 나타났다.

이곳저곳에 버려진 모닥불에는 다 타 버린 채 쌓인 장작들이 보였다. 달아나지 못하게 두 다리가 묶인 말 몇 마리가 짧게 자란 누런 목초를 뜯다 마차가 지나가는 소리에 머리를 급히 쳐들고 귀를 앞쪽으로 쫑긋 세웠다. 누군가 화가 나서 목소리를 높였고 누군가는 웃음을 터뜨렸다. 말 한 마리가 콧김을 내뿜으며 힝힝거렸고 갑작스러운 움직임에 재갈과 고삐가 짤랑거렸다. 더운 공기 안에는 거름 냄새가 희미하게 배어 있었다.

부처스 크로싱은 거의 한눈에 다 들어올 정도였다. 좁고 더러운 도로 양쪽으로 대충 골조만 세운 듯한 건물 여섯 채가 있었고, 각각의 건물 뒤에는 군데군데 천막들이 있었다. 마차는 먼저 왼쪽에 허술하게 세워진 군용 천막을 지나쳤다. 천막의 양 측면은 평평한 지붕에서 내려와 둘둘 말려 올라갔다. 지붕에는 '조 롱 이발소'라는 글씨가 빨간색으로 괴발개발 써진 납작한 간판이 달렸다. 도로 반대편에는 정사각형에 가까운 낮은 건물이 한 채 있었다. 창문은 없었고, 늘어진 캔버스 천을 출입문으로 썼다. 이 건물 정면의 장식 없는 간판에는 좀 더 공들여 쓴 '브래들리 직물 가게'라는 검정 글씨가 적혀 있었다. 마차는 그다음에 있는 긴 직사각형 2층 건물 앞에 멈췄다. 이 건물 안에서는 낮은 중얼거림이 계속 흘러나왔고, 주기적으로 술잔들이 쨍그랑하며 부딪히는 소리도 들을 수 있었다. 건물 정면은 긴 처마로 그늘이 생겼지만, 입구 위에 드리워진 그림자 사이로도 간판은 알아볼 수 있었다. 검은색으로 테두리를 장식한 빨간색으로 '잭슨 술집'이라고 쓰여 있었다. 이 술집 앞 긴 벤치에 앉아 있던 사람들 몇 명이 마차가 서는 모습을 나른한 눈길로 쳐다보았다. 마차에 타고 있던 젊은 남자는 한낮의 더위 때문에 좌석 옆에 벗어 놓았던 옷들을 챙기기 시작했다. 모자를 쓰고 상의를 걸쳤다. 조끼와 남성용 스카프는 발치에 놓아 두었던 여행 가방에 집어넣었다. 가방을 들어 올려 도로 쪽으로 난 측면 판자 너머로 넘기고, 같은 동작으로 다리를 들어 하차용 철제 발판에 발을 올렸다. 부츠가 땅을 디디자 발 주위로 둥근 먼지가 피어올라 새 검은 가죽옷과 바지 다리 부분 아래쪽에 뽀얗게 앉는 바람에 두 옷의 색이 거의 같아질 지경이었다. 남자는 가방을 집어 들고 툭 튀어나온 지붕 아래를 걸어 그늘 사이로 들어갔다. 뒤에서 마부가 뒤쪽 가로대를 분리하며 내뱉는 욕설이 마구의 사슬과 쇠가 철커덩거리는 소리와 섞였다. 마부가 하소연하듯 외쳤다.

"누가 좀 도와줘."

마차에서 내린 젊은 남자는 엉성한 판자 보도에 서서 마부가 마구 가죽 끈에 엉킨 고삐와 씨름하는 모습을 쳐다보았다. 벤치에 앉아 있던 사람 중에 둘이 일어서서 남자를 스쳐지나 천천히 도로로 향했다. 두 사람은 짐을 고정한 밧줄을 살펴보더니 서두르지 않고 매듭을 잡아당기기 시작했다. 마부는 마지막으로 고삐를 홱 잡아채 간신히 풀었다. 마부는 노새 두 마리를 끌고 대각선으로 도로를 길게 가로질러 임대 마구간으로 향했다. 마구간은 문 없이 트인 낮은 건물이었는데, 껍질을 벗기지 않은 꼿꼿한 통나무 기둥 위에 반으로 쪼갠 통나무로 지붕을 얹었다.

마부가 노새들을 끌고 마구간으로 가고 나자 거리에는 다시 침묵이 찾아들었다. 두 사람은 덮개를 씌운 짐들을 고정한 밧줄을 차근차근 풀었다. 술집 안에서 나던 소리는 먼지와 열기에 뒤덮인 듯 잦아들었다. 젊은 남자는 땅 위에 바로 놓인 자투리 판자를 조심스럽게 밟으며 앞으로 발걸음을 옮겼다. 그곳에는 급격한 경사를 이룬 지붕을 얹은 임시 대피소가 있었다. 지붕 거의 끝부분에는 경첩으로 연결한 연장 지붕이 있었고, 이 덮개가 넓은 정면 입구를 가릴 정도로 내려올 수 있게 두 개의 기둥이 대각선으로 받쳤다. 대피소 안의 긴 의자와 선반 위에는 말안장 몇 개와 부츠 예닐곱 켤레가 흩어져 있었다. 입구 근처 흙벽에 박힌 못에는 긴 생가죽들이 걸렸다. 이 작은 대피소 왼쪽에는 흰색 바탕에 테두리는 빨간색으로 새로 페인트칠한 2층 건물이 있었는데, 높이가 작은 술집과 거의 비슷하거나 조금 높았다. 이 건물 한복판에는 넓은 문이, 그 위에는 깔끔하게 테두리를 한 '부처스 호텔'이란 간판이 있었다. 젊은 남자는 발을 옮길 때마다 앞쪽으로 빠르게 흩어지는 도로의 먼지를 보면서 이 건물 쪽으로 천천히 걸어갔다.

그는 호텔 안으로 들어가 열린 문을 바로 지난 다음, 흐릿한 실내에 익숙해지려고 잠시 멈췄다. 오른쪽 앞에 카운터가 희미하게 보였고 그 뒤에는 흰 셔츠를 입은 남자가 꼼짝하지 않고 서 있었다. 실내에는 대여섯 개의 가죽 시트 스트레이트 의자가 여기저기 있었다. 눈에 보이는 세 면의 벽에 규칙적으로 난 정사각형 창문에서 빛이 들어왔다. 그 창문들에는 투명한 천이 덮였다. 실내의 흐릿함과 약간의 냉기가 마치 진공 역할을 하는 듯 천들이 안쪽으로 살짝 부풀어 있었다. 남자는 나무로 된 바닥을 가로질러 직원에게 갔다.

"방 하나 주십시오." 그의 목소리가 정적 속에서 희미하게 울렸다.

직원은 펼쳐진 숙박부를 앞으로 밀며 쇠촉이 달린 깃펜을 건넸다. 남자는 천천히 서명했다. 윌리엄 앤드루스. 잉크는 가늘었다. 회색 종이 위로 옅은 청색이 퍼졌다.

"2달러입니다." 숙박부를 당겨 이름을 살펴보며 직원이 말했다. "25센트 더 내시면 더운물을 객실로 가져다드립니다." 그는 갑자기 앤드루스를 올려다보았다. "오래 묵으실 건가요?"

"잘 모르겠군요." 앤드루스가 말했다. "J. D. 맥도널드라고 아십니까?"

"맥도널드?" 직원이 천천히 고개를 끄덕였다. "그 가죽 상인 말씀인가요? 물론이죠. 모르는 사람이 없습니다. 친구신가요?"

"꼭 그렇지는 않습니다." 앤드루스가 말했다. "어디 가면 만날 수 있죠?"

"저 아래 작업장 근처에 사무실이 있습니다. 걸어가면 10분쯤 걸리죠."

"내일 만나야겠군요." 앤드루스가 말했다. "엘스워스에서 방금 도착해 피곤하네요."

직원은 숙박부를 덮고 허리띠에 찬 커다란 고리에서 열쇠를 하나 골라 앤드루스에게 건넸다. "짐은 직접 옮기셔야 합니다." 직원이 말했다. "더운물은 원하시는 때 가져다드리죠."

"한 시간쯤 뒤에요." 앤드루스가 말했다.

"15호실입니다." 직원이 말했다. "계단 올라가면 바로입니다."

앤드루스는 고개를 끄덕였다. 계단은 난간이 없고 지그재그형으로 벽 끝에서 가파르게 올라가 건물 가운데 층의 작은 직사각형 입구 안으로 이어졌다. 앤드루스는 양쪽에 객실이 줄지어 늘어선 복도 입구에 섰다. 방을 찾아서 자물쇠가 걸리지 않은 문 안으로 들어섰다. 방 안에는 얇은 매트리스를 깐 좁은 밧줄 침대(스프링이나 판자가 아니라 여러 개의 밧줄로 매트리스를 받치는 침대), 램프가 놓인 조악한 테이블, 양철 세면기 하나, 거울, 로비에서 보았던 것과 비슷한 의자 각각 하나씩 놓을 공간밖에 없었다. 거리로 창이 하나 났는데, 가벼운 분리형 목제 창틀에 그물 모양의 얇은 천이 덮였다. 앤드루스는 이 마을에서 유리로 된 창을 하나도 보지 못했다는 사실을 깨달았다. 매트리스 위에 가방을 놓았다.

소지품을 꺼내고 가방을 침대 아래 집어넣고는 울퉁불퉁한 매트리스 위에 누워 몸을 뻗었다. 매트리스가 몸 아래에서 부스럭거리며 가라앉았다. 매트리스를 받치는 팽팽한 밧줄을 느낄 수 있었다. 등, 엉덩이, 위쪽 다리가 무지근하니 욱신거렸다. 고된 여행이었다는 게 그제야 실감 났다.

하지만 이제 여행은 끝났다. 그리고 근육의 피로가 풀려가자 머릿속으로 자신이 왔던 길을 되돌아보았다. 거의 두 주에 걸쳐 마차와 기차로 대륙을 가로질렀다. 보스턴에서 올버니, 올버니에서 뉴욕, 뉴욕에서… 도시 이름들이 기억 속에서 뒤섞였고 지나온 경로에서 떨어져나왔다. 볼티모어, 필라델피아, 신시내티, 세인트루이스. 아플 정도로 불편하고 딱딱했던 마차 좌석과, 지저분한 정류장의 나무판자 벤치에서 기약 없이 기다리던 게 생각났다. 여행에서 쌓였던 피로들이 몸 밖으로 배어 나오며 이제 여행이 끝났다는 자각이 들었다.

내일이면 몸이 쑤시겠지. 그는 미소 지었다. 마주 보는 창이 밝아서 눈을 감았다. 깜빡 잠들었다.

시간이 좀 흐르자 직원이 나무 목욕통과 더운물이 든 양동이를 가져왔다. 앤드루스는 몸을 일으켜 더운물을 양철 세면기에 조금 부었다. 비누로 세수와 면도를 했다. 직원이 찬물 두 양동이를 가지고 돌아와 목욕통에 부었다. 직원이 방을 나가자 앤드루스는 먼지를 털어내며 천천히 옷을 벗어 의자에 조심스럽게 놓았다. 목욕통 안으로 들어가 앉았다. 무릎이 턱까지 올라왔다. 천천히 몸에 비누칠을 했다. 더운물과 늦은 오후의 적막 때문에 나른해졌다. 졸음으로 고개가 수그러질 때까지 목욕통에 앉아 있었다. 마침내 머리가 무릎에 닿자 일어나 목욕통 밖으로 나왔다. 몸에서 물이 뚝뚝 흐르는 채 바닥에 서서 방을 돌아보았다. 수건을 찾을 수 없자 의자에서 셔츠를 집어 몸을 닦았다.

방 안으로 어둑함이 스며들었다. 날이 어스름해지면서 창문이 흐릿하게 빛났고, 서늘한 바람에 천이 흔들리며 부풀었다. 살아 있는 존재가 커졌다 작아졌다 하면서 떠는 것 같았다. 거리에서는 사람들의 중얼거리는 목소리와 보도를 딛는 부츠 소리가 천천히 커지며 들려왔다. 어떤 여자의 목소리가 웃음을 터뜨리며 높아지더니 갑자기 뚝 끊어졌다.

목욕을 한 덕분에 몸이 편안해졌고 긴장했던 등 근육도 풀렸다. 여전히 알몸으로 린지울시(면직물과 모직물을 교직한 직물) 담요를 베개 모양으로 접어 매트리스 위에 놓았다. 피부에 닿는 감촉이 깔깔했다. 방이 완전히 어두워지기도 전에 잠들었다.

밤중에 잠결이라 잘 분간할 수 없는 소리가 들려 몇 차례 깼다. 깨어 주위를 쳐다보았지만 깜깜한 어둠 속에서는 벽도 방 경계도 알아볼 수 없었다. 어딘지도 모르는 곳에 눈먼 채 꼼짝없이 붙들려 있는 느낌이었다. 웃음소리, 목소리, 낮게 쿵쿵대는 소리와 쇠창살 소리, 말 굴레에 달린 종과 마구 사슬이 딸랑거리는 소리가 머리에서 이어지며 텅 빈 공간 속을 바람처럼 맴돌았다. 한번은 아주 가까이 복도를 따라 객실 중 하나에서 어떤 여자의 목소리를, 그러고는 웃음소리를 들은 것 같았다. 잠깐 잠에서 깨어 열심히 귀를 기울였지만 그 여자의 소리는 다시 들리지 않았다.

II

앤드루스는 호텔에서 아침 식사를 했다. 1층 뒤쪽에 있는 좁은 방 안에는 긴 식탁 하나가 있었고, 그 주변으로 호텔의 공식 가구 같은 스트레이트 의자가 여러 개 군데군데 놓여 있었다. 식탁 한쪽 끝에는 남자 세 사람이 함께 몸을 웅크리고 대화하고 있었다. 앤드루스는 반대쪽 끝에 앉았다. 어제 더운물을 가져다준 직원이 식당으로 들어와 앤드루스에게 아침 식사를 할 것인지 물었다. 앤드루스가 고개를 끄덕이자 직원은 몸을 돌려 식탁 한쪽 가장 끝에 있는 세 남자 뒤에 위치한 작은 주방으로 갔다. 직원은 약간 흐느적대며 걸었는데, 그 모습은 뒤쪽에서만 볼 수 있었다. 그는 콩과 옥수수죽이 담긴 큰 접시와 뜨거운 커피잔이 놓인 쟁반을 가지고 돌아왔다. 앤드루스 앞에 음식을 놓고 식탁 중간에 있는 소금 그릇에 손을 뻗었다.

"아침 이 시간에는 어디서 맥도널드를 만날 수 있을까요?" 앤드루스가 물었다.

"사무실에서요." 직원이 말했다. "밤이나 낮이나 대부분 거기 있죠. 도로를 따라 냇가 쪽으로 곧바로 쭉 내려가서 미루나무 몇 그루가 있는 곳

바로 앞에서 왼쪽 길로 들어가세요. 작업장 쪽에 있는 작은 판잣집에 있을 겁니다."

"작업장이요?"

"가죽 손질하는 작업을 하는 곳이죠." 직원이 말했다. "거기 가면 바로 보입니다."

앤드루스는 고개를 끄덕였다. 직원은 다시 몸을 돌려 식당을 떠났다. 앤드루스는 천천히 식사했다. 콩은 미지근했고 소금을 쳤는데도 싱거웠다. 옥수수죽은 걸쭉한 데다 너무 식었다. 커피는 뜨겁고 썼다. 혀가 마비될 지경이었고, 고르고 하얀 이를 따라 입술을 세게 당겨야 했다. 억지로 참으며 되도록 빠르게 전부 마셔 버렸다.

아침 식사를 마치고 거리로 나갈 때 즈음에는 해가 마을의 몇 안 되는 건물 위로 높이 솟아, 거의 실물처럼 느껴질 정도로 강렬하게 거리를 내리쬐었다. 처음 마을에 도착했던 어제 오후보다는 사람들이 많았다. 볼러햇(크라운 부분은 높고 둥글며 챙은 좁고 양옆으로 살짝 올라가 있는 펠트 모자)을 쓰고 어두운색 양복을 입은 사람들 몇 명이, 색 바랜 리바이스 청바지, 때 묻은 캔버스 천, 브로드클로스(폭이 넓은 면직 또는 혼방 천)같이 편한 옷차림을 한 훨씬 많은 수의 사람들과 뒤섞여 있었다. 사람들은 어떤 목적지는 있었지만 특별히 서두르지는 않으며 보도와 거리 위를 걸었다. 남자들의 옷이 만들어 내는 칙칙한 그림자 사이로 가끔 여자들의 스커트나 블라우스의 화사한 색상—빨간색, 라벤더, 순백색—이 언뜻 보였다. 앤드루스는 모자챙을 당겨 눈앞에 그늘을 만들고, 마을 너머에 있는 숲 쪽을 향해 길을 따라 걸어갔다.

가죽 용품점, 임대 마구간, 옆문이 열려 있는 작은 대장간을 지나갔다.

마을은 그 지점에서 끝났고 그는 보도를 내려와 도로로 들어섰다. 마을에서 180미터쯤 지나자 직원이 말했던 갈림길이 나왔다. 흙으로 된 쌍둥이 리본이 마차 바퀴에 거의 닳은 것 같은 모습이었다. 도로에서 90미터쯤 되는 이쪽 길에는 작고 평평한 지붕을 얹은 판잣집이 있었고, 그 너머에는 기둥으로 된 울타리가 이어졌다. 울타리는 어떤 패턴을 이뤘지만 이 거리에서는 알아볼 수 없었다. 앤드루스가 사무실과 울타리에 가까이 갈수록 알 수 없는 희미한 악취가 점점 지독해졌다.

판잣집 문은 열려 있었다. 앤드루스는 잠시 멈췄다. 노크하려고 주먹 쥔 손을 들어 올렸다. 하나뿐인 방 안에는 엄청난 양의 책, 서류, 장부가 나무 바닥에 흩어졌거나 벽에 기댄 상자 밖으로 빠져나왔다. 물건들이 가장 몰려 있는 방 가운데, 소매 달린 셔츠를 입은 남자가 조악한 책상 위에 몸을 웅크리고 두꺼운 장부를 엄지손가락으로 아주 급하게 넘겨보고 있었다. 남자는 조용하고 단조롭게 욕을 내뱉었다.

"맥도널드 씨?" 앤드루스가 말했다.

남자가 고개를 들었다. 작은 입이 벌어지고 튀어나온 푸른 눈 위로 이마가 올라갔다. 흰자위는 셔츠 색과 똑같은 흐린 흰색이었다. "들어오게, 들어오게." 이마 위로 늘어진 가는 머리카락을 거칠게 넘기며 그가 말했다. 의자를 책상에서 뒤로 밀고 일어나려다가 어깨가 처지며 지친 듯 다시 앉았다.

"들어오게. 거기서 왔다 갔다 하지 말고."

앤드루스는 들어와서 입구 바로 안쪽에 섰다. 맥도널드는 앤드루스 뒤쪽 구석 방향으로 손짓을 하며 말했다.

"거기 의자 가져다 앉게."

앤드루스는 서류 더미 뒤에서 의자를 가져와 맥도널드의 책상 앞에 놓았다.

"무슨 일이지? 필요한 게 뭔가?" 맥도널드가 물었다.

"저는 윌 앤드루스입니다. 기억 못 하시는 것 같군요."

"앤드루스?" 맥도널드는 약간의 적개심을 가지고 젊은 남자를 바라보며 얼굴을 찌푸렸다. "앤드루스….". 그의 입술이 팽팽해졌다. 입꼬리가 턱에서 이어진 선까지 내려갔다. "젠장, 시간 낭비하게 하지 말게. 기억했다면 자네가 처음 들어왔을 때 알아봤겠지. 이제….".

"편지를 가지고 왔습니다." 가슴 주머니 속으로 손을 뻗으며 앤드루스가 말했다. "제 아버지께서 보내시는 겁니다. 벤저민 앤드루스. 보스턴에서 알고 지내셨죠."

맥도널드는 앤드루스가 내민 편지를 받았다. "앤드루스? 보스턴?" 목소리는 짜증스럽고 건성건성했다. 편지를 펼치면서도 눈은 앤드루스에게 향했다. "아, 물론이네. 진작 말하지. 물론 알고말고. 그 목사 양반." 그는 그렇게 하면 더 빠르게 정독할 수 있게 되는 양 편지를 눈앞에서 움직이며 열중해 읽었다. 다 읽고 나서 편지를 다시 접어 책상 위에 있는 서류 뭉치 위에 던져놓았다. 그는 손가락으로 책상을 두드렸다. "세상에! 보스턴이라니. 분명 12, 14년 전쯤이었을 거야. 남북전쟁 전이었지. 자네 집 거실에서 차를 마시곤 했네." 그는 감탄하듯 고개를 저었다. "분명 자네를 한두 번 봤을 거야. 그런데 전혀 기억나지 않는군."

"아버지는 당신 얘기를 종종 하셨습니다." 앤드루스가 말했다.

"내 얘기를?" 맥도널드의 입이 다시 벌어졌다. 그는 천천히 고개를 저었다. 둥근 눈이 눈구멍에서 돌고 있는 것처럼 보였다. "왜지? 자네 아버지와는 대여섯 번 만난 게 전부인데." 시선이 앤드루스 너머로 향하더니 무표정하게 말했다. "나는 자네 아버지가 입에 올릴 만한 사람이 아니었네. 어떤 직물 회사의 사무원이었어. 회사 이름도 생각나지 않는군."

"아버지는 당신을 존경했던 것 같습니다, 맥도널드 씨." 앤드루스가 말했다.

"나를?" 그는 잠깐 웃더니 의심쩍은 듯 앤드루스를 노려보았다. "잘 들게, 젊은이. 내가 자네 아버지 교회에 다녔던 건 더 나은 일자리를 줄 사람을 만날 수 있을까 해서였어. 그리고 같은 이유로 자네 아버지와도 몇 번 만났지. 나는 사람들이 얘기하는 내용도 거의 알아들을 수 없었어." 그는 씁쓸하게 말했다. "사람들 얘기에 그저 고개나 끄덕일 뿐이었지. 결국 별 대단한 도움도 되지 못했지만."

"제 생각에 아버지는 아는 사람 중에 이곳으로 떠난 건 당신뿐이어서 존경했던 것 같습니다. 서부로 가서 자수성가했으니까요."

맥도널드는 고개를 저었다. "보스턴이라니." 반쯤은 속삭이듯 말했다. "세상에!"

그는 다시 잠깐 앤드루스 너머를 응시했다. 그러더니 어깨를 으쓱하고 숨을 쉬었다. "앤드루스 영감은 내가 있는 곳을 어떻게 알았나?"

"베이츠 앤 더피에서 온 사람 하나가 보스턴을 지나던 참이었죠. 당신이 캔자스시티에 있는 회사에서 일한다고 했습니다. 캔자스시티에서는 당신이 회사를 그만두고 이리로 왔다고 했고요."

맥도널드는 억지로 히죽 웃었다. "지금은 내 회사를 차렸지. 베이츠 앤 더피는 4, 5년 전에 떠났고." 그는 얼굴을 찌푸리고 앤드루스가 판잣집 안으로 들어올 때 덮었던 장부에 한 손을 가져갔다. "이젠 전부 나 혼자 하지… 어쨌든." 그는 다시 몸을 폈다. "편지에서는 가능한 한 자네를 도와주라고 하는군. 그나저나 여기는 무슨 일로 왔나?"

앤드루스는 의자에서 일어나더니 서류 더미를 쳐다보며 생각 없이 방 안을 서성거렸다.

맥도널드는 싱긋 웃더니 목소리를 낮췄다. "말썽을 일으켰나? 고향에서 무슨 문제에 말려들었나?"

"아니요." 앤드루스가 재빨리 말했다. "그런 게 아닙니다."

"젊은 사람들은 자주 그러지." 맥도널드가 말했다. "그래서 이리로 오는 거야. 목사 아들이라도."

"아버지는 유일교회(Uniterian Church, 삼위일체 교리를 거부하고 예수 그리스도의 신성도 부정하며 하느님 한 분만 신이라고는 유일신론을 주장하는 교파. 미국에서는 보스턴 등 동부 지역을 중심으로 한때 상당한 세력을 이루었음)의 평신도 사역자(평신도 중에서 다른 교인들을 훈련하고 가르치는 역할을 맡은 사람)입니다." 앤드루스가 말했다.

"그게 그거지." 맥도널드가 성급하게 손을 저었다. "일자리를 원하나? 나하고 같이 일하면 되겠네. 안 그래도 나 혼자서는 무리였거든. 이것들을 보게." 그는 서류 더미들을 가리켰다. 손가락이 떨리고 있었다. "처리할 일이 두 달 치나 밀렸고 점점 더 쌓여가고 있네. 이 주변에는 진득하니 함께 일할 사람도 찾을 수 없고…"

"맥도널드 씨." 앤드루스가 말했다. "저는 당신 사업에 대해 아무것도 모릅니다."

"뭐? 모른다고? 이보게. 이건 가죽 사업이야. 들소 가죽. 가죽을 사고팔지. 사냥꾼들을 보내면 가죽을 가져온다네. 그 가죽을 세인트루이스에 팔지. 내가 여기서 직접 가죽을 말리고 무두질해. 작년에는 거의 10만 장의 가죽을 거래했지. 올해는 그것보다 두세 배는 될 거야. 엄청난 기회네, 젊은이. 이런 서류 작업을 할 수 있나?"

"맥도널드 씨…."

"이 서류 작업 때문에 돌아 버리겠어." 그는 귓가에 흘러내린 가느다란 머리카락 가닥에 손가락을 집어넣었다.

"감사합니다." 앤드루스가 말했다. "하지만 저는 확신이…."

"이건 시작일 뿐이야. 보게." 맥도널드는 갈고리처럼 가느다란 손으로 앤드루스의 팔꿈치 위를 잡고 입구 쪽으로 밀었다. "저길 보게." 그들은 뜨거운 햇살 안으로 들어섰다. 너무 밝아서 앤드루스는 눈을 가늘게 뜨며 움찔했다. 맥도널드는 여전히 앤드루스의 팔을 잡은 채로 마을 쪽을 가리켰다. "작년에 내가 여기 왔을 때 저기에는 천막 세 개와 대피소 하나만 있었네. 술집, 창녀촌, 직물 가게, 대장간이 다였어. 지금은 어떤지 보게." 그는 고개를 들어 앤드루스 쪽으로 가져가며 쉰 목소리로 속삭였다. 숨에서 달콤 쌉싸름한 담배 냄새가 났다. "자네만 알고 있게. 이 마을은 2, 3년 안에 대박이 날 거야. 난 벌써 부지를 여섯 군데 확보했지. 다음에 캔자스 시티로 가면 더 많이 사들일 생각이야. 빈 땅이 널렸거든!" 그는 앤드루스의 팔이 지팡이인 양 흔들었다. 목소리를 낮추는데도 점점 더 귀에 거슬렸다. "잘 듣게. 핵심은 철도야. 이 얘기 흘리고 다니지 말게. 철도가 통과하면 여기는 큰 마을이 될 거야. 나하고 손잡으면 돼. 내가 이끌어 주겠네. 누구나 이 주변의 땅에 불하(拂下) 신청을 할 수 있어. 토지조사국에 가서 신청서에 서명만 하면 돼. 그다음에는 돌아와서 기다리는 거지. 그게 다야."

"감사합니다." 앤드루스가 말했다. "생각해 보죠."

"생각해 본다고!" 맥도널드는 앤드루스의 팔을 놓고 깜짝 놀라 뒷걸음 쳤다. 손을 앞으로 내지르다시피 했다. 맥도널드가 화난 듯 빠르게 한 바퀴 도는 동안 그 손들이 흔들렸다. "생각해 본다고? 이봐, 젊은이. 이건 기회야. 여기 오기 전에 보스턴에선 뭘 했나?"

"하버드 대학 3학년이었습니다."

"그래?" 맥도널드는 의기양양하게 말했다. "졸업하고 나면 뭘 하겠나? 남 밑에서 일하거나 자네 아버지처럼 교사가 되겠지. 잘 듣게. 여긴 우리 같은 사람들이 별로 없어. 통찰력 있는 사람. 미래를 내다볼 수 있는 사람 말이지." 그는 떨리는 손으로 마을을 가리켰다. "저기 사는 사람들을 만났 지? 얘기한 적 있나?"

"아니요." 앤드루스가 말했다. "엘스워스에서 어제 오후에 도착했거든 요."

"사냥꾼들." 맥도널드가 말했다. 얇고 바짝 마른 입술이 썩은 음식이라 도 맛본 양 서서히 벌어졌다. "사냥꾼과 북부 출신 고집쟁이들뿐이지. 서 부는 우리 같은 사람들 말고는 다 그래. 사람들은 땅에 있는 것만으로 먹 고살지. 땅으로 뭘 할 수 있는지는 모르면서."

"마을 사람들은 대부분 사냥꾼인가요?"

"사냥꾼들, 북부 출신 고집쟁이들, 동부 출신 건달들. 여긴 숨어 있는 마을이야. 내가 바꿔 놓겠어. 철도가 놓일 때까지 기다리게."

"마을 사람들하고 얘기 좀 하고 싶었는데요." 앤드루스가 말했다.

"누구하고?" 맥도널드가 소리쳤다. "사냥꾼들? 오, 맙소사! 자네도 이 마을에 온 다른 젊은 놈들과 마찬가지군. 하버드를 3년이나 다녔는데 그런 식으로 허비한다고? 진작 알았어야 했는데. 자네가 처음 왔을 때부터 알았어야 했어."

"마을 사람들과 얘기 좀 하고 싶을 뿐입니다." 앤드루스가 말했다.

"그렇겠지." 맥도널드가 씁쓸하게 말했다. "그러고는 평원으로 나가고 싶게 될 거야." 그의 목소리가 솔직해졌다. "이봐, 젊은이. 내 말 잘 들어. 마을 사람들하고 평원으로 나가면 신세 망쳐. 내가 많이 봤지. 들소의 이 (lice)처럼 안으로 파고들 거야. 그리고 자네는 더는 신경 쓰지 않게 되지. 그놈들은…." 앤드루스는 한마디 하고 싶은 양 허공을 할퀴었다.

"맥도널드 씨." 앤드루스는 조용히 말했다. "신경 써 주셔서 감사합니다. 하지만 말씀드리고 싶은 게 있어요. 제가 여기 온 이유는…." 그는 잠시 말을 멈추고 시선을 맥도널드를 지나 마을에서 멀리, 강둑이라고 상상했던 산마루 너머 서쪽 지평선 안으로 사라지는 연두색 평원으로 향했다. 맥도널드에게 해야 할 말을 머릿속에서 정리하려고 애썼다. 그것은 느낌이었다. 말해야만 한다는 강박이었다. 하지만 무엇이라 말하든 그것은 자신이 추구해 왔던 자연의 다른 이름임을 알고 있었다. 삶에서 친숙했던 모든 것, 자유롭지도, 선하지도, 희망에 가득 차지도, 활력 넘치지도 않았던 그 모든 것 아래 잠재되어 있다는 걸 인식한 자유와 선, 희망과 활력이었다. 그는 자신의 세상을 이루는 원천과 그 세상을 지키는 수호자를 찾고자 했다. 그의 세상은 그 원천을 찾으려 하기보다는 겁에 질려 외면했다. 세상의 원천은 마치 앤드루스 주위에 있는 풀들이 풍부하고 어두운 축축함, 바로 자연 속으로 그 끈질긴 뿌리를 내림으로써 매년 스스로 새로워지는 것과도 같다. 사람 하나 없고 신비한 대평원의 목초지 한가운데서, 마차와 행인들로 붐비는 보스턴 거리의 이미지가 머릿속에 떠올랐다.

일정한 공간을 두고 심은, 평평한 석조 보도와 도로에서도 자랄 수 있게 만든 것 같은 느릅나무의 아치 아래를 사람들이 힘겹게 느릿느릿 걸었다. 나란히 무리 지어 선 고층 건물, 연기와 도시의 쓰레기로 더러워진 건물의 다듬돌(모서리를 곱게 다듬은 돌)의 이미지가, 구획진 땅과 마을과 동네 사이를 구불구불 돌며 사람들과 도시의 쓰레기들을 거대한 만(bay)까지 운반하는 찰스 강의 이미지가 떠올랐다.

자기가 손을 꽉 쥐고 있다는 걸 깨달았다. 손가락 끝이 땀에 젖은 손바닥에 살짝 닿았다. 주먹을 풀고 바지에 손바닥을 닦았다.

"저는 이 지역을 되도록 많이 돌아보려고 여기 왔습니다." 그는 조용히 말했다. "자연을 알고 싶습니다. 제가 해야 할 일이죠."

"젊은 사람들은." 맥도널드가 입을 열었다. 부드러운 말투였다. 이마에 맺힌 땀방울들 사이로 땀 한 줄기가 흘러 내려와 헝클어진 눈썹 사이로 들어갔다. 그 눈썹은 앤드루스를 침착하게 바라보고 있는 눈 위로 내려왔다. "자기들이 뭘 하는지 몰라. 맙소사. 자네가 지금 시작하면 마흔 살쯤 되었을 때는…." 그는 어깨를 으쓱했다. "아, 해를 피해야겠군."

그들은 어둡고 작은 판잣집으로 다시 들어왔다. 앤드루스는 자신이 숨을 거칠게 쉰다는 걸 알았다. 셔츠가 땀에 흠뻑 젖어서 움직일 때마다 피부에 불쾌하게 달라붙고 미끄러졌다. 코트를 벗고 맥도널드의 책상 앞 의자에 파묻히듯 앉았다. 가슴과 어깨에서 시작해 손가락으로 내려오는 기이한 허약함과 무기력을 느꼈다. 방 안에는 긴 침묵이 흘렀다. 맥도널드의 손은 장부 위에 놓였다. 손가락 하나가 페이지 위를 무의미하게 움직였지만, 장부를 만지지는 않았다. 마침내 맥도널드가 깊게 한숨을 쉬고 말했다.

"좋아. 가서 얘기해 보게. 하지만 경고하지. 여기 대부분은 나를 위해 사냥을 하네. 내 협조가 없으면 사냥꾼 패거리에 쉽게 못 낄 거야. 내가 보내는 사람 중 누구도 꾀려 들 생각 말게. 내 사람들은 내버려 둬. 난 아무 책임도 지지 않겠네. 자네 때문에 양심의 가책도 안 느낄 거고."

"사냥하고 싶은지도 확실하지 않습니다." 앤드루스가 졸린 듯 말했다. "사냥하는 사람들과 얘기하고 싶을 뿐이에요."

"쓰레기들이야." 맥도널드가 투덜거렸다. "보스턴에서 그 먼 길을 와서 그런 쓰레기들과 어울리다니."

"누구와 얘기해야 하죠, 맥도널드 씨?"

"뭐?"

"누구와 얘기해야 하냐고요." 앤드루스가 되풀이했다. "자기 일을 잘 아는 사람하고 얘기해야죠. 그리고 당신 사람들은 내버려 두라고 하셨잖습니까."

맥도널드는 고개를 저었다. "사람 말을 귀담아듣지 않는군. 전부 혼자 알아낼 생각인 게야."

"아닙니다." 앤드루스가 말했다. "아무것도 알아내려고 하지 않습니다. 단지 이 지역에 대해 더 많이 알고 싶을 뿐이죠."

"좋아." 맥도널드는 피곤한 듯 말했다. 그는 손가락으로 만지작거리던 장부를 덮고 그 장부를 서류 더미 위에 던졌다. "밀러하고 얘기해 보게. 사냥꾼이지만 다른 놈들처럼 형편없진 않아. 인생 대부분을 여기서 보냈지. 적어도 남군 병사들이나 고집쟁이 양키들처럼 형편없는 놈은 아니야. 자네하고 얘기를 나눌 수도, 아닐 수도 있네. 혼자 힘으로 찾아봐."

"밀러라고요?" 앤드루스가 물었다.

"밀러는." 맥도널드가 말했다. "강 아래쪽 대피소에 살아. 하지만 잭슨 술집에서 찾을 가능성이 더 크지. 사냥꾼들은 밤낮으로 거기서 어울리니까. 아무한테나 물어보게. 다들 밀러를 알아."

"감사합니다, 맥도널드 씨." 앤드루스가 말했다. "도와주셔서 고맙습니다."

"감사할 거 없네." 맥도널드가 말했다. "아무것도 해 준 게 없잖나. 이름 하나 알려 준 게 다야."

앤드루스는 일어섰다. 다리까지 힘이 없었다. 더위로 몸이 이상해졌다고 생각했다. 잠시 서서 몸을 추슬렀다.

"딱 하나." 맥도널드가 물었다. "부탁하고 싶은 게 하나 있네." 앤드루스가 보기에 그는 다시 어둠 속으로 물러나는 것 같았다.

"물론입니다, 맥도널드 씨. 그게 뭐죠?"

"가겠다고 결심하면 떠나기 전에 알려 주게. 여기 다시 와서 말해 주기만 하면 돼."

"당연하죠." 앤드루스가 말했다. "자주 뵙길 바랍니다. 뭔가 결심하더라도 그전에 시간을 좀 갖고 싶네요."

"물론이지." 맥도널드가 씁쓸하게 말했다. "원하는 대로 하게. 남는 게 시간이니까."

"안녕히 계십시오, 맥도널드 씨."

맥도널드는 화난 듯 손을 흔들고 갑자기 책상에 있는 서류들로 관심을 돌렸다. 앤드루스는 천천히 판잣집을 나와 마당으로 들어선 다음, 주 도로로 이어지는 마차 바퀴 자국 위를 걸었다. 주 도로에서 잠시 걸음을 멈췄다. 건너편과 왼쪽 몇 미터 지나서는 미루나무들이 있었다. 그 뒤에 도로와 교차하는 건 강이 분명했다. 강물은 보이지 않았지만, 멀리 돌아나가며 무리 지어 자란 키 작은 관목과 잡초들로 우거진 불룩 솟은 강둑은 볼 수 있었다. 몸을 돌려 마을로 향했다.

호텔에 도착했을 때는 거의 정오였다. 맥도널드의 판잣집에서 쌓였던 피로가 남았다. 호텔 식당에서 질긴 고기 튀김과 삶은 콩을 조금 먹었고, 쓰고 뜨거운 커피를 홀짝였다. 어기적대며 식당을 오가던 호텔 직원이 맥도널드 씨는 만나 보았느냐고 물었다. 앤드루스는 만났다고 대답했다. 직원은 고개를 끄덕이고 아무 말도 하지 않았다. 앤드루스는 곧 식당을 떠나 객실로 올라가 침대 위에 누웠다. 창문의 천이 부드럽게 안쪽으로 부푸는 모습을 쳐다보다 잠들었다.

III

깨었을 때 방은 어두웠다. 창문의 커튼 사이로 아래 거리의 깜빡거리는 불빛이 들어왔다. 여러 목소리가 짜증 내듯 웅얼거리는 소리, 말이 힝힝거리는 소리, 말발굽이 달가닥거리는 소리 아래 멀리서 외침 소리가 들렸다. 여기가 어딘지 잠깐 생각나지 않았다.

그는 갑자기 자리에서 일어나 침대 끝에 앉았다. 매트리스가 몸 아래에서 부스럭거렸다. 어깨뼈 사이를 기분 좋게 풀어 주는 듯한 화끈거림을 유쾌하게 맞아들이며 몸의 힘을 빼고, 손가락으로 머리카락, 그리고 머리와 목 뒤쪽을 만지고 고개를 뒤쪽으로 폈다. 어둠 속에서 방을 가로질러 작은 탁자로 갔다. 탁자는 창문 옆에 흐릿하게 윤곽만 보였다. 탁자에서 성냥을 찾아 세면기 옆 램프에 불을 붙였다. 거울에 비친 얼굴은 밝은 노란색과 어두운 그림자가 선명한 대조를 이뤘다. 세면기의 미지근한 물에 손을 담그고 얼굴을 씻었다. 전날 썼던 것과 같은 셔츠로 손과 얼굴을 닦았다. 램프의 깜빡거리는 불빛 옆에서 검은 끈 넥타이를 매고 갈색 색코트를 입었다. 코트에서는 자신의 땀 냄새가 나기 시작했다. 거울에 비친 자신의 모습을 마치 낯선 이인 양 응시했다. 램프를 불어 끄고 방을 나왔다.

거리는 부처스 크로싱의 몇 안 되는 건물의 열린 문과 창문 사이로 흘러나오는 노란색 빛들로 긴 그림자가 드리워졌다. 호텔 반대쪽에 있는 직물 가게에서 빛이 한 줄기 흘러나왔다. 덩치 큰 사람들이 그 주위에서 움직이고 있었는데, 그림자 때문에 과장되게 커 보였다. 그 옆에 있는 술집에서는 더 많은 불빛, 웃음소리, 거친 발소리가 흘러나왔다. 잭슨 술집 앞보도에서 2, 3미터 떨어진 곳에는 말 몇 마리가 엉성한 가로대에 묶여 있었다. 말들은 꼼짝하지 않았지만, 움직이는 불빛이 말들의 눈과 옆구리의 부드러운 털 위에서 반짝거렸다. 거리 위 대피소 너머에는 임대 마구간 앞쪽의 통나무에 가로등 두 개가 걸렸다. 임대 마구간 바로 너머로는 대장간에서 흐릿한 붉은색 불빛이 흘러나왔다. 그리고 대장간에서는 쇠를 두드리는 망치의 둔중한 철컹거림과, 뜨거운 금속을 물에 집어넣을 때의 성난 듯 쉭쉭거리는 소리를 들을 수 있었다. 앤드루스는 천천히, 거리를 비스듬하게 가로질러 잭슨 술집으로 향했다.

그가 들어간 방은 길고 좁았다. 길이는 거리에서 직각 방향으로 뻗어 있었고, 폭은 남자 네 명이 어깨를 부딪치지 않고는 서 있을 수 없을 정도였다. 페인트칠이 되어 있지 않고 거무스름한 서까래에는 등불이 여섯 개 달렸다. 등불에서 나오는 빛이 아래쪽으로 선명하게 반사되어서 방 안에 있는 모든 것이 노란빛으로 반짝였고, 그 표면 아래 있는 것들은 모두 흐릿한 그림자가 되었다. 오른쪽에는 방의 길이만큼 뻗은 긴 바가 있었다. 바의 상판은 두껍게 잘라 나란히 놓은 널빤지 두 장이었고, 울퉁불퉁한 바닥 위에 쪼갠 통나무들을 다듬지 않은 채 바로 놓아 이 상판을 받쳤다. 그는 심호흡했다. 그러자 타고 있는 등유, 땀, 술이 뒤섞인 알싸한 냄새가 폐 안으로 모여서 기침이 나왔다. 그는 바로 갔다. 바의 높이는 허리보다 조금 위인 정도였다. 긴 콧수염에 피부가 누렇고 키가 작은 대머리 바텐더가 말없이 그를 쳐다보았다.

"맥주 한 잔 주세요." 앤드루스가 말했다.

바텐더는 바 아래에서 무거운 맥주잔을 꺼내고 큰 나무상자 위에 놓인 맥주 통 중 하나로 몸을 돌렸다. 바텐더가 통의 꼭지를 틀자 맥주가 하얀 거품을 내며 맥주잔 옆을 따라 흘러 들어갔다. 바텐더가 맥주잔을 앤드루스 앞에 놓으며 말했다.

"25센트입니다."

앤드루스는 맥주를 맛보았다. 방 안의 온도보다도 더 미지근한 것 같았고 향은 약했다. 그는 테이블 위에 동전을 놓았다.

"밀러 씨를 찾고 있습니다." 앤드루스가 말했다. "여기 오면 만날 수 있다던데요."

"밀러요?" 바텐더는 무심하게 몸을 돌려 방 가장 끝을 쳐다보았다. 그림자 아래 작은 식탁에서 남자 대여섯이 조용히 술을 마시고 있었다. "여기 없는 것 같네요. 친구신가요?"

"초면입니다." 앤드루스가 말했다. "사업상 문제로 만나려는 겁니다. 여기 오면 찾을 수 있다고 맥도널드 씨한테 들었습니다."

바텐더는 고개를 끄덕였다. "큰 방에 가면 찾을 수 있을 겁니다." 그는 눈으로 앤드루스 뒤에 있는 한 곳을 가리켰다. 앤드루스가 몸을 돌리자 다른 방으로 이어지는 게 분명한, 잠근 문이 눈에 들어왔다. "키가 크고 깨끗하게 면도를 했습니다. 찰리 호지와 함께 있을 겁니다. 찰리는 키가 작고 머리가 세었죠."

앤드루스는 바텐더에게 고맙다고 말하고 맥주를 다 마신 다음, 술집 좁은 쪽에 있는 문으로 들어갔다. 그가 들어선 방은 컸고 방금 있었던 곳보다 불빛이 흐렸다. 그을린 서까래에 등불은 많이 달렸지만 켜진 건 몇 개 되지 않았다. 방에는 불빛들, 그리고 그보다 더 큰 불규칙한 그림자들이 드리워졌다. 조잡하게 모양을 낸 식탁들이 정렬되어 있어서 방 가운데는 타원형의 공간이 생겼다. 뒤쪽에는 2층으로 바로 이어지는 층계참이 있었다. 방이 어두워서 앤드루스는 눈을 크게 뜨고 앞쪽으로 걸어갔다.

테이블 중 하나에서는 다섯 남자가 카드 게임을 하고 있었다. 그들은 앤드루스를 올려다보지도 않았고 자기들끼리도 말을 하지 않았다. 카드를 탁 놓는 소리와 포커 칩이 작게 딸깍거리는 소리가 정적 위로 흘렀다. 다른 테이블에서는 여자 둘이 머리를 가까이 대고 소곤거리고 있었다. 근처에서는 남자 하나와 여자 하나가 함께 앉았다. 큰 방 안에 있는 그늘진 테이블들에는 몇몇 사람들이 끼리끼리 모였다. 이 모습들에는 앤드루스에게는 낯선 조용하고 느릿한 우아함이 있었고, 이 우아함이 그를 빨아들여 자신이 왜 여기 왔는지 잠시 떠올릴 수 없게 했다. 그는 방의 가장 끝쪽 테이블에 남자 두 명과 여자 한 명이 앉아 있는 걸 어둠과 연기 너머로 보았다. 이들은 다른 사람들과는 어쩐지 달랐고, 남자 중 키가 큰 쪽이 그를 똑바로 쳐다보고 있었다. 앤드루스는 방을 가로질러 그들 쪽으로 향했다.

앤드루스가 테이블 앞에 다다르자 세 사람이 올려다보았다. 잠시 그들 넷은 움직이지도 입을 열지도 않았다. 앤드루스의 관심은 바로 앞에 있는 덩치 큰 남자에게 있었지만, 여자의 약간 창백하고 통통한 얼굴과 둥근 맨어깨 주위로 흘러내리는 것 같은 노란색 머리카락, 작은 남자의 긴 코와 회색 수염이 까칠한 얼굴도 눈에 들어왔다.

"밀러 씨인가요?" 앤드루스가 물었다.

덩치 큰 남자가 고개를 끄덕였다. "내가 밀러요." 그가 말했다. 눈동자는 검은색이었고 흰자와 뚜렷하게 구별되었다. 이마는 눈 위에 가깝게 자리했는데, 찡그리고 있어서 넓은 콧잔등에 주름이 졌다. 피부색은 보존 처리된 가죽처럼 약간 노랗고 부드러웠고, 큰 입의 입꼬리는 두껍고 깊은 콧날의 코 밑까지 곡선을 이뤘다. 머리숱이 많았고 검은색이었다. 머리카락은 옆쪽에서 갈라져 두껍게 묶여 귀의 절반을 가렸다. 그가 다시 말했다. "내가 밀러요."

"저는 윌 앤드루스입니다. 저는… 제 가족은 J. D. 맥도널드 씨의 오랜 친구입니다. 맥도널드 씨가 당신이라면 저와 얘기를 할 거라고 하더군요."

"맥도널드?" 밀러가 눈을 천천히 깜빡이자 두껍고 거의 숱이 없는 눈꺼풀이 눈 위로 내려왔다. "앉게, 친구."

앤드루스는 여자와 밀러 사이에 있는 의자에 앉았다. "방해한 게 아니었으면 좋겠군요."

"맥도널드가 뭘 원하던가?" 밀러가 물었다.

"네?"

"맥도널드가 당신을 보냈다면서? 그가 뭘 원하던가?"

"아닙니다." 앤드루스가 말했다. "잘못 생각하셨군요. 저는 이 지역을 잘 아는 사람과 얘기하고 싶었을 뿐입니다. 맥도널드 씨가 친절하게도 당신 이름을 알려 주셨죠."

밀러는 한동안 그를 진지하게 쳐다보고 고개를 끄덕였다. "맥도널드는 지금까지 2년 동안 나에게 그의 사냥대 대장을 맡아 달라고 해 왔지. 또 그 얘긴가 했네."

"아닙니다." 앤드루스가 말했다.

"맥도널드 밑에서 일하나?"

"아닙니다." 앤드루스가 말했다. "일자리를 제안했지만 제가 거절했죠."

"왜?" 밀러가 물었다.

앤드루스는 망설였다. "어디 매이기 싫었습니다. 그러려고 여기 온 게 아니니까요."

밀러는 고개를 끄덕이고 큰 몸집을 움직였다. 앤드루스는 밀러 옆에 있던 남자가 지금까지 꼼짝하지 않고 있었다는 것을 깨달았다. "여기는 찰리 호지요." 밀러가 앤드루스 반대쪽에 앉은 회색 머리 남자 방향으로 머리를 살짝 움직이며 말했다.

"만나서 반갑습니다, 호지 씨." 앤드루스는 말하며 테이블 너머로 손을 내밀었다. 호지는 뒤틀린 듯한 표정으로 히죽 웃었다. 날카로운 얼굴이 좁은 어깨뼈 사이로 가라앉았다. 그는 천천히 오른팔을 들더니 갑자기 팔뚝을 테이블 너머로 내밀었다. 팔 끝의 손목에는 손이 없고, 깔끔하게 잘려 오므라지고 흉터가 생긴 덩어리뿐이었다. 앤드루스는 자기도 모르게 손을 거둬들였다. 호지는 웃었다. 그의 웃음은 얇은 가슴에서 힘겹게 나오는 소리 없는 쌕쌕거림에 가까웠다.

"신경 쓰지 말게, 젊은 친구." 밀러가 말했다. "찰리는 늘 그래. 자기 나름의 장난이지."

"1862년 겨울에 잃었네." 아직도 웃어서 숨을 헐떡이며 찰리가 말했다. "동상에 걸렸지. 팔까지 뚝 떨어져 나갔을 수도 있었어. 만일…" 그는 갑자기 몸을 떨더니 다시 그 추위를 느끼는 양 계속해서 떨었다.

"찰리한테 위스키 한 잔 사게, 앤드루스 씨." 밀러는 점잖게 말했다. "이 것도 그의 장난 중 하나니까."

"물론입니다." 앤드루스가 말했다. 그는 의자에서 반쯤 일어났다. "제가 가져올…."

"아니." 밀러가 말했다. "술은 프랜신이 가져올 거야." 그는 금발 여자에 게 고개를 끄덕였다. "여기는 프랜신이야."

앤드루스는 아직 테이블 위로 반쯤 일어난 상태였다. "안녕하십니까." 그는 말하며 고개를 살짝 숙였다. 여자는 미소를 지었다. 입이 벌어지며 아주 희고 약간 삐뚤삐뚤한 치아가 보였다.

"물론이야." 프랜신이 말했다. "다른 거 필요한 사람 있어?" 그녀는 독 일 악센트가 섞인 말투로 천천히 말했다.

밀러는 고개를 저었다.

"맥주 한 잔이요." 앤드루스가 말했다. "당신도 뭐 마시고 싶나요?"

"아니요." 프랜신이 말했다. "지금은 일하는 게 아니거든요."

프랜신이 일어나서 테이블을 떠났다. 앤드루스의 눈이 잠시 그녀를 좇 았다. 프랜신은 몸매가 풍만했지만 우아하게 방을 가로질러 갔다. 넓은 흰색과 파란색 줄이 있는, 반짝이는 소재로 만든 드레스를 입었다. 보디 스(드레스의 상체 부분)는 팽팽해서 그녀의 풍만한 몸을 위로 밀어 올렸다. 앤드루스는 앉으며 의아한 듯 밀러 쪽으로 몸을 돌렸다.

"저분… 여기서 일합니까?" 앤드루스가 물었다.

"프랜신?" 밀러는 무표정하게 그를 처다보았다. "프랜신은 창녀야. 이 마을에 한 열 명 있지. 그중에 여섯은 여기서 일하고, 강 아래쪽 대피소에서 일하는 인디언이 둘 있지."

"붉은 옷의 여자(scarlet woman, 요한계시록에서 나오는 단어로 창녀를 뜻함)." 찰리 호지가 말했다. 그는 아직도 떨고 있었다. "죄 많은 여자야." 미소도 짓지 않았다.

"찰리는 성경 그 자체야." 밀러가 말했다. "아주 열심히 읽지."

"창녀…." 앤드루스가 말하고 마른침을 삼켰다. "어쨌거나 저분은 그렇게 보이지 않는…."

밀러의 큰 입의 꼬리가 살짝 올라갔다. "어디 출신이라고 했지?"

"보스턴입니다." 그가 말했다. "매사추세츠주 보스턴이요."

"매사추세츠주 보스턴에는 창녀가 없나?"

앤드루스의 얼굴이 화끈거렸다. "있겠죠." 그가 말했다. "있을 겁니다." 그가 다시 말했다. "있습니다."

밀러는 고개를 끄덕였다. "보스턴에도 창녀가 있지. 하지만 보스턴의 창녀와 부처스 크로싱의 창녀는 완전히 달라."

"알겠습니다." 앤드루스가 말했다.

"모르는 것 같은데." 밀러가 말했다. "하지만 알게 되겠지. 부처스 크로싱에서 창녀는 경제의 필수 요소야. 남자들이 술과 음식 말고도 돈 쓸데가 있어야지. 황야에 나갔다가도 마을로 돌아오게 할 무언가가 필요해. 부처스 크로싱에서는 창녀가 상대를 까다롭게 고를 수 있고 돈도 꽤 많이 벌지. 그래서 상당히 품위가 있어. 심지어 그중 몇은 결혼까지 했다니까. 아내를 원하는 사람에겐 좋은 짝이 됐다고 들었네."

앤드루스는 아무 말도 하지 않았다.

밀러는 의자에 등을 기댔다. "게다가 지금은 한가한 시기야. 그리고 프랜신은 지금 일하는 것도 아니고. 창녀도 일하지 않을 때는 보통 사람이랑 거의 똑같아 보이지."

"죄악과 타락." 찰리 호지가 말했다. "저 여자 안에는 더러운 게 있어." 그는 멀쩡한 손으로 테이블 끝을 꽉 움켜잡아서 갈색 피부가 희고 푸르게 보일 정도였다.

프랜신이 술을 가지고 테이블로 돌아왔다. 앤드루스의 어깨 위로 몸을 기울여 찰리 호지의 위스키 잔을 놓았다. 앤드루스는 그녀의 온기와 체취를 의식하고 몸을 움직였다. 프랜신이 앤드루스 앞에 맥주를 놓고 미소 지었다. 눈은 창백하고 컸다. 아래쪽으로 내려올수록 부드러워지는 빨간색 섞인 금발 때문에 눈이 더 크고 깜빡이지 않는 것처럼 보였다. 앤드루스는 주머니에서 동전 몇 개를 꺼내 그녀의 손바닥 위에 놓았다.

"자리 비켜 줄까?" 프랜신이 밀러에게 물었다.

"앉아." 밀러가 말했다. "앤드루스 씨는 그냥 얘기하고 싶대."

위스키를 보자 찰리 호지는 잠잠해졌다. 잔을 들고 빠르게 마셨다. 고개가 뒤로 젖혀지고, 턱수염이 회색 모피처럼 무성한 목구멍 아래 목젖이 짐승처럼 움직였다. 술을 다 마시자 다시 의자에 몸을 구부정하게 파묻고, 작은 눈으로 잠자코 다른 사람들을 차갑게 쳐다보았다.

"무슨 얘기를 하고 싶나, 앤드루스 씨?" 밀러가 물었다.

앤드루스는 불편한 시선으로 프랜신과 찰리 호지를 쳐다보았다. "뜬금없다고 생각하시는군요?" 그가 말했다.

밀러는 고개를 끄덕였다. "그래."

앤드루스는 잠시 말을 멈췄다 입을 열었다. "서부를 알고 싶을 뿐입니다. 저는 여기가 처음입니다. 되도록 많이 알고 싶습니다."

"뭣 때문에?" 밀러가 물었다.

앤드루스는 멍하니 그를 쳐다보았다.

"말투가 학교 물 좀 먹은 것 같군, 앤드루스 씨."

"네." 앤드루스가 말했다. "하버드를 3학년까지 다녔습니다."

"이런." 밀러가 말했다. "3년이라. 짧지 않은 기간이군. 그만둔 지는 얼마나 됐나?"

"얼마 안 됩니다. 여기 오려고 그만뒀죠."

밀러는 잠시 그를 바라보았다. "하버드 대학이라." 밀러는 고개를 저었다. "난 읽기는 독학했네. 어느 겨울에 폭설로 콜로라도의 사냥꾼 움막에 꼼짝없이 갇혀 있었을 때였지. 쓸 수 있는 건 내 이름 정도고. 이런 나한테 뭘 배울 수 있겠나?"

앤드루스는 얼굴을 찌푸렸다. 그러고는 목소리에 배어든 것 같은 짜증을 숨겼다. "저는 당신이 어떤 분인지 모릅니다, 밀러 씨." 약간 열띠게 말했다. "말씀드렸듯이 저는 이 서부에 대해 알고 싶을 뿐입니다. 맥도널드 씨는 그 얘기라면 당신이 제격이라고 하시더군요. 서부라면 누구보다 잘 안다면서. 당신이 한두 시간 정도 얘기를 해 줄 수 있으리라 생각했습니다. 제가 잘 이해할 수 있게⋯."

밀러는 고개를 젓고 씩 웃었다. "말을 조리 있게 잘하는군. 정말이야. 하버드에서 배웠나?"

앤드루스는 잠시 그를 딱딱한 눈길로 쳐다보았다. 그러고는 미소 지었다. "아닙니다. 그건 아닌 것 같군요. 하버드에서는 말하지 않습니다. 듣기만 하죠."

"뭐 그렇다면." 밀러가 말했다. "그만둘 만하군. 누구라도 가끔은 자기 얘기를 해야 할 때가 있으니까."

"그렇습니다." 앤드루스가 말했다.

"그래서 여기 왔군. 부처스 크로싱에."

"네."

"알고 싶은 걸 알고 나면 어떻게 할 생각인가? 돌아가서 친구들에게 허풍 떨 건가? 아니면 신문에 뭘 쓸 건가?"

"아닙니다." 앤드루스가 말했다. "그런 이유 때문이 아닙니다. 저 자신을 위해서입니다."

밀러는 한동안 말이 없었다. 그리고 입을 열었다. "찰리에게 위스키 한 잔 더 사게. 이번에는 나도 마시겠어."

프랜신이 일어났다. 그녀가 앤드루스에게 말했다. "맥주 한 잔 더?"

"위스키요." 앤드루스가 말했다.

프랜신이 테이블을 떠나고 나서 앤드루스는 한동안 말이 없었다. 같이 앉아 있는 두 남자에게 시선을 주지도 않았다.

밀러가 말했다. "그럼 맥도널드 밑에 있는 건 아니군."

"제가 원하는 일이 아닙니다."

밀러가 고개를 끄덕였다. "여기는 사냥꾼의 마을이야, 젊은 친구. 자네가 여기 머문다면 할 수 있는 게 별로 없어. 맥도널드 밑에서 일하면서 돈을 벌거나, 작은 사업을 하면서 철도가 깔리기를 바라야겠지. 아니면 사냥대에 들어가서 들소를 사냥할 수도 있고."

"맥도널드 씨가 말했던 게 대충 그겁니다."

"마지막 아이디어는 좋아하지 않았겠지."

앤드루스는 미소를 지었다. "그렇습니다."

"맥도널드는 사냥꾼들을 좋아하지 않아." 밀러가 말했다. "사냥꾼들도 그자를 좋아하지 않고."

"왜죠?"

밀러는 어깨를 으쓱했다. "일은 사냥꾼들이 하는데 돈은 맥도널드가 다 차지하니까. 사냥꾼들은 그자를 사기꾼이라고 생각하고 그자는 사냥꾼들을 바보 취급해. 어느 쪽도 탓할 수는 없어. 둘 다 일리가 있으니까."

앤드루스가 말했다. "하지만 당신은 사냥꾼이지 않습니까, 밀러 씨?"

밀러는 고개를 저었다. "이 마을의 사냥꾼들하고는 달라. 맥도널드 밑에서 일하지도 않고. 맥도널드는 자기 사냥대를 꾸리고 대원들에게 생가죽 한 장당 50센트를 줘. 여름철의 생가죽은 무두질한 얇은 가죽과 다를 게 없지. 그는 늘 3, 40개의 사냥대를 고용해서 엄청난 수의 가죽을 확보해. 하지만 사냥대가 흩어질 즈음에는 사냥꾼들은 겨울을 지낼 정도의 돈이나 챙기면 다행이지. 나는 나 자신을 위해서만 사냥해. 아니면 아예 하지 않거나." 밀러는 잠시 말을 멈췄다. 프랜신이 4분의 1쯤 든 위스키병과 새 잔들을 가져왔다. 작은 맥주잔 하나는 자기 몫이었다. 찰리 호지는 프랜신이 앞에 놓아준 위스키 잔으로 재빨리 손을 뻗었다. 밀러는 크고 털 없는 손으로 자기 잔을 들어 감쌌다. 앤드루스는 빠르게 한 모금 홀짝였다. 입술과 혀가 타는 것 같았고 목구멍이 뜨끈해졌다. 혀가 타는 듯해서 아무 맛도 느낄 수 없었다.

"난 4년 전에 여길 알았네." 밀러가 말을 계속했다. "맥도널드도 같은 해에 알았지. 맙소사! 자네도 당시의 이곳을 봤어야 해. 봄이 되면 여기서도 들소들이 평원 전체를 몇 킬로미터에 걸쳐 목초처럼 새까맣게 뒤덮은 모습을 볼 수 있었지. 사냥꾼도 몇 없었어. 사냥대 하나가 몇 주 동안 사낭하면 1000마리에서 1500마리 잡는 건 일도 아니었네. 봄의 가죽도 꽤 괜찮아. 지금은 전부 씨가 말랐어. 들소들은 작은 무리로 이동해. 한 번 사냥에 2, 300마리 잡으면 다행이지. 한두 해만 지나면 캔자스에는 사냥할 들소가 더는 없을 거야."

앤드루스는 다시 위스키를 한 모금 홀짝였다. "그렇게 되면 뭘 하실 생각인가요?"

밀러는 어깨를 으쓱했다. "다시 덫 사냥을 하거나 광산에서 일하거나 다른 걸 사냥해야겠지." 그는 자기 잔을 노려보았다. "아니면 들소를 사냥하거나. 들소가 있을 만한 곳은 아직 있어. 찾을 수 있는지가 문제지."

"이 주변에요?" 앤드루스가 물었다.

"아니." 밀러가 말했다. 검은 양복을 입은 커다란 몸집을 의자에서 들썩이듯 움직이며 입도 대지 않은 술잔을 정확히 테이블 가운데로 밀었다. "난 1863년 가을에 콜로라도에서 비버 덫사냥을 했지. 찰리가 손을 잃은 다음 해였네. 찰리는 그때 덴버에 있었고 나와 함께 다니지는 않았어. 그 해에는 비버들이 늦게 털이 나서 나는 사냥하던 강가에 덫을 남겨 두고 노새를 타고 산을 올랐네. 곰이나 몇 마리 잡을 생각이었지. 나흘째에 북쪽으로 더 높이 올라가자 산이 급경사로 떨어지며 협곡을 이루는 장소가 나오더군. 아래쪽에 짐승들이 물을 마시는 냇가가 있겠다는 생각이 들어서 내려갔네. 종일 걸렸어. 그런데 아래쪽에는 냇가가 없더군. 아래쪽은 평평하게 펼쳐진 맨땅이었어. 폭이 한 3, 4미터 정도 되고 흙은 돌처럼 단단히 뭉쳐져서 마치 산을 통과해 직선으로 난 도로 같았네. 보자마자 그게 뭔지 알았지만 믿을 수 없었어. 들소였네. 들소들은 여러 해 동안 땅을 거세게 밟으며 내려와 이 길을 오갔네. 난 그날 남은 시간 내내 이 맨

땅을 따라 산을 올랐고, 거의 밤이 될 무렵 마치 호수처럼 평평한 계곡으로 나오게 되었지. 그 계곡은 한눈에 볼 수 없을 만큼 멀리까지 산을 휘감으며 펼쳐졌고, 들소들은 그 계곡 전체에서 작은 무리를 이루며 여기저기 흩어져 있었네. 한눈에 다 들어오지 않을 정도였어. 가을 가죽이었지만 평원에 있는 들소의 겨울 가죽보다 더 두껍고 질이 좋지. 내가 서 있던 곳에서 보니 3, 4000마리는 되는 것 같았고, 눈에 보이지 않는 계곡의 굽은 부분에는 그보다 더 있었네." 그는 테이블 한가운데서 잔을 들고 빠르게 마셨다. 마시면서 살짝 몸서리쳤다. "그 계곡에 왔던 사람은 아무도 없으리라는 느낌이 들었네. 아주 오래전에 인디언들 몇몇이 왔을 수는 있겠지만 그 밖에는 아무도 없었지. 그 주변에서 이틀 동안 머물렀지만, 사람의 흔적은 없었고 오가는 것도 못 봤어. 들소들이 다니던 길은 강 근처 뒤쪽에서 산허리 반대쪽으로 휘어지며 나무들에 가린 채 강까지 올라가더군. 사람 눈에 절대 띄지 않을 거야."

앤드루스는 헛기침했다. 입을 열자 나온 목소리는 자신에게도 낯설고 공허하게 들렸다. "거기 다시 가 보셨습니까?"

밀러는 고개를 저었다. "그러지 않았네. 비밀로 간직했지. 정확한 위치를 알거나 나처럼 우연히 발견하지 않는 한 절대 찾을 수 없는 곳이야. 그리고 그럴 가능성은 극히 드물지."

"10년이 지났습니다." 앤드루스가 말했다. "왜 돌아가 보지 않으셨나요?"

밀러는 어깨를 으쓱했다. "상황이 좋지 않았네. 어느 해에는 찰리가 열병으로 드러누웠고, 어떤 해에는 내가 다른 일이 있거나 돈이 없었어. 가장 큰 이유는 딱 맞는 사냥대를 모을 수 없어서였고."

"어떤 사냥대가 필요하신데요?" 앤드루스가 물었다.

밀러는 그를 쳐다보지 않았다. "내 사냥을 할 수 있는 사냥대. 이런 사냥을 할 수 있는 장소는 얼마 되지 않아. 다른 사냥꾼들과 함께 사냥하고 싶지도 않고."

앤드루스는 몸 안에서 알 수 없는 흥분이 일어나는 걸 느꼈다. "이런 사냥대에는 몇 명이 필요합니까?"

"그건." 밀러가 말했다. "사냥대를 꾸리는 사람한테 달렸네. 대부분 다섯에서 일곱이지. 난 작은 규모로 할 생각이네. 사냥꾼은 한 명이면 충분해. 사냥할 시간은 충분하니까. 원하는 만큼 들소들을 계곡에 가둬둘 수 있어. 가죽 벗길 사람 둘, 야영지 관리할 사람 하나. 일만 제대로 하면 넷으로 충분해. 그리고 사람이 적을수록 각자 몫은 커지지."

앤드루스는 입을 떼지 않았다. 프랜신이 앞으로 움직이며 테이블에 팔꿈치를 얹는 모습이 눈 끝에 보였다. 찰리 호지가 깊고 격한 숨을 쉬더니 낮게 기침했다. 한참 뒤 앤드루스가 말했다.

"이렇게 늦은 시기에 사냥대를 꾸리실 수 있습니까?"

밀러는 고개를 끄덕였다. 그리고 앤드루스의 머리 너머를 쳐다보았다. "가능할 것 같네."

침묵이 흘렀다. 앤드루스가 말했다. "돈은 얼마나 들까요?"

밀러의 시선이 내려오더니 앤드루스와 눈이 마주쳤다. 그는 살짝 미소를 지었다. "흥미가 있다는 얘긴가?"

"그렇습니다." 앤드루스가 말했다. "돈은 얼마나 들까요?"

"글쎄." 밀러가 말했다. "올해는 사냥 떠날 생각을 진지하게 해 본 적이 없는데." 그는 두껍고 창백한 손가락으로 테이블 위를 두드렸다. "이젠 해 봐야겠군."

찰리 호지가 다시 기침하고 반쯤 찬 잔에 위스키를 조금 더 따랐다.

"난 돈이 별로 없어." 밀러가 말했다. "사냥대에 들어오려는 사람이 거의 다 부담해야 할 거야."

"그게 얼마죠?" 앤드루스가 말했다.

"돈은 내더라도." 밀러가 말했다. "이건 내 사냥이라는 걸 기억해야 해. 그걸 명심해야 한다고."

"네." 앤드루스가 말했다. "돈은 얼마나 들까요?"

"얼마 있나?" 밀러가 부드럽게 물었다.

"1400달러쯤 됩니다." 앤드루스가 말했다.

"물론 자네도 들어오고 싶겠지?"

앤드루스는 망설였다. 그러다 고개를 끄덕였다.

"일해야 한다는 말이네. 가죽 벗기는 걸 도와야 해."

앤드루스는 다시 고개를 끄덕였다.

"이건 여전히 내 사냥이라는 걸 알아야 하고." 밀러가 말했다.

앤드루스가 말했다. "알겠습니다."

"그럼 그렇게 하지." 밀러가 말했다. "자네가 짐승들과 식량을 살 돈을 내겠다면."

"뭐가 필요할까요?" 앤드루스가 물었다.

"마차와 그걸 끌 짐승들이 필요해." 밀러가 천천히 말했다. "보통은 노새를 쓰지만, 노새는 곡물을 먹여야 해. 소는 오가면서 땅에 난 풀만 먹고도 견디고, 무거운 짐도 끌 수 있어. 속도는 느리지만 우린 서두를 필요가 없지. 말은 있나?"

"아니요." 앤드루스가 말했다.

"자네가 탈 말이 필요해. 누가 될지는 모르겠지만 가죽 벗기는 사람 것도. 총은 쏠 줄 아나?"

"권…총 말씀입니까?"

밀러는 딱딱한 미소를 지었다. "그런 장난감을 뭐에 쓰려고?" 그가 말했다. "죽기 딱 좋지. 사냥총 얘기하는 거야."

"아니요." 앤드루스가 말했다.

"소형 사냥총을 하나 구해 줘야겠군. 화약과 납도 필요해. 납 1톤에 화약 220킬로그램 정도. 남으면 환불받을 수 있어. 산에서 나는 걸 먹을 수도 있지만, 식량은 준비해 가야 해. 밀가루 몇 포대, 커피 5킬로, 설탕 10킬로, 소금 몇 킬로, 베이컨 여러 장, 콩 10킬로, 주전자 몇 개와 조리 도구도 챙기고, 말에게 먹일 사료도 좀 준비해야지. 5, 600달러면 충분할 것 같군."

"제가 가진 돈의 거의 절반이군요." 앤드루스가 말했다.

밀러는 어깨를 으쓱했다. "큰돈이지. 하지만 그보다 훨씬 더 벌게 될 거야. 마차만 튼튼하면 가죽을 거의 1000장 실을 수 있어. 그러면 거의 2500달러가 되지. 가죽이 많으면 그중에 얼마는 겨우내 거기서 말렸다가 봄에 돌아가서 가져올 수도 있고. 내가 60, 자네가 40을 갖는 걸로 하지. 보통 때보다 내 몫이 많기는 하지만 이건 내 사냥이고 여기 찰리도 내가 챙겨야 하니까. 가죽 벗기는 사람 하나는 자네가 맡게. 돌아오면 살 때와 비슷한 가격에 마차와 짐승들을 팔 수 있네. 그러니 자네한테는 손해가 없을 거야."

"난 안 가." 찰리 호지가 말했다. "거긴 악마의 땅이야."

밀러는 유쾌하게 말했다. "찰리는 로키산에서 손을 잃었어. 그때 이후로 대평원이라면 치를 떨지."

"지옥불과 얼음." 찰리 호지가 말했다. "사람이 살 데가 아니야."

"어쩌다 손을 잃게 됐는지 앤드루스 씨한테 얘기해 줘, 찰리." 밀러가 말했다.

찰리는 짧고 희끗희끗한 수염 사이로 씩 웃었다. 잘린 손 부분을 테이블에 놓고, 말하는 동안 앤드루스 쪽으로 조금 밀었다. "밀러와 나는 어느해 이른 겨울에 콜로라도에서 사냥을 했지. 산 바로 앞에 있는 작은 언덕에 올라갔을 때 눈보라가 치기 시작했어. 밀러와 서로 떨어졌고, 나는 바위 위에서 미끄러져 머리를 부딪히며 완전히 정신을 잃었지. 얼마나 오랫동안 거기 쓰러져 있었는지는 모르겠어. 정신이 들었을 때는 아직도 눈보라가 쳤고, 밀러가 부르는 소리가 들렸어."

"거의 네 시간 동안 찰리를 찾았지." 밀러가 말했다.

"넘어질 때 장갑이 벗겨졌던 게 분명해." 찰리 호지가 말을 이었다. "맨손에다 꽁꽁 얼었으니까. 하지만 시리진 않았어. 조금 따끔거렸지. 소리치자 밀러가 다가왔어. 밀러는 바위틈 사이에 있는 오두막까지 찾아냈네. 거기엔 마른 통나무까지 있어서 불도 계속 피울 수 있었지. 내 손을 봤어. 파랬지. 정말 새파랬어. 그런 건 생전 처음 봤지. 손이 따뜻해지자 아프기 시작했어. 얼어서 아픈 건지 덴 것처럼 아픈지 알 수 없었지. 그러더니 손이 예쁜 천 조각처럼 빨갛게 변하더군. 오두막에서 2, 3일 있었는데 눈보라는 그치지 않았어. 그리고 손이 다시 거의 새까말 정도로 파래졌지."

"악취가 났어." 밀러가 말했다. "잘라내야 했지."

찰리 호지는 갈라진 목소리로 쌕쌕거리며 웃었다. "밀러는 계속 손을 잘라내야 한다고 했지만 난 들은 척도 안 했네. 거의 반나절 넘게 싸웠는데 결국 내가 졌지. 밀러는 내가 지칠 때까지 계속 그 얘기를 했어. 결국 난 누워서 밀러보고 잘라 버리라고 했지."

"세상에." 앤드루스가 말했다. 거의 속삭이는 듯한 목소리였다.

"자네 생각만큼 그리 나쁘지는 않았어." 찰리가 말했다. "당시에는 통증이 너무 심해서 칼이 닿는 정도만 느낄 수 있었지. 밀러가 뼈를 자를 때 난 정신을 잃었어. 그 뒤에는 그리 나쁘지 않았고."

"찰리는 부주의했어." 밀러가 말했다. "그 바위에서 미끄러지면 안 됐어. 그 후로는 늘 조심했지, 찰리?"

찰리가 웃었다. "조심 또 조심했지."

"이제 알겠지?" 밀러가 말했다. "찰리가 왜 콜로라도를 싫어하는지."

"세상에, 그럼요!" 앤드루스가 말했다.

"하지만 우리와 함께 갈 거야." 밀러가 말을 이었다. "손은 하나뿐이지만 그 누구보다 뛰어난 야영지 관리자니까."

"아니." 찰리 호지가 말했다. "난 안 가. 이번에는 안 갈 거야."

"별일 없을 거야." 밀러가 말했다. "이때쯤에는 그곳도 아직 따뜻해. 11월까지는 눈도 안 오고." 그가 앤드루스를 쳐다보았다. "찰리는 갈 거야. 이제 가죽 벗기는 사람이 필요해. 솜씨 좋은 친구로. 자네 몫까지 해야 하니까."

"알겠습니다." 앤드루스가 말했다. "언제 떠나죠?"

"9월 중순쯤에는 산에 도착해야 해. 그때쯤이면 추워지면서 가죽의 질이 좋아지거든. 두 주 정도 뒤에 출발해야 해. 산까지 두어 주, 사냥하는 데 일주일에서 열흘, 돌아오는 데 두어 주."

앤드루스는 고개를 끄덕였다. "짐승과 식량은요?"

"내가 엘스워스에서 구해오지." 밀러가 말했다. "튼튼한 마차를 가진 사람을 알아. 마차 끄는 소도 팔 거고. 식량도 구해오지. 거기가 더 싸니까. 너더댓새 뒤에 돌아오겠네."

"준비는 전부 당신이 하는군요." 앤드루스가 말했다.

"그래. 나한테 다 맡겨. 자네 말과 사냥총도 구해오지. 가죽 벗기는 사람도."

"돈은 지금 드릴까요?" 앤드루스가 물었다.

밀러의 입꼬리가 거의 미소 짓듯 올라갔다. "일단 마음먹으면 주저하지 않는군, 앤드루스 씨?"

"그렇습니다." 앤드루스가 말했다.

"프랜신." 밀러가 말했다. "우리 모두 한잔 더 해야겠어. 위스키 더 가져와. 당신 것도."

프랜신은 잠시 밀러를 보다 그다음에는 앤드루스를 쳐다보았다. 그녀는 시선을 앤드루스에게 두다 자리에서 일어나 테이블을 떠났다.

"기념으로 한잔하지." 밀러가 말했다. "그다음에 돈을 줘. 그럼 돼."

앤드루스는 고개를 끄덕였다. 그는 찰리 호지를, 그다음에는 찰리의 뒤쪽을 쳐다보았다. 방이 더운 데다 위스키를 마셔 몸이 뜨끈해지며 졸렸다. 머릿속에는 그들이 가게 될 산에 대해 밀러가 한 이야기의 조각들이 돌아다녔고, 그 조각들은 반짝이며 빙빙 돌다 돌발적이고 낯선 패턴으로 부드럽게 내려앉았다. 이 조각들은 만화경 거울에 여기저기 흩어진 얼룩처럼 빙빙 돌며 스스로 늘어났고, 불규칙하고 우연히 나타난 원천에서 빛을 찾아냈다.

프랜신이 술병 하나를 더 들고 돌아와 테이블 가운데 놓았다. 아무도 입을 열지 않았다. 밀러는 자기 잔을 들더니 등불에서 나오는 빛이 그 잔을 붉은 호박색으로 물들이는 위치에서 잠시 멈췄다. 다른 사람들도 말없이 잔을 들어 마셨다. 비워질 때까지 내려놓지 않았다. 앤드루스는 목구멍이 타는 듯했고 눈물이 고였다. 젖은 눈 사이로 앞에 앉은 프랜신의 얼굴이 희미하게 일렁이는 게 보였다. 프랜신도 눈으로는 그를 보며 살짝 미소를 지었다. 앤드루스는 눈을 깜빡이고 밀러를 보았다.

"돈은 가져왔나?" 밀러가 물었다.

앤드루스는 고개를 끄덕였다. 셔츠 아래쪽 단추를 풀고 전대에서 돈다발을 꺼냈다. 600달러를 세어 흠집투성이 테이블에 놓고 나머지는 다시 집어넣었다.

"그거면 되겠군." 밀러가 말했다. "내일 엘스워스로 가서 필요한 물건들을 마련하고 늦어도 일주일 안으로는 돌아올게." 그는 지폐를 세더니 한 장을 꺼내 찰리 호지에게 내밀었다. "나 없는 동안 이 돈으로 지내."

"뭐?" 찰리 호지가 물었다. 목소리가 멍했다. "같이 안 가?"

"난 바쁠 거야." 밀러가 말했다. "이 돈이면 일주일은 지낼 수 있어."

찰스 호지는 천천히 고개를 끄덕이고 밀러의 손에서 지폐를 잡아채더니 구겨 셔츠 주머니에 쑤셔 넣었다.

앤드루스는 의자를 뒤로 밀고 일어섰다. 팔다리가 뻣뻣해서 잘 움직이지 않았다. "더 할 얘기가 없으면 저는 가서 자겠습니다."

밀러는 고개를 저었다. "얘긴 다 했네. 난 내일 아침 일찍 출발할 테니 돌아올 때까지는 못 만나겠지. 하지만 찰리는 이 근처에 있을 거야."

"편히 주무십시오." 앤드루스가 말했다. 찰리 호지는 짜증스러운 듯 웅얼거리며 침울하게 그를 쳐다보았다.

"안녕히 주무세요." 앤드루스는 프랜신에게 말하며 어색하게 살짝 고개를 까딱했다.

"잘 자요, 앤드루스 씨." 프랜신이 말했다. "좋은 꿈 꿔요."

앤드루스는 몸을 돌려 긴 방을 가로질러 나갔다. 방은 거의 텅텅 비었다. 널빤지를 얼기설기 댄 바닥과 조악한 테이블 위에 비치는 불빛은 더 선명해졌고, 이 빛이 만들어 내는 그림자는 아까보다 더 깊고 짙어졌다. 그는 술집을 가로질러 거리로 나갔다.

대장간에서 나오던 불빛은 거의 사라졌고, 임대 마구간 앞 기둥에 걸린 등불은 꺼져서 유리 구(球) 바닥에서 나오는 노란 불빛 테두리뿐이었다. 술집 앞에 묶인 말들 한두 마리는 거의 다리께까지 머리를 수그린 채 잠자코 있었다. 보도에 닿는 앤드루스의 장화 소리가 크게 메아리쳤다. 그는 도로를 지나 호텔로 걸어갔다.

IV

밀러가 부처스 크로싱을 떠나 엘스워스로 간 뒤, 앤드루스는 처음 며칠 동안 대부분 호텔 방에서 시간을 보냈다. 좁은 침대의 얇은 매트리스에 누워 장식 없는 벽, 얼기설기 널빤지를 댄 바닥, 평평하고 낮은 천장을 응시했다. 비콘 근처 클래런던 스트리트 가까이 있는 아버지 집과 찰스강을 생각했다. 큰아버지의 유산 중 자기 몫을 가지고 그곳을 떠난 지 한 달이 채 안 되었지만, 태어나고 어린 시절을 보낸 그 집이 이제는 아주 멀게 느껴졌다. 집 자체, 그리고 그 주위를 둘러싼 키 큰 느릅나무들의 이미지만을 아주 희미하게 떠올릴 수 있을 뿐이었다. 어둑하고 넓은 거실, 짙은 빨간색 벨벳 소파는 좀 더 뚜렷이 기억났다. 여름날 오후에는 그 소파에 누웠다. 두꺼운 천이 뺨을 스쳤고 눈으로는 소파의 호두나무 틀에 복잡하게 뒤얽히듯 새겨진 꽃무늬 문양을 어지러워질 때까지 좇았다. 중요한 기억처럼 안간힘을 써 떠올렸다. 그 소파 옆에는 커다란 램프가 있었다. 색칠한 장미들이 둥글고 우유처럼 하얀 램프 바닥을 사슬처럼 둘러쌌다. 그 너머 벽에는 이름도 기억나지 않는 고모가 유럽 대륙 순회 여행(영국, 미국의 부유층 젊은이들이 교육의 일환으로 유럽 주요 도시들을 둘러보던 여행)을 하며 그린 수채화들이 액자에 넣어져 가지런히 걸렸다. 하지만 그 기억은 오래가지 않았다. 현실이 아닌 듯, 흩어지는 안개처럼 희미해졌다. 그리고 부처스 크로싱의 허름한 목조 호텔 빈방에 있는 자신의 모습으로 돌아왔다.

그 방에서는 마을 전체를 거의 다 볼 수 있었다. 천을 씌운 창틀을 창문에서 떼어 낼 수 있다는 것을 알고는 창가에 앉아 많은 시간을 보냈다. 창 입구 아래 창틀에 팔을 감싸고, 턱을 팔뚝에 올리고 마을을 내다보았다. 거대한 짐승의 맥박인 양 느릿하고 불규칙한 리듬으로 움직이는 것 같은 마을 자체와 그 주위의 들판 사이로 번갈아 시선을 움직였다. 마을을 보지 않을 때는 언제나 서쪽으로 강가와 그 너머를 보았다. 청명한 아침 햇살 아래 새파랗고 구름 한 점 없는 하늘 위로 지평선이 뚜렷이 보였다. 선명하고 완전무결한 지평선을 보며 어렸을 때 매사추세츠 만의 바위 투성이 바닷가에 섰던 시절, 동쪽으로 숨 막혀 어지러울 정도로 광대하게 펼쳐졌던 회색빛 대서양 너머를 바라보던 때를 생각했다. 그때보다 나이가 든 지금, 그는 다른 지평선의 다른 광대함을 바라보고 있었다. 하지만 마음은 어렸을 때 느꼈던 경이감으로 가득 찼다. 오래전에 잃어버렸던 어떤 사실을 넌지시 보여 주는 것 같았다. 지금 그는 황량하고 광대한 바다를 찾아 떠났던 초창기 개척자들을 생각했다. 그 개척자들은 가파른 낭떠러지에 다다라 그 너머로 배를 저어, 세상으로부터 떨어진 어둠의 공간 속으로 영원히 추락하리라는 전설을 들었다는 이야기도 기억났다. 개척자들은 그런 전설을 들었지만 뒤돌아서지 않았다는 사실은 알았다. 하지만 개척자들이 외로운 항해를 하는 동안 끝없이 나락으로 떨어지는 느낌을 얼마나 자주 가졌을지, 그리고 꿈에서 그 느낌이 얼마나 자주 되풀이 되었을지 자주 생각하기는 했다. 그는 지평선을 바라보는 동안 점점 날이 더워지며 그 선이 흔들리는 걸 볼 수 있었다. 바람이 거세지는 늦은 오후 즈음에는 지평선이 희미해지며 하늘과 어우러졌고, 서쪽에는 어디까지 펼쳐져 있을지 그 끝이 보이지 않는 희미한 평원이 있었다. 그리고 서쪽의 안개 속에서 불타는 장작처럼 내려앉은 밝은 빛 사이로 살금살금 밤이 다가와 대지에 내리면, 그가 있는 작은 마을은 점점 커지는 어둠 속에서 쪼그라드는 것 같았다. 가끔 시선 둘 곳을 잃어버리면 추락하는 듯한 느낌이 들었다. 개척자들도 가장 깊은 공포로 가득한 꿈속에서 분명 이렇게 느꼈겠지. 하지만 아래 거리에서 불빛이 깜빡이거나, 누군가 성냥불을 붙이거나, 문이 열리며 지나가는 사람들의 부츠 위로 등불이 빛나면, 호텔 방의 열린 창문 앞에 앉은 자신의 모습을 다시 발견하곤 했다. 긴장한 채 꼼짝하지 않고 있어서인지 근육이 쑤셨다. 그러면 침대에 몸을 던지고 더 익숙하고 안전한 다른 어둠 속에서 잠들었다.

가끔은 창가에서 기다리는 걸 그만두고 거리로 내려갔다. 부처스 크로싱에는 평원을 바라보는 시야를 가리는 건물이 몇 채 있었다. 그래서 평원은 더는 사방으로 끝없이 펼쳐지지는 않았다. 가끔 자기가 마을에서 멀리 떨어지고 심지어는 자기 자신보다 위에 있는 곳에서 장난감 같은 건물들이 모여 있는 걸, 그 건물들 주위를 작은 손가락 같은 사람들이 수없이 기어 다니는 걸 내려다보는 느낌이 들었다. 그리고 이 작은 중심부에서 평원이 끝없이 펼쳐졌고, 마을은 그 형체를 잃고 얼룩처럼 보였다.

하지만 보통은 거리의 사람들 사이를 돌아다녔다. 사람들은 불규칙하지만 리드미컬한 물결처럼 부처스 크로싱으로 흘러 들어갔다 나오는 것 같았다. 그는 거리를 오르내리고 가게에 들어갔다 나왔다. 발을 잠시 멈첬다가 오가는 사람들의 움직임에 맞춰 다시 빠르게 걸었다. 뭘 찾아서 돌아다니는 건 아니었지만 낯설고 기이한 인상을 받았다. 그는 이 인상이 중요한 것 같았다. 예상하지 못한 인상이었기 때문일 것이다. 받은 당시에는 깨닫지 못했지만, 저녁에 되어 어둠 속에서 침대에 누우면 이 인상들은 새로운 느낌으로 되살아났다.

거리의 달가닥거리는 소음 사이에서 조용히 걷는 남자들의 이미지를 떠올렸다. 소음은 그들 외부에서 생겨났고, 그들의 침묵을 흩뜨리기보다는 더 뚜렷하게 만들었다. 대부분은 무기가 없었지만, 허리띠에 총을 대충 쑤셔 넣은 사람들도 몇 있었다. 이미지 속에서 그들의 얼굴은 눈에 띌 정도로 비슷했다. 갈색 피부에 주름살이 있었고, 눈은 피부색보다는 밝았으며, 시선은 약간 올린 채 자신들이 보는 어딘가의 너머를 향했다. 그리고 마침내 그는 그들이 자연스럽게 주저 없이 어떤 패턴으로 움직인다는 인상을 받았다. 그 패턴은 너무나도 다양하고 복잡해서 파악할 수 없었고, 패턴의 비밀 통로는 머리를 쓴다고 알아내거나 열 수 있는 게 아니었다.

밀러가 없는 동안 그가 스스로 대화를 나눈 상대는 세 사람뿐이었다. 프랜신, 찰리 호지, 그리고 맥도널드.

한번은 거리에서 프랜신을 본 적이 있었다. 정오였고 사람은 몇 없었다. 그녀는 잭슨 술집에서 직물 가게 쪽으로 걸었다. 그들은 직물 가게 입구에서 마주쳤다. 호텔 바로 건너편이었다. 인사를 나눴고, 프랜신은 마을에 익숙해졌는지 물었다. 대답하며 그는 그녀의 도톰한 윗입술에 맺힌 작은 땀방울 위에 햇살이 비쳐 수정처럼 빛나는 걸 알았다. 잠시 이야기를 나눈 뒤, 둘 사이에는 어색한 침묵이 내려앉았다. 프랜신은 미소를 지으며 그 앞에 움직이지 않은 채 꼿꼿이 서 있었다. 크고 창백한 눈이 천천히 깜빡였다. 마침내 그는 사과의 말을 웅얼거리며 그녀에게서 멀어져, 갈 데가 있는 양 거리를 올라갔다.

어느 아침 일찍 그녀를 다시 보았다. 잭슨 술집 2층에서 긴 계단을 내려오고 있었다. 수수한 회색 드레스를 입었는데, 목 쪽 옷깃 단추는 풀어졌다. 아주 조심스럽게 계단을 내려오고 있었다. 계단은 가파르고 높아서 발을 잘 보며 두꺼운 판자의 가운데를 신중하게 밟았다. 앤드루스는 프랜신이 내려오는 모습을 보도 한편에서 쳐다보았다. 그녀는 모자를 쓰지 않아서 건물의 그림자 밖으로 나오자 붉은색이 도는 흐트러진 금발에 아침 햇살이 쏟아졌고, 창백한 얼굴에 온기를 불어넣었다. 내려오는 동안 그를 보지 못했는데도, 그녀는 보도에 들어서며 앤드루스에게 별로 놀라지 않은 듯한 시선을 보냈다.

"안녕하세요." 앤드루스가 말했다.

프랜신은 고개를 끄덕이며 미소 지었다. 그를 보며 한 손으로는 아직 계단의 엉성한 나무 난간을 잡았다. 그녀는 입을 열지 않았다.

"오늘 아침에는 일찍 일어나셨네요." 그가 말했다. "거리에 사람이 거의 없습니다."

"일찍 일어날 때면 가끔 산책해요."

"혼자서요?"

그녀는 고개를 끄덕였다. "네. 아침에 혼자서 산책하는 걸 좋아해요. 선선하거든요. 이제 곧 겨울이 되면 산책하기엔 너무 추워지죠. 그리고 사냥꾼들이 마을에 머물 테니 사람도 많아지고요. 그래서 여름과 가을에는 할 수 있는 한 아침 산책을 해요."

"날씨가 좋군요." 앤드루스가 말했다.

"네." 프랜신이 말했다. "아주 선선하네요."

"이런." 앤드루스는 모호하게 말하며 자리를 뜨려 했다. "산책하시는 데 방해한 것 같네요."

프랜신은 미소를 지으며 그의 팔에 손을 얹었다. "아니요, 괜찮아요. 잠깐 같이 걸으며 얘기나 해요."

그녀는 그의 팔을 잡았다. 두 사람은 조용히 이야기를 나누며 천천히 거리를 오르내렸다. 그들의 목소리는 아침의 고요 속에서 또렷하게 들렸다. 앤드루스는 빠르게 걸었다. 옆에 있는 프랜신을 자주 쳐다보지 않았다. 그녀와 함께 걷는 근육의 움직임 하나하나를 의식했다. 그 후로 종종 그 산책에 대해 생각했지만 나누었던 얘기는 떠올릴 수 없었다.

찰리 호지와는 더 자주 만났다. 대화는 대체로 짧고 형식적이었다. 하지만 우연히 한 번, 앤드루스는 자신의 아버지가 유일교회의 평신도 사역자였다는 사실을 간접적으로나마 말했다. 찰리 호지의 눈이 휘둥그레졌고 입은 딱 벌어졌다. 그의 목소리에는 존경심이 새롭게 묻어 나왔다. 캔자스시티에서 순회 전도사에게 도움을 받은 적이 있고, 성경도 한 권 얻었다고 앤드루스에게 설명했다. 앤드루스에게 그 성경을 보여 주었다. 염가판이었고 낡았으며 몇 장은 찢어졌다. 수많은 페이지 위에 짙은 갈색 얼룩이 덮였다. 찰리는 그 얼룩이 피, 다름 아닌 들소의 피이며 겨우 몇 년 전에 묻었다고 설명했다. 의도하지는 않았지만 혹 신성모독을 범한 건 아닌지 궁금해했다. 앤드루스는 아니라고 안심시켰다. 그 후로 찰리 호지는 이야기를 하고 싶어 했다. 때로는 성경의 어떤 사실이나 해석 문제를 토론하려고 앤드루스를 찾아올 정도였다. 앤드루스는 놀랍게도 자신이 찰리와 토론할 수준까지도 성경을 잘 알지 못한다는 걸, 사실 제대로 통독한 적조차 없다는 걸 곧 깨달았다. 아버지는 에머슨의 책을 읽는 건 권장했지만 성경을 읽어야 한다고 주장했던 적은 없었다. 그는 이 사실을 찰리 호지에게 주저하며 설명했다. 찰리 호지의 눈에 의심이 가득 덮였다. 그가 다시 앤드루스에게 말을 했을 때 그 목소리에는 대등한 토론이라기보다는 전도에 가까운 어조가 실렸다.

앤드루스는 찰리 호지의 간곡한 충고를 들으면서도 그 열정적인 말들을 귓등으로 흘렸다. 그는 겨우 몇 달 전, 아침 여덟 시마다 하버드 대학에 있는 킹스 예배당에 억지로 참석해, 지금 듣는 것과 거의 똑같은 말들을 들어야 했던 때를 생각했다. 등유와 술, 땀 냄새가 나는 허름한 술집을, 단정하게 차려입은 수백 명의 젊은 학생들이 아침마다 모여 신의 웅얼거리는 말씀을 듣는 소박하고 어두우며 긴 킹스 예배당에 비교하니 재미있었다.

찰리 호지의 말을 들으며 킹스 예배당을 생각하는 동안, 이러한 상황이 좀 역설적이라는 사실을 느닷없이 깨달았다. 그런 것들이 자신을 하버드 대학을, 보스턴을 떠나, 뚜렷한 이유는 없지만 편안하게 느껴진 이 이상한 세상으로 밀어 넣었지 않은가. 예배당과 강의실에서 웅웅거리는 소리를 듣고 난 후에는, 가끔 케임브리지의 경계선을 넘어 남서쪽에 있는 초원과 숲으로 가곤 했다. 그곳에서 약간의 고독 속에서 맨땅 위에 서면, 맑은 공기에 머리가 씻기며 무한한 공간으로 떠오르는 느낌이 들었다. 그가 느꼈던 열등감과 압박감은 자신을 둘러싼 자연 속에서 흩어졌다. 참석했던 강연에서 에머슨이 했던 말이 다가왔다. "나는 투명한 눈동자가 된다." 들판과 숲에서 그는 무(無)였다. 모든 걸 보았다. 이름 모를 힘의 흐름이 내면에서 순환했다. 킹스 예배당, 강의실, 케임브리지에서는 느낄 수 없었던 방식으로 신의 일부이자 한 조각이 되었고, 억압받지 않고 자유로웠다. 나무들 사이를 지나 완만하게 경사진 풍경 너머 서쪽 멀리 지평선의 극히 일부를 볼 수 있었다. 그리고 거기에서 자신의 발견되지 않은 본성만큼 아름다운 무언가를 잠시 바라보았다.

이제 그는 취향에 더 맞는 예배당을 찾아다니듯, 킹스 예배당이나 잭슨 술집보다 부처스 크로싱 근처 넓은 평원을 자주 거닐었다. 이렇게 그 평원을 거닐던 어느 날이었다. 밀러가 부처스 크로싱을 떠난 지 닷새째, 그리고 돌아오기 하루 전날, 앤드루스는 바퀴 자국이 깊게 팬 좁은 도로를 그날 두 번째로 내려가 강으로 가다가 충동적으로 길을 벗어나 맥도널드의 판잣집으로 이어지는 경로로 향했다.

앤드루스는 노크도 하지 않고 문 안으로 들어섰다. 맥도널드는 어질러진 책상 뒤에 앉아 있었다. 앤드루스가 방으로 들어오는데도 움직이지 않았다.

"그래." 맥도널드가 말했다. 그리고는 화난 듯 목청을 가다듬었다. "돌아왔군."

"네." 앤드루스가 말했다. "말씀드리기로 약속…."

맥도널드는 초조하게 손을 저었다. "알고 있네…. 의자 가져다 앉게."

앤드루스는 방구석에서 의자를 집어 들어 책상 옆에 놓았다.

"아신다고요?"

맥도널드는 짧게 웃었다. "하, 그래. 알지. 마을 사람들 다 알아. 자네가 밀러한테 600달러를 줬고, 콜로라도로 큰 사냥을 떠난다더군."

"목적지까지 아시는군요?" 앤드루스가 말했다.

맥도널드는 다시 웃었다. "밀러가 이 거래에 끌어들이려 했던 사람이 자네가 처음인 줄 아나? 4년 동안 그래 왔어. 그보다 더 전인지도 모르지. 내가 그자를 알았을 때부터였을 수도 있고. 이번에는 그만둘 줄 알았는데."

앤드루스는 잠시 침묵했다. 마침내 그가 말했다. "상관없습니다."

"자넨 돈을 몽땅 잃을 거야. 밀러가 그 들소를 본 건—진짜 보기나 했는지—한 10년 전이야. 그 후로 수없이 많은 사냥이 있었고 들소 무리들은 흩어졌지. 들소들이 전에 가곤 했던 곳으로 전부 가지는 않아. 길 잃은 늙은 들소 몇 마리는 찾을 수 있겠지만 그게 다야. 자네는 돈을 날리고."

앤드루스는 어깨를 으쓱했다. "가능성이죠. 돈을 날리지 않을 수도 있어요."

"아직 빠져나올 수 있네." 맥도널드가 말했다. "보게." 그는 테이블 위로 몸을 기대며 뻣뻣한 집게손가락으로 앤드루스를 가리켰다. "빠져나와. 밀러가 펄펄 뛰겠지만 문제를 일으키지는 않을 거야. 자네가 산 물건 중에서 4, 500달러는 되찾을 수 있어. 내가 사겠네. 그리고 정 사냥하고 싶다면 내가 사냥대를 꾸려 주지. 내 사냥대 중 하나에 끼워 주겠네. 사냥에 사나흘 이상 걸리지 않고, 그 사나흘 만에 밀러와 함께하는 전체 일정보다 돈을 더 많이 벌 수 있어."

앤드루스는 고개를 저었다. "약속했습니다. 하지만 친절하게 제안해 주셔서 정말 감사합니다."

"하긴." 잠시 후 맥도널드가 말했다. "자네가 그만둘 거라고는 생각하지 않았어. 보통 고집이 아니군. 처음 봤을 때부터 알았어. 하긴 자네 돈이니 내가 상관할 바 아니지."

그들은 오랫동안 말이 없었다. 마침내 앤드루스가 입을 열었다. "떠나기 전에 한번 뵙고 싶었습니다. 밀러는 내일이나 모레면 돌아올 테고, 출발하는 날짜는 아직 모릅니다." 그는 자리에서 일어나 의자를 방구석에 다시 갖다 두었다.

"하나만 말하지." 앤드루스를 쳐다보지 않으면서 맥도널드가 말했다. "자네가 가는 곳은 험하기 짝이 없어. 밀러가 말하는 건 무조건 따르게. 개자식이지만 평원에 대해서는 빠삭해. 아는 척하지 말고 밀러가 하는 말 들어."

앤드루스는 고개를 끄덕였다. "알겠습니다." 그는 허벅지가 책상에 닿을 때까지 앞으로 가서, 맥도널드의 부스스한 머리 약간 위까지 몸을 굽혔다. "제가 은혜도 모른다고 생각하지 않으셨으면 좋겠습니다. 저에게 친절하게 대해 주셨고 최선의 방법을 생각해 주셨다는 걸 압니다. 정말 큰 신세를 졌어요." 맥도널드의 입이 열리더니 놀라울 정도로 쩍 벌어졌다. 둥근 눈은 앤드루스를 쳐다보았다. 앤드루스는 몸을 돌려 작은 판잣집을 나가 햇살 속으로 들어섰다.

그는 햇빛 속에서 잠시 멈춰 섰다. 지금 곧바로 마을로 돌아가고 싶은지 의문이 들었다. 마음을 정하지 못한 채 주 도로로 이어지는 바퀴 자국을 따라, 발길 가는 대로 정처 없이 걸었다. 거기서 잠시 머뭇거리다 컴퍼스의 바늘처럼 이리저리 돌았다. 갈 곳을 발견하고 천천히 멈춰 섰다. 그는 자연에는 미묘한 자력(磁力)이 있다고 믿었다. 오래전부터 가졌던 믿음이었다. 무의식적으로 따르기만 하면 그 자력은 올바른 방향으로 이끌어 줄 것이고, 그 방향은 그가 걸어온 길과 무관하지 않을 것이다. 하지만 자연이 그토록 단순하게 펼쳐진 부처스 크로싱에서 지낸 단 며칠 동안, 자연이 가진 강박적인 충동의 힘은 너무나도 강해서 그의 의지, 습관, 생각에 충격을 주기 충분하다는 걸 느꼈다. 서쪽으로 몸을 돌렸다. 등은 부처스 크로싱과 그 동쪽 너머에 있는 마을과 도시들을 향했다. 미루나무 숲을 지나 강으로 갔다. 아직 그 강을 보지 못했다. 하지만 머릿속에서는 그 강이 그의 본능이 추구해 왔던 자연과 자유를 그 자신과 갈라놓는 광대한 경계선의 한 부분이라는 생각이 들었다.

길은 그다지 가파르지 않게 서서히 오르막을 이뤘지만, 강둑 둔덕은 갑작스러울 정도로 솟았다. 앤드루스는 길에서 벗어나 평원으로 들어섰다. 평원의 풀들이 무릎 근처에서 빠르게 움직이며 바지 아래쪽으로 들어가 피부에 달라붙었다. 강 둔덕 맨 위에서 걸음을 멈추고 강을 내려다보았다. 강은 평평한 바위들 위로 가늘게 흐르는 흙탕물 시내였다. 그 바위들 위를 가로지르는 길이 있었다. 하지만 길 위와 아래로는 깊은 웅덩이가 햇살 아래 녹갈색으로 넓게 펼쳐졌다. 왼쪽으로 몸을 살짝 돌리자 부처스 크로싱으로 되돌아가는 길이 더는 보이지 않았다.

꼼짝하지 않고 서 있는데도 발밑에서 흐르고 합쳐지는 듯한 단조롭고 넓은 평원에서 강을 내다보며, 그는 밀러와 약속한 사냥은 그저 핑계이자 자신에게 꾸민 계략이며, 뿌리 깊게 박힌 관습과 일상에 대한 임시 처방에 지나지 않는다는 사실을 깨달았다. 그가 보는 곳, 가려는 곳은 사업과는 관계없었다. 그는 자유롭게 그리로 갈 것이다. 해 지는 곳까지 끝없이 펼쳐진 듯한 서쪽 지평선의 평원으로 자유롭게 갈 것이다. 그리고 거기에는 자신을 성가시게 할 마을과 도시들이 늘어서 있지 않을 것이다. 자신이 이제 어디 살든, 그 후에 어디 살든, 도시와는 점점 더 멀어져 자연으로 들어갈 거라 느꼈다. 이야말로 인생에서 찾을 수 있는 가장 중요한 의미라고 느꼈다. 어린 시절에 일어났던 모든 사건이, 마치 날아오르기 직전의 상태처럼 저도 모르게 바로 지금 이 순간으로 자신을 이끌어 온 것 같았다. 다시 강을 바라보았다. 그는 생각했다. 이쪽에는 도시가, 저쪽에는 자연이 있지. 도시로 돌아가야만 하더라도, 다시 점점 더 멀리 떠나기 위해 돌아갈 뿐이야.

몸을 돌렸다. 앞에는 부처스 크로싱이 현실이 아닌 것처럼 자그마하게 놓였다. 마을을 향해 천천히 걸어 돌아갔다. 길 위에서 먼지를 내며 발을 끌었다. 눈으로는 발길이 만들어 내는 먼지들을 쳐다보았다.

V

밀러는 부처스 크로싱을 떠난 지 엿새째 되는 날 늦게 돌아왔다.

방 안에 있던 앤드루스는 아래 거리에서 누군가 외치는 소리와 무거운 발을 쿵쿵대는 소리를 들었다. 그 위로 채찍 소리와 마부가 굵은 목소리로 악을 쓰는 소리가 멀리서 희미하게 들려왔다. 앤드루스는 일어나 창가로 다가갔다. 창틀 선반에 몸을 기대고 마을로 들어오는 동쪽을 내다보았다.

거대한 먼지구름이 허공에 피어올라 앞쪽으로 움직이다가 저절로 흩어졌다. 먼지 뒤쪽으로는 소들이 긴 줄로 힘겹게 걸어왔다. 앞줄 소들은 머리를 아래쪽으로 거칠게 밀었다. 두 마리씩 묶인 채 서로를 향해 발굽을 움직여서, 가끔 소들의 길게 구부러진 뿔들이 부딪혔다. 그때마다 소들은 머리를 흔들며 힝힝거리고 잠깐씩 몸을 뗐다. 소들이 마을 가까이 다가오자—제일 앞쪽의 소가 존 롱 이발소를 지나갔다—보도 주위에 서 있던 마을 사람들과 그 위에서 기다리던 윌 앤드루스의 눈에 그제야 마차가 보이기 시작했다.

마차는 길고 얄팍했으며 가운데를 향해 곡선을 이루고 있어서, 마치 거대한 바퀴가 떠받치는 평평한 바닥의 나룻배가 달리는 것 같았다. 옆면은 색바랜 파란 페인트로 얼룩덜룩했고, 흠집투성이인 거대한 바퀴 중심부 가까이에서 천천히 도는 바큇살에는 빨간 페인트의 흔적을 볼 수 있었다. 앞쪽 가까이에 고정한 마부석에는 체크무늬 셔츠를 입은 몸집 큰 남자가 높이 꼿꼿하게 앉았다. 오른손에는 긴 가죽 채찍을 들고, 그 채찍으로 앞쪽 소들의 귀 근처에서 날카로운 소리를 냈다. 왼손으로는 수직으로 선 핸드브레이크를 힘껏 당겼다. 그래서 채찍에 따라 앞으로 움직이는 소들을, 반쯤 잠근 바퀴 위 마차의 무게로 제지했다. 마차 옆에는 밀러가 검은 말을 타고 안장에 구부정하게 앉았다. 밤색 말 한 마리를 끌고 있었다. 말에 안장은 얹었으나 사람은 타지 않았다.

마차는 호텔과 잭슨 술집을 지나쳐 갔다. 앤드루스는 마차가 임대 마구간과 대장간을 지나 마을 밖으로 나가는 걸 쳐다보았다. 움직이는 먼지구름이 지는 햇살에 눈이 부셔 거의 보이지 않을 때까지 바라보았다. 그 먼지구름이 강의 계곡으로 내려가며 멈추고 옅어질 때까지 기다렸다. 그리고 침대로 돌아가 머리 뒤에 손바닥을 대고 누워 천장을 응시했다.

천장과 천장에서 일정치 않게 깜빡이는 불빛을 계속 응시했다. 한 시간 뒤 찰리 호지가 문을 두드리더니 대답도 기다리지 않고 들어왔다. 그는 문 바로 안쪽에서 멈춰 섰다. 모습은 어슴푸레하고 희미했으며, 복도에서 나오는 흐린 불빛으로 그림자가 커졌다.

"어두운 데 누워 뭘 하나?" 그가 물었다.

"당신이 날 만나러 올라오길 기다렸죠." 앤드루스가 말했다. 침대 옆쪽으로 다리를 들어 올리고 끝에 똑바로 앉았다.

"내가 램프를 켜지." 찰리 호지가 말했다. 그는 어둠 속에서 앞으로 움직였다. "어디 있나?"

"창문 근처 탁자에요."

찰리는 창문 옆 벽에서 성냥을 그었다. 노란 불빛이 확 타올랐다. 그는 성냥을 든 손으로 램프의 그을린 등갓을 들어 올려 탁자 위에 놓고, 심지에 성냥불을 붙이고 등갓을 다시 얹었다. 심지가 천천히 타오르며 방이 밝아졌고, 문밖에서 깜빡이던 불빛이 거기에 합쳐졌다. 찰리 호지는 다탄 성냥을 바닥에 던졌다.

"밀러가 돌아온 건 알지?"

앤드루스는 고개를 끄덕였다. "마차가 지나가는 걸 봤습니다. 같이 온 사람은 누구죠?"

"프레드 슈나이더야." 찰리 호지가 말했다. "가죽 벗기는 사람이지. 전에도 밀러와 함께 일했어."

앤드루스는 다시 고개를 끄덕였다. "밀러는 필요한 걸 다 마련한 것 같군요."

"준비는 다 됐어." 찰리 호지가 말했다. "밀러와 슈나이더는 잭슨 술집에 있네. 밀러는 자네가 와서 이야기를 마무리했으면 하더군."

"알겠습니다." 앤드루스가 말했다. "코트를 입어야겠군요."

"코트?" 찰리 호지가 말했다. "이 정도가 춥다면 산에서는 어떻게 견디려고?"

앤드루스는 미소를 지었다. "추워서 그런 게 아닙니다. 그냥 습관이에요."

"습관 같은 건 거의 다 없어져." 찰리 호지가 말했다. "어서 가세."

두 사람은 방을 나와 계단을 내려갔다. 찰리 호지가 몇 걸음 앞서 걸었고 앤드루스는 서둘러 뒤따랐다. 찰리는 빠르고 초조하게 발을 옮겼고,

걸을 때마다 안으로 좁게 모인 어깨가 위쪽으로 흔들렸다.

밀러와 슈나이더는 잭슨 술집의 길고 좁은 바에서 기다리고 있었다. 앞에 맥주잔을 놓고 서 있었다. 슈나이더의 빨간 체크무늬 셔츠 어깨 근처에는 먼지가 얇게 내려앉았고, 베레모 아래 곧고 뻣뻣한 갈색 머리카락 끝에도 먼지가 하얗게 들러붙었다. 두 사람은 찰리 호지와 윌 앤드루스가 방으로 들어와 다가오자 그들 쪽으로 몸을 돌렸다.

억지로 미소를 짓는 밀러의 넓고 얇은 입술이 위쪽으로 곡선을 그렸다. 꼼꼼하게 자른 검은 수염이 두툼한 얼굴의 아래쪽에 그늘을 만들었다. "윌." 그가 부드럽게 말했다. "내가 돌아오지 않을 거라 생각했나?"

앤드루스는 미소를 지었다. "아니요. 돌아오실 줄 알았습니다."

"이쪽은 프레드 슈나이더야. 가죽 벗기기 담당이지."

슈나이더는 앤드루스가 뻗은 손을 잡았다. 악수는 느슨하고 무심했다. 앤드루스의 손을 위로 빠르게 한 번 흔들었다. "안녕하시오." 그가 말했다. 얼굴은 둥글었다. 까칠한 밝은 갈색 수염이 얼굴 아래쪽을 뒤덮었지만, 전체 인상은 부드럽고 특색이 없었다. 큰 눈은 파란색이었다. 두껍고 졸린 듯한 눈꺼풀 아래 있는 그 눈으로 앤드루스를 보고 있었다. 중키에 몸이 단단했다. 항상 조심스럽고 기민하며 경계심이 많다는 인상이 바로 들었다. 작은 권총이 든 검은색 가죽 총집을 허리 위쪽에 높이 찼다.

밀러는 잔의 맥주를 비웠다. "앉을 수 있는 큰 방으로 가지." 입술에 묻은 거품을 집게손가락으로 닦으며 그가 말했다.

다른 사람들은 고개를 끄덕였다. 슈나이더는 옆에 서서 사람들이 옆문을 지나갈 때까지 기다린 다음에 따라가며 조심스럽게 문을 닫았다. 네 사람은 밀러를 앞장세워 방 뒤쪽으로 갔다. 계단 근처 테이블에 자리를 잡았다. 슈나이더는 계단을 등지고 방을 보는 자리에 앉았다. 앤드루스는 그 앞에 앉았다. 찰리 호지의 자리는 앤드루스의 왼쪽, 밀러는 오른쪽이었다.

밀러가 말했다. "강에서 돌아오는 길에 맥도널드를 만났네. 우리 가죽을 사 주기로 했어. 엘스워스까지 싣고 갈 필요가 없어졌지."

"얼마나 준대?" 슈나이더가 물었다.

"특상품 한 장에 4달러." 밀러가 말했다. "동부 쪽에 특상품 가죽을 살 구매자가 있다는군."

슈나이더는 고개를 저었다. "여름 가죽은 얼마 준대? 앞으로 석 달 동안은 특상품 가죽은 구경도 못 할 텐데."

밀러는 앤드루스 쪽으로 몸을 돌렸다. "슈나이더하고는 아직 어떤 약속도 하지 않았네. 어디로 가는지도 말하지 않았고. 전부 모일 때까지 기다리려 했지."

앤드루스는 고개를 끄덕였다. "맞습니다." 그가 말했다.

"한잔하면서 얘기하지." 밀러가 말했다. "찰리. 누구 시켜서 맥주 피처 하나하고 위스키 좀 가져오게 해."

찰리 호지는 의자를 뒤로 밀고 빠르게 방을 가로질러 나갔다.

"엘스워스에서는 일이 잘됐습니까?" 앤드루스가 물었다.

밀러는 고개를 끄덕였다. "마차를 좋은 값으로 구했어. 소 몇 마리는 아직 길이 덜 들었고 편자도 박아야 해. 하지만 선두에 설 소들은 괜찮은 놈들이고 나머지도 며칠이면 길들일 수 있네."

"돈은 모자라지 않았나요?"

밀러가 무심하게 고개를 끄덕였다. "오히려 조금 남았네. 자네가 탈 좋은 말도 하나 구했지. 돌아오는 내내 그놈을 탔어. 여기서 살 건 찰리가 마실 위스키하고 베이컨 여러 장이 다야. 작업복으로 쓸 막옷 있나?"

"내일 몇 벌 사죠." 앤드루스가 말했다.

"필요한 걸 알려 주지."

슈나이더는 졸린 눈으로 두 사람을 쳐다보았다. "어디로 가는데?"

찰리가 방으로 들어왔다. 그 뒤에는 프랜신이 피처, 병, 잔을 놓은 큰 쟁반을 들고 테이블 사이를 이리저리 지나왔다. 찰리 호지는 앉았고, 프랜신은 위스키병과 맥주 피처를 테이블 가운데 놓고 사람들 앞에 잔을 내려놓았다. 그녀는 앤드루스를 보며 미소를 짓고 밀러 쪽으로 몸을 돌렸다. "부탁했던 거 엘스워스에서 사 왔어?"

"그래." 밀러가 말했다. "나중에 줄게. 다른 테이블에 잠깐만 앉아 있어. 우린 할 얘기가 있거든."

프랜신은 고개를 끄덕이고, 다른 여자와 남자가 앉아 있는 테이블로 갔다. 앤드루스는 그녀가 자리에 앉을 때까지 쳐다보았다. 몸을 돌렸을 때 그는 슈나이더의 시선이 아직 그녀에게 머물러 있는 걸 봤다. 슈나이더는 천천히 눈을 한 번 깜빡이고 시선을 앤드루스에게 돌렸다. 앤드루스는 외면했다.

찰리 호지를 빼고 전부 잔에 맥주를 채웠다. 찰리는 앞에 있는 위스키병을 들어 마개를 뽑고, 옅은 호박색 술을 잔 거의 맨 위까지 따랐다.

"어디로 가는데?" 슈나이더가 다시 물었다.

밀러는 맥주잔을 입술에 대고 오랫동안 고른 속도로 목으로 넘겼다. 그리고 잔을 테이블에 놓고 굵은 손가락으로 돌렸다.

"산악 지대." 밀러가 말했다.

"산악 지대라." 슈나이더가 말했다. 맥주 맛이 갑자기 떨어지기라도 한 듯 잔을 테이블 위에 놓았다. "콜로라도로 간다는 얘기군."

"맞아." 밀러가 말했다. "자네도 아는 곳이지."

"알지." 슈나이더가 말했다. 그는 말없이 몇 차례 고개를 끄덕였다. "그럼 아직 시간 낭비한 건 아니군. 푹 자고 내일 아침 일찍 엘스워스로 돌아갈 수 있으니."

밀러는 말이 없었다. 잔을 들어 맥주를 마저 마시고 깊게 한숨을 쉬었다.

"도대체 왜 평원으로 안 가는 거야?" 슈나이더가 말했다. "여기서 5, 60 킬로미터만 가도 들소들 천지잖아."

"여름 가죽용이지." 밀러가 말했다. "종잇장처럼 얇아. 강도도 딱 그 정도고."

슈나이더는 콧방귀를 뀌었다. "무슨 상관이야? 돈만 벌면 그만이지."

"프레드." 밀러가 말했다. "전에도 나하고 일해 봤잖아. 손해 볼 일은 하지 않아. 사람들이 찾아내지 못한 들소 떼가 있어. 나 말고는 아무도 모르지. 손쉽게 1000장, 어쩌면 그 이상의 가죽을 가지고 돌아올 수 있네. 맥도널드가 하는 말 들었지? 특상품 한 장에 4달러라고. 그 4000달러 중에서 자네 몫은 600달러, 또는 그 이상일 수도 있어. 이 근처 어디서도 이만한 조건은 못 찾을 거야."

슈나이더는 고개를 끄덕였다. "자네가 말한 들소 떼가 없을 수도 있지. 그놈들을 본 지 얼마나 됐나?"

"꽤 됐어." 밀러가 말했다. "하지만 난 걱정하지 않아."

"난 걱정돼." 슈나이더가 말했다. "자네가 10년 가까이 산악 지대에 가지 않았다는 사실을 잘 아니까."

"찰리는 갈 거야." 밀러가 말했다. "그리고 여기 앤드루스 씨도 가고. 앤드루스 씨는 돈까지 댔어."

"찰리는 자네 말이라면 무조건 따르겠지." 슈나이더가 말했다. "그리고 난 앤드루스 씨가 어떤 사람인지도 몰라."

"말다툼할 시간 없어." 밀러는 다시 맥주잔을 채웠다. "하지만 실망이 군."

"가겠다는 사람 찾을 수 있을 거야. 제정신은 아니겠지만."

"가죽 벗기는 건 자네가 최고잖아." 밀러가 말했다. "이 사냥에는 최고 가 필요해."

"젠장." 슈나이더가 말했다. 그는 맥주 피처로 손을 뻗었다. 피처는 거의 비었다. 슈나이더는 피처를 집어 들고 프랜신을 불렀다. 프랜신은 앉아 있던 자리에서 일어나 피처를 들고 말없이 방을 나갔다. 슈나이더는 찰리 호지 앞에 있던 위스키병을 집어 들고 맥주잔에 조금 따랐다. 두 모금 만에 잔을 비우고 타는 듯한 느낌에 얼굴을 찡그렸다.

"이건 완전 도박이야." 슈나이더가 말했다. "가는 데 두세 달 걸리겠지. 그리고 결과는 허탕이고. 자네가 그 들소 떼를 본 건 너무 오래전이야. 10년이면 강산도 변해."

"가는 데 한 달 반에서 두 달이면 충분해." 밀러가 말했다. "젊고 팔팔한 소들을 구했어. 놈들은 갈 때는 하루에 50킬로미터, 올 때는 30킬로미터 를 걸을 수 있지."

"자네가 아무리 몰아붙여도 속도는 잘해야 그 절반이야."

"이 시기는 낮이 길어." 밀러가 말했다. "그리고 목적지까지는 거의 평지야. 가는 길 내내 물가도 있고."

"제길." 슈나이더가 말했다. 밀러는 잠자코 있었다. "좋아." 슈나이더가
말했다. "가겠네. 하지만 몫을 나누는 식으로는 안 하겠어. 위험하니까. 한
달에 60달러 받겠네. 출발한 날부터 계산해서 돌아오는 날까지."

"다른 때보다 15달러 더 많군." 밀러가 말했다.

"내가 최고라며?" 슈나이더가 말했다. "몫을 나눠 주겠다고까지 했잖
아. 게다가 자네가 가려는 데는 험한 곳이야."

밀러는 앤드루스를 쳐다보았다. 앤드루스는 고개를 끄덕였다.

"그렇게 하지." 밀러가 말했다.

"맥주 가지러 간 여자는 왜 안 와?" 슈나이더가 물었다.

찰리 호지는 슈나이더 앞에 있던 위스키병을 가져와 잔을 다시 채웠다.
음미하듯 조심스럽게 술을 홀짝였다. 작은 회색 눈으로 밀러와 슈나이더
사이를 흘긋거렸다. 슈나이더를 보며 날카롭고 교활하게 히죽 웃었다.

"결국엔 자네가 손들 줄 알았지. 처음부터 알았어."

슈나이더가 고개를 끄덕였다. "밀러는 언제나 원하는 걸 얻지."

침묵이 흘렀다. 프랜신이 맥주 피처를 가지고 방으로 들어와 테이블에
놓았다. 그들에게 잠깐 미소를 짓고 밀러에게 다시 말했다.

"일 얘기는 다 끝났어?"

"거의." 밀러가 말했다. "앞쪽 방 바 아래 네 짐 놔뒀어. 가서 원하던 게
맞는지 확인해 봐. 그리고 돌아와서 우리하고 한잔하든가."

프랜신이 말했다. "좋아." 그러고는 자리를 뜨려 했다. 그때 슈나이더가
손을 들더니 프랜신의 팔 위에 놓았다. 앤드루스는 몸이 굳어 버렸다.

"Sprechen sie Deutsch(독일어 할 줄 알아)?" 슈나이더가 물었다. 씩 웃

고 있었다.

"Ja(그래)." 프랜신이 말했다.

"아." 그가 말했다. "Ich so glaube. Du arbeitest jetzt, nicht wahr(그 럴 줄 알았어. 여기서 일해)?"

"Nein(아니)." 프랜신이 말했다.

"Ja(그렇군)." 슈나이더가 말했다. 여전히 히죽 웃고 있었다. "Du arbeitest mit mir, nicht wahr(나하고 일하는 건 어때)?"

"좋아." 밀러가 말했다. "우린 할 얘기가 있어. 이제 가 봐, 프랜신."

프랜신은 슈나이더의 손을 떼고 재빨리 방을 나갔다.

"대체 무슨 얘기를 했죠?" 앤드루스가 물었다. 목소리가 딱딱했다.

"일할 건지 물어봤네." 슈나이더가 말했다. "세인트루이스에서도 저만 한 창녀는 못 봤거든."

앤드루스는 잠시 슈나이더를 쳐다보았다. 앤드루스의 입술은 분노로 일그러졌고 테이블 아래서 주먹을 꽉 쥐었다. 그는 밀러 쪽으로 몸을 돌 렸다. "언제 떠나죠?"

"사나흘 뒤에." 밀러가 말했다. 그는 약간 재미있다는 듯 시선을 앤드루 스에게서 슈나이더로 향했다. "마차를 좀 손봐야 하고, 말했듯이 소 몇 마 리의 편자도 채워야 해. 그러면 바로 떠날 수 있어."

슈나이더는 잔에 맥주를 따랐다. "내내 물가가 있다고 했지? 어느 길로 가는데?"

밀러는 미소를 지었다. "그건 걱정하지 마. 전부 생각해 놨어. 오랫동안 머릿속에 그려 뒀지."

"좋아." 슈나이더가 말했다. "작업은 나 혼자 하나?"

"앤드루스 씨가 거들 거야."

"가죽 벗겨 본 적 있대?" 그는 다시 씩 웃으며 앤드루스를 쳐다보았다.

"아니요." 앤드루스가 말했다. 얼굴이 점점 벌게졌다.

"일 잘하는 사람이 있어야 편한데." 슈나이더가 말했다. "기분 나쁘게 듣지는 마쇼."

"앤드루스 씨는 큰 도움이 될 거야, 프레드." 밀러가 점잖게 말했다. 그리고 슈나이더를 쳐다보지 않았다.

"알겠네." 슈나이더가 말했다. "대장은 자네니까. 하지만 난 여벌 칼이 없는데."

"다 준비해 뒀네." 밀러가 말했다. "월이 입을 작업복만 있으면 돼. 내일 살 거야."

"다 생각해 놨군?" 슈나이더가 냉랭하게 말했다. 창백한 눈동자에 다시 졸린 눈빛이 돌아왔다. 밀러는 고개를 끄덕였다.

앤드루스는 미지근해진 맥주의 남은 몇 모금을 마저 마셨다. "그럼 오늘 밤에는 할 얘기가 더 없는 것 같군요."

"할 얘기는 다 나왔네." 밀러가 말했다.

"그럼 저는 호텔로 돌아가겠습니다. 편지를 몇 장 써야 해서요."

"알겠네, 월." 밀러가 말했다. "하지만 내일 작업복을 사러 가야 해. 정오에 직물 가게 앞에서 만나지."

앤드루스는 고개를 끄덕였다. 찰리 호지에게 인사하고 테이블 위에 지폐 한 장을 놓았다. "더 드시면 저한테 달아 두세요." 그는 방을 가로질러 문을 지나 연기 자욱한 바로 갔다가 거리로 빠르게 나왔다.

방에서 슈나이더가 프랜신에게 하는 말을 들으며 차올랐던 분노는 사그라들기 시작했다. 강에서 실바람이 불어왔다. 거름 냄새와 길 건너 대장간에서 불순물 섞인 금속에 열을 가하며 나는 매캐한 냄새가 실려 왔다. 대장간의 붉은 불빛이 입구 안쪽에 걸린 등불의 노란 빛에 걸러져 나왔다. 뜨거운 금속 위에 금속이 부딪치며 쨍그랑거리는 소리 사이로 낮게 쉭쉭거리는 풀무질 소리를 들을 수 있었다. 그는 서늘한 밤공기를 깊게 들이마시고 판자 보도를 내려와 길을 건너 호텔로 향했다.

그러다가 멈춰 섰다. 한쪽 발은 거리의 먼지를 디디고 다른 발은 두꺼운 판자의 끝부분을 밟고 있었다. 뒤쪽 어둠 속에서 낮은 목소리로 그의 이름을 부르는 소리를 들었다. 어쩌면 들었다고 생각했는지도 모른다. 머뭇거리며 몸을 돌렸다. 그러자 그를 부르는 목소리가 더 또렷하게 들려왔다.

"앤드루스 씨! 여기예요."

낮은 목소리는 긴 술집 건물의 한쪽 모퉁이에서 들려오는 것 같았다. 그쪽으로 향했다. 잭슨 술집의 반쯤 열린 문과 높고 작은 창문에서 나오는. 고르지 못한 불빛이 가는 길을 비췄다.

프랜신이었다. 예상하지는 않았지만 그리 놀라지는 않은 표정으로 그녀를 쳐다보았다. 프랜신은 건물 옆으로 이어지는 길고 가파른 계단의 첫 번째 발판에 서 있었다. 어둑해서 얼굴은 창백하고 흐릿하게 보였고, 주변의 어둠 때문에 몸은 어두운 그림자 같았다. 그녀는 손을 뻗어 그의 어깨에 얹었다. 계단에 서니 그녀는 그보다 위에 있었다. 그녀가 그를 내려다보며 입을 열었다.

"당신 같았어요. 나오길 기다렸죠."

앤드루스는 간신히 입을 뗐다. "그… 그 사람들하고 얘기하기가 지겨워져서요. 바람 쐬러 나왔습니다."

프랜신은 미소 짓고 살짝 뒤로 물러섰다. 손은 아직 그의 어깨에 가볍게 얹었다. 그녀의 얼굴이 어둠에 묻혔다. 흐릿한 불빛 속에서 그녀의 눈과 미소 지으며 드러난 이만 보였다.

"위로 올라가요." 그녀가 부드럽게 말했다. "잠깐이면 돼요."

그는 침을 삼켰다. 입을 떼려 했다. "저는⋯."

"어서요." 그녀가 말했다. "괜찮아요."

그녀는 그의 어깨를 부드럽게 누르고 몸을 돌렸다. 그녀가 계단을 올라가며 옷이 부스럭거리는 소리가 들렸다. 그는 엉성한 난간을 더듬어 따라 올라가며, 부드럽고 느릿하게 앞서가는 그녀의 모습을 놓치지 않으려 애썼다.

그들은 계단 맨 위 작고 네모난 층계참에서 잠시 발을 멈췄다. 그녀는 입구의 어두운 그림자 아래 자물쇠를 만지작거리며 잠시 서 있었다. 앤드루스는 부처스 크로싱을 내다보았다. 마을에서 보이는 것이라고는 평원의 불빛 위에 생긴 얼룩 같은 어둡고 고르지 못한 그림자뿐이었다. 서쪽에는 방금 뜬 달의 가느다란 가장자리가 걸렸다. 문이 삐걱대며 열렸다. 프랜신이 무언가 속삭였고 그는 입구의 어둠 속으로 그녀를 따라갔다.

멀리서 작고 흐릿한 불빛이 비쳤다. 그 빛은 흐리고 작았지만, 그는 좁은 복도에 있다는 걸 알 수 있었다. 사람들의 웅얼거림, 부츠가 나무 바닥에 쿵쿵거리는 소리가 아래쪽에서 들려왔다. 겨우 얼마 전에 걸어 나왔던 잭슨 술집의 큰 홀 바로 위에 있다는 사실을 깨달았다. 앞쪽을 더듬었다. 프랜신이 입은 드레스의 매끈하고 단단한 옷감에 손이 닿았다.

"여기예요." 프랜신이 속삭였다. 그녀가 그의 손을 찾아 잡았다. 그녀의 손이 차갑고 촉촉하게 느껴졌다. "이리로 가면 돼요."

그는 거의 앞을 보지 못하며 따라갔다. 바닥의 거친 널빤지에 발이 미끄러지고 걸렸다. 그들은 발을 멈췄다. 흐릿하게나마 입구를 알아볼 수 있었다. "여기가 내 방이에요." 프랜신이 말하며 문을 열고 들어갔다. 앤드루스는 문이 열렸을 때 흘러나온 불빛에 눈을 깜빡이며 따라 들어갔다.

그는 방에 들어서서 문을 닫고 거기에 기댔다. 눈으로는 프랜신을 좇았다. 그녀는 작은 방을 가로질러 램프가 놓인 테이블로 향했다. 램프의 아랫부분은 유백색이었고 선명하게 칠한 장미 장식이 있었다. 램프가 흐릿하게 빛났다. 프랜신이 램프를 켰다. 그러자 방이 더 밝게 빛났다. 불이 켜지자 방이 작다는 게 눈에 들어왔다. 깔끔하게 만든 철제 침대 틀과 둥근 소파가 있었다. 소파의 나무 틀에는 휘감긴 꽃장식이 새겨졌고, 진한 붉은 벨벳을 씌운 쿠션이 있었다. 벽은 새로 도배했고, 숲의 풍경을 새긴 판화를 끼운 액자가 몇 점 걸렸다. 밝은 꽃무늬 벽지가 여기저기 벗겨지거나 말려 올라가 맨 나무 벽을 드러냈다. 앤드루스는 자기가 무엇을 기대했는지는 몰랐지만 일단 뒤로 물러섰다. 방의 익숙한 모습이 살짝 불편했다. 그는 잠시 가만히 있었다.

프랜신은 불빛 쪽으로 등을 향하고 미소를 지었다. 그는 그녀의 눈과 이에서 반짝이는 빛을 다시 의식했다. 그녀는 소파를 가리켰다. 앤드루스는 고개를 끄덕이고 바닥을 가로질렀다. 앉아서 발치를 내려다보았다. 바닥에는 해지고 얼룩진 얇은 카펫이 깔렸다. 프랜신은 침대 옆에 있는 테이블에서 방을 가로질러 와 그의 옆자리 소파에 앉았다. 약간 비스듬하게 앉아서 그를 마주 보았다. 등은 곧게 폈고 램프 불빛 아래서 새침해 보였다. 손은 무릎을 감쌌다.

"방… 방이 좋네요." 앤드루스가 말했다.

그녀는 기쁜 듯 고개를 끄덕였다. "마을에서 카펫 깐 사람은 나뿐이에요." 그녀가 말했다. "세인트루이스에서 가져온 거예요. 좀 있으면 유리창도 달 생각이에요. 먼지가 너무 들어와서 방 청소가 힘들거든요."

앤드루스는 고개를 끄덕이고 미소 지었다. 손가락으로 무릎을 두드렸다. "여기… 부처스 크로싱에 오래 사셨나요?"

"2년 됐어요." 그녀는 예사롭게 말했다. "그전에는 세인트루이스에 살았죠. 하지만 거긴 여자들이 너무 많아서 별로였어요." 그녀는 자기 말에 관심이 없다는 듯 시선을 그에게 두었다. "여기가 좋아요. 여름에는 쉴 수 있고 사람도 많지 않으니까요."

그는 말을 했지만 자기가 무슨 얘기를 하는지 거의 몰랐다. 말을 할 때마다 마음속에서 동정심이 지나치게 우러나왔기 때문이었다. 그는 프랜신을 위선적인 행동에 배반당해 거대한 도시의 세상에서 쫓겨나 황야를 마주한 이 초라한 서부로 떠밀려온, 시간과 장소의 불쌍하고 무지한 희생자라고 생각했다. 그녀의 팔을 잡고 추잡하게 말하던 슈나이더를 생각했다. 그리고 그녀가 스스로 훈련하며 견뎌 왔던 모욕감을 막연하게 상상했다. 마음속에서 세상에 대한 혐오감이 치솟았고, 목에서 그걸 맛볼 수 있었다. 그는 충동적으로 소파를 가로질러 팔을 뻗어 그녀의 손을 잡았다.

"아주… 끔찍한 생활이었겠군요." 그가 갑자기 말했다.

"끔찍해요?" 그녀는 생각에 잠겨 얼굴을 찌푸렸다. "아니요. 세인트루이스에서보다 나은 걸요. 남자들도 괜찮고 여자들도 별로 없어요."

"가족이나 의지할 사람은 없나요?"

프랜신이 웃었다. "가족이 있으면 뭘 해요?" 그녀는 그의 손을 쥐더니 들어 올려 손바닥을 위로 향하게 했다. "부드럽군요." 그녀가 말했다. 그녀는 엄지손가락으로 그의 손바닥을 매만졌다. 작은 원을 그리며 천천히 리드미컬하게 움직였다. "여기 남자들에게 불만인 점은 딱 하나예요. 손이 너무 거칠다는 거."

그는 몸을 떨었다. 남은 손으로 팔걸이를 잡아 꽉 쥐었다.

"이름이 뭐였죠?" 프랜신이 부드럽게 물었다. "윌리엄이었나요?"

"윌입니다." 앤드루스가 말했다.

"윌리엄이라고 부를게요." 그녀가 말했다. "그게 더 어울리는 것 같아요." 그녀는 천천히 그에게 미소를 지었다. "아주 젊어 보이네요."

그는 부드럽게 매만지는 그녀의 손가락에서 손을 뺐다. "스물셋입니다."

그녀는 소파 위를 미끄러지듯 움직여 그에게 가까이 왔다. 빳빳하고 매끄러운 드레스가 부스럭거리는 소리가 마치 부드러운 천이 찢어지는 것 같았다. 프랜신의 어깨가 그의 어깨를 살짝 눌렀다. 그녀는 부드럽고 고르게 숨을 쉬었다.

"화내지 마세요." 그녀가 말했다. "당신이 젊어서 기뻐요. 젊었으면 좋겠어요. 여기 남자들은 전부 늙고 거칠죠. 당신이 여기 있는 동안은 부드러웠으면 좋겠어요. 밀러네와 떠나는 게 언제죠?"

"사나흘 뒤입니다." 앤드루스가 말했다. "하지만 몇 달 안에 돌아올 거예요. 그러고는…."

프랜신은 계속 미소를 지으면서도 고개는 저었다. "그래요, 돌아오겠죠. 하지만 그때는 다른 사람이 되었을 거예요. 젊지도 않고, 다른 사람들과 똑같아졌겠죠."

앤드루스는 당황해서 그녀를 쳐다보았다. 그리고 혼란에 빠져 외쳤다.

"저는 오직 제 자신이 될 거예요!"

그녀는 그가 끼어들지 않은 것처럼 말을 이었다. "바람과 햇살이 얼굴을 거칠게 만들겠죠. 손도 더는 부드럽지 않을 거예요."

앤드루스는 입을 열어 대답하려 했다. 그녀가 한 말 때문에 왠지 화가 났다. 하지만 분노를 터뜨리지 않았다. 램프 불빛에서 그녀를 바라보자 화가 가라앉았다. 그녀의 표정에는 단순함과 진심, 달콤하지만 심오하지는 않은 슬픔이 있어서 화를 낼 수가 없었고, 조금 전에 가졌던 동정심 섞인 애정이 솟았다. 그 순간 그녀가 그런 직업을 가진 여자라는 사실을 믿을 수 없었다. 뺐던 손을 다시 내밀어 그녀의 손을 덮었다.

"당신은…." 그는 입을 열었다. 머뭇거리다 다시 입을 뗐다. "당신은…." 하지만 말을 마칠 수 없었다. 무슨 말을 하고 싶은지 알 수 없었다.

"그래도 잠시나마." 프랜신이 말했다. "잠시나마 여기 머물겠죠. 사나흘 동안은 젊고 부드러운 상태로."

"네." 앤드루스가 말했다.

"그동안 여기서 지낼래요?" 프랜신이 부드럽게 말했다. 그녀는 그의 손등 위에서 손가락 끝을 부드럽게 움직였다. "나와 사랑을 나눌래요?"

그는 입을 열지 않았다. 그녀의 손가락이 그의 손 위에서 움직이는 것을 느꼈고 그 감각에 집중했다.

"지금은 일하는 게 아니에요." 프랜신이 재빨리 말했다. "사랑을 위해서예요. 당신을 원하거든요."

그는 멍하니 고개를 저었다. 거절이 아니라 절망 때문이었다. "프랜신, 전…."

"알아요." 그녀는 다시 미소를 지으며 다정하게 말했다. "여자랑 자 본 적 없죠?" 그는 대답하지 않았다. "그렇죠?"

몇 년 전 어린 친척, 작고 심술궂던 여자애와의 사이에서 있었던 실패 경험이 떠올랐다. 성급하고 혼란스러웠으며 결국에는 지겨워졌다. 여자애의 부모가 떠난 뒤 그를 피하던 아버지의 얼굴이 기억났다. "아니요." 그가 말했다.

"괜찮아요." 프랜신이 말했다. 귓가에 닿는 숨결이 따뜻했다. "아무 생각도 하지 말아요." 그녀는 부드럽게 웃었다. "괜찮죠?"

"네." 그는 떨며 말했다.

그녀는 약간 물러서서 그의 얼굴을 쳐다보았다. 그녀의 입술은 더 도톰해지고 눈은 더 어두워진 것 같았다. 그녀는 몸을 그에게 댔다. "처음 봤을 때부터 당신을 원했어요." 그녀가 말했다. "나를 만지거나 말을 걸지도 않았는데도요." 그녀는 몸을 떼었다. 그녀의 눈은 여전히 어두웠다. 팔을 목 뒤로 뻗더니 드레스를 벗기 시작했다. 그는 멍하니 그녀를 쳐다보았다. 손은 어색하게 옆구리를 잡았다. 그녀가 갑자기 몸을 흔들자 드레스가 회색의 옷 무더기가 되어 발치에 내려앉았다. 알몸이었다. 램프 불빛 아래 빛났다. 그녀는 벗은 옷에서 조심스럽게 나왔다. 움직이자 살들이 떨렸다. 풍만한 가슴은 그에게 다가오는 동안 천천히 흔들렸다.

"지금이에요." 그녀가 말했다. 그리고 입술을 그에게 올려붙였다. 그는 촉촉함을 느끼며 마른 입술로 키스했다. 그녀는 그의 입술에 속삭였고, 손으로는 그의 셔츠 앞쪽을 만지작거렸다. 그녀의 손이 셔츠 안으로 들어와, 긴장한 가슴 근육 위를 부드럽게 어루만지는 걸 느꼈다. "지금이에요." 그녀가 취한 목소리로 다시 말했다. 그 소리가 머릿속에서 메아리치는 것 같았다.

그는 살짝 뒤로 물러서서 자기 몸에 자연스럽게 벨벳처럼 붙은 그녀의 부드럽고 풍만한 몸을 쳐다보았다. 그녀의 얼굴은 거의 잠자는 듯 평온했다. 아름답다고 느꼈다. 하지만 아까 술집에서 슈나이더가 했던 말이 갑자기 머릿속에 떠올랐다. 세인트루이스에서도 그녀만큼 예쁜 창녀는 본적이 없다고 했다. 그리고 어째서인지 모르겠지만 그녀의 표정이 변했던 것도 떠올랐다. 자신이 지금 보는 것과 같은 얼굴을 다른 사람들도 봤을 거라는 생각이 들어 괴로웠다. 그 사람들도 그녀의 젖은 입술에 키스했고, 지금 듣는 목소리를 듣고, 지금 얼굴에서 느끼는 숨결을 느꼈겠지. 누군가 재빨리 돈을 내고 방을 나가면 다른 사람이 들어오고, 그다음에 또 다른 사람이 들어왔겠지. 남자들 수백 명이 서서히 방 안으로 밀려 들어왔다 나가는 이미지가 빠르게 바보처럼 떠올랐다. 몸을 돌려 그녀에게서 떨어졌다. 그의 안에서 무엇인가 갑자기 죽어 버렸다.

"왜 그래요?" 프랜신이 나른하게 말했다. "돌아와요."

"안 돼요!" 그는 쉰 목소리로 말했다. 그러고는 서둘러 방을 가로질렀다. 카펫 끝에서 휘청거렸다. "맙소사! …안 돼요. 미… 미안해요." 그는 올려다보았다. 프랜신은 방 한가운데 말없이 서 있었다. 어떤 모양을 그리듯 팔을 내뻗었다. 눈으로는 의아한 표정을 지었다. "그럴 수 없어요." 그가 마치 무엇인가를 설명하려는 듯 말했다. "그럴 수 없어요."

앤드루스는 한 번 더 그녀를 쳐다보았다. 그녀는 움직이지 않았다. 그리고 얼굴에는 의아한 표정이 가시지 않았다. 그는 문을 당겨 열었다. 손잡이가 거칠게 손에서 빠져나갔다. 길고 어두운 복도를 비틀대며 걸어가 층계참으로 이어지는 문을 열고, 잠시 서서 헐떡이며 공기를 깊게 들이마셨다. 다리에 다시 힘이 들어오자 엉성한 난간을 더듬으며 계단을 내려갔다.

그는 거친 보도에 잠시 서 있었다. 거리 위아래를 쳐다보았다. 어둠 속에서는 부처스 크로싱의 많은 부분이 보이지 않았다. 길 건너 호텔을 바라보았다. 입구에서 흐릿한 불빛이 흘러나왔다. 먼지투성이 길을 건너 호텔로 향했다. 프랜신도, 잭슨 술집 위층 방에서 일어났던 일도 생각하지 않았다. 밀러와 다른 사람들이 준비를 마칠 때까지 이곳에서 기다려야 할 사나흘을 생각했다. 그 시간을 어떻게 보내야 할지, 그 사나흘을 하나의 시간 덩어리로 구겨 날려 버릴 방법은 없을지 생각했다.

2부

I

8월 25일 이른 새벽, 네 사람은 마구간 뒤에서 만났다. 6주분의 식량을 실은 마차가 기다리고 있었다. 잠이 덜 깬 마구간지기는 엉겨 붙은 머리카락을 긁고, 숨 쉴 때마다 습관적으로 투덜대며 소를 마차에 맸다. 소들은 땅 위에 놓인 등불에서 나오는 희미한 불빛에 힝힝대며 불안하게 움직였다. 일을 마치자 마구간지기는 끙 앓는 소리를 내며 네 사람에게서 몸을 돌려 나갔다. 옆에 든 등불을 조심성 없이 흔들며 어기적어기적 마구간 쪽으로 가다가 바깥마당에 깔린 더러운 담요 더미 위에 널브러졌다. 옆으로 누워 등갓을 들어 올리고 등불을 불어 껐다. 어둠 속에서 셋은 말에 올라탔고, 네 번째 사람은 마차로 기어올랐다. 잠시 누구도 입을 열거나 움직이지 않았다. 정적 속에서 마구간지기가 요란하게 코를 고는 소리가 크고 고르게 들려왔다. 굴레를 씌운 소들이 움직이자 가죽이 나무에 쓸리며 가늘게 끼익댔다.

마차 위에서 찰리 호지가 목청을 가다듬고 말했다. "준비됐나?"

밀러가 심호흡하고 대답했다. 목소리는 중얼거리듯 조용했다. "됐어."

찰리 호지가 소들 위로 채찍을 휘두르자 정적 속에서 가죽 소리가 튀어나왔다. 그의 갈라진 목소리는 날카롭고 폭발적이었다. "이랴!"

소들은 안간힘을 쓰며 무거운 마차를 끌었다. 발굽이 둔탁하게 쿵쿵거리며 땅을 긁었다. 히코리 나무 축에 달린 바퀴가 신음했다. 나뭇결이 마찰하는 소리, 가죽들이 높고 가늘게 끼익대는 소리와 함께 부딪히며 당겨지는 소리, 금속이 금속을 때리며 쨍그랑거리는 소리까지 온갖 소리가 잠시 뒤섞였다. 그러다가 바퀴가 돌고 소들 뒤에서 마차가 천천히 움직이기 시작하자, 부드럽게 덜커덩거리는 소리로 바뀌었다.

세 사람은 마차에 앞서 마구간을 돌아 부처스 크로싱의 넓은 먼지투성이 거리로 나갔다. 안장 위에 구부정하니 앉은 밀러가 선두에 섰다. 슈나이더와 앤드루스가 그 뒤를 따르며 밑변이 긴 삼각형을 이뤘다. 여전히 아무도 입을 열지 않았다. 밀러는 서서히 걷히기 시작하는 어둠 속을 내다보았다. 슈나이더는 안장 위에서 잠든 듯 고개를 숙이고 있었다. 앤드루스는 그가 떠나는 작은 마을을 좌우로 둘러보았다. 마을은 새벽 어둠 속에서 그림자처럼 희미했다. 건물 앞쪽은 회색 형체가 풍화된 거대한 암석처럼 땅에서 솟아오른 것 같았다. 대피소는 뚫린 구멍 주위에 아무렇게나 내던져진 돌무더기처럼 보였다. 일행은 잭슨 술집을 지나 곧장 마을을 나왔다. 마을 너머 너른 평원은 더 어두워 보였고, 말발굽이 달가닥거리는 소리가 둔탁하고 고르게 들렸다. 엷고 끈적한 먼지 냄새가 콧구멍 주변을 맴돌았다. 전진하는 속도가 느려서 그 냄새는 날려가지 않았다.

마을을 나온 일행은 왼쪽에 있는 맥도널드의 작은 판잣집과 기둥으로 울타리를 세운 작업장을 지나갔다. 밀러는 고개를 돌리고 자신에게도 들리지 않을 소리로 뭔가 웅얼거리더니 싱긋 웃었다. 말을 탄 세 사람은 미루나무 숲을 조금 지나 길이 냇가 둔덕 위를 넘어가기 시작하는 오르막에서 잠시 멈춰 섰고, 뒤에 따라오던 마차는 삐걱대며 정지했다. 그들은 몸을 돌려 눈을 크게 뜨고 어둠 속을 돌아보았다. 부처스 크로싱의 형체가 희미하게 퍼져나가는 모습을 보는 동안, 때때로 노란 불빛이 들어오며 그 형체에서 분리되어 어둠 속에 걸렸다. 어딘가에서 말이 힝힝대며 울었다. 그들은 일제히 말머리를 다시 돌려 강 건너로 이르는 길을 내려가기 시작했다.

그들이 건너는 강은 얕았다. 징검다리 바닥 구실을 하는 부드러운 진흙 위에 깔린 평평한 바위들 주변을 흐르는 소리는 어둠 때문에 더 거세게 들렸다. 흐르는 강물 위로 보름달의 희미한 빛이 고르지 않게 비쳤다. 달빛이 물결 위에서 계속 반짝여서 강은 실제보다 더 넓고 깊게 보였다. 강물이 말발굽 위까지 차오르는 경우는 거의 없었고, 도는 마차 바퀴의 테두리 위로 불규칙하게 흘렀다.

밀러는 강을 건너고 얼마 지나지 않아 다시 말고삐를 당겨 멈춰 섰다. 다른 사람들은 밀러가 안장에서 몸을 일으켜 어둠이 걷히는 서쪽으로 몸을 기울이는 걸 어둑한 가운데서도 볼 수 있었다. 그는 무거운 듯 팔을 들어 그 방향을 가리켰다.

"여기서 평원을 가로지를 거야." 그가 말했다. "그러면 정오쯤에는 스모키 힐 도로에 도착할 수 있어."

동쪽에서 분홍색 빛의 물결이 보이기 시작했다. 일행은 길을 벗어나 평원을 가로지르기 시작했다. 얼마 지나지 않아 좁은 도로는 더는 보이지 않았다. 윌 앤드루스는 안장 위에서 몸을 돌려 뒤돌아보았다. 길에서 벗어났던 지점이 어디였는지 제대로 알 수 없었다. 서쪽으로 가는 여정의 이정표가 될 만한 것도 볼 수 없었다. 마차 바퀴는 두꺼운 연두색 잔디 위에서 편안하고 부드럽게 움직였다. 마차가 지나가면 뒤에 좁은 평행선이 그어졌다 그 자리에서 빠르게 삼켜졌다.

뒤에서 해가 뜨고 있었고 일행은 더해가는 열기에 쫓기듯 속도를 높여 전진했다. 공기는 맑았고 하늘엔 구름 한 점 없었다. 해가 등 뒤를 때리며 거친 옷이 땀에 젖었다.

뗏장 오두막(뗏장을 벽돌처럼 쌓아 올린 오두막, 재목이 귀하던 시대에 대평원의 개척 이민들이 이용함)을 지나가기도 했다. 오두막은 너른 평원 위에 지어졌다. 뒤에는 작은 마당이 있었는데, 전에는 깎았겠지만 이제 다시 자란 연두색 잔디로 뒤덮이기 시작했다. 앞쪽 입구에는 부서진 마차 바퀴가, 그 옆에는 썩어 가는 무거운 나무 쟁기가 있었다. 옆에 해진 캔버스 천이 걸린 넓은 문 안으로는 뒤집힌 탁자, 그리고 먼지와 돌조각으로 덮인 바닥을 볼 수 있었다. 밀러는 안장 위에서 몸을 돌려 앤드루스에게 말했다.

"포기한 거지." 그의 목소리에는 약간 만족하는 기색이 있었다. "해 보려는 사람은 많지만 성공하는 경우는 별로 없어. 조금만 상황이 나빠지면 떠나지."

앤드루스는 고개를 끄덕였지만 입을 열지는 않았다. 오두막집을 지나면서 고개를 돌렸다. 뒤따라오는 마차 때문에 시야가 가려질 때까지 그 집을 바라보았다.

정오 즈음이 되자 말의 가죽은 땀에 젖어 번들거렸고, 입에서는 거품 뭉치가 일었다가 재갈 물린 머리를 흔들 때마다 공중으로 날아갔다. 열기가 앤드루스의 몸을 파고들었고, 맥박이 뛸 때마다 머리가 고통스럽게 지끈거렸다. 허벅지 위쪽 살은 안장 덮개에 쓸리면서 짓물러졌고 안장의 딱딱한 가죽 때문에 엉덩이에 감각이 없었다. 한 번에 한두 시간 이상 말을 탄 건 처음이었다. 하루가 끝나면 몸이 쑤실 거란 생각에 움찔했다.

갑자기 슈나이더의 목소리가 들렸다. "지금쯤이면 강에 다다랐어야 하는데 보일 기미가 없네."

특별히 누구를 향해서 한 말은 아니었지만, 밀러가 몸을 돌려 짧게 대답했다. "얼마 안 남았어. 거기까지는 말들도 버틸 수 있고."

밀러가 말을 마치기도 전에 뒤쪽 마차의 안장보다 높은 마부석에 앉아 있던 찰리 호지가 높은 소리로 외쳤다. "앞쪽을 봐! 나무들이 보여."

앤드루스는 정오의 밝은 햇살을 가리며 눈을 가늘게 떴다. 잠시 후 노란 평원을 통과하며 그어진 가늘고 어두운 줄을 알아볼 수 있었다.

밀러는 슈나이더 쪽으로 몸을 돌렸다. "여기서 10분이면 도착할 거야." 말하고는 살짝 미소를 지었다. "버틸 수 있겠어?"

슈나이더는 어깨를 으쓱했다. "난 서두르지 않아. 자네 생각대로 쉽게 찾을 수 있을지 궁금했을 뿐이지."

밀러는 한 손으로 말 궁둥이를 부드럽게 때렸다. 그러자 말은 좀 더 빠르게 달렸다. 앤드루스는 뒤에서 찰리 호지의 날카롭고 갈라진 채찍 소리와, 소들에게 알아들을 수 없는 말을 외치는 소리를 들었다. 소들은 낮잠에서 깨기라도 한 것처럼 조금 더 빠르게 앞으로 움직였다. 실바람이 불어오며 풀이 부드럽게 물결을 이루듯 쏠려나갔다. 앤드루스는 말이 갑자기 몸을 경직시키며 앞으로 달려 나가려고 움직이는 걸 느꼈다.

밀러가 말고삐를 당기며 앤드루스에게 소리쳤다. "꽉 붙잡아. 물 냄새를 맡은 거야. 조심하지 않으면 제멋대로 달려 나가."

앤드루스는 말이 앞으로 달려 나가지 못하게 고삐를 꽉 잡고 당겼다.

말머리는 제자리로 돌아왔다. 검은 눈은 커졌고 거친 검은색 말갈기가 휘날렸다. 뒤에서 찰리 호지가 소들을 끌어당기며 가죽이 희미하게 끼익대는 소리, 소들이 멈춰 세워지며 고통스러운 듯 내는 울음이 들렸다.

스모키 힐에 다다랐을 즈음에는 말과 소들은 조금 잠잠해졌지만 여전히 긴장한 채 조바심 내고 있었다. 앤드루스의 손은 말고삐를 당기느라 쓰라렸다. 말에서 내렸을 때 제대로 설 수도 없을 지경이었다. 말은 그의 손에서 벗어나 강으로 이어진 낮은 관목을 헤치고 나갔다.

앤드루스는 다리에 힘이 빠졌다. 앞으로 몇 발짝 나가 덤불참나무 그늘에 비틀거리며 앉았다. 등이 가지에 긁혔지만 움직일 힘이 없었다. 찰리 호지가 마차의 브레이크를 당기고, 선두의 소들을 마구의 봇줄을 묶은 가로막대에서 풀어 주는 모습을 멍하니 쳐다보았다. 찰리 호지는 한 손으로 고삐를 당기며 소들 사이에서 몸을 비스듬하게 기울이고 물가로 끌려가듯 갔다. 잠시 후 돌아와서 다른 소 한 쌍을 물가로 끌고 갔다. 남은 소들은 무작정 크게 울었다. 밀러는 앤드루스 옆 땅 위에 주저앉았다. 슈나이더는 다른 나무에 등을 대고 건너편에 앉아 무심한 눈으로 그들을 바라보았다.

"한 번에 두 마리씩만 고삐에 묶어서 데려가야 해." 밀러가 말했다. "한꺼번에 데려가면 서로 싸워. 소들은 들소처럼 머리가 좋지 않아."

마지막 소를 마차에서 풀었을 때 말들이 강에서 천천히 걸어 돌아오기 시작했다. 말 입에서 재갈을 풀어 주고 풀을 뜯게 했다. 일행은 찰리가 마차에서 가져온 말린 과일과 비스킷을 우적우적 먹었다.

"좀 쉬는 게 좋겠군." 밀러가 말했다. "저놈들이 풀을 뜯어야 하니까 우리도 한두 시간은 쉴 수 있겠어."

그들의 축축한 얼굴 주위로 작은 흑파리 떼가 윙윙거려서 손으로 쫓기 바빴다. 강이 천천히 흐르는 소리가 빽빽한 덤불에 숨어 들려왔다. 슈나이더는 등을 대고 누워, 더러운 빨간색 손수건을 얼굴에 덮고 맨손을 겨드랑이 아래에 놓았다. 그는 곧 잠들었고 빨간색 손수건 가운데가 숨결을 따라 오르락내리락했다. 찰리 호지는 풀을 뜯는 말들 쪽으로, 풀로 덮인 바깥 강둑을 따라 거닐었다.

"아침 동안 얼마나 왔죠?" 앤드루스가 옆에 똑바로 앉은 밀러에게 물었다.

"거의 13킬로미터쯤." 밀러가 대답했다. "소들이 좀 길들면 더 나아질 거야. 놈들이 아직은 생각만큼 손발이 맞지 않아." 침묵이 흘렀다. 밀러가 말을 이었다. "2, 3킬로 정도 더 가면 스모키 힐 도로로 들어서. 콜로라도까지 가는 내내 아주 가까운 곳에 강이 이어지지. 쉬운 여정이라 일주일도 채 안 걸릴 거야."

"콜로라도에 도착하면요?" 앤드루스가 물었다.

밀러는 잠깐 씩 웃고는 고개를 저었다. "거기부터는 도로가 없어. 평원을 지나야 해."

앤드루스는 고개를 끄덕였다. 몸에 힘이 빠져서 노곤했다. 팔다리를 뻗고 엎드렸다. 손을 모으고 그 위에 턱을 댔다. 나무 아래 짧은 풀들의 풋내와 강물에서 배어 나온 물기가 콧구멍을 간질였다. 축축한 흙과 풀의 달콤하고 쏘는 듯 신선한 냄새를 맡았다. 잠은 오지 않았지만 눈이 감겼고, 숨은 고르고 깊어졌다. 일행이 온 짧은 거리를 생각했고, 점점 쑤셔오는 몸을 긴장시켰다. 여정은 이제 시작일 뿐이었다. 아침에 본 것—평탄함, 광활함, 제멋대로 자란 풀의 노란 바다—는 자연의 예고편일 뿐이었다. 도로를 벗어나 콜로라도 지역으로 들어서면 또 다른 낯선 것들이 기다린다. 그는 반쯤 감긴 눈으로, 보스턴 집에 있을 때 책과 잡지에서 보았던 선명한 판화들을 대부분 다시 떠올릴 수 있었다. 하지만 앞의 진짜 풀에서 흔들리는 가늘고 검은 선은 빛깔을 띠다 사라졌다. 지금 찾아가는 땅에 대한 묘사를 오래전 처음 보았을 때의 기이한 느낌을 되살릴 수 없었다. 찰리 호지가 오후의 여정을 재개하기 위해 소들을 마차로 다시 끌고 와 맬 때까지, 강 옆에서 기다리는 세 사람 사이에는 정적이 흘렀다.

그들이 가는 도로는 좁은 흙길이었고, 마차 바퀴와 발굽 때문에 상태가 극히 엉망이었다. 가끔 깊게 파인 바퀴 자국 때문에 마차가 웃자란 풀숲으로 빠졌는데, 그쪽이 도로보다 훨씬 평탄한 경우가 자주 있었다. 앤드루스는 밀러에게 왜 꼭 도로를 따라가야 하는지 물었다. 밀러는 날카로운 풀이 온종일 발굽과 구절(말굽 바로 윗부분 뒤쪽 돌기)을 때리면 소의 발에 병이 생긴다고 설명했다. 말은 천천히 걸을 때도 발굽을 더 높이 들기 때문에 위험이 덜하다.

도로를 따라가던 중, 그들의 경로와 교차하는 넓은 맨흙 길과 마주친 적이 있었다. 이 길의 표면에는 기묘하게 규칙적으로 파인 자국이 있었는데도 흙은 아래쪽으로 단단히 뭉쳤다. 길은 강에서부터 시작해 거의 보이지 않을 정도로 멀리 뻗어나가다 서서히 평원에 합류했다. 일행의 반대쪽으로는 강을 향해 이어졌는데, 강의 거의 끝부분에 이르기까지 폭이 점점 넓어졌다. 이 끝부분에는 덤불과 나무가 없었다.

"들소야." 밀러가 말했다. "여기는 놈들이 물을 먹는 곳이지. 이리로…" 그는 평원을 가리켰다. "직선을 이루며 건너와서 강에서는 옆으로 퍼져. 이유는 없어. 수천 마리의 들소가 이런 자취를 내며 서 있는 걸 본 적이 있어. 한 놈 뒤에 한 놈이 서서 물 마실 차례를 기다리지."

밀러는 그들이 들소의 세상으로 들어가고 있다고 말했지만, 그날 도로에서 다른 들소의 흔적은 보지 못했다. 해가 서쪽 하늘에서 하얗게 보일 정도로 빛났고, 일행이 움직일 때마다 열기가 파고들었다. 말들은 고개를 수그리고 평평한 땅 위에서도 비틀거렸고, 매끈한 털은 땀에 젖었다. 소들은 마차 앞에서 터벅터벅 걸었다. 숨이 거칠고 힘겨웠다. 앤드루스는 모자를 당겨 얼굴을 가리고 고개를 숙였다. 그래서 말의 약간 굽은 검은색 갈기, 안장의 어두운 갈색 앞가리개, 아래쪽에서 휙휙 움직이는 누런 땅밖에 볼 수 없었다. 몸은 땀에 푹 젖었고 허벅지와 엉덩이 살은 안장에 쓸려 벗겨졌다. 편해질 때까지 자세를 계속 바꿨지만, 여전히 불편했다. 그래서 말을 마차의 뒷문에 묶고 찰리 호지 옆 마부석에 기어 올라갔다. 그러나 의자의 나무가 딱딱해서 안장에 앉았을 때보다 더 아팠고, 소의 발굽에서 나는 먼지 때문에 숨이 막히고 눈이 쓰렸다. 천천히 흔들리는 마차에서 자세를 똑바로 유지하려면 좁은 판자 위에 꼿꼿하게 앉아서 몸을 긴장시켜야 했다. 그동안 얘기하지 않았던 찰리 호지와 몇 마디 나누고 곧 마차에서 내려와, 다시 안장 위에서 계속 자세를 바꿨다. 남은 오후 내내 고통스럽게 말을 타야 했다. 거의 감각이 없을 지경이었지만 그렇다고 완전히 무감각해지지도 않았다.

해가 하늘과 땅을 붉게 물들이며 수평선의 거대한 곡선 너머로 지자, 말과 소들은 고개를 들고 좀 더 빠르게 전진했다. 온종일 일행의 선두에 섰던 밀러가 몸을 돌려 찰리 호지에게 소리쳤다.

"속도 높여! 할 수 있어. 이제 날이 차가워져. 야영하기 전에 8킬로미터는 더 가야 해."

이른 아침 이후 처음으로, 삐걱대는 마차와 소의 둔탁한 발굽 소리 위로 찰리 호지의 날카롭게 갈라지는 채찍 소리가 퍼졌다. 나머지 사람들은 말을 빠르게 달리게 몰았지만, 가끔은 속도를 늦춰 천천히 걷게 했다.

일행은 해가 지며 어둠이 빠르게 내려도 계속 전진했다. 등 뒤에서 달이 희미하게 떠올랐다. 앤드루스에게는 그 달이 자신들이 작고 흐릿하며 평평한 땅 위에서 전진하고 있다는 환상에서 헤매지만, 사실은 어디로도 가지 못한 채 고통스럽게 불안해하고 있다는 걸 보여 주는 듯했다. 가까이 다가온 어둠 속에서 안장 머리를 붙들고 등자에 발을 불안하게 누르며 몸을 일으켰다.

약 두 시간 뒤, 타고 있는 말의 한 부분이 된 양 희미한 형체만 보이는 밀러가 말을 멈추고 일행에게 소리쳤다. 어둠 속에서 목소리가 분명하고 날카롭게 들렸다.

"버드나무 숲에 마차 세워, 찰리. 여기서 야영한다."

앤드루스는 말이 움직이지 못하게 고삐를 단단히 잡으며 밀러 쪽으로 조심스럽게 다가갔다. 다른 데보다 특히 어두운 곳에서 강가의 덤불이 불쑥 눈앞에 나타났다. 등자에서 한 발을 빼고 내려오려 했으나 다리가 뻣뻣하고 감각이 없어서 불가능했다. 결국 손을 뻗어 등자 끈을 잡고 등자가 발에서 벗겨져 흔들릴 때까지 당겼다. 그리고 체중을 한쪽으로 싣고 말에서 반쯤 떨어지다시피 했다. 안장을 잠시 단단히 붙잡고 땅 위에서 몸을 지탱했다.

"힘든 하루였지?" 목소리는 낮았지만 가까이에서 들려왔다. 앤드루스는 몸을 돌렸다. 밀러의 크고 흰 얼굴이 어둠 속에 걸렸다.

앤드루스는 말이 안 나올 것 같아서 침을 삼키며 고개를 끄덕였다.

"익숙해지려면 좀 걸려." 밀러가 말했다. "이틀 정도 타다 보면 괜찮아질 거야." 그는 안장 뒤에서 앤드루스의 침낭을 풀고 말 궁둥이를 세게 때렸다. "버드나무 반대쪽에 있는 작은 골짜기에 잠자리를 펼 거야. 이젠 좀 움직일 수 있나?"

앤드루스는 고개를 끄덕이고 침낭을 받아들었다. "고맙습니다." 그가 말했다. "전 괜찮아요." 어두운 버드나무 숲 너머로 아무것도 볼 수 없었지만, 밀러가 가리켰던 방향으로 휘청거리며 걸어갔다. 주위에서 흐릿한 형체가 움직였다. 찰리 호지가 이미 고삐를 풀어 줘서 소들이 강으로 달려가고 있다는 걸 깨달았다. 삽이 땅을 파고 돌에 부딪히는 소리를 들었고, 삽날이 움직일 때마다 달빛이 그 위에서 반짝이는 걸 보았다. 더 가까이 다가갔다. 찰리 호지는 작은 구덩이를 파고 있었다. 멀쩡한 손으로 삽의 손잡이를 잡고 한 발로는 삽날을 땅에 밀어 넣었다. 그러고는 몸을 굽혀 다른 팔로 삽 손잡이를 부드럽게 안고 삽을 위로 뽑아, 파고 있는 구덩이 옆에 흙을 쏟아놓았다. 앤드루스는 땅에 침낭을 던져놓고 그 위에 앉았다. 다리 사이에 팔을 쑤셔 넣었다. 손가락이 땅 위에서 느슨하게 웅크려졌다.

잠시 후 찰리 호지는 구덩이 파는 걸 멈추고 어둠 속으로 사라졌다가 나뭇가지와 잔가지를 한 짐 가지고 돌아왔다. 구덩이에 가지들을 집어넣고 성냥을 그었다. 어둠 속에서 불빛이 바작바작 타올랐다. 그는 잔가지들 사이에 성냥불을 던졌다. 곧 밝게 불이 붙으며 불길이 솟아올랐다. 앤드루스는 그제야 모닥불 반대쪽, 자기 건너편에 슈나이더가 편하게 앉아 있는 걸 알아챘다. 슈나이더는 그를 보고 비웃듯 한 번 히죽 웃더니 침낭에 등을 대고 누워 모자를 얼굴 위로 당겼다.

기진맥진한 앤드루스는 그 후 한두 시간 동안 주위에서 어떤 일이 일어나는지 어렴풋하게밖에 알 수 없었다. 찰리 호지가 모닥불에 잔가지를 채워 넣으며 시야에서 들어왔다 나갔다 했다. 밀러는 앤드루스 가까이에 와 침낭을 펴고 누웠다. 시선은 모닥불을 향했다. 앤드루스는 깜빡 잠이 들었다. 커피 끓이는 냄새에 흠칫 잠이 깨 갑자기 당황하며 주위를 둘러보았다. 한순간 보이는 것이라고는 앞에서 석탄 조각이 타는 모습뿐이었다. 거기서 나오는 강한 열기가 얼굴과 팔에 느껴졌다. 슈나이더와 밀러의 큰 덩치가 구덩이 가까이에 서 있는 걸 알았다. 침낭에서 고통스럽게 몸을 일으켜 합류했다. 일행은 침묵 속에서 커피를 마시고, 찰리 호지가 준비한 뜨거운 콩과 돼지고기를 먹었다. 앤드루스는 자신이 허기를 느끼지 않는데도 음식을 게걸스레 삼키고 있다는 걸 알았다. 그들은 커다란 냄비에 있는 음식을 싹싹 비우고, 양철 그릇에 든 수프에 말린 비스킷을 찍어 먹었다. 새까매진 커피 주전자를 찌꺼기만 남을 때까지 다 따르고, 침낭에 앉아 뜨거운 커피를 홀짝였다. 그동안 찰리 호지는 조리 도구들을 강으로 가져갔다.

앤드루스는 신발도 벗지 않은 채 침낭을 덮고 바닥에 누웠다. 얼굴 주위에서 모기가 앵앵거렸지만 쫓지 않았다. 잠들기 직전 멀리서 말발굽 소리와 마차 바퀴가 빠르게 굴러가며 끼익대는 소리가 희미하게 들렸다. 다른 소음들 위로 어떤 사람이 알아들을 수 없는 말을 외치는 소리가 멀리서 들려왔다. 앤드루스는 팔꿈치를 짚고 몸을 일으켰다.

어둠 속에서 밀러의 목소리가 아주 가까이 다가왔다. "들소 사냥꾼들이야. 맥도널드의 사냥대 중 하나겠지." 그의 목소리가 경멸로 날카로워졌다. "놈들은 너무 빨리 움직여. 가죽을 얼마 구하지도 못해."

소리는 멀리 사라졌다. 앤드루스는 잠시 팔을 짚고 있었다. 눈은 소리가 들려왔던 방향에 고정되었다. 그러다 팔이 아파지자 누워 거의 바로 잠들었다.

II

천천히 서쪽으로 가는 일행의 발아래에서 대평원의 풀들이 흔들렸다. 힘든 여정 속에서도 말과 소들이 살찔 정도로 풍부한 버펄로그래스(로키 산맥 동부의 건조한 평원에 많이 나는 짧은 잡초)는 하루 내내 색이 달라졌다. 이른 해가 분홍빛 햇살을 보내는 아침에는 거의 회색이었고, 시간이 지나 낮이 가까워질 때의 노란 햇살 아래에서는 선명한 녹색이었다. 정오에는 푸른빛을 띠었다. 햇빛이 강렬한 오후에는 멀리서 보면 풀잎 각각의 특징은 사라지고 녹색 풀 사이로 선명한 노란색을 보였다. 그래서 실바람이 평원을 스치면, 살아 있는 색깔이 초원을 지나 달려 나가며 매 순간 사라졌다 다시 나타나는 것처럼 보였다. 해가 진 저녁에는 하늘에서 내려오는 모든 빛을 흡수하고 되돌려주지 않는 것처럼 보랏빛을 띠었다.

첫날 이후로는 길이 평탄하지만은 않았다. 완만하게 기울어지기도 했고, 광활한 바다의 얼어붙은 수면에 작은 부스러기들이 날아든 것처럼 조금 움푹 패었다가 살짝 솟아오른 곳도 있었다.

월 앤드루스는 이 바다의 수면 위, 완만한 물구덩이와 물마루 사이에서 앞으로 나아간다는 사실을 점점 의식하지 않게 되었다. 여정의 처음 며칠 동안은 말이 움직일 때마다 찢어질 정도로 쓰라림이 심해서, 말이 한 발짝씩 앞으로 갈 때마다 신경과 머리를 칼로 베는 것 같았다. 하지만 첫날 이후 통증은 무뎌졌고, 일종의 무감각이 그 자리를 대신했다. 안장에 앉은 엉덩이에는 어떤 느낌도 없었고, 다리는 나무로 된 양 뻣뻣하고 무감각하게 말의 옆구리 근처에 자리 잡았다. 이렇게 감각이 없는 동안에는 자신이 앞으로 나아가고 있다는 걸 의식하지 못했다. 몸 아래 말이 그를 구덩이부터 산마루까지 싣고 갔지만, 말보다는 오히려 땅이 마치 거대한 쳇바퀴처럼 자신의 다른 부분을 통해 그 움직임을 드러내며 싣고 가는 것 같았다.

무감각은 매일매일 슬금슬금 파고들어 마침내는 그 자신이 된 것 같았다. 자기 자신이 개성도 형체도 없는 땅처럼 느껴졌다. 때로 일행 중 한 사람이 그를 마치 없는 존재인 양 쳐다보거나 살폈다. 자신이 다른 사람들 눈에 보인다는 걸 직접 확인하려고 고개를 급히 젓거나, 팔이나 다리를 들어 올려 쳐다보았다.

그리고 그 무감각은 함께 텅 빈 평원을 달리는 다른 사람들을 의식하지 않을 정도로 확대되었다. 가끔 의식하지 못한 채 불안하게 일행을 쳐다보았지만, 대략적인 형체밖에 볼 수 없었다. 그럴 때는 그들이 위치한 자리를 통해서만 누군지 알아볼 수 있었다. 밀러는 여정을 시작할 때부터 선두에 섰고, 앤드루스와 슈나이더는 그 뒤에서 삼각형의 밑변을 이뤘다. 종종 일행이 움푹 팬 곳에서 나와 얕은 둔덕으로 진입할 때면 밀러는 더는 지평선과 구분되지 않고 지면과 일체가 된 것 같았고, 자신이 달리는 땅의 색깔과 둘레에 동화된 하나의 형체가 되었다. 첫날 이후 밀러는 함께 달리는 사람들을 거의 의식하지 않는 듯 극히 말이 없었다. 짐승처럼 쿵쿵대며 흙내를 맡았고, 다른 사람들은 알아채지 못한 소리나 냄새가 있는 것처럼 머리를 이리저리 돌렸다. 가끔은 오지 않는 신호를 기다리기라도 하는 양 허공으로 고개를 들고 오랫동안 움직이지 않았다.

슈나이더는 앤드루스 옆이긴 하지만 10여 미터는 건너에서 말을 달렸다. 넓은 모자를 눈 위까지 눌러썼고, 뻣뻣한 머리카락은 마른 밀짚처럼 모자 아래에서 곤두섰다. 그는 안장 위에 구부정하게 앉아 가끔 눈을 감은 채로 안장 위에서 흔들거리며 졸았다. 다른 때에는 깨어 말의 귀 사이 한 지점을 뚱하게 응시했다. 가슴 주머니에 가지고 다니는 네모난 검은색 담뱃갑에서 씹는 담배를 가끔 꺼내 씹다가, 자기를 불쾌하게 하는 무언가가 있는 양 땅에 경멸하듯 뱉었다. 다른 사람을 쳐다보는 일도 거의 없었고, 필요한 때만 입을 열었다.

말을 탄 사람들 뒤로 찰리 호지가 마차의 높은 마부석에 앉아 있었다. 말과 소가 걸으며 일으키는 먼지를 조금 뒤집어썼어도 고개를 꼿꼿이 세웠고, 시선은 소들과 앞의 일행들 위를 향했다. 가끔 가늘고 조롱하는 듯 쾌활한 목소리로 일행에게 소리쳤고, 어느 때는 오른손의 잘린 부분으로 박자를 맞추며 거의 들리지 않을 정도로 웅얼거리듯 혼자 콧노래를 불렀다. 가끔 그 단조로운 목소리에서 갈라지고 떨리는 찬송가가 흘러나왔다. 나머지 세 사람은 그 소리가 귀에 거슬려서 몸을 돌려 찰리 호지를 쳐다보았다. 그때 찰리는 입을 벌리고 찡그린 눈으로 무아지경의 일그러진 얼굴을 했고, 사람들에게는 눈길도 주지 않았다. 밤에 일행이 식사를 마치고 짐승들을 묶고 나면, 찰리 호지는 낡고 더러운 성경을 꺼내 모닥불의 흐릿한 불빛 아래 조용히 소리 내어 읽었다.

부처스 크로싱을 떠난 지 나흘째 되는 날, 앤드루스는 두 번째로 들소의 흔적을 보았다.

밀러가 보여 주었다. 일행은 캔자스 평원 전체에 펼쳐진 끝 모를 분지 중 하나에서 나온 참이었다. 밀러는 야트막한 오르막 위에서 말을 세우고 손짓했다. 앤드루스는 그 옆으로 말을 몰아 올라갔다.

"저기를 보게." 밀러가 말하고 팔을 들었다.

앤드루스는 밀러가 가리키는 방향을 보았다. 처음에는 전에도 봤던 구릉지밖에 보이지 않았다. 그리고 늦은 아침 햇살에 멀리서 빛나는 흰색 부스러기에 시선을 고정했다. 이 거리에서 보기에 그 부스러기에는 형태가 없었고, 주변의 청록색 풀 사이에서 겨우 구별될 정도의 실체가 고작이었다. 앤드루스는 밀러 쪽으로 몸을 돌렸다. "저게 뭐죠?" 그가 물었다.

밀러는 씩 웃었다. "가서 자세히 보자."

그들은 편안히 느릿느릿 말을 몰며 대지를 가로질렀다. 슈나이더는 뒤에서 더 천천히 따라왔다. 찰리 호지는 소들의 방향을 살짝 돌려 한참 뒤에서 같은 방향으로 따라왔다.

밀러가 가리켰던 지점에 가까이 다가가자, 앤드루스는 그것이 단순한 흰색 부스러기가 아니라는 사실을 알았다. 그것은 인간이 아닌 존재가 거대한 손으로 아무렇게나 흩뿌린 듯 땅 위에 꽤 넓게 퍼져 있었다. 밀러는 이 지점 가까이에서 말머리가 아래쪽으로 구부러지게 안장 머리 주위에 고삐를 감고 갑자기 말을 세워 내렸다. 앤드루스도 똑같이 하고 밀러 옆으로 걸어갔다. 밀러는 꼼짝하지 않고 서서 그것들이 흩어진 지역을 내다보았다.

"저게 뭐죠?" 앤드루스가 다시 물었다.

"뼈야." 밀러가 말했다. 그러고는 한 번 더 앤드루스를 보며 히죽 웃었다. "들소 뼈."

가까이 다가갔다. 짧은 풀 위에서 뼈들은 흰색으로 빛났고, 주위에 웃자란 청록색 풀들 사이에 반쯤 파묻혀 있었다. 앤드루스는 흩트리지 않게 조심스레 살피며 뼈들 사이로 걸어갔다.

"소규모 사냥이었군." 밀러가 말했다. "많아야 3, 40마리였을 게 분명해. 아주 최근의 일이고. 여길 보게."

앤드루스는 그에게 갔다. 밀러는 거의 온전한 골격 앞에 서 있었다. 위쪽에 회색빛의 자국이 고르게 보이는 굽은 톱니 모양의 척추뼈에는 흉곽의 넓게 구부러진 어깨뼈가 매달렸다. 갈비뼈는 아주 넓었고 앞쪽부터 완만한 곡선을 이루며 넓게 이어졌지만, 옆구리 쪽에 가까워질수록 폭과 길이가 급격히 줄어들었다. 옆구리 근처에 있는 갈비뼈는 말라빠진 힘줄과 연골을 통해 척추에 붙은 흰색 덩어리에 지나지 않았다. 척추 끝에 있는 뼈의 넓은 테두리 두 개는 풀 위에 자리했다. 이 테두리를 따라 넓고 날카로울 정도로 뾰족한 뒷다리 뼈 두 개가 풀밭 위에 펼쳐져 있었다. 전에는 배(stomach)였던 것 위에 수직으로 놓인 뼈대 주변을 걸었다. 자세히 살펴보면서도 손은 대지 않았다.

"여길 보게." 밀러가 다시 말했다. 흉곽의 열린 타원형 정면 앞에 바로 놓인 머리뼈를 가리켰다. 머리뼈는 좁고 평평했다. 머리뼈의 제일 큰 부분은 앤드루스의 허리께보다 조금 더 높을 정도여서, 거대한 골격에 비하면 기이할 정도로 작았다. 머리뼈에서는 작은 뿔 두 개가 구부러져 나왔고, 평평한 윗부분에는 말라버린 털이 붙어 있었다.

"이 사체는 길어야 2년 정도 된 거야." 밀러가 말했다. "아직 악취가 남았군."

앤드루스는 코를 킁킁거렸다. 마르고 부스러진 살의 악취가 희미하게 났다. 그는 고개를 끄덕이고 아무 말도 하지 않았다.

"큰 놈이었어." 밀러가 말했다. "900킬로그램은 나갔을 게 분명해. 이 주변에서는 이렇게 큰 놈은 거의 보기 힘들지."

앤드루스는 초원 위에 가만히 놓여 있는 사체에서 들소를 그려 보았다. 책에서 봤던 판화를 떠올리려 했다. 하지만 희미한 기억과 실제 뼈는 합쳐지지 않았다. 들소가 어떤 모습이었는지 상상할 수 없었다.

밀러는 넓은 갈비뼈 하나를 발로 찼다. 뼈는 척추에서 떼어져 나와 풀밭 위에 부드럽게 떨어졌다. 그는 앤드루스를 쳐다보고 팔을 움직여 주위의 평원을 향해 크게 몸짓했다. "대규모 사냥이 있던 시절에는 사방을 둘러보면 뼈가 무더기로 쌓인 걸 볼 수 있었지. 5, 6년 전에 팬웨이 포크부터 스모키 힐 가장 끝까지 뼈들 사이를 달렸던 적도 있어. 캔자스의 들소 사냥이 가져온 결과가 이거야." 그는 다른 갈비뼈를 경멸하듯 찼다. "이것들도 여기 오래 못 있어. 더러운 농부들 몇이 이리로 와서 마차에 싣고 가 비료로 쓰지. 여긴 그런 수고를 할 만큼 뼈가 많지도 않지만."

"비료요?" 앤드루스가 물었다.

밀러는 고개를 끄덕였다. "들소는 흥미로운 동물이야. 버릴 부위가 없지." 그는 골격 옆쪽으로 걸어가 몸을 굽혀 뒷발 뼈를 집어 들었다. 몽둥이라도 되는 듯 공중에 휘둘렀다. "인디언들은 이 뼈로 바늘부터 몽둥이에 이르기까지 뭐든 만들어. 이걸로 만든 칼은 몸을 갈라놓을 정도로 날카로워. 뼛조각을 뿔 조각과 이어붙여서 활을, 다른 조각을 깎아 화살촉을 만들지. 작은 뼛조각을 예쁘게 깎아 만든 목걸이도 본 적 있어. 세인트루이스에서 샀다고 해도 믿을걸. 아이들 장난감, 여자들 빗, 전부 이 뼈로 만들지. 그런데 비료라니." 그는 고개를 젓고 뼈를 다시 휘두르다 던져 버렸다. 뼈는 해에 닿을 듯이 높이 날아가다 부드러운 풀밭에 떨어져 한 번 튀고 섰다.

뒤에서 말이 힝힝거렸다. 슈나이더가 가까이 다가왔다.

"이제 가지." 그가 말했다. "도착하면 뼈는 원 없이 볼 수 있잖아. 산에 생각만큼 들소가 있다면 말이지."

"물론이야." 밀러가 말했다. "이 정도는 새 발의 피지."

마차가 가까이 다가왔다. 뜨거운 낮 공기 속에서 찰리 호지의 목소리가 떨리듯 높아졌다. 주님은 강한 구원자시니 어떤 원수도, 어둠도, 유혹도 두렵지 않으며, 주님이 그의 오른팔이니 전쟁터에 굳게 서겠노라 노래했다. 세 사람은 잠시 빈 땅에 울려 퍼지는 그 고문에 가까운 목소리를 들었다. 그러고는 마차 앞으로 말을 몰아, 평원을 가로지르는 느린 여정을 재개했다.

들소의 흔적은 점점 더 자주 보였다. 엄청난 수의 무리가 물을 마시러 강으로 내려가며 남긴 다져진 발자국들 위를 지나간 적도 가끔 있었다. 거대한 접시 모양으로 움푹 팬 구덩이와 마주친 적도 있었다. 가장 깊은 곳이 거의 2미터에 이르고 폭은 12미터가 넘었다. 이 얕은 구덩이의 가장자리에는 풀이 자랐지만, 구덩이 자체의 흙은 고운 먼지가 되었다. 밀러는 앤드루스에게 들소가 뒹구는 구덩이라고 설명했다. 거대한 들소는 자기들을 괴롭히는 벌레와 이를 털어 내려고 흙 위에서 구른다고 했다. 들소들이 이 구덩이를 쓴 지는 오래됐다. 밀러는 구덩이에 들소의 흔적이 없고 구덩이 주위의 풀이 녹색으로 멀쩡하다는 점을 이유로 들었다.

들소 암놈의 사체를 본 적도 있었다. 빽빽한 녹색 풀 사이에 옆으로 딱딱하게 굳어 있었다. 배는 부풀어 올랐고, 썩어 가는 살에서 지독한 악취가 났다. 살을 파먹던 독수리 두 마리가 일행이 다가가자 천천히 몸을 일으키더니, 귀찮은 듯 천천히 공중으로 날아올라 썩은 고기 위에서 높이 맴돌았다. 밀러와 앤드루스는 사체 근처로 가 말에서 내렸다. 움직이지 않는 보기 흉한 형체 위의 털은 칙칙한 암갈색이었고, 군데군데 검은색 반점이 있었다. 앤드루스는 가까이 가려다 악취 때문에 멈춰 섰다. 속이 메슥거렸다. 악취가 바람에 날아가게 물러서서 사체 옆을 빙 돌았다.

밀러가 히죽 웃었다. "지독하지?" 그는 여전히 히죽거리며 앤드루스를 지나쳐 들소 옆에 쭈그리고 앉아 신중하게 살펴보았다. "어린 암놈이야." 그가 말했다. "누가 쐈는지 몰라도 폐를 맞추지 못했어. 피를 많이 흘려서 죽었을 가능성이 커. 무리에서 낙오했겠지." 그는 딱딱하게 뻗은 하퇴부(무릎 관절과 발목까지의 사이)를 발로 찼다. 살이 둔탁하게 떨어졌다. 빳빳한 천 조각이 찢어지는 것 같은 소리가 가볍게 났다. "죽은 지 일주일이 채 안 되었군. 살이 얼마 안 남은 게 이상해." 그는 고개를 젓고는 몸을 돌려, 악취를 피하던 말 쪽으로 돌아갔다. 말은 귀를 쫑긋하더니 뒤로 젖혔다. 밀러가 달래자 잠잠해졌지만, 앞다리의 근육은 긴장하며 떨었다. 밀러와 앤드루스는 말에 올라, 마차와 슈나이더를 지나쳐 달렸다. 슈나이더는 그들이 멈췄던 걸 신경 쓰지 않았다. 들소 사체의 썩은 냄새가 밀러의 옷에 배었다. 밀러가 한참 앞에 있었는데도 가끔 바람이 가볍게 불 때마다 악취가 풍겨와서, 앤드루스는 더러운 것에 스치기라도 한 듯 손으로 코와 입을 막았다.

작은 들소 무리를 본 적도 있었다. 역시 밀러가 알려 줬다. 들소 무리는 너무 작아서 밝은 초록의 평원 위에 생긴 검은 얼룩 정도였다. 앤드루스는 오후의 햇살 아래 눈을 가늘게 뜨고 안장 위에서 몸을 높이 세웠지만, 들소 떼의 형체나 움직임을 알아볼 수 없었다.

"작은 무리야." 밀러가 말했다. "이 근처 사냥꾼들 때문에 저렇게 흩어졌지."

세 사람—앤드루스, 밀러, 그리고 슈나이더—은 나란히 말을 달렸다. 슈나이더는 무심하게 말했다. 특별히 누구에게 한 말은 아니었다. "가끔은 작은 무리만으로도 충분해. 이렇게 작은 무리로 나눠서 사냥하는 방법도 있지."

밀러는 시선을 여전히 멀리 있는 들소 떼에 고정한 채 말했다. "들소 떼라면 1000마리는 기본이었던 때가 기억나. 그것도 작은 무리가 그 정도였지." 그는 팔로 큰 반원을 그렸다. "여기 비슷한 곳에 서서 내다본 적이 있어. 수만, 수십만의 검은 들소가 평원 위를 이동하는 걸 볼 수 있었지. 빽빽하게 밀집해서 온종일 땅에 발을 딛지 않고도 그 위를 걸어갈 수 있을 정도였어. 지금 보는 건 저기 저놈들 같은 낙오자들뿐이야. 그리고 사냥꾼이라고 으스대는 놈들이 저런 낙오자들이나 사냥하지." 그는 땅에 침을 뱉었다.

슈나이더는 다시 허공에 말했다. "있는 게 낙오자들뿐이면 그놈들이라도 사냥해야지. 난 더는 큰 희망은 걸지 않아."

"우리가 가는 곳에서는." 밀러가 말했다. "예전 같은 들소 떼를 보게 될 거야."

"그렇겠지." 슈나이더가 말했다. "하지만 너무 큰 기대는 하지 않겠어."

뒤쪽 마차에서 찰리 호지의 갈라지는 높은 목소리가 들려왔다. "아주 조그마한 무리군. 옛날에는 저렇게 작은 무리는 없었어. 주님께서 주시고 주님께서 가져가셨군(욥기 1:21)."

찰리 호지의 목소리가 들리자 세 사람은 몸을 돌렸다. 그 말을 듣다가 끝나자 다시 몸을 돌렸다. 하지만 펼쳐진 평원 위에서 더는 그 작고 검은 얼룩을 찾을 수 없었다. 밀러가 앞장서고 슈나이더와 앤드루스는 물러섰다. 자신들이 본 걸 더는 얘기하지 않았다.

여행이 방해받는 경우는 드물었다. 같은 방향으로 가는 행렬을 도로에서 두 번 지나쳤다. 이들 중 하나는 남자 한 명, 그 아내, 어린아이 셋으로 이루어졌다. 먼지투성이 얼굴은 걱정으로 핼쑥하고 침울했다. 여자와 아이들은 네 마리의 노새가 끄는 작은 마차를 탔고, 말을 하지 않았다. 남자는 열의에 차 거의 쉴 새 없이 떠들었다. 오하이오에서 농장을 날리고 이곳으로 왔고, 캘리포니아에서 작은 장사를 하는 형을 도울 거라고 했다. 출발할 때는 마차 여럿으로 이루어진 행렬과 함께였지만, 노새 하나가 다리를 저는 바람에 속도가 느려지면서 두 주 정도 뒤처졌고, 따라잡을 가능성은 없다고 했다. 밀러는 절름거리는 노새를 살펴보더니 방향을 바꿔 포트 윌레스로 가라고 충고했다. 거기서 휴식을 취하면서 동행할 마차 행렬을 기다리라고 했다. 남자는 망설였다. 그러자 밀러는 노새가 포트 윌레스까지밖에 갈 수 없고, 남자와 가족들만 여정을 계속하는 것은 바보짓이라고 퉁명스럽게 말했다. 남자는 고집스럽게 고개를 저었다. 밀러는 더는 말하지 않고 앤드루스와 슈나이더에게 손짓했다. 일행은 남자와 여자, 아이들을 우회해 앞질러 나갔다. 늦은 저녁이 되자 노새가 끄는 작은 마차에서 나오는 먼지는 멀리 한참 뒤에서나 볼 수 있었다. 밀러는 고개를 저었다.

"저들은 도착 못 해. 저 노새는 이틀 이상 못 버텨." 그는 땅에 침을 뱉었다. "내가 말한 대로 가야 하는데."

그들이 지나친 다른 무리는 좀 큰 규모였는데, 말을 탄 남자 다섯이었다. 말이 없었고 수상쩍었다. 콜로라도로 가는 중인데, 미개발 광산에 관심이 있어서 거기서 일할 생각이라고 꺼리듯 말했다. 그들은 저녁을 함께 먹자는 찰리 호지의 제안을 거절했고, 밀러의 일행이 지나갈 때까지 모여 기다렸다. 그날 밤늦게 밀러, 앤드루스, 슈나이더, 호지가 잠자리에 들었을 때 돌아 지나가는 낮은 말발굽 소리가 들렸다.

강가 가까이 둘러 가는 길에서 넓은 절벽과 만나기도 했다. 절벽의 옆쪽에는 대충 판 대피용 동굴들이 이어졌다. 동굴 앞 평평하고 단단한 땅 위에서는 갈색 피부의 벌거벗은 아이들이 놀았다. 아이들 뒤 동굴 입구 가까이에는 대여섯 명의 인디언들이 쪼그리고 앉았다. 여자들은 더운데도 담요를 둘러서 형체를 알아볼 수 없었다. 남자들은 늙고 쭈글쭈글했다. 일행이 지나가자 아이들은 놀다 말고 어둡고 젖은 눈으로 그들을 쳐다보았다. 밀러는 손을 흔들었지만, 인디언들은 아무도 응답하지 않았다.

"강가에 사는 인디언들이야." 밀러가 경멸하듯 말했다. "메기나 토끼를 잡아먹고 살지. 더는 사냥하지 않아."

하지만 여정이 계속되자 앤드루스는 이러한 방해물들이 점점 더 현실처럼 보이지 않았다. 여정의 현실성은 판에 박힌 세부적인 일상에 있었다. 밤이 되면 잠들고, 아침에 일어나고, 양철 컵에 든 뜨거운 블랙커피를 마시고, 침낭을 개어 점점 지쳐 가는 말 위에 싣고, 절대 변하지 않는 평원 위에서 단조롭고 무감각하게 움직이고, 정오에는 말과 소에 물을 주고, 딱딱한 비스킷과 말린 과일을 먹고, 여정을 재개하고, 어둠 속에서 더듬거리며 야영지를 만들고, 꺼져 가는 어둠 속에서 맛없는 콩과 베이컨을 게걸스럽게 먹고, 다시 커피를 마시고, 잠자리에 든다. 이러한 일상은 종교의식과 같아졌고, 되풀이되면서 갈수록 무의미해졌다. 그렇지만 이 의식만이 지금 그의 삶에서 유일하게 형태를 가졌다. 광활한 평원의 공간 위를 힘겹게 한 발짝 한 발짝 전진했지만, 시간이 흐르지 않는 것 같았다. 오히려 시간이 그와 함께 움직이고, 구름이 위에서 맴돌다가 그가 앞으로 나가면 달라붙는 것 같았다.

시간의 흐름은 그와 동행하는 세 사람의 얼굴에서, 그리고 스스로 의식하는 자기 내부의 변화에서 드러났다. 그의 얼굴은 날이 갈수록 비바람에 노출되어 거칠어졌다. 얼굴 아래쪽에 까칠하게 자란 수염은 피부가 거칠어지면서 부드러워졌고, 손등은 햇볕에 타 빨개졌다가 갈색이 되었다가 까매졌다. 몸이 점점 여위고 단단해지는 걸 느꼈다. 가끔 자신이 새로운 몸, 또는 비현실적인 부드러움과 창백함과 매끄러움의 층 아래 숨어 있었던 진정한 몸 안으로 움직인다는 생각이 들었다.

그가 본 다른 사람들의 변화는 별 의미도 없었고 그리 급격하지도 않았다. 밀러의 굵고 고르게 난 턱수염은 무성해졌고, 제일 끝에서 곱슬거렸다. 하지만 그 변화는 밀러가 안장에 앉아 말을 달리는 방법과 광활한 평원을 응시하는 시선에서 훨씬 뚜렷하게 나타났다. 앤드루스가 처음에 부처스 크로싱에서 보았던 딱딱하고 형식적인 태도 대신에 편안함, 친숙함, 자연스러움이 보였다. 안장에 앉은 모습은 그가 탄 말이 자연스럽게 확대된 것 같았다. 걸을 때는 발걸음 하나하나가 땅의 굴곡을 매만지는 것처럼 보였다. 앤드루스가 생각하기에 밀러가 평원을 보는 시선은, 그 대지가 밀러의 관심을 불러일으킬수록 더 너그럽고 자유로우며 무한해지는 것 같았다.

슈나이더의 얼굴은 어두워지는 피부 위에 밀짚처럼 뻣뻣하게 천천히 자라는 턱수염 속으로 물러가 숨어드는 것 같았다. 슈나이더는 날이 갈수록 자기 내면으로 물러났다. 다른 사람들에게 말을 하는 경우가 드물어졌고, 말을 타고 있을 때도 일행에게서 떨어지려 하는 것 같았다. 일행과 멀리 떨어진 방향을 바라보았고, 밤에는 말없이 음식을 먹고는 모닥불에서 몸을 옆으로 돌리고, 다른 사람보다 훨씬 일찍 침낭을 펴고 잠들었다.

일행 중에서 찰리 호지의 변화가 가장 적었다. 회색 수염은 훨씬 더 뻣뻣해졌고 비바람 속에서 피부는 벌게졌지만, 갈색이 되지는 않았다. 무심하고 교활하게 주위를 둘러보았고, 대답을 기대하지 않으면서도 불쑥 이유도 없이 다른 모두에게 말을 꺼냈다. 평탄한 도로에서는 낡고 해진 성경을 꺼내 책장을 휙휙 넘겼고, 힘없는 회색 눈을 가늘게 뜨고 먼지 속을 내다보았다. 여정 내내 주기적으로 마차 아래로 손을 뻗어 코르크 마개의 위스키병을 꺼냈다. 누런 이빨로 코르크를 뽑아 무릎 위에 던지고는 길고 시끄럽게 위스키를 마셨다. 그러고 나서는 높고 가늘고 떨리는 목소리로 찬송가를 불렀다. 찬송가는 먼지 속으로 희미하게 흘러가, 앞에 달리는 세 사람의 귀에서 사라졌다.

여정의 여섯째 날, 일행은 스모키 힐 도로의 끝에 다다랐다.

III

일행이 부처스 크로싱에서 오는 내내 따라왔던, 나무와 덤불로 이루어진 어두운 녹색 선은 남쪽으로 완만한 곡선을 그렸다. 여정의 여섯째 날 오전 중반쯤 갈림길과 만나자 잠시 멈춰 서서 스모키 힐 강의 물길을 바라보았다. 일행이 멈춘 곳에서 땅이 좁아져서, 멀리 강둑의 덤불과 나무 사이로 느리게 흐르는 강물을 볼 수 있었다. 멀리서 보이는 강물은 탁한 초록빛이 사라지고 햇빛이 수면에 은빛으로 반짝여 맑고 시원해 보였다. 세 사람은 함께 말을 가까이 몰고 갔다. 소들은 머리를 강 쪽으로 향하고 낮게 울었다. 찰리 호지는 일행에게 멈추라고 소리치고 마차의 브레이크 손잡이를 당겼다. 마부석에서 일어나 마차를 내려와서 다른 일행이 기다리는 곳으로 힘차게 걸어왔다.

"도로는 여기서 강 쪽으로 갈라져." 밀러가 말했다. "아칸소까지 죽 이어지지. 이 길을 따라가면 물 걱정은 없지만, 목적지까지는 거의 일주일이 걸려."

슈나이더는 밀러를 쳐다보고 히죽 웃었다. 먼지투성이 얼굴에서 이가 희게 빛났다.

"도로를 따라가지 않을 생각이군."

"일주일이나 잡아먹어. 더 걸릴 수도 있고." 밀러가 말했다. "전에도 이 평원을 가로지른 적이 있어." 그는 스모키 힐 너머 펼쳐진 광활한 서쪽 평원 쪽으로 손짓을 했다. "저기도 물은 있어. 난 물이 어디 있는지 알아."

슈나이더는 여전히 히죽거리며 앤드루스 쪽으로 몸을 돌렸다. "앤드루스 씨. 살면서 목말라 본 적 없지? 진짜 갈증 말이야. 그러니 당신 생각을 물어봐야 소용없겠군."

앤드루스는 망설이다가 고개를 저었다. "저는 말할 자격이 없습니다. 평원에 대해서는 아무것도 모르니까요."

"밀러는 알아." 슈나이더가 말했다. "적어도 자기 말로는 그래. 그러니 우리는 밀러가 말하는 곳으로 가야겠지."

밀러는 미소를 짓고 고개를 끄덕였다. "프레드, 한 주 치 급료를 더 받고 싶은 모양이군. 건조 지대가 두렵나?"

"전에도 지나온 적 있어." 슈나이더가 말했다. "하지만 말과 소에게는 물을 먹이면서 정작 내가 갈증에 시달린다면 어떤 기분일지는 생각해 보지 않았네."

밀러의 미소가 커졌다. "죽을 맛이지." 그가 말했다. "난 그랬던 적 있어. 하지만 물은 여기서 하루도 안 걸리는 곳에 있어. 그런 일은 일어나지 않아."

"하나만 더." 슈나이더가 말했다. "자네가 이 지역을 건너본 지 얼마나 됐지?"

"몇 년 됐어." 밀러가 말했다. "하지만 변하지 않는 것들이 있지." 여전히 미소를 짓고 있었지만 목소리는 딱딱해졌다. "진심으로 불평하는 건 아니지, 프레드?"

"아니야." 슈나이더가 말했다. "몇 가지 짚고 넘어갈 뿐이지. 부처스 크로싱에서 동행하겠다고 약속했고, 지금 자네와 같이 가잖아. 어찌 됐든 상관없어."

밀러는 고개를 끄덕이고 찰리 호지 쪽으로 몸을 돌렸다. "출발하기 전에 말과 소들을 쉬게 하고 물을 먹여야 해. 혹시 모르니 물은 최대한 많이 싣고. 짐승들은 자네가 돌봐. 우리는 마차에 실을 물을 길어올게."

찰리 호지가 소들을 끌고 강가로 내려간 사이, 나머지는 마차에 가서 물을 길어올 수 있을 만한 통을 찾아보았다. 밀러는 식량을 덮은 넓은 사각형 캔버스 천으로 대충 통 모양을 만들고, 강둑에서 베어온 가느다란 나무로 받쳐 세웠다. 가는 나무 두어 개를 묶어 둥글게 구부리고 다시 묶었다. 그리고 네모난 캔버스 천의 네 모서리 가까이에 가죽 끈으로 묶었다. 더 짧고 단단한 나무를 세로로 톱니 모양으로 잘라 원으로 만든 나무에 붙였다. 이렇게 하자 지름 1.5미터, 높이 1.2미터의 물통이 만들어졌다. 찰리 호지가 요리할 때 쓰던 양동이와 주전자, 그리고 작은 나무통 하나를 이용해 캔버스 천 물통을 4분의 3정도 채웠다. 이 작업에 거의 한 시간이 걸렸다.

"이 정도면 충분해." 밀러가 말했다. "더 담으면 넘쳐."

그들은 스모키 힐 옆 그늘에서 쉬었다. 그동안 소들은 강가를 어슬렁거리며 습지에 무성하게 자라난 풀들을 뜯었다. 밀러는 날이 너무 덥고, 건조 지대를 지나가야 하니 좀 늦게 출발하겠다고 말했다. 그래서 찰리 호지는 삶은 콩, 소금에 절인 베이컨, 커피를 준비했다. 일행은 오후의 태양이 그늘을 뒤쪽으로 밀어낼 때까지 강가의 풀밭에 지쳐 누워, 강물이 흐르는 소리를 들었다. 강물은 부드럽고 시원하며 편안하게 흘러나가, 그들이 부처스 크로싱을 떠나 걸어온 평원을 통과해 되돌아 흐르며 동쪽으로 향했다. 햇살이 얼굴에 비치자 앤드루스는 일어났다. 밀러가 말했다. "출발하는 게 좋겠군." 찰리 호지는 소들을 모아와 한 쌍씩 굴레를 씌우고 마차에 맸다. 일행은 이정표가 될 만한 나무나 도로도 없는 평원으로 발길을 돌려 서쪽으로 향했다. 스모키 힐 강을 나타내던 초록색 선이 사라졌다. 그리고 앤드루스는 끝없이 펼쳐진 평원에서 어느 방향으로 가는지 알려고 밀러의 등에서 한시도 눈을 떼지 않아야 했다.

별빛이 내렸다. 몸이 피곤하고 말들이 사람들 몸무게를 감당하느라 지쳐서 발걸음이 불편하고 느려지지 않았다면, 앤드루스는 밤이 찾아와서 일행을 출발지였던 스모키 힐의 갈림길로 되돌려놓고 붙잡고 있다고 생각했을 것이다. 오후 내내 오는 동안 어떤 갈림길도, 밀러에게 가는 길을 보여 주는 이정표가 될 나무도, 도랑도, 언덕도 보이지 않았다. 그날 밤은 물을 마시지 않고 야영했다.

그들은 말 등에서 짐을 내리고 넓은 평원에서 야영을 준비하는 동안 거의 말을 하지 않았다. 찰리 호지는 소들을 한 마리씩 마차 뒤로 끌고 갔다. 밀러는 소들이 물을 마시는 동안 커다란 캔버스 천 물통을 붙잡아 세웠다. 조심스럽게 든 등불 불빛으로 물 높이를 살펴보았다. 소가 할당된 분량을 마시면 밀러는 날카롭게 "그만!"이라고 말하고 소를 발로 찼다. 그러면 찰리 호지는 소의 머리를 잡아당겼다. 소와 말이 마시고 나자 물은 4분의 1이 남았다.

한참 뒤, 찰리 호지는 일행이 아까 낮에 쉬는 동안 모아왔던 나무들로 모닥불을 피웠다. 네 사람은 불가에 쪼그려 앉아 커피를 마셨다. 깜빡이는 불빛 아래 슈나이더의 딱딱하고 무표정한 얼굴이 씰룩이듯 변했다. 그가 감정 없는 목소리로 말했다.

"물 없는 야영은 늘 마음에 들지 않아."

아무도 입을 열지 않았다.

슈나이더가 말을 이었다. "물이 얼마 안 남은 것 같던데."

"4분의 1 정도." 밀러가 말했다.

"그걸로 하루 정도 더 버틸 수 있겠군. 목말라 죽겠지만 하루는 더 버텨야 해."

밀러가 말했다. "그래야지."

"물이 흐르는 곳을 만나지 못한다면." 슈나이더가 말했다.

"물이 흐르는 곳을 만나지 못한다면 말이지." 밀러가 동의했다.

슈나이더는 양철 컵을 들어 남은 커피를 찌꺼기까지 마셨다. 불빛 속에서 턱을 들었다. 목구멍이 빳빳해지며 가볍게 떨렸다. 목소리는 차갑고 나른했다. "내일 물이 있는 곳을 만나는 게 최선이겠군."

"그렇지." 밀러가 말했다. "물이 있는 곳은 많아. 찾기만 하면 돼." 아무도 대답하지 않았다. 그는 말을 이었다. "어디선가 이정표를 지나친 게 분명해. 바로 이 근처에 물가가 있어야 해. 하지만 기미도 없군. 내일은 확실히 물이 있는 곳을 찾게 될 거야."

세 사람은 밀러를 뚫어지게 쳐다보았다. 꺼져 가는 불빛 속에서 밀러는 세 사람의 눈길을 피하지 않았다. 밀러는 슈나이더를 오랫동안 쌀쌀하게 쳐다보다가 잠시 뒤 한숨을 쉬고, 찰리 호지 앞의 땅에 컵을 조심스럽게 내려놓았다.

"이제 자." 밀러가 말했다. "더워지기 전에 아침 일찍 출발할 거야."

앤드루스는 잠을 청했다. 하지만 몸은 녹초가 되었는데도 푹 쉴 수 없었다. 소들이 낮게 우는 소리에 잠이 오지 않았다. 소들은 마차 뒤에 모여 땅을 긁으며, 뚜껑 없는 캔버스 천 물통에 남은 약간의 물을 지키는 닫힌 뒷문을 머리로 받았다.

앤드루스는 밀러의 손이 어깨에 닿자 선잠에서 깨었다. 어둠 속에서 눈을 뜨자, 위에 밀러의 흐릿한 형체가 보였다. 다른 사람들이 이른 새벽의 어둠 속에서 더듬거리며 투덜대는 소리가 들렸다.

"빨리 출발해야 짐승들이 물 달라고 난리를 치지 않아." 밀러가 말했다.

동쪽에서 흐릿한 빛이 비칠 때쯤 소들을 마차에 매고 다시 서쪽으로 향했다.

"말에게 맡겨." 밀러가 일행에게 말했다. "편히 걷게 해. 물을 찾을 때까지는 몰아붙이지 않는 게 좋아."

날씨가 더워지면서 말과 소들은 느릿느릿 걸었다. 밀러는 날이 밝자 일행의 한참 앞에서 달렸다. 안장 위에 꼿꼿이 서서 고개를 계속 좌우로 돌렸다. 가끔 내려 마치 말 위에서 놓친 이정표가 숨어 있는 것처럼 땅을 자세히 살폈다.

일행은 계속 걸었다. 한낮이 지났다. 소 한 마리가 비틀거리다가 뭉툭한 뿔로 다른 소를 들이받자 밀러는 일행에게 멈추라고 소리쳤다.

"수통을 채워." 그가 말했다. "짐승들한테 주고 나면 물이 없을 거야."

그들은 조용히 지시에 따랐다. 슈나이더는 마지막으로 캔버스 물통에 다가가 수통을 채우고 오랫동안 잔뜩 마신 후 다시 수통을 채웠다.

슈나이더는 찰리 호지가 소들 물 먹이는 걸 도왔다. 한 마리씩 마차 뒤 물통으로 끌고 갔다. 소들에게 물을 먹이고 마차에서 좀 떨어진 곳에 맨 다음, 남은 물은 말들에게 마저 먹였다. 말들이 마실 만큼 마시자 밀러는 캔버스 천을 받쳤던 나무를 부러뜨렸다. 캔버스 천의 접힌 부분에 남아 있던 물을 찰리의 도움을 받아 나무 물통에 부었다.

찰리 호지는 소를 풀어 짧은 노란색 풀을 뜯게 했다. 그리고 마차로 돌아가 말린 비스킷 꾸러미를 열었다.

"너무 많이 먹지 마." 밀러가 말했다. "목말라져."

일행은 마차가 만들어 내는 좁은 그늘에 쪼그려 앉았다. 슈나이더는 천천히 조심스럽게 비스킷 하나를 먹고 물을 조금 홀짝였다.

마침내 그는 한숨을 쉬고 밀러에게 바로 말했다. "어떻게 된 거야, 밀러? 물이 어디 있는지 알기는 해?"

밀러가 말했다. "내 기억으로는 작은 돌무더기가 있었어. 반나절만 더 가면 냇가를 만날 수 있어."

슈나이더는 미심쩍은 듯 밀러를 쳐다보았다. 그러고는 표정을 딱딱하게 굳히며 심호흡하고 부드러운 목소리로 물었다. "지금 여기는 어디야?"

"걱정하지 마." 밀러가 말했다. "전에 왔을 때보다 이정표 몇 개가 달라졌어. 하지만 반나절만 더 가면 제대로 알 수 있어."

슈나이더는 히죽 웃고는 고개를 저었다. 고개를 절레절레하며 낮은 소리로 웃더니 바닥에 앉았다.

"맙소사." 그가 말했다. "길을 잃었군."

"저 방향으로 계속 가면." 밀러가 그들이 있는 그늘 멀리, 지는 해 쪽을 가리켰다. "길 안 잃어버려. 오늘 밤 아니면 내일 아침 일찍 확실히 물가에 도착해."

"여긴 넓디넓은 평원이야." 슈나이더가 말했어. "확실한 건 없어."

"걱정하지 마." 밀러가 말했다.

슈나이더는 여전히 히죽거리며 앤드루스를 쳐다보았다. "기분이 어때, 앤드루스 씨? 생각만 해도 목이 타지?"

앤드루스는 빠르게 외면하며 얼굴을 찡그렸지만, 슈나이더의 말은 사실이었다. 입안의 비스킷이 햇빛에 부서진 모래처럼 갑자기 바싹 마른 것 같았다. 간신히 삼켰다. 찰리 호지가 반 남은 비스킷을 셔츠 호주머니에 넣는 걸 알아챘다.

"아직 남쪽으로 갈 수 있어." 슈나이더가 말했다. "하루, 길어야 하루 반이면 아칸소에 닿을 수 있다고. 말과 소들도 그 정도는 견딜 수 있어."

"그러면 일주일이나 늦어져." 밀러가 말했다. "게다가 그럴 이유도 없고. 목은 좀 타겠지만 잘 될 거야. 난 이 평원을 알아."

"길을 잃은 걸 보면 그렇지도 않은데." 슈나이더가 말했다. "아칸소로 가야 해. 거기에는 확실히 물이 있잖아." 그는 주변에 있는 노란 마른풀을 한 다발 잡아 뽑았다. "이걸 봐. 이 평원에는 가뭄이 들었어. 냇물도 마르지 않았으리라고 어떻게 장담해? 연못도 말라 버렸다면?"

"이 평원에는 물이 있어." 밀러가 말했다.

"들소의 흔적은 봤어?" 슈나이더가 일행 하나하나를 쳐다보았다. "하나도 없었잖아. 물이 없는 곳에는 들소도 없어. 다시 말하지만 아칸소로 가야 해."

밀러는 한숨을 쉬고 슈나이더에게 쌀쌀하게 미소 지었다. "불가능해, 프레드."

"뭐?"

"불가능하다고. 우리는 스모키 힐을 떠난 후 비스듬히 전진했어. 말과 소한테 물을 충분히 먹였더라도 아칸소까지는 이틀 반 걸릴 거야. 스모키 힐로 돌아가는 거나 비슷하지. 물이 없어서 말과 소가 못 버텨."

"빌어먹을." 슈나이더가 조용히 말했다. "진작 말해 줬어야지."

밀러가 말했다. "걱정하지 마. 땅을 파서라도 물을 찾아낼게."

"빌어먹을." 슈나이더가 말했다. "이런 개자식. 난 아칸소로 가겠어. 혼자 가면 되겠지."

"그렇지 않을걸." 밀러가 말했다. "이 평원을 잘 아나, 프레드?"

"그렇지 않다는 걸 잘 알잖아." 슈나이더가 말했다.

"그러면 우리와 함께 가는 게 나아."

슈나이더는 일행을 하나하나 쳐다보았다. "다른 사람들이 자네와 함께 할 거라고 확신해?"

밀러의 딱딱한 얼굴이 풀어지며 입가에 엷은 주름이 생겼다. "지금처럼 내가 앞장서겠어. 땅의 느낌을 다시 찾아야 해. 그동안 너무 가까이 살펴보고 기억해 내려고만 했어. 일단 땅의 느낌을 다시 찾으면 그때부터는 괜찮아. 자네들도 괜찮아지고."

슈나이더는 고개를 끄덕였다. "찰리는 자네와 함께 가겠지. 그렇지 않나?"

찰리 호지는 놀란 듯 불쑥 고개를 들었다. 그는 손목의 잘린 부분을 문질렀다. "주님이 원하시는 곳으로 갈 거야." 그가 말했다. "주님께서는 우리가 목마르면 물가로 인도하셔."

"그렇겠지." 슈나이더가 말했다. 그는 앤드루스 쪽으로 몸을 돌렸다. "이제 우리만 남았군, 앤드루스 씨. 어쩔 텐가? 마차와 짐승들은 자네 거야. 자네가 남쪽으로 가겠다고 주장하면 밀러는 쉽게 거스르지 못해."

앤드루스는 바닥을 내려다보았다. 가느다란 마른풀 사이의 흙은 가루 같았다. 올려보지는 않았지만, 사람들의 시선이 자기를 향했다는 걸 느꼈다. "이왕 여기까지 왔잖아요." 그가 말했다. "밀러와 계속 함께 가는 게 좋겠어요."

"좋아." 슈나이더가 말했다. "자네는 완전히 미쳤어. 하지만 다른 수가 없군. 원하는 대로 하게."

밀러의 얇고 넓은 입술이 살짝 미소를 지으며 길어졌다. "너무 걱정하지 마, 프레드. 상황이 그렇게까지 나빠지면 찰리의 위스키로 그럭저럭 버틸 수 있어. 아직도 40리터는 남았을 테니까."

"말들이 들으면 좋아하겠군." 슈나이더가 말했다. "위스키 40리터면 여기서 벗어나는 건 일도 아닐 테니."

"자네는 걱정이 너무 많아." 밀러가 말했다. "죽지 않을 테니 걱정하지 마."

"약속했으니 같이 가기는 하겠네. 이제 좀 쉬어야겠어." 슈나이더는 옆으로 누워 마차 그늘 아래쪽으로 들어가 일행에게 등을 향하고 쉬기 시작했다.

"우리도 좀 자는 게 좋겠어." 밀러가 말했다. "이 더위에 움직이는 건 무리야. 좀 쉬다가 오늘 저녁에 출발하지."

앤드루스는 그늘에 모로 누워 팔로 머리를 받치고 평원 너머를 바라보았다. 보이는 가장 먼 곳까지 너른 평원이 끝없이 펼쳐졌다. 코앞에 빳빳하게 서 있던 풀잎이 흐려지더니 멀리 평원으로 사라졌고, 멀리 있던 평원이 갑자기 다가왔다. 그는 눈을 감고 멍하니 손가락으로 풀을 뽑힐 때까지 밀었다. 몸을 땅에 누르고 아무것도 쳐다보지 않았다. 그러다 졸린 눈으로 보던 평원의 풍경이 마치 손가락 사이를 통과하듯 지나가, 그것이 왔던 대지로 돌아가는 것 같자 두려움이 스며들어왔다. 입이 바짝 말랐다. 수통에 손을 뻗다가 그만뒀다. 갈증을 참으며 목마르다는 생각을 떨쳐 버렸다. 긴장한 채 땅에 누웠던 몸에 잠시 뒤 힘이 빠졌고, 오후가 지나기도 전에 잠들었다.

해의 가장자리가 지평선을 가르자 일행은 여정을 재개했다.

밤이 빠르게 찾아왔다. 선두에 선 밀러는 흥분한 채 등을 구부린 모습이었고, 몸은 안장 위에서 이리저리 흔들렸다. 앤드루스와 슈나이더는 말들이 편한 대로 달리게 두었지만, 밀러는 말이 밤의 어둠 속에서 빛나는 듯한 땅 위를 불규칙한 지그재그로 달리게 박차를 가했다. 밀러는 뚜렷한 이유 없이 가파를 정도로 비스듬하게 달렸고, 새 경로를 30분 정도 달린 뒤에는 멈추고 다른 방향으로 향했다. 앤드루스는 처음 몇 시간 동안은 머릿속에 경로를 기억해 두려 했지만 피곤해져서 집중할 수 없었다. 맑은 하늘에 뜬 별들과 희미한 달이 위에서 맴돌았다. 말이 슈나이더와 밀러를 따라가게 두고는 눈을 감고 안장 위에서 몸을 앞으로 수그렸다. 차가운 밤공기 속에서도 갈증이 그를 갉아댔다. 가끔 수통에서 물을 한두 모금 마셨다. 앤드루스는 소들이 풀을 뜯게 하려고 잠시 멈췄을 때도, 무슨 일이 일어나는지 잠결에 어렴풋하게만 느끼며 안장 위에 그대로 앉아 있었다.

일행은 다음 날 아침, 그리고 더운 한낮까지 달렸다. 소들은 천천히 움직이며 계속 울어댔다. 숨소리는 건조하고 귀에 거슬렸다. 앤드루스마저도 소들의 털에 점점 윤기가 사라지고 늑골과 옆구리의 뼈들이 뚜렷하게 나타나는 걸 볼 수 있었다.

슈나이더가 앤드루스 옆으로 와서 소들 방향으로 머리를 휙 돌렸다. "소들 상태가 안 좋아 보여. 다음에는 혀가 부을 거야. 그러면 숨 쉬면서 혀를 당길 수 없어. 남쪽으로 가야 했어. 운이 좋다면 가능했을 거야."

앤드루스는 대답하지 않았다. 견딜 수 없을 정도로 목이 탔다. 자기도 모르게 안장 뒤 수통으로 손을 뻗어 꺼내 오래 두 모금 마셨다. 슈나이더는 히죽 웃고 떠났다. 앤드루스는 의지력을 발휘해 수통을 닫고 안장 뒤에 돌려놓았다.

정오가 되기 조금 전에 밀러는 말을 세우고 내려, 천천히 움직이는 마차 쪽으로 걸어갔다. 찰리 호지에게 멈추라고 손짓했다.

"여기서 더위가 꺾이길 기다려야 해." 그는 짧게 말하고 마차의 그늘 속으로 들어갔다. 슈나이더와 앤드루스가 다가왔다. "소들 상태가 안 좋아 보여, 밀러." 슈나이더가 말했다. 그는 찰리 호지 쪽으로 몸을 돌렸다. "이 상태로 몰고 갈 수 있어?"

찰리 호지는 고개를 저었다.

"혀가 붓기 시작했어. 하루도 버티지 못할 거야. 말들은 또 어떻고."

"신경 쓰지 마." 밀러가 말했다. 목소리는 으르렁거리듯 낮고 단조로웠다. 검은 눈동자가 멍하니 반짝였다. 시선은 그들을 향했지만 보고 있는 것 같지는 않았다. "수통에 물이 얼마나 남았지?"

"거의 없어." 슈나이더가 말했다. "잘해야 밤까지 버틸 정도."

"가져와." 밀러가 말했다.

"이봐." 슈나이더가 말했다. "그 물을 짐승들에게 먹일 생각이라면…."

"가져오라고." 밀러가 말했다. 시선을 슈나이더에게 돌렸다. 슈나이더는 낮게 투덜대며 일어나 자기와 앤드루스의 수통을 가지고 돌아왔다. 밀러는 수통을 모으고 자기 것도 내놓고는 찰리 호지에게 말했다. "찰리, 나무통과 자네 수통도 여기 가져와."

슈나이더가 말했다. "이봐, 밀러. 저 소들은 버티지 못해. 우리가 마실 물을 낭비할 필요 없어. 그러면 안 돼…."

"닥쳐." 밀러가 말했다. "말다툼하면 목만 더 말라. 말했잖아. 아직 찰리의 위스키가 남았다고."

"맙소사!" 슈나이더가 말했다. "진담이었군."

찰리 호지가 마차 그늘로 돌아와 밀러에게 수통과 나무통을 건넸다. 밀러는 나무통을 땅 위에 조심스럽게 놓고 손으로 누르며 몇 번 돌렸다. 그러자 나무통은 짧은 풀 위에 평평하게 자리 잡았다. 수통 뚜껑을 하나씩 열고, 마지막 남은 물방울들이 수통 주둥이에 모였다가 마침내 떨어질 때까지 나무통 위에 잠시 들고 있다가 그 안에 조심스럽게 부었다. 마지막 남은 수통을 비웠을 때 나무통에는 높이 10센티 정도의 물이 모였다.

슈나이더는 빈 수통을 집어 들어 신중하게 살피고 밀러를 쳐다보았다. 수통을 있는 힘껏 마차 옆에 던졌다. 수통은 그가 있는 쪽으로 다시 튀어나와 그를 지나쳐 풀 위에 떨어졌다.

"빌어먹을!" 슈나이더가 소리쳤다. 목소리가 뜨거운 평원의 정적 위에서 놀라울 정도로 뚜렷하게 들렸다. "몇 방울도 안 되는 물로 뭘 하려고? 차라리 버려!"

밀러는 슈나이더를 보지 않았다. 그가 찰리 호지에게 말했다. "찰리, 소들을 풀어서 한 마리씩 이리로 데려와."

세 사람이 기다리는 동안—밀러와 앤드루스는 잠자코 있었고, 슈나이더는 무기력한 분노로 부들부들 떨며 몸을 돌렸다—찰리 호지는 혼자 소의 굴레를 풀어 밀러 주위로 끌고 왔다. 밀러는 주머니에서 해진 천을 꺼내 물에 담근 다음, 한 방울도 낭비하지 않으려고 나무통 위에 조심스럽게 든 채 부드럽게 짰다.

"프레드, 자네하고 윌은 소의 뿔을 잡아. 단단히."

슈나이더와 앤드루스가 뿔 하나씩을 붙잡고 있는 동안 찰리 호지는 소의 앙상하고 힘줄 불거진 목을 멀쩡한 손으로 둥글게 감았다. 앞으로 움직이려는 소를 당기며 발로 땅을 팠다. 밀러는 젖은 천으로 소의 마른 입술을 적셨다. 그러고는 천을 물에 다시 담그고 부드럽게 짜 물이 낭비되지 않게 했다.

"뿔을 당겨." 그가 슈나이더와 앤드루스에게 말했다.

소의 머리가 치켜지자 밀러는 소의 윗입술을 붙잡고 위로 당겼다. 검고 부은 혀가 입 안에서 떨리고 있었다. 밀러는 거칠고 부은 혀를 다시 조심스럽게 적셨다. 손과 팔목이 소의 목구멍 안쪽으로 사라졌다. 손을 빼면서 젖은 천을 꽉 짜자 물방울 몇 개가 혀 위에 흘렀다. 혀는 검고 마른 스펀지인 양 물을 빨아들였다.

밀러는 한 마리씩 소의 입을 적셨다. 세 사람은 땀도 마를 정도의 더위 속에서 소들을 붙잡았다. 발이 땅속으로 파고들었다. 슈나이더는 계속 조용히 투덜거렸다. 앤드루스는 목 안에서 까끌까끌할 정도로 건조한 공기를 가쁘게 들이쉬며, 소의 뜨겁고 미끄러운 뿔을 놓칠까 봐 팔을 떨지 않으려 애썼다. 소의 입을 적시고 나면 찰리 호지가 다시 데려가 굴레를 씌우고 다른 소를 데리고 돌아왔다. 빠르게 한다고 했는데도 마지막 놈까지 끝내고 나니 거의 한 시간이 흘렀다.

밀러는 마차 옆에 몸을 기댔다. 가죽처럼 거친 피부가 검은 턱수염 사이에서 희미한 노란색으로 두드러졌다.

"상태가 그렇게 나쁘지는 않아." 밀러가 거칠게 숨을 몰아쉬며 말했다. "밤까지는 버틸 수 있어. 물도 아직 조금 남았고." 그는 나무통에 2센티 정도 높이로 남은 흙탕물을 가리켰다.

슈나이더는 웃었다. 마른기침에 가까운 소리였다. "소 여덟 마리에 말이 세 마리인데 물은 두 컵."

"부은 혀를 가라앉힐 거야." 밀러가 말했다. "그러면 충분해."

찰리 호지가 마차 앞쪽에서 돌아왔다. "소들을 풀어서 쉬게 할까?"

"아니." 밀러가 말했다. "그러면 혀가 더 부어. 이동할 때도 풀은 못 뜯게 하는 게 낫고."

"어디로 이동하는데?" 슈나이더가 물었다. "소들이 언제까지 이 마차를 끌 수 있을 것 같아?"

"최대한 오래." 밀러가 말했다. "물을 찾을 거야."

슈나이더가 갑자기 움직이더니 밀러 앞으로 빠르게 다가왔다. "방금 생각했는데." 그가 말했다. "마차에 납과 화약이 얼마나 있지?"

"1톤 반에서 2톤." 슈나이더를 쳐다보지 않으며 밀러가 말했다.

"이런, 세상에." 슈나이더가 말했다. "소들이 나가떨어질 만하군. 버리면 두 배는 더 빨리 갈 수 있어."

"안 돼." 밀러가 말했다.

"물을 찾고 돌아와서 다시 실으면 돼. 그냥 버리고 가자는 게 아니야."

"안 돼." 밀러가 말했다. "출발했던 상태 그대로 가지 않으면 거기 도착 못 해. 쓸데없이 헛갈리기만 해."

"미친 개자식." 슈나이더가 말했다. 그는 굵은 히코리 나무 바큇살 하나를 발로 찼다. "빌어먹을. 완전히 돌았군." 다시 바큇살을 발로 차고 바퀴 테두리를 주먹으로 쳤다.

"게다가." 밀러가 차분하게 말했다. "그래 봐야 마찬가지야. 이 평원에서 소들이 끌기에는 짐이 가득한 마차나 빈 마차나 똑같아."

"말해 봐야 입만 아프군." 슈나이더가 말했다. "들어먹질 않으니." 그는 그늘에서 나와 말에게 갔다. 말은 풀을 뜯지 못하게 고개를 위쪽으로 하고 마차 끝부분에 맸다. 앤드루스와 밀러가 천천히 그 뒤를 따랐다.

"가끔 성질부리는 게 프레드한테도 좋아." 밀러가 앤드루스에게 말했다. "짐을 여기 두고 가면 다시 찾는 데 일주일은 걸린다는 걸 프레드도 알아. 그것도 찾을 수 있을 때 얘기지. 짐을 찾는 건 지금보다 더 고생이야. 되짚어올 수 있을 만큼 짐을 많이 남기고 갈 수도 없고, 이런 평원에서는 흔적을 남기기도 쉽지 않으니까."

앤드루스는 뒤를 돌아보았다. 사실이었다. 햇볕에 타 버린 듯한 땅의 짧고 뻣뻣한 풀 위에 남은 마차 바퀴 자국은 거의 알아볼 수 없었다. 게다가 지금 그들이 지나온 길 위의 풀들은 똑바로 서 있어서, 통과했다는 흔적도 가려졌다. 앤드루스는 침을 삼키려 했지만, 목이 건조해서 근육을 움직일 수 없었다.

말들은 천천히 움직였다. 소들은 찰리 호지의 갈라지는 채찍 소리와 가늘고 날카로운 목소리 앞에서 힘없이 마차를 끌었다. 소들은 불안정하게 어기적거렸다. 한 무리가 아니라 한 마리 한 마리가 따로따로 채찍과 이랴 소리를 따라 안간힘을 쓰는 것 같았다. 오후에 일행은 얕게 팬 구덩이와 마주쳤다. 구덩이 바닥에는 마른 진흙이 복잡한 무늬를 이루며 갈라졌다. 일행은 말라 버린 연못을 침울하게 쳐다보며 침묵했다.

오후가 반쯤 지났을 무렵, 밀러는 일행에게 찰리 호지의 위스키를 조금 마시게 했다.

"너무 많이 마시지 마." 밀러가 경고했다. "목만 조금 축여. 더 마시면 토해."

앤드루스는 위스키를 머금었다. 마른 혀와 목구멍이 불을 삼킨 듯 화끈거렸다. 속에서 불이 오랫동안 고통스럽게 타오르는 것 같았다. 말이 앞으로 움직이자 눈을 감고 안장 머리를 붙들었다. 하지만 감은 눈꺼풀 위로 어지럽게 맴도는 빛줄기와 함께 어둠이 내리자 다시 눈을 뜨고, 그들이 가는 흔적 없고 텅 빈 길을 살펴볼 수밖에 없었다.

해가 질 때쯤 소들이 다시 날카롭게 끙끙대며 울었다. 혀가 부어서 입을 반쯤 벌린 채 움직였다. 수그러진 머리가 좌우로 흔들렸다. 밀러는 마차를 세우라고 소리쳤다. 슈나이더와 앤드루스는 다시 소의 뿔을 잡았다. 두 사람 다 아까보다 힘이 빠졌는데도 작업은 수월했다. 소들은 저항하지 않고 멍하니 끌려왔고, 밀러가 입가를 축여 주는 물에도 흥미를 보이지 않았다.

"멈추면 안 돼." 밀러가 말했다. 목소리라기보다는 무겁고 단조로운 껄껄거림이었다. "소들이 서 있을 때 계속 움직이게 하는 게 차라리 나아."

밀러는 물통을 끝까지 기울여, 마지막 남은 물에 천을 적셨다. 그리고 말들의 입가를 축였다. 일을 마쳤을 때 천은 거의 말라 버렸다.

너른 지평선 아래로 해가 지자 어둠이 빠르게 찾아왔다. 앤드루스의 손은 안장 머리를 붙들었다. 손에 힘이 없어서 자꾸 미끄러졌다. 죽을힘을 다해 다시 붙잡았다. 숨 쉬는 것도 고통이었다. 안장 위에 무기력하게 앉아 콧구멍 주위의 공기를 조금 들이마셨다가 빠르게 내쉬고, 잠시 기다렸다 되풀이했다. 밤에 가끔 그는 자기가 입을 벌리고 있지만 다물 힘이 없다는 걸 알았다. 혀가 이 사이로 밀려 나왔고 입을 다물려 할 때마다 둔 중한 고통이 입에 퍼졌다. 소의 혀가 꺼멓게 붓고 건조했던 게 기억났다. 그 모습을 떨쳐 버리고, 지금 지나는 밤처럼 어둡고 끝없는 곳으로 생각을 돌리려 애썼다. 한번은 소 한 마리가 비틀거리더니 일어서려 하지 않았다. 세 사람은 말에서 내려 남은 힘을 다해 소를 밀고 당기며 일으켜 세워야 했다. 그러고 나자 소들이 마차를 끌려 하지 않았다. 끌 수 없었는지도 모른다. 그래서 세 사람은 찰리 호지가 소들을 채찍질하는 동안 마차 바퀴를 밀어야 했다. 바퀴가 움직이기 시작했고 소들은 느릿느릿 앞으로 움직였다. 앤드루스는 찰리 호지의 위스키로 목을 조금 축이려 했지만 대부분 입가로 흘러 버렸다. 밤 동안 거의 내내 가벼운 정신 착란과 강렬한 고통을 번갈아 겪으며 이동했다. 한번은 정신이 들었다가 자신이 어둠 속에 혼자 있다는 걸 알았다. 위치도 방향도 알 수 없었다. 극심한 혼란에 빠져 안장 위에서 여기저기 둘러보았다. 고개를 들어 거대한 공(球) 같은 하늘을 올려보다가 자신이 달리고 있는 땅을 내려다보았다. 하늘도 땅도 끝없이 멀어 보였다. 그때 마차가 삐걱대는 희미한 소리를 듣고 말을 그리로 몰았다. 곧 일행에 합류했다. 그들은 그가 뒤처졌다는 사실을 알아채지 못했다. 그는 일행과 함께 있으면서도, 낙오됐다고 생각했을 때 느꼈던 극심한 공포에 몸을 떨었다. 그 공포 때문에 오랫동안 정신을 바짝 차리면서 밀러의 희미한 움직임을 따라갔다. 밀러의 움직임이 그가 원하는 곳으로 인도해서가 아니라, 홀로 공허 속에서 헤매는 것을 막아 주는 것 같았기 때문이었다.

동트고 얼마 지나지 않아 물을 찾았다.

나중에 앤드루스는 물이 가까이 있는 흔적을 처음 보았을 때 꿈을 꾸는 것 같았다고 회상했다. 밀러는 동쪽의 새벽빛 속에서 몸을 경직시키며 마치 경계하는 짐승인 양 고개를 세웠다. 그리고 거의 감지할 수 없을 정도로 말을 약간 북쪽으로 몰았다. 고개는 여전히 세우고 경계했다. 잠시 후 방향을 더 급격하게 북쪽으로 틀고 말고삐를 당겼다. 그래서 찰리 호지는 마차에서 내려와 밀러의 말을 향해 소를 이끌었다. 동쪽의 평평한 선 위로 해의 작은 끝부분이 머리를 내밀 때, 앤드루스는 자기가 타고 있는 말이 떨기 시작했다는 걸 알았다. 밀러의 말도 초조하게 안간힘을 쓰는 게 보였다. 말의 귀는 앞쪽으로 쫑긋 섰고, 밀러는 고삐를 팽팽하게 당겼다. 밀러는 말 위에서 몸을 꼬아 뒤의 일행을 마주 보았다. 앤드루스는 밀러가 얼굴에 쏟아지는 부드러운 노란색 햇빛 속에서, 갈라져 벗겨지고 부은 틈새로 피가 조금 흐르는 입술을 벌리며, 기괴한 미소를 짓는 걸 볼 수 있었다.

"마침내." 밀러가 소리쳤다. 긁는 듯하고 약한 목소리였지만 승리감이 깊이 울려 퍼졌다. "마침내 찾아냈어. 말을 뒤로 물려. 그리고…." 밀러는 더 뒤쪽으로 몸을 돌리며 소리를 높였다. "찰리, 있는 힘껏 소들을 붙들어. 좀 있다 물 냄새를 맡으면 놈들이 미쳐 버릴 테니까."

앤드루스의 말이 갑자기 달려 나갔다. 그는 놀라서 있는 힘껏 고삐를 당겼다. 말이 앞다리를 들어 올리며 섰다. 앞발굽이 허공을 갈랐다. 앤드루스는 떨어지지 않으려고 미친 듯이 앞으로 몸을 기울이며 갈기에 얼굴을 파묻었다.

나무 한 그루 없는 평지 위로 난 도랑 사이를 휘감아 흐르는 냇물이 보일 때쯤, 짐승들은 몸을 부들부들 떠는 살덩어리들에 지나지 않았고, 사람들은 피곤한 몸으로 그놈들을 붙들었다. 냇물 소리가 들리자 밀러가 그들에게 소리쳤다. "뛰어내려! 말들을 가게 해!"

앤드루스는 한쪽 발을 등자에서 들어 올렸다. 말은 고삐를 당기던 압력이 사라지자 앤드루스를 땅바닥에 내동댕이치며 앞으로 달려 나갔다. 그가 일어섰을 때 말들은 냇가에 무릎을 대고 얕은 냇물에 고개를 처박고 있었다.

찰리 호지가 마차에서 소리쳤다. "와서 브레이크 잡는 거 좀 도와줘!" 그는 한쪽 손, 그리고 다른 팔을 고리처럼 구부려 마차 한쪽에 있는 큰 핸드브레이크를 당기고 있었다. 마차의 잠근 바퀴가 먼지를 일으키며 짧은 풀을 찢었다. 앤드루스는 비틀거리며 땅 위를 가로질러, 움직이지 않는 바큇살을 딛고 마차에 올라갔다. 그는 찰리 호지가 잡고 있던 핸드브레이크를 넘겨받았다.

"소들을 풀어 줘야겠어." 찰리 호지가 말했다. "이대로 더 두면 서로 싸우다 죽을 거야."

앤드루스가 잡은 브레이크가 홱 움직이며 떨렸다. 나무와 가죽이 그을리는 냄새가 콧구멍으로 파고들었다. 찰리 호지는 마차에서 뛰어내려 선두에 선 소들에게 달려갔다. 능숙한 움직임으로 멍에의 핀을 때리고, 굴레에서 멍에를 홱 움직였다. 소가 그를 지나쳐 냇가로 달려 나가자 옆으로 뛰어 피했다. 밀러와 슈나이더는 소들 옆에 서서 찰리 호지가 굴레를 풀 때까지 소들을 진정시키려 애썼다. 세 사람은 마지막 소를 풀어 주고 휘청거리며 빠르게 걸어, 짐승들이 물을 먹는 곳에서 몇 미터 떨어진 냇가 상류로 갔다.

"서둘지 마." 일행이 좁고 탁한 냇물 옆에 몸을 내던지듯 엎드렸을 때 밀러가 말했다. "처음에는 입만 축여. 너무 많이 마시지 마. 탈 나."

그들은 입을 축이고 물을 목구멍으로 조금 남겼다. 그러고는 등을 대고 손을 머리 뒤로한 채 누웠다. 물이 부드럽고 시원하게 몸 안을 흘렀다. 다시 물을 조금 더 많이 마시고 쉬었다.

그날은 냇물 근처에서 온종일 머물면서, 말과 소들이 배 터지게 물을 마시고 짧고 마른 풀을 뜯게 했다. "저놈들 힘 많이 빠졌을 거야." 밀러가 말했다. "기운 차리려면 하루는 걸려."

정오가 되기 조금 전, 찰리 호지는 냇가를 따라가며 물 위에 떠다니는 나뭇가지를 주워 모아 불을 피웠다. 마른 콩을 볶고 고기를 조금 구웠다. 마른 비스킷 나머지에 커피를 잔뜩 곁들여 게걸스럽게 먹었다. 오후 내내 잤다. 콩을 볶던 불이 자는 새 꺼져서 찰리가 다시 피워야 했다. 시간이 많이 흐른 뒤, 덜 볶아져 딱딱한 콩을 어둠 속에서 먹고 커피를 더 많이 마셨다. 말과 소들이 주위에서 만족스럽게 느릿느릿 움직이는 소리를 잠시 들었다. 그들도 만족해 잉걸불 주위에 침낭을 펴고 누워 잠들었다. 찾아낸 냇물이 조용히 희미하게 졸졸거리는 소리가 잠결에 들려왔다.

다음 날 아침 동트기 전에 다시 여정을 시작했다. 그동안 견뎌야 했던 고통스러운 갈증에서 거의 회복됐다. 물을 찾아낸 밀러는 이제 더 자신 있게 일행을 이끌었다. 그는 물을 마치 자신에게서 빠져나가려는 생물인 것처럼 말했다. "이제 찾아냈어." 그는 냇물 옆 야영지에서 말했다. "이제는 안 놓쳐."

정말 그랬다. 일행은 단조로운 평원의 불규칙한 경로를 따라 서쪽으로 향했지만, 하루가 끝날 무렵에는 언제나 물가를 찾아냈다. 앤드루스와 슈나이더가 찾기 불가능하다고 생각했던 어둠 속에서 물가와 마주치는 게

대부분이었다,

열나흘째 되는 날, 산이 보였다.

전날 오후에는 거의 내내, 멀리 서쪽 지평선을 뒤덮은 낮은 구름 언덕을 향해 이동했다. 그리고 밤의 어둠 속을 걸은 뒤에야 물을 찾아냈다. 그래서 그날 아침에는 늦게 일어났다.

일행이 잠에서 깨었을 때 하늘은 강철 같은 청색이었고 동쪽에서 해가 강하게 내리쬐고 있었다. 앤드루스는 놀라 침낭에서 일어났다. 여정 내내 야영지에서 이렇게 늦게까지 잔 적이 없었다. 다른 사람들은 아직 침낭에서 자고 있었다. 앤드루스는 그들에게 소리치기 시작했다. 하지만 시릴 정도로 맑은 하늘이 눈을 사로잡았다. 높고 맑은 돔을 멍하니 이리저리 바라보았다. 그리고 늘 그렇듯 시선이 서쪽으로 향하자 몸이 경직되었다. 더 자세히 살펴보았다. 그가 볼 수 있는 평원의 가장 멀고 광활한 끝에 작고 울퉁불퉁한 짙은 청색 혹이 솟아올랐다. 앤드루스는 튀어 일어났다. 몇 걸음 앞으로 떼면 더 자세히 볼 수 있을 것처럼 앞으로 발걸음을 옮겼다. 자는 일행에게 몸을 돌렸다. 밀러에게 가서 흥분해 어깨를 흔들었다.

"밀러!" 그가 말했다. "밀러, 일어나요."

밀러는 몸을 조금 움직이며 눈을 뜨더니 바로 깨어나 재빨리 일어나 앉았다.

"무슨 일이야, 윌?"

"보세요." 앤드루스는 서쪽을 가리켰다. "저쪽을 보세요."

밀러는 앤드루스가 가리키는 쪽을 보지 않으며 히죽 웃었다. "산이군. 오늘쯤이면 볼 수 있으리라 생각했지."

이때쯤 다른 사람들도 일어났다. 슈나이더는 멀리 가느다란 산등성이를 한 번 보고 어깨를 으쓱하더니 침낭을 개서 안장 뒤에 묶었다. 찰리 호지는 분주하게 아침 식사를 준비하며, 산을 빠르게 흘깃 보고 고개를 돌렸다.

오전 느지막이 다시 서쪽으로 긴 여정을 시작했다. 목적지가 가까워지자 전에는 알아채지 못했던 땅의 특징이 앤드루스의 눈에 들어오기 시작했다. 이곳의 땅은 얕은 도랑으로 이어졌고, 작은 돌조각이 땅에서 튀어나왔다. 멀리 다른 곳에서는 무성한 나무들이 녹황색의 풍경 위로 반점을 이뤘다. 앤드루스는 전에는 대부분 밀러의 등에서 눈을 떼지 않았지만, 이제 시선은 저 멀리 지평선 위에서 어렴풋하게나마 선명하게 보이는 울퉁불퉁한 혹 같은 흙덩어리를 향했다. 그는 타는 듯한 갈증을 느꼈던 것만큼 산에 대해 굶주림을 느껴 왔다는 걸 알았다. 하지만 이제 산이 있고 눈에 보인다는 사실은 알았지만, 그 산이 어떤 굶주림이나 갈증을 달래줄 것인지는 정확히 알 수 없었다.

산기슭까지 가는 데 나흘이 걸렸다. 산기슭에 다가가자 산이 평원 뒤로 펼쳐지며 자리했다. 밀러는 선에 가까이 갈수록 더욱 초조해했다. 냇가에서 점심을 먹을 때―산으로 가면서 냇가는 점점 더 많아졌다―밀러는 말과 소들이 물을 먹고 풀을 뜯는 시간을 기다릴 수 없어 했다. 밀러가 점점 더 급하게 재촉하는 바람에 결국 찰리 호지의 채찍이 계속 울렸고, 소들의 입은 흰 거품이 흘러나와 얼룩덜룩해졌다. 일행은 밤늦게까지 이동했고, 해가 떠오르기 전에 다시 출발했다.

앤드루스는 산이 가까이 다가가면 자력이 더 커지는 자석처럼 자신들을 앞으로 당기고 있으며, 다가가면 다가갈수록 더 강력하게 당기고 있다는 걸 느꼈다. 가까이 다가가자 전에는 아무 관계도 없었던 어떤 것에 빨려 들어가 삼켜지고 있다는 느낌이 다시 들었다. 하지만 특색 없는 평원에서 경험했던 것과는 달리, 이 느낌은 모호하긴 했어도 뭐라 이름 붙일 수 없는 풍요로움과 충만함을 약속했다.

남북으로 뻗은 넓은 길과 마주쳤다. 밀러는 그 위에서 잠시 멈추고 말에서 내려 닳은 그 길을 살펴보았다.

"소 떼가 지나간 길 같군. 텍사스에서 소들을 몰고 온 게 분명해." 그는 고개를 저었다. "내가 마지막으로 왔을 때는 이런 게 없었어."

앤드루스는 늦은 오후 어두워지기 직전에 멀리서 철도가 만들어 내는 길고 가느다란 평행선을 보았다. 철길은 땅에서 솟아오르기 시작한 완만한 작은 언덕들을 돌아가는 평평한 경로 위에 깔렸다. 하지만 밀러는 이미 보고 있었다.

"맙소사." 밀러가 말했다. "철도야!"

일행은 급히 말에 올랐다. 얼마 지나지 않아 도로의 솟아오른 토대 옆에 멈춰 섰다. 철도의 윗부분이 막 지는 햇빛에 칙칙하게 반짝였다. 밀러는 말에서 내려 잠시 꼼짝하지 않았다. 고개를 젓고 무릎을 꿇더니 철로의 매끄러운 쇠 위로 손가락을 달렸다. 그러고는 여전히 손을 쇠 위에 둔 채 시선을 산으로 향했다. 산은 이제 오후 하늘의 오렌지빛과 푸른 빛 속에서 높고 뾰쪽하게 보였다.

"맙소사!" 그는 다시 말했다. "이 평원에 철로를 놓으리라고는 생각도 못 했어."

"들소." 슈나이더가 말했다. 그는 말을 탄 채 철로에 침을 뱉었다. "큰 무리. 요 몇 년 새 철로가 깔린 곳에서는 큰 들소 무리를 본 적이 없는데."

밀러는 올려다보지 않았다. 그는 고개를 젓고 일어나 말에 탔다.

"가지." 그가 불쑥 말했다. "야영하기 전에 갈 길이 멀어."

맑은 시내를 몇 개 지나쳤지만, 밀러는 어두워진 뒤에도 거의 세 시간을 더 이동했다. 속도는 느렸다. 산에 가까워지면서 평원이 더 자주 끊어졌기 때문이었다. 냇가 근처에서 자라는 큰 숲을 둘러 가야 했고, 어둠 속에 희미하게 솟은 가파른 언덕을 우회해야 했다. 집의 열린 문에서 흘러나오는 것 같은 희미한 불빛이 멀리서 보였다. 그 불빛이 보이지 않을 때까지, 그 후에도 좀 더 계속 전진했다.

다음 날 아침 일찍 산기슭에 다다랐다. 산 쪽 시야를 가리는 언덕의 급격한 오르막에는 소나무 몇 그루가 드문드문 있었다. 선두에 선 밀러는 언덕 쪽으로 완만하게 오르막을 이루는 평원을 따라 마차를 이끌었다. 그는 언덕 중 하나에서부터 좁고 길게 내려오는 뾰족한 소나무들을 가리켰고, 일행은 그 방향으로 향했다. 언덕은 계곡으로 급격하게 내려갔다. 지름길 아래쪽 땅은 평평했고 양쪽에 작은 냇물이 흘렀다. 일행은 이 길을 따라 넓고 평탄한 계곡으로 들어섰다. 계곡은 산 바로 아래까지 뻗었다.

"정오까지는 강에 도착해야 해." 밀러가 말했다. "그다음에 산을 오르기 시작할 거야."

하지만 강에 다다른 건 정오가 조금 지났을 때였다. 그들이 다가간 쪽 땅에는 아무것도 없었다. 이미 노랗게 물든 옻나무 몇 그루와 강가를 따라 조금 자라난 버드나무들이 다였다. 강바닥은 넓었다. 한쪽 둔덕에서 반대쪽 가파른 바위 턱까지의 폭은 180미터는 되는 것 같았다. 하지만 양쪽 강가 몇 미터 너머와 강바닥에는 풀이 자랐고, 심지어 작은 나무와 덤불까지 있었다. 강은 세월이 흐르며 흙과 단단한 돌들로 좁아졌다. 이제는 30미터도 채 안 되는 폭으로 강바닥 가운데의 물길을 따라 가늘고 얕게 흘렀다. 바위 사이를 부드럽고 맑게 흘렀고, 가끔은 평탄하게, 때로는 아주 거칠게 강바닥 위를 지나며 여기저기서 소용돌이로 맴돌거나 하얀 급류가 되었다.

일행은 처음 다다랐던 지점에서 점심을 먹었다. 밀러는 다른 짐승들이 풀을 뜯는 동안, 말을 타고 강의 흐름을 따라 멀리 북동쪽으로 갔다. 앤드루스는 마차 옆에서 쉬던 찰리 호지와 슈나이더에게서 떨어져 거닐다가 강둑에 앉았다. 산은 소나무의 덩어리였다. 먼 강가의 소나무들은 굵은 갈색 줄기의 10미터 이상 높이에서 가지가 뻗어나갔고, 가지에는 짙은 녹색의 솔잎들이 달렸다. 거대한 나무줄기 사이의 공간에는 다른 줄기들, 줄기들, 줄기들만 있었다. 그러다 볼 수 있는 몇 안 되는 나무마저도 앞이 보이지 않을 정도로 빽빽하고 어두워, 나무와 그림자, 빛이 들지 않는 땅으로 이루어진 이미지와 구분될 수 없을 정도로 어우러졌다. 앤드루스는 시선을 들어 위로 가파르게 튀어나온 산의 지면을 따라갔다. 소나무들의 이미지는 사라졌다. 그리고 그 빽빽했던 이미지도, 심지어 산 자체의 이미지마저도 사라졌다. 보이는 것이라고는 솔잎과 가지로 이루어진 짙은 녹색 깔개뿐이었다. 바라보는 동안 그 깔개는 마치 메마른 바다처럼, 고요한 시간 속에서 특징이나 크기와 관계없이 얼어붙었다. 그 물결은 고르고 끝없이 잔잔해 잠시 그 위에서 걸을 수도 있겠지만, 그 위에서 움직이다 보면 가라앉을 것이다. 그 녹색 덩어리 안으로 천천히 가라앉아 마침내는 그 덩어리의 일부인, 공기 하나 통하지 않는 숲의 가장 중심부에 우울하게 혼자 있게 될 것이다. 앤드루스는 강가에서 오랫동안 앉아 있었다. 시선과 생각은 그 상상에 사로잡혔다.

밀러가 하류 쪽에서 돌아왔을 때, 앤드루스는 아직 강둑에 앉아 있었다.

밀러는 쉬고 있는 일행들 쪽으로 조용히 달려왔다. 일행은 밀러가 말을 세우고 내리자 그 주위에 모였다.

"이런." 슈나이더가 말했다. "오래도 걸렸네. 찾던 건 발견했나?"

밀러는 끙 소리를 냈다. 시선은 슈나이더를 지나, 자신이 선 자리에서 볼 수 있는 강의 물줄기를 위아래로 살폈다.

"모르겠어." 밀러가 말했다. "여기가 달라진 것 같아." 살짝 당혹스러워하는 목소리였다. "전과는 모든 게 달라 보여."

슈나이더가 땅에 침을 뱉었다. "그럼 아직도 여기가 어딘지 모른다는 얘기군?"

"그런 말이 아니야." 밀러의 눈은 계속 강줄기를 살폈다. "전에 여기 와 본 적 있어. 이 지역 전체를 다녔지. 바로 파악이 안 되는 것뿐이야."

"여기가 그 빌어먹을 목적지가 아니라면." 슈나이더가 말했다. "우리는 지금 건초 더미에서 바늘을 찾는 꼴이군." 그는 화가 나 자리를 떴다. 뒷바퀴의 바큇살에 등을 대고 앉아, 그들이 지나온 넓은 계곡을 침울하게 내다보았다.

밀러는 그가 없는 동안 앤드루스가 앉아 있었던 강가로 걸어갔다. 그는 잠시 강 건너편 산 한쪽으로 죽 펼쳐진 소나무 숲을 바라보았다. 다리를 살짝 벌리고, 넓은 어깨는 앞으로 구부리고, 고개를 숙인 채 팔을 옆구리에 축 늘어뜨렸다. 가끔 손가락 하나를 까딱거리다가 나중에는 손을 이리저리 까딱거렸다. 마침내 한숨을 쉬고 몸을 쭉 폈다.

"출발해야겠어." 일행에게 몸을 돌리며 밀러가 말했다. "여기 앉아 있어 봐야 아무것도 못 찾아."

슈나이더는 전원이 함께 가는 건 아무 소용없다고 항의했다. 원하던 지점―설령 밀러가 그 지점을 안다손 처도―에 도착해도 그 사실을 깨닫는 건 어차피 밀러뿐이라는 게 이유였다. 밀러는 대답하지 않았다. 찰리 호지에게 소들을 매라고 지시했다. 일행은 곧 남서쪽으로 향했다. 밀러가 오후 일찍 혼자 다녀왔던 길과는 반대 방향이었다.

오후 내내 상류 쪽으로 이동했다. 밀러는 강둑 가까이 다녔다. 가끔 강둑에 덤불이 무성하면 말을 강물로 몰아 들어갔고, 말은 강둑 거의 끝에 흐트러져 있는 돌들을 밟으며 비틀거렸다. 강둑에 그대로 자란 굵은 소나무 숲 때문에 마차의 방향을 바꿔야 했던 적도 있었다. 밀러가 계속 강바닥 위로 가는 동안 일행은 숲을 우회했다. 슈나이더, 찰리 호지와 함께 있던 앤드루스는 한 시간 넘게 밀러를 보지 못했다. 마침내 쐐기 모양의 숲을 돌아 나왔을 때, 밀러가 훨씬 앞에서 안장 위에서 몸을 기울여 먼 쪽 강둑을 살펴보며 가는 게 보였다.

그날 밤은 일찍 야영했다. 해가 산 뒤로 진 지 겨우 한 시간 정도 지나서였다. 어둠과 함께 차가운 공기가 스며들었다. 찰리 호지는 모닥불에 나뭇가지를 더 집어넣고, 통나무에 가까운 굵은 가지를 끌고 왔다. 힘과 분노가 넘쳤던 슈나이더가 지난겨울 눈의 무게와 바람 때문에 꺾어진 소나무에서 잘라낸 가지였다. 모닥불이 정적 속에서 거칠게 으르렁거렸다. 뒤로 물러선 일행의 얼굴이 붉게 빛났다. 하지만 불이 꺼지고 큰 잉걸불만이 남자, 다시 추위가 찾아왔다. 앤드루스는 마차에서 담요를 더 꺼내 얇은 침낭 위에 덮었다.

아침에 일행은 조용히 야영지를 치웠다. 앤드루스와 찰리 호지는 함께 일했다. 슈나이더와 밀러는 두 사람이 일하고 있는 데서 멀리 떨어져 따로따로 서 있었다. 슈나이더는 소나무의 가느다란 가지를 난폭하게 잘랐다. 세우고 앉은 무릎 사이 땅 위에 부스러기가 쌓였다. 밀러는 다른 사람들에게 등을 돌린 채 다시 강둑에 서서, 일행이 가게 될 방향에서 얕게 흘러오는 맑은 강물을 응시했다.

비몽사몽인 채 아침의 여정을 시작했다. 슈나이더는 안장 위에서 몸을 수그렸다. 땅에서 고개를 들어 위를 바라볼 때 시선은 밀러의 등을 침울하게 향했다. 찰리 호지는 선두에 선 소들의 귓가에 긴 채찍을 형식적으로 휘둘러 소리를 냈고, 마부석 아래 둔 상자에서 병을 꺼내 자주 마셨다. 앤드루스가 보기에 점점 일행과는 별개의 존재가 되어 가는 듯한 밀러는 계속 안절부절못하며 앞에서 강둑, 강바닥 가장자리, 강물 위로 말을 몰았다. 강물이 말의 구절 주위를 하얗게 흘렀다. 밀러의 초조함이 앤드루스에게 전염되기 시작했다. 앤드루스는 강의 가장자리를 이루며 그들이 가는 경로의 경계를 분명히 보여 주는 단조로운 녹색 숲을 자신이 점점 강렬하게 바라보고 있다는 사실을 알았다.

오전이 반쯤 지났을 때, 앞서가던 밀러가 말을 세웠다. 말은 강바닥의 중심부 가까이에 섰다. 일행이 밀러에게 다가갔을 때 앤드루스는 밀러가 반대쪽 강가의 어떤 지점을 골똘히, 하지만 큰 관심은 두지 않고 응시하는 걸 볼 수 있었다. 마차가 멈추자 밀러는 몸을 돌려 조용히 말했다.

"여기야. 찰리, 마차를 이리로 끌고 와서 바로 건너야 해."

잠시 아무도 움직이지 않았다. 밀러가 가리킨 지점은 일행이 그날 아침이나 어제 오후에 지나온 비슷비슷했던 산비탈을 따라 있던 곳들과 별차이가 없었다. 밀러가 다시 말했다.

"어서. 마차로 여기를 건너."

찰리 호지는 어깨를 으쓱했다. 그는 쉬고 있던 소의 왼쪽 귀 위에 채찍을 철썩 휘두르고 핸드브레이크를 잡으며 가파르게 비탈진 강둑을 내려왔다. 슈나이더와 앤드루스가 마차 앞에서 밀러 뒤를 바짝 따랐다. 밀러는 빽빽한 숲 안으로 곧장 말을 몰았다.

앤드루스는 슈나이더와 밀러와 함께 말을 재촉해 숲 앞으로 들어가면서, 자신이 경계선도 표시도 없는 어떤 부드러운 존재 속으로 흡수되듯 가라앉는 느낌이 들었다. 말의 숨결, 발굽 소리, 일행이 나누는 얼마 안 되는 얘기조차 모두 숲의 고요 속으로 빨려들었다. 그래서 모든 소리는 약해지고 멀어지고 잔잔해졌으며, 어떤 소리는 그것이 말의 힝힝거림이든, 사람의 이야기든 관계 없이, 다른 소리와 거의 똑같아졌다. 모든 소리는 거대한 심장의 맥박 소리가 다가오는 듯한 쿵쿵거림 안으로 사그라들었다. 그 쿵쿵거림은 그들 자신이 아니라 숲에서 나왔고, 모두가 들을 수 있었다.

숲 때문에 낮고 분명치 않으며 무심해진 슈나이더의 목소리가 앤드루스의 옆에서 들려왔다. "대체 어디로 가는 거야? 들소는 코빼기도 보이지 않는데."

밀러는 아래쪽을 가리켰다. "이걸 봐."

앤드루스는 숲의 회녹색 지층이라고 생각했던 극히 작은 조각 위로 말발굽이 미끄러지듯 가는 걸 보았다. 더 가까이 살피자, 그들이 산의 지반에서 나와 나무들 사이를 돌아가면서 이어진 길고 납작한 돌 위를 달리는 게 보였다.

"놈들은 사람이 알아챌 만한 흔적을 남기지 않아." 밀러가 말했다. 그리고는 안장에서 몸을 앞으로 기울였다. "하지만 저길 봐."

눈앞에서 갑자기 돌길이 끝났다. 그리고 나무들 사이로 빈터가 넓어지며 산허리로 천천히 돌아 올라갔다. 이 빈터의 바닥에는 풀이 없고 파헤쳐진 흙이 넓고 규칙적으로 자취를 이뤘다. 거친 흙과 돌이 경로의 경계선을 보여 주었다. 밀러는 길이 시작되는 지점으로 박차를 가해 올라갔다. 그는 경로 가운데 쪼그리고 앉아 주의 깊게 살펴보았다.

"이건 들소의 길이야." 그는 흙이 단단하게 뭉쳐진 경계를 손으로 만졌다. "들소 무리가 여기를 지나간 게 얼마 되지 않아. 큰 무리일 거야."

"세상에!" 슈나이더가 말했다. "세상에!"

밀러는 일어섰다. "이제부터는 산을 오르기가 만만찮을 거야. 말은 마차 뒤에 매는 게 좋겠어. 찰리를 거들어야겠군."

들소의 흔적은 불규칙하게 사선을 이루며 산비탈로 이어졌다. 마차는 가파르게 뻗은 비탈을 올라갔다. 천천히 올라갔다가 움푹 팬 곳으로 급히 내려갔고, 다시 위로 올라갔다. 앤드루스는 말을 마차에 매고, 넓고 힘찬 발걸음으로 마차 옆에서 걸어갔다. 고지대의 신선한 공기가 폐를 채웠고, 전에는 느끼지 못했던 활력을 주었다. 마차 옆에서 그는 조금 뒤에서 따라오는 두 사람 쪽으로 몸을 돌렸다.

"힘내요." 그는 호들갑스러울 정도로 활기차게 외쳤다. 흥분해서 살짝 웃었다. "안 그러면 놔두고 갈 겁니다."

밀러는 고개를 저었다. 슈나이더는 히죽 웃었다. 둘 다 입을 열지 않았고, 거친 길 위로 어색하게 발을 끌며 걸었다. 늙은이가 정처 없이 마지못해 걷는 것처럼 움직임이 느렸고, 체념한 듯 신중했다.

앤드루스는 어깨를 으쓱하고 몸을 돌렸다. 갈림길마다 새로운 놀라움을 주는 양 앞쪽을 간절히 내다보았다. 편안하고 빠르게 걸음을 내디디며 마차 앞으로 갔다. 작은 구릉을 성큼성큼 내려갔고, 발걸음을 넓고 힘차게 디디며 오르막을 올랐다. 높은 오르막에서 발을 멈췄다. 마차가 잠시 시야에서 사라졌다. 소나무 두 그루 사이에 솟은 큰 바위 위에 서서 아래를 내려다보았다. 산은 길에서 급한 내리막을 이뤘고, 어느 방향에서든 수 킬로미터에 걸쳐 겨우 몇 분 전에 건넜던 강과 아래 산기슭 언덕까지 평평하게 펼쳐진 평원을 볼 수 있었다. 평원은 잔잔하고 평온해 보였다. 평원을 가로지르는 동안 느꼈던, 반쯤 감춰졌던 두려움에 대해 멍하니 생각했다. 이제 가로지르고 나니, 평원은 오랫동안 알아 왔던 친구의 모습을 했다. 안도감과 편안함을 주었고, 평원에 대해 알게 된 이제는 원할 때면 언제든 그 안도감과 편안함을 되찾을 수 있었다. 몸을 돌렸다. 미지의 평원이 위와 앞을 뒤덮었다. 어디로 가는지 볼 수도, 알 수도 없었다. 하지만 아래 있는 평원과 다른 평원들을 보고, 자신이 보게 될 것을 생각하자 평온함을 느꼈다.

그의 이름을 부르는 소리가 들렸다. 마차가 올라오는 아래쪽 길에서 희미하게 들려왔다. 바위에서 뛰어 내려와 마차로 돌아갔다. 마차는 길의 가파른 오르막 앞에 멈췄다. 밀러와 슈나이더는 뒷바퀴 옆에 서 있었다. 찰리 호지는 마부석에 앉아 마차가 뒤로 미끄러지지 않게 핸드브레이크를 잡고 있었다.

"좀 거들게." 밀러가 말했다. "소들이 오르기에는 좀 가팔라."

"알겠습니다." 앤드루스가 말했다. 숨이 가빠지고 귀가 조금 울리는 게 느껴졌다. 앤드루스는 슈나이더가 길 반대쪽 높은 곳에 자리한 바퀴에 하는 것처럼 어깨를 낮은 쪽 뒷바퀴에 댔다. 밀러가 그와 마주 보며 크고 둥근 바큇살을 당겼고 앤드루스는 밀었다. 찰리 호지의 채찍이 그들 뒤에서, 그러고는 그들 앞에서 소들의 머리 위로 휘둘러졌다. "이랴!" 외치는 길고 큰 목소리가 높아졌다. 소들은 안간힘을 쓰며 조금 앞으로 움직였다. 찰리 호지가 핸드브레이크를 풀었다. 그러자 바퀴를 잡고 있던 사람들은 바퀴가 잠깐 무겁게 뒤로 밀리는 걸 느꼈다. 소들의 몸무게가 실리며 움직임이 멈췄다. 사람들이 힘껏 바퀴를 밀자 마차는 천천히 앞으로 움직이며 언덕을 올라가기 시작했다.

피가 쏠려 머리가 지끈거렸다. 앤드루스는 밀러의 팔뚝을 두꺼운 밧줄 같은 근육이 휘감고, 밀러의 이마에서 굵은 혈관이 튀어나온 걸 어렴풋이 보았다. 바퀴가 돌자 앤드루스는 다른 바큇살을 찾아 어깨를 거기에 댔다. 숨이 턱 막히며 목구멍과 가슴에 예리한 통증이 몰려왔다. 흐릿한 눈앞에 밝은 점들이 번쩍이며 빙빙 돌았다. 눈을 감았다. 갑자기 손 앞이 텅 비는 느낌이 들더니 길의 날카로운 돌들이 등을 파고들었다.

멀리서 목소리가 들렸다.

슈나이더가 말하고 있었다. "안 좋아 보이는데."

앤드루스는 눈을 떴다. 눈앞에서 밝은 빛이 춤추었고, 짙은 녹색 솔잎이 아주 가까이 다가왔다 멀어지더니, 그 위로 푸른 하늘이 나타났다. 자신의 가쁜 숨소리가 들렸다. 팔은 옆에 속절없이 늘어졌고 가슴이 들썩거리며 뒷머리가 돌에 부딪혔다. 그 외에는 움직이지 않았다.

"괜찮을 거야." 밀러의 목소리는 느릿하고 침착했고 편안했다.

앤드루스는 고개를 돌렸다. 슈나이더와 밀러가 왼쪽에 쪼그려 앉아 있었다. 마차는 잠시 멈췄던 오르막의 꼭대기에서 좀 떨어진 곳에 있었다.

"어떻게 된 일이죠?" 앤드루스의 목소리는 가늘고 힘이 없었다.

"자넨 기절했어." 밀러가 말했다. 슈나이더는 싱긋 웃었다. "이런 산에서는 서두르면 안 돼." 밀러가 말했다. "공기가 아래보다 희박하거든."

슈나이더는 여전히 싱긋 웃으며 고개를 저었다. "젊은 친구, 산에 금방 오를 것 같았지? 식은 죽 먹기라고 생각했다 한 방 먹었군."

앤드루스는 힘없이 미소를 짓고 한쪽 팔꿈치를 짚으며 몸을 일으켰다. 움직이자 약간 진정되었던 숨이 콱 막히며 빠르고 가빠졌다. "왜 천천히 가라고 안 했습니까?"

밀러는 어깨를 으쓱했다. "스스로 깨달아야 하는 법이지. 남이 말해 봐야 소용없어."

앤드루스는 일어났다가 잠깐 현기증이 나서 몸을 휘청했다. 밀러의 어깨를 잡았다가 몸을 똑바로 하고 혼자 힘으로 섰다. "이제 괜찮습니다. 가죠."

그들은 언덕을 올라 마차로 갔다. 짧은 거리를 걸었는데도 앤드루스는 숨이 다시 가빠지고 손이 떨렸다.

밀러가 말했다. "다시 기운을 차릴 때까지 잠시 말을 타고 가라고 하고 싶지만 좋은 생각이 아니야. 숨쉬기 힘들어도 계속 걸어가는 게 나아. 지금 말을 타고 가다간 똑같은 일이 또 벌어져."

"전 괜찮습니다." 앤드루스가 말했다.

일행은 다시 출발했다. 앤드루스는 이번에는 밀러와 슈나이더 뒤에서 걸으며, 불편한 듯 끄는 그들의 걸음걸이를 따라 했다. 조금 지나자 팔다리에 힘을 빼고 몸은 앞으로 쓰러질 듯한 자세를 하고, 다리로는 몸을 받치기만 하는 게 비결이라는 걸 깨달았다. 숨은 여전히 밭고 가빴다. 약간 가파른 오르막을 오르기만 해도 눈앞에서 별이 맴돌았지만, 이렇게 괴상하게 어기적거리는 리듬으로 산을 올라야 몸이 덜 피곤해진다는 사실을 알았다. 밀러는 45분마다 멈췄고, 일행은 휴식을 취했다. 앤드루스는 밀

러와 슈나이더 둘 다 쉴 때 앉지 않는다는 걸 알아챘다. 똑바로 서 있었
고, 가슴은 고르게 들썩였다. 들썩임이 가라앉으면 다시 출발했다. 앤드
루스는 앉거나 누워 있다 일어나면 더 힘들다는 걸 알게 되자, 그들과 함
께 서 있기 시작했다. 앉아 있기보다는 서 있다가 다시 산을 오르는 게 훨
씬 편하고 덜 피곤했다.

　일행은 오후 내내 마차 옆에서 걸었다. 길이 좁아지면 마차 뒤에서 걸
었고, 딱딱한 경사로에서 소의 발굽이 미끄러지면 어깨로 바퀴를 밀었다.

　오후가 반쯤 지났을 때 즈음에는 산모퉁이를 반쯤 올라왔다. 앤드루스
의 다리에는 감각이 없었고, 마차 바퀴를 계속 미느라 어깨에 불이 나는
것 같았다. 쉴 때조차 극히 희박하고 차가운 건조한 공기가 목구멍을 찔
러서 가슴에 예리한 통증을 느꼈다. 땅바닥에 앉거나 길 바로 옆 부드러
운 솔잎에 누워 쉬고 싶은 생각이 간절했지만 그러고 나면 얼마나 힘들
지 알았다. 그래서 쉴 때면 다른 사람들 옆에 서서, 빽빽한 소나무들 사이
로 사라지는 길을 올려다보았다.

　오후 늦게 길이 갑자기 꺾이곤 해서 찰리 호지는 그때마다 마차를 조
금 더 자기 오른쪽으로 향하게 하고 몇 차례 뒤로 물리며 방향을 조정했
다. 오른쪽 바퀴는 소나무에 쓸렸고, 왼쪽 바퀴는 수직으로 100미터 가까
이 아래로 떨어지는 도랑의 가장자리까지 위험할 정도로 가까이 갔다. 일
행은 갈림길을 지나자 발을 멈췄다. 밀러는 앞을 가리켰다. 밝은 오후 하
늘 위로, 어둡게 톱니 모양으로 솟아오른 거친 소나무 두 그루 사이의 지
점으로 길이 가파르게 이어졌다.

　"저기야." 밀러가 말했다. "저 소나무 너머."

　찰리 호지는 소들의 귀 위로 채찍을 휘두르며 함성을 질렀다. 소들은

놀라 앞으로 위로 날뛰었다. 소 발굽이 땅을 파고들다가 미끄러졌다. 일행은 다시 마차 바퀴를 어깨로 밀어야 했다.

"너무 몰아붙이지 마." 밀러가 찰리 호지에게 소리쳤다. "꼭대기까지는 길이 멀어."

그들은 한 걸음 한 걸음 마차를 밀고 당기며 마지막 가파른 오르막을 올랐다. 얼굴에서 땀이 흘렀지만, 고지대의 시원한 공기에 바로 식었다. 앤드루스는 폐 안으로 공기가 빨려 들어가며 나는 신음을 들었고 그게 자신의 소리임을 깨달았다. 소리는 너무 커서 다른 사람의 숨소리, 마차가 간신히 힘들게 삐걱대며 올라가는 소리, 소가 거칠게 숨 쉬며 느릿느릿 길 위를 걷고 미끄러지는 소리를 삼킬 정도였다. 어깨로 바퀴를 밀 때마다 늘어진 팔다리를 마구 움직이고 싶었다. 그러면 더 많은 공기를 들이마실 수 있을 것 같았다. 다리에 점점 더 감각이 없어지다가 순간 마비가 사라졌다. 수백 개의 바늘이 살을 찌르더니 그 바늘이 하얗게 될 정도로 뜨거워지며 뼈에서부터 바깥쪽으로 살을 찌르는 느낌이 들었다. 뼈의 푹 들어간 부분—발목, 무릎, 엉덩이—이 앞으로 나가려는 무게에 눌렸다. 머리에 피가 쏠리며 귓가가 지끈거려 심지어 자기 숨소리도 반은 안 들릴 정도였다. 눈앞에 빨간 막이 쳐졌다. 앞이 보이지 않았다. 무턱대고 몸을 앞으로 밀었다. 의지가 힘을 대신하고 육체가 되어 마침내 고통이 그 둘을 덮어 버렸다. 그러고는 몸이 마차에서 멀리 앞으로 내동댕이쳐졌다. 길에 있던 날카로운 돌이 손을 파고들었지만 움직이지 않았다. 잠시 엎드린 채, 베인 손바닥에서 피가 흘러나와 일행이 쉬던 땅을 검게 물들이는 걸 무심히 바라보았다.

잠시 뒤, 그는 자기가 넘어졌던 곳에 마차가 서 있는 걸, 경사면이 아니라 평지에 서 있는 걸 보았다. 오른쪽에는 수직으로 솟은 바위가 있었다. 마차 위 왼쪽, 기껏해야 10미터 정도 떨어진 곳에는 아주 비슷한 바위가 또 하나 서 있었다. 일어서려고 했지만 미끄러져 엎드린 채 잠시 더 있었다. 찰리 호지가 마부석에 똑바로 서서 꼼짝하지 않고 앞쪽을 내다보는 모습을 엎드린 채 보았다. 밀러와 슈나이더는 그들이 밀었던 바퀴를 붙잡고 있었다. 그들도 앞쪽을 보고 있었다. 입은 떼지 않았다. 앤드루스는 앞으로 몇 미터 기어가다가 몸을 일으켜 세웠다. 피에 젖은 손을 셔츠에 닦았다.

밀러가 그에게 몸을 돌렸다. "저기야." 밀러가 조용히 말했다. "보게."

앤드루스는 그에게 걸어가 가리키는 곳을 쳐다보았다. 길은 300미터 조금 안 되는 거리에서 소나무들 사이로 사라졌다. 하지만 그 지점에서 갑자기 땅이 평평해졌다. 테이블 표면처럼 평평하고 길고 좁은 계곡이 산들 사이를 휘감아 돌았다. 계곡의 땅 위에는 풀이 무성하게 자랐고, 볼 수 있는 곳까지 바람 속에서 부드럽게 흔들렸다. 계곡에서 고요가 솟아오르는 것 같았다. 사람의 발길이 닿지 않았던 땅의 고요, 정적, 완전한 평온이었다. 앤드루스는 자신이 탈진했는데도 숨을 참고 있다는 걸 알았다. 이 고요를 깨뜨리지 않으려고 가능한 한 조용히 숨을 내쉬었다.

밀러가 긴장하더니 앤드루스의 팔을 건드렸다. "보게!" 그는 남서쪽을 가리켰다.

반대쪽 산에 빽빽하게 자란 소나무 아래, 검은 얼룩이 계곡 위를 움직이고 있었다. 앤드루스는 눈을 가늘게 떴다. 검은 얼룩 가장자리에서 살짝 파문이 일었다. 그러더니 얼룩 전체가 눈에 보이지 않는 파도에 움직이는 거대한 바다처럼 흔들렸다. 이 거리에서 봤을 때 얼룩은 작았지만,

앤드루스가 짐작하기에 길이는 2킬로미터, 폭은 1킬로미터에 가까웠다.

"들소야." 밀러가 낮게 말했다.

"세상에!" 앤드루스가 말했다. "몇 마리나 될까요?"

"아마 2, 3000마리는 되겠지. 그 이상일지도 몰라. 이 계곡은 저 언덕들을 돌며 들어왔다 나갔다 해. 여기서는 극히 일부만 볼 수 있지. 저 멀리에 뭐가 더 있을지는 알 수 없어."

앤드루스는 잠시 더 밀러 옆에 서서 들소 무리를 바라보았다. 지금 보고 있는 거리에서는 형태를 알아볼 수도, 각각의 들소들을 구별할 수도 없었다. 북쪽에서 차가운 바람이 일기 시작했다. 바람은 고갯길을 지나갔다. 앤드루스는 몸을 떨었다. 반대쪽 산 아래로 해가 졌고, 그 그림자가 그들이 선 곳을 어둑하게 물들였다.

"내려가서 야영지를 준비하자." 밀러가 말했다. "곧 어두워져."

일행은 계곡으로 이어지는 비탈을 마치 행진하듯 천천히 내려갔다. 산에 어둠이 깔리기 전에 평지에 다다랐다.

IV

작은 연못 근처에 야영지를 세웠다. 지는 햇살에 연못 물이 반짝이며 미끄러운 바위를 살짝 넘어 산기슭에 있는 샘물로 들어가, 계곡의 빽빽한 풀에 반쯤 가려진 작은 냇물로 흘러넘쳤다.

"남쪽으로 몇 킬로미터만 가면 작은 호수가 있어." 밀러가 말했다. "거기서 소들 물을 먹일 거야."

찰리 호지는 소들을 풀어 계곡의 풀을 뜯게 했다. 앤드루스의 도움을 받아 마차에서 큰 캔버스 천을 꺼내고, 어린 소나무에서 잔가지를 몇 개 잘랐다. 나무로 틀을 만들고 그 위에 캔버스 천을 펴 조심스럽게 고정하고 밀어 넣어 가장자리가 풀 위에서 바닥을 이루게 했다. 그러고는 마차에서 화약 상자를 꺼내 작은 사각형 텐트 안에 넣었다.

"이 화약이 젖으면…." 찰리 호지가 씩 웃었다. "밀러가 날 죽일 거야."

앤드루스는 찰리 호지를 도와준 다음, 도끼를 꺼내 슈나이더와 함께 산비탈을 올라가 야영에 쓸 나무를 베기 시작했다. 통나무는 쓰러진 자리에 그대로 두고, 작은 가지들을 잘라내 나무 옆에 쌓았다. "나중에 말들을 데려와서 끌고 내려가자." 슈나이더가 말했다. 어두워질 때까지 꽤 큰 나무 여섯 그루를 베었다. 각각 팔에 나뭇가지를 한 아름 안고 야영지로 돌아왔다. 작은 나무줄기를 함께 끌고 왔다.

찰리 호지는 거대한 바위 앞에 모닥불을 피웠다. 바위의 높이는 사람 키의 두 배였고, 구멍이 하나 나서 연기가 빠지는 천연 굴뚝 역할을 했다. 불길이 높이 솟았지만, 찰리는 이미 모닥불 한쪽 가장자리에 커피 주전자를, 다른 한쪽에는 삶은 콩 냄비를 준비해 놓았다. "오늘 밤에는 콩밖에 없어." 찰리 호지가 말했다. "내일은 들소 고기를 먹을 수 있을 거야. 작은 놈을 잡으면 스튜를 끓일게."

찰리는 굵고 곧은 나뭇가지 하나를, 가깝게 붙은 두 그루의 소나무 사이를 가로지르게 고정했다. 이 가지에 조리 도구들을 솜씨 있게 걸었다. 큰 냄비 하나, 프라이팬 두 개, 국자 하나, 손잡이는 바래고 흠집투성이였지만 칼날은 솟아오른 불길에 빛나는 칼 몇 자루, 작은 손도끼와 도끼 각각 한 자루였다. 땅바닥에는 큰 무쇠솥을 놓았다. 솥 바깥은 검은색이었지만 안쪽은 칙칙한 회색이 도는 은색이었다. 여기에 더해, 소나무 중 하나의 그루터기에는 다른 보급품들을 담은 큰 상자를 기대어 놓았다.

일행은 식사를 마치고, 흩어진 솔잎 위에 긴 타원형 구덩이를 팠다. 이 구덩이 위에 작은 나뭇가지들을 열십자로 놓고, 솔잎을 모아 그 위에 평평하게 깔았다. 이렇게 해서 몸을 가볍고 편안하게 받쳐 줄 탄력 있는 깔개 위에 침낭을 펼 수 있게 되었다. 침낭은 바위 근처 모닥불 가까이에 깔았다. 이러면 북쪽이나 서쪽에서 불어오는 비바람을 일부나마 막을 수 있다. 동쪽의 비바람은 숲이 막아 줄 것이다.

잠자리 준비가 끝났을 즈음 모닥불은 회색 잉걸불로 꺼져 갔다. 밀러는 석탄을 골똘히 응시했다. 불빛 속에서 얼굴이 어두운 붉은색으로 빛났다. 찰리 호지는 조리 도구 옆에 걸어 둔 등불에 불을 붙였다. 약한 불빛이 어둠 속에서 사라졌다. 그는 일행이 앉은 불가로 등불을 가져왔다. 밀러는 일어나서 바닥에 있는 무쇠솥을 들어 석탄 바닥 위에 평평하게 놓고는 등불을 들어 찰리 호지에게 건넸다. 찰리는 밀러를 따라 나무 옆 보급품 상자로 갔다. 밀러는 상자에서 큰 납 막대 두 개를 꺼내 불가로 가져왔다. 무게 때문에 솥이 엎어지지 않게, 무쇠솥에 막대를 가로질러 찔러 넣었다. 그리고 찰리 호지와 윌 앤드루스가 만들었던 작은 사각형 텐트로 가서 화약 한 상자와 뇌관이 든 작은 상자 하나를 가져왔다. 돌아오기 전에 남은 화약 주위로 캔버스 천을 조심스럽게 다시 밀어 넣었다.

밀러는 모닥불과 침낭 근처에 두었던 안장 옆에 무릎을 꿇었다. 그리고 안장 가방에서 가죽 끈으로 주둥이를 묶은 크고 헐렁한 자루를 꺼냈다. 끈을 풀고 자루를 땅 위에 펼쳤다. 칙칙하게 빛나는 구리 탄피가 수백 개 쏟아져 나와 완만한 더미를 이뤘다. 앤드루스는 두 사람 가까이 갔다.

까매진 솥에 담은 납이 열을 받아 끓기 시작했다. 밀러는 솥을 살펴보고, 열이 더 고르게 전달되게 솥을 움직였다. 손도끼로 화약 상자를 열고, 검은 가루를 보호하던 두꺼운 종이를 찢었다. 엄지와 검지로 화약을 한 꼬집 쥐어 불에 던졌다. 곧바로 불길이 푸르고 흰 불꽃을 내며 타올랐다. 밀러는 만족스러운 듯 고개를 끄덕이고 안장 가방 안을 다시 더듬었다. 크고 평평한 물체를 꺼냈다. 한쪽에 달린 경첩을 열자, 일정한 간격을 이루며 작은 홈들로 이어진 얕은 구멍들이 수없이 많이 있었다. 그는 기름 묻힌 천으로 이 거푸집을 조심스레 닦았다. 앤드루스는 밀러가 거푸집을 닫자 그 위에 작은 컵 모양의 주둥이가 있는 걸 볼 수 있었다.

밀러는 다시 가방에 손을 뻗어 큰 국자를 꺼냈다. 이제 납이 부글부글

끓는 솥에 국자를 집어넣고, 녹은 납을 조심스럽게 떠 탄환 거푸집의 주둥이에 옮겨 부었다. 뜨거운 납이 차가운 거푸집 위에서 탁탁 소리를 냈다. 거푸집을 잡은 손에 납 방울이 튀었지만 밀러는 움찔하지 않았다. 거푸집을 채운 다음, 찰리 호지가 가져온 찬물 양동이에 집어넣었다. 물속에서 납이 흰 거품과 함께 쉬익 소리를 냈다. 그다음에는 거푸집을 꺼내천 위 탄약통 상자 옆에 놓았다.

밀러는 납탄 더미의 크기가 탄약통 상자의 크기와 거의 비슷해지자 거푸집을 옆으로 치워 식혔다. 주조된 총알을 재빠르지만 세심하게 점검했다. 가끔 총알의 바닥을 줄로 매끈하게 다듬었다. 드물기는 하지만 결함 있는 총알을, 불에서 치워 두었던 무쇠솥 안에 다시 던져 넣기도 했다. 빈 구리 탄피 옆에 있는 새 총알 더미에 총알을 넣기 전에 각각의 총알 바닥을 정사각형의 밀랍으로 문질렀다. 화약 상자 옆 작은 용기에서 조그만 뚜껑을 꺼내, 작은 검은색 도구를 사용해 누르며 빈 탄피 안으로 손쉽게 밀어 넣었다.

밀러는 다시 안장 가방에서 좁은 숟가락 하나와 구겨진 신문지 뭉치를 꺼냈다. 숟가락으로 화약의 양을 쟀다. 화약 상자 위에서 탄피를 들고, 검은 화약을 4분의 3까지 채웠다. 상자 가장자리에 탄피를 빈틈없이 두드려 화약의 수평을 맞추고, 한 손으로는 구겨진 신문에서 종이를 조금 찢어 탄피 안에 눌러 넣었다. 마지막으로 납탄 하나를 들어 손바닥의 불룩한 부분을 이용해 장전된 탄약통에 집어넣었다. 그러고는 총알의 뒷부분이 든 탄피의 가장 끝부분에 튼튼하고 하얀 이로 자국을 내고, 세 번째 무더기 위에 대충 던져 놓았다.

세 사람은 밀러가 탄피를 채우는 모습을 잠시 쳐다보았다. 찰리 호지는 밀러의 솜씨에 씩 웃고 고개를 끄덕이며 기쁘게 바라보았다. 슈나이더는 졸린 눈으로 가끔 하품하며 무심하게 쳐다보았다. 앤드루스는 밀러의 움직임을 하나하나 기억 속에 정확하게 새기려 애쓰며 강한 관심을 가지고 바라보았다.

잠시 후 슈나이더가 몸을 일으키더니 앤드루스에게 말했다.

"앤드루스 씨, 할 일이 있어. 칼을 가져와서 갈자고."

앤드루스는 밀러를 쳐다보았다. 밀러는 보급품이 든 대형 상자 쪽으로 갑자기 고개를 돌렸다. 앤드루스는 희미한 등불 아래서 상자 안을 더듬었다. 밀러가 부처스 크로싱으로 돌아오면서 사다 준 납작한 가죽 상자를 마침내 찾아냈다. 상자를 가지고 불가로 돌아왔다. 모닥불은 찰리 호지가 던져 넣은 새 땔감 덕분에 활활 타고 있었다. 앤드루스는 상자를 열었다. 불빛 아래 칼이 밝게 빛났다. 뼈로 만든 손잡이는 깨끗했고 흠집 하나 없었다.

슈나이더는 안장 가방에서 자기 칼을 가지고 왔다. 상자에서 꺼내 굳은 살이 박힌 엄지손가락으로 칼끝을 시험했다. 고개를 젓더니 회갈색 숫돌에 침을 잔뜩 뱉었다. 숫돌은 가운데가 많이 닳아서 표면이 긴 곡선을 이뤘다. 칼날 옆면을 이용해 숫돌 표면에 침을 고르게 발랐다. 그런 후 칼날의 각도를 신중하게 유지하면서 숫돌 위에서 긴 타원형을 그리며 갈았다. 칼날의 각 부분이 숫돌에 고르게 갈리게 타원형의 움직임을 조정했다. 앤드루스는 잠시 그를 쳐다보다 칼을 골라 엄지손가락으로 칼날을 시험했다. 칼끝이 부드러운 살덩어리 안으로 눌렸지만, 살이 베이지는 않았다.

"전부 갈아야 할 거야." 슈나이더가 그를 흘깃 보며 말했다. "새 칼은 날이 무뎌."

앤드루스는 고개를 끄덕이고 상자에서 새 숫돌을 꺼냈다. 슈나이더가 했던 대로 침을 뱉어 표면에 발랐다.

"숫돌은 쓰기 전에 하루나 이틀 기름에 담가둬야 해." 슈나이더가 말했다. "하지만 이번에는 별 차이가 없을 것 같군."

앤드루스는 숫돌로 칼을 갈기 시작했다. 움직임은 서툴렀고, 날의 모든 부분을 고르게 갈 수 있는 리듬을 찾을 수 없었다.

"이봐." 자기 칼과 숫돌을 내려놓으며 슈나이더가 말했다. "날을 너무 높이 들었잖아. 그러면 칼끝은 날카로워지겠지만 가죽 한두 장 벗기면 끝이야. 이리 줘 봐."

슈나이더는 능숙하게 숫돌 위로 날을 움직였다. 너무 빠르게 앞뒤로 움직여서 앤드루스의 눈에 거의 보이지도 않을 지경이었다. 슈나이더는 날을 뒤집고 앤드루스에게 숫돌에 갈던 각도를 보여 주었다.

"이렇게 해야 자르는 면이 길어져." 슈나이더가 말했다. "이러면 다시 갈지 않고도 온종일 가죽을 벗길 수 있지. 날을 너무 좁게 갈면 칼이 망가져." 그는 칼의 뭉툭한 부분을 앞으로 해서 앤드루스에게 건네주었다. "만져 봐."

앤드루스는 엄지손가락으로 날을 만져 보았다. 짧지만 강렬한 아픔을 느꼈다. 엄지손가락의 둥근 살 위로 가느다란 빨간색 줄이 대각선을 이루며 나타났고, 소용돌이 모양의 지문 위로 피가 아무렇게나 흘러나왔다.

슈나이더가 히죽 웃었다. "그 정도는 돼야 칼이지. 좋은 걸 가졌군."

앤드루스는 슈나이더의 조언을 받으며 다른 칼들을 갈았다. 모양과 크기가 다른 각각의 칼들을 갈 때마다 슈나이더는 그 용도를 설명해 주었다. "이건 길게 자르는 작업에 써." 슈나이더가 말했다. "가죽을 벗기지 않고도 소의 목구멍부터 코까지 길게 자를 수 있지." 다른 칼들에 대해서도 이렇게 설명했다. "이 칼은 발굽 주위에서 바싹 자를 때 써. 그리고 이 칼은 가죽을 벗긴 다음에 고기를 다듬을 때 좋지. 저 칼은 가죽을 벗긴 다음에 문질러서 깨끗하게 하는 데 쓰고."

마침내 슈나이더가 갈린 상태에 만족하자, 앤드루스는 칼들을 상자에 다시 넣었다. 처음 해 본 일이라 팔이 아팠다. 가는 동안 칼을 단단히 잡느라 오른손에 감각이 없었다. 고갯길에서 싸늘한 바람이 불어왔다. 앤드루스는 몸을 떨며 불가에 가까이 다가갔다.

모닥불 주위에 말없이 앉은 세 사람 뒤쪽 어둠 속에서 밀러의 목소리가 들려왔다. "내일 준비는 다 됐지?" 셋은 몸을 돌렸다. 불빛이 밀러의 셔츠 단추와 사슴 가죽 재킷의 술을 비추고 두꺼운 코와 이마에서 반짝였다. 밀러의 검은 수염이 어둠과 하나가 되어서, 앤드루스는 겨우 사람 몸 형태만 가진 것 위에 머리만 둥둥 떠 있다는 생각이 잠깐 들었다. 밀러가 다가와 앉았다.

"준비는 다 됐어." 슈나이더가 말했다.

"좋아." 밀러가 불거져 나온 재킷 주머니에서 총알 하나를 꺼냈다. 납으로 된 총알 끝부분으로 모닥불 가까이 있는 평평한 바위 위에 거의 반원에 가까운 곡선을 이루는 길고 불규칙한 타원을 그렸다.

"내가 기억하는 한." 밀러가 말했다. "계곡의 모양은 이래. 오늘 오후에 본 건 극히 일부분이지. 몇 킬로미터 더 가서 이 굽이 근처에서 폭이 7, 8킬로미터 정도로 넓어지면서 거의 3, 40킬로미터로 이어지지. 땅은 넓어 보이지 않아도 풀이 빽빽하니 가득해. 베자마자 거의 바로라고 할 정도로 빨리 자라지. 수많은 들소가 먹을 수 있을 정도야."

모닥불에서 다 탄 통나무가 넘어지며 허공에 불티가 소나기처럼 쏟아지다 어둠 속으로 사라졌다.

"우리 일은 거저먹기야." 밀러가 말을 이었다. "오늘 아침에 봤던 작은 무리부터 시작한 다음에 계곡을 내려가자. 걱정하지 마. 이 계곡에는 우리가 온 길 말고는 나갈 데가 없어. 이 길 딱 하나뿐이지. 들소들이 갈 수 있는 유일한 길이야. 첫 번째 굽이 주변에서 산이 가파른 낭떠러지를 이루지. 수직으로 선 바위들 말고는 아무것도 없는 데가 많아."

"주 야영지는 여기로 할 거야?" 슈나이더가 물었다.

밀러가 고개를 끄덕였다. "우리가 계곡을 내려가면 찰리가 따라오면서 가죽을 챙겨 이리로 돌아와서 꾸러미로 만들 거야. 여기서 떨어진 곳에 야영지를 몇 개 더 세울 수 있지만, 너무 많이는 만들 필요 없어. 계곡 끝에 다다랐을 때 들소가 남으면 이리 몰고 와야지. 그러면 시간을 아낄 수 있어."

"하나만 말할게." 슈나이더가 입을 열었다. "서둘러 시작하지는 말자고. 여기 앤드루스 씨가 자기 구실 하려면 며칠 걸려. 난 뻣뻣해진 들소 가죽을 벗기는 일은 하고 싶지 않아."

"준비는 다 됐어." 밀러가 말했다. "급할 필요 없지. 필요하다면 겨우내 여기 머물면서 사냥해도 되니까."

찰리 호지는 이미 타고 있는 모닥불에 땔감을 더 던져 넣었다. 땔감은 센 불 속에서 바로 불길로 타올랐다. 그 순간 모닥불 주위에 모여 앉은 네 사람의 얼굴 전부에 불빛이 비치며 서로의 얼굴을 마치 대낮처럼 볼 수 있었다. 땔감이 크게 타닥거리는 소리가 잦아들며 불빛도 서서히 불길 속에 사라져 갔다. 찰리 호지는 잠시 기다리다가 삽으로 재를 퍼 불 위에 끼

없었다. 그러자 등불 아래서 보이는 것이라고는 재들 사이로 간신히 피어오르는 희끄무레한 노란색 연기뿐이었다. 일행은 더는 아무런 말 없이 침낭 안으로 들어갔다.

월 앤드루스는 잠자리에 들고 나서도 오랫동안 주위의 정적에 귀를 기울였다. 타 버린 소나무 땔감의 매캐한 냄새가 콧구멍을 데웠다. 그러고는 바람이 불어와서 연기 냄새도 맡을 수 없었고, 주위에서 잠자는 일행의 숨소리도 들리지 않았다. 몸을 돌려 그들이 지나온 산비탈을 마주 보았다. 대지를 덮은 어둠 속에서 시선을 올려 나무들의 어렴풋한 테두리를 따라갔다. 나무들은 어둠 속에서 솟아올라, 별들이 반짝이고 구름 한점 없이 짙푸르게 맑은 밤하늘 아래 점점 뚜렷하게 보였다. 침낭 위에 담요를 한 장 더 덮었는데도 추웠다. 숨 쉴 때마다 차가운 밤공기 속에 회색입김이 서리는 걸 볼 수 있었다. 빛나는 하늘 아래 키 큰 원뿔 모양의 소나무들이 검게 테두리를 이룬 이미지를 그리며 눈을 감았다. 추웠지만 아침까지 푹 잘 수 있었다.

V

앤드루스가 일어났을 때 찰리 호지는 벌써 옷까지 다 입었다. 찰리는 모닥불을 그러모으고, 재로 덮어 두어 밤새 살아 있던 석탄 위에 잔가지를 더 넣었다. 앤드루스는 상대적으로 따뜻한 침낭 속에 잠시 누워, 허공에 서린 입김을 바라보았다. 그러고는 담요를 한쪽으로 던져 놓고 추위에 얼어 딱딱해진 장화를 신었다. 장화 끈을 묶지도 않은 채 불가로 느릿느릿 걸어갔다. 야영지가 있는 곳에는 아직 해가 비치지 않았다. 하지만 반대쪽에 있는 산꼭대기에는 소나무 숲이 아침 햇살에 빛났다. 푸른 소나무들 사이에서 굽은 사시나무 몇 그루가 짙은 황금색으로 타올랐다.

밀러와 슈나이더는 커피가 끓기 전에 일어났다. 밀러가 앤드루스를 손짓해 불렀다. 세 사람은 나무들로 덮인 지역을 나와, 묶어 둔 말들이 풀을 뜯는 평탄한 계곡으로 터덜터덜 걸어갔다. 커피, 베이컨, 튀긴 옥수수 반죽이 준비되기 전에 말들을 야영지로 다시 데려와 안장을 올렸다.

"들소들은 많이 이동하지 않았어." 밀러가 나무들 너머를 가리키며 말했다. 앤드루스는 들소 떼가 이루는 가느다란 검은색 선이 계곡의 굽이 주변에 펼쳐진 걸 보았다. 입천장이 델 정도로 서둘러 커피를 마셨다. 밀러는 조용히 느릿느릿 아침을 먹었다. 식사를 마치고 숲으로 난 작은 길로 갔다. 낮게 난 가지 중에서 끝이 두 갈래로 갈라진 굵은 놈을 하나 골라, 갈라진 부분부터 약 60센티미터 정도까지 잘라냈다. 갈라진 부분을 작은 가지 두 개가 큰 줄기부터 약 15센티쯤 내뻗어지게 칼로 다듬었다. 그러고는 큰 줄기의 두꺼운 부분을 날카롭게 깎았다. 침낭 옆에 있는 물건 중에서 총을 꺼내, 밤의 습기를 막으려고 씌워 둔 방수포를 벗겼다. 총을 꼼꼼하게 살펴보고 안장 옆에 달린 긴 총집에 집어넣었다.

밀러는 넓은 계곡에서 말을 세우고, 양옆에 있는 두 사람에게 말했다. "들소 떼한테 직선으로 향할 거야. 말들을 내 뒤로 몰고 방향을 못 틀게 해. 직선으로 가면 들소 떼들은 겁내지 않아."

앤드루스는 밀러 뒤에서 말을 몰았다. 말은 천천히 걸었다. 손이 아팠다. 손가락 마디를 보았다. 뼈 위로 피부가 하얗게 뻗었다. 고삐를 잡은 손에 힘을 풀고 어깨를 구부렸다. 숨이 가빴다.

계곡을 반쯤 가로질러 오자 들소 떼가 굽이에 모여 느긋하게 풀을 뜯고 있었다. 밀러는 두 사람을 산기슭 근처로 이끌고 갔다.

"여기서부터는 서두르면 안 돼." 그가 말했다. "이런 산에서는 바람이 어떻게 불지 몰라. 말은 묶어 둬. 걸어서 갈 거야."

뭉툭한 바위로 이루어진 산기슭을 밀러가 선두에 서고 한 사람씩 줄지어 돌아 걸었다. 밀러가 갑자기 발을 멈추더니 한 손을 들었다. 뒤를 돌아보지 않은 채 일상적인 투로 뒤의 두 사람에게 말했다. "바로 앞에 있어. 300미터도 채 되지 않을 거리야. 서두르지 마." 그는 쪼그려 앉아 풀잎을 몇 개 뜯고 손을 높이 들어 풀잎들이 땅에 떨어지게 했다. 바람에 풀잎이 밀러 쪽으로 다시 날아왔다. 그는 고개를 끄덕였다. "바람은 좋아." 그는 일어서서 좀 더 천천히 걸었다.

한쪽 어깨에 밀러의 총알이 든 자루를 지고 가던 앤드루스는 자루를 다른 쪽 어깨로 옮겼다. 옮길 때 앞쪽 들소 무리가 움직이는 게 보였다.

다시, 밀러가 고개를 돌리지 않은 채 말했다. "계속 한 줄로 가. 줄에서 벗어나지 않으면 저놈들은 겁내지 않아."

앤드루스는 이제 들소 무리를 확실히 볼 수 있었다. 옅은 연두색 풀 위에서 들소의 짙은 암갈색이 선명하게 두드러졌지만, 뒤에 있는 가파른 산비탈에 자란 소나무 숲의 짙은 색깔과 한데 어우러졌다. 많은 들소가 계곡의 부드러운 풀 위에 편안히 배를 대고 있었다. 특징이나 일정한 형태 없는 검은 바위로 된 둥근 언덕들 같았다. 하지만 무리의 가장자리에서 몇 마리가 보초처럼 서 있었다. 몇은 가볍게 풀을 뜯고, 나머지는 꼼짝하지 않고 서 있었다. 털투성이의 큰 머리를 앞다리 사이에 파묻고 있었는데, 앞다리는 길고 검은 털로 덮여 있어서 그 형태를 볼 수 없었다. 늙은 들소 한 마리의 옆구리에는 세 사람이 걷고 있는 거리에서도 볼 수 있을 정도로 깊은 상처가 있었다. 그 들소는 다른 놈들과 조금 떨어진 데 서서, 다가오는 인간들과 마주하고 있었다. 들소는 고개를 수그렸다. 위로 구부러진 검은 뿔이 햇빛 아래 빛났다. 머리에 난 덥수룩한 검은 털과 대비되어 더 밝게 빛났다. 일행이 가까이 오는데도 움직이지 않았다.

밀러는 다시 걸음을 멈췄다. "모두 다 갈 필요는 없어. 프레드는 여기서 기다리고 윌은 나를 따라와. 둘러 가야 해. 들소는 언제나 바람 부는 방향을 마주 봐. 이 각도에서는 제대로 쏠 수 없어."

슈나이더는 무릎을 꿇고 엎드리는 자세를 취했다. 모은 손 위에 턱을 대고 들소 무리를 응시했다. 밀러와 앤드루스는 왼쪽으로 향했다. 15미터쯤 왔을 때 밀러가 손바닥을 바깥쪽으로 향하며 손을 들었다. 앤드루스는 멈췄다.

"놈들이 움직이기 시작했어." 밀러가 말했다. "천천히 가."

무리의 바깥쪽 가장자리에 있던 들소 중에 많은 수가 일어섰다. 약간 뒤뚱거리며 처음에는 앞다리에, 그다음에는 뒷다리에 힘을 줬다. 그러다가 몇 걸음 앞으로 나갔다. 두 사람은 꼼짝하지 않았다.

"들소들이 일어서는 동작이야." 밀러가 말했다. "가만히 저기까지 가서 바로 앞에서 꼼짝하지 않으면 놈들은 신경 안 쓸 거야."

두 사람은 다시 천천히 앞으로 움직이기 시작했다. 밀러는 들소 무리가 다시 불안해하는 기색을 보이자 엎드렸다. 앤드루스는 총알 자루를 서툴게 끌며 밀러 뒤로 갔다.

그들은 들소 무리 옆쪽으로 가다 150미터 정도 거리에 다다랐을 때 멈췄다. 밀러는 가져왔던, 두 갈래로 갈라진 나뭇가지를 땅에 꽂고 총신을 갈라진 부분에 얹었다. 앤드루스는 밀러 옆으로 기어갔다.

밀러가 그를 보고 히죽 웃었다. "내가 하는 걸 잘 봐, 젊은 친구. 어깨뼈 조금 뒤, 혹의 끝에서 3분의 2쯤 내려오는 위치를 겨냥해. 지금처럼 뒤에서 쏠 때는 그렇게 해. 이건 심장을 쏘는 거야. 앞에서 허파를 관통하게 쏘는 게 조금 낫긴 해. 그렇게 하면 바로 죽지는 않지만 얼마 달리지 못하지. 그렇지만 바람이 불 때 들소들 앞으로 가는 건 모험이야. 큰 놈, 온몸에 상처가 있는 그놈한테 눈을 떼지 마. 가죽은 쓸모없어도 무리의 우두머리야. 우두머리를 알아내서 그놈을 먼저 잡아야 해. 우두머리가 없이는 멀리 달아나지 못하니까."

앤드루스는 밀러가 늙은 들소를 겨냥하는 모습을 집중해 바라보았다.

밀러는 총신을 따라 두 눈을 떴다. 개머리판을 뺨에 바짝 댔다. 오른손 근육이 팽팽해졌다. 총에서 육중한 총성이 울렸다. 개머리판이 뒤로 밀리며 밀러의 어깨에 부딪혔다. 총구에서 작은 연기구름이 피어올라 사라졌다.

늙은 들소는 총소리가 나자 엉덩이를 세게 맞아 놀란 것처럼 펄쩍 뛰었다. 놈은 엎드려 있는 두 남자에게서 느릿느릿 유유히 멀어져 갔다.

"젠장." 밀러가 말했다.

"빗나갔군요." 앤드루스가 말했다. 놀란 듯한 목소리였다.

밀러는 짧게 웃었다. "빗나가지 않았어. 심장을 맞은 들소는 저래. 가끔 100미터도 더 갈 때가 있지."

우두머리가 움직이자 다른 들소도 일어나기 시작했다. 처음에는 몇 마리가 천천히 굵은 앞다리에 힘을 주고 일어섰다. 그러더니 들소 떼는 갑자기 움직이는 가죽의 검은 덩어리가 되어, 우두머리가 갔던 방향으로 달렸다. 빡빡하게 모인 들소의 등이 거의 액체처럼 리드미컬하게 까딱거렸다. 발굽의 으르렁대는 소리가 엎드려서 보고 있는 두 사람에게 덮쳐왔다. 밀러가 뭐라 외쳤지만 앤드루스는 소음 때문에 알아들을 수 없었다.

들소 떼는 다친 우두머리를 지나쳐 300미터쯤 더 달려갔다. 거기서부터 점점 지쳐 불안하게 빙빙 돌다가 멈춰 섰다. 늙은 들소는 무리 뒤에 혼자 섰다. 거대한 머리가 훅 아래로 파고들었다. 꼬리를 한두 번 씰룩거리더니 머리를 흔들었다. 다른 들소들이 잠들기 전에 그러는 것처럼, 몇 차례 빙빙 돌더니 200미터 이상 뒤에 있는 두 사람을 보며 마침내 멈춰 섰다. 그들을 향해 몇 발짝 떼다가 다시 멈췄다. 그러더니 몸이 뻣뻣해지며 옆으로 쓰러졌다. 배 위로 다리가 뻗어 나왔다. 다리가 흔들거렸다. 그러다 들소의 움직임이 멈췄다.

밀러는 엎드린 자세에서 일어나 옷 앞에 붙은 풀을 털어냈다. "좋아, 우두머리를 잡았군. 놈들은 다음에는 저렇게 멀리 도망가지 못해." 그는 총과 조준용 받침대, 그리고 옆에 두었던 줄 손잡이 달린 총기 청소용 긴 막대를 집어 들었다. "가서 보고 싶나?"

"겁나지 않으세요?"

밀러는 고개를 저었다. "겁에 질린 건 저놈들이지. 이젠 그리 무서워할 거 없어."

그들은 죽은 들소가 쓰러진 곳으로 평원을 가로질러 갔다. 밀러는 죽은 들소를 무심하게 쳐다보고, 장화 끝으로 털을 문질렀다.

"벗길 만한 가죽이 못 돼." 밀러가 말했다. "하지만 무리를 잡으려면 우두머리를 먼저 없애야 해."

앤드루스는 쓰러진 들소를 약간 복잡한 심경으로 바라보았다. 땅바닥에 쓰러져 움직이지 않는 들소에게는 겨우 몇 분 전에 느꼈던 야성의 위엄과 힘이 없었다. 사체는 땅 위에서 거대한 검은 둔덕을 이뤘지만 크기는 좀 줄어든 것처럼 보였다. 털이 텁수룩한 검은 머리는 고르지 못한 땅위에 쓰러진 한쪽 뿔이 받치고 있어 한쪽으로 약간 젖혀졌다. 다른 쪽 뿔은 끝부분이 부러졌다. 작은 눈은 반쯤 감겼지만, 여전히 햇살에 밝게 빛나며 앞쪽을 힘없이 쳐다보았다. 거의 섬세하다고 할 정도로 놀랍게 작은 발굽은 송아지의 그것처럼 가지런하게 갈라졌다. 발목은 거대한 들소의 몸무게를 지탱한다는 게 믿기지 않을 정도로 가늘었다. 넓게 부풀어 오른 옆구리는 상처로 뒤덮였다. 상처 몇 개는 오래되어 털에 거의 덮일 정도였지만 나머지는 새로 생겼고, 살 위에서 고르게 짙은 푸른색으로 빛났다. 한쪽 콧구멍에서 난 피가 진해지며 풀 위에 떨어졌다.

"어차피 오래 살지 못할 놈이었어." 밀러가 말했다. "내년쯤에는 더 약해져서 늑대들의 먹잇감이 되었겠지." 그는 사체 옆 풀 위에 침을 뱉었다. "들소는 제명에 죽는 경우가 없어. 사람한테 사냥당하거나 늑대한테 잡아먹히지."

앤드루스는 들소의 사체를 훑어보고 그 너머에 있는 무리들을 보았다. 무리들은 잠잠해졌다. 몇 마리는 여전히 주위를 빙빙 돌았지만, 나머지는 풀을 뜯거나 쉬었다.

"좀 기다리는 게 좋겠어." 밀러가 말했다. "아직 겁에 질려 있으니까."

그들은 밀러가 잡은 들소 주위를 돌아 무리가 있는 방향으로 갔다. 천천히, 하지만 처음 다가갔을 때보다는 덜 조심하며 걸었다. 250미터 이내로 다가갔을 때 밀러는 발을 멈추고 풀을 한 줌 뜯었다. 풀을 들어 올렸다가 떨어뜨렸다. 풀은 이리저리 흩날리며 천천히 아래로 떨어졌다. 밀러는 만족해 고개를 끄덕였다.

"바람이 멈췄군." 그가 말했다. "반대쪽으로 가서 놈들을 야영지 쪽으로 몰 수 있겠어. 그렇게 하면 가죽을 끌고 갈 필요가 없지."

그들은 넓은 원을 그리며 다가가다 가까이 모여 있는 무리로부터 100미터쯤 되는 위치에 멈췄다. 앤드루스는 밀러 옆에 엎드렸다. 밀러는 샤프스 사냥총을 받침대의 갈라진 부분에 놓았다.

"이번에는 놈들이 도망가기 전에 두세 마리 잡아야 해."

그는 잠시 들소 무리의 배치를 신중하게 살폈다. 다수의 들소는 풀밭에 엎드려 있었다. 밀러는 무리의 가장자리 주위를 빙빙 도는 들소들에게 주의를 기울였다. 다른 들소보다 기운차 보이는 큰 놈 하나를 향해 사냥총을 겨냥하고 부드럽게 방아쇠를 당겼다. 들소 몇 마리가 총성에 일어나, 소리가 난 방향으로 일제히 고개를 돌렸다. 총열에서 피어올라 바람 한 점 없는 허공 속으로 흩어지는 작은 구름을 응시하는 것처럼 보였다. 큰 들소는 앞으로 움직이기 시작하더니 몇 걸음 달리다 멈췄다. 그러고는 몸을 돌려 바닥에 엎드린 두 사람을 마주 보았다. 두 콧구멍에서 핏방울이 천천히 떨어지기 시작했다. 떨어지는 속도가 점점 빨라지더니 두 개의 진홍색 줄기를 이뤘다. 총소리가 들리자 새 우두머리를 머뭇거리듯 바라보며 도망치기 시작했던 들소들은 멈춰 서서 놈을 기다렸다.

"허파를 쏴서 잡았어." 밀러가 말했다. "보게." 그는 말하면서 재장전했다. 남은 들소 중에서 가장 기운찬 놈을 찾아 총을 움직였다.

밀러가 말하는 동안, 총에 맞은 들소는 불안정하게 몸을 흔들며 비틀대다 크게 휘청이면서 옆으로 쓰러졌다. 작은 들소 세 마리가 쓰러진 들소 주위로 신기한 듯 다가와 잠시 쳐다보더니 쿵쿵거리며 따뜻한 피 냄새를 맡았다. 그중에 한 마리가 고개를 들고 울어대다가 빠르게 달리기 시작했다. 앤드루스 옆에서 곧바로 총성이 다시 울렸다. 어린 들소는 놀라 펄쩍 뛰더니 몇 미터 가다 멈췄다. 콧구멍에서 피가 흘러나왔다.

밀러는 재빨리 세 마리 더 연이어 사냥했다. 세 번째 들소를 쐈을 때 무리는 전부 일어서 빙빙 돌았지만 도망가지는 않았다. 자신들을 이끌 새 우두머리를 찾아 울어 대면서 느슨하게 원을 이루고 우왕좌왕했다.

"죄다 잡을 거야." 밀러가 거칠게 속삭였다. "세상에, 완전히 우리 손아귀에 들어왔어!" 그는 수십 개의 총알을 빠르게 쓸 수 있게 총알 자루를 뒤집었다. 밀러는 손 닿는 대로 빈 탄피를 회수했다. 밀러는 들소를 여섯 마리째 쓰러뜨리고 총의 약실을 열었다. 길고 빳빳한 줄 끝에 묶어 놓은 총기 청소 도구로 화약투성이 총열을 닦았다.

"야영지로 돌아가서 새 총과 총알 가져와." 그가 앤드루스에게 말했다. "물도 한 양동이 가져오고."

앤드루스는 직선을 이루며 기어갔다. 잠시 후 어깨 너머를 돌아보고 일어나 들소 무리 주변으로 넓은 원을 그리며 빠르게 걸었다. 계곡의 굽이를 돌아갔을 때 슈나이더가 모자를 눈 위까지 눌러쓴 채 바위에 등을 기대고 앉은 게 보였다. 앤드루스가 다가오는 소리에 모자를 다시 젖히고 올려다보았다.

"밀러가 들소들을 손아귀에 넣었어요." 앤드루스가 헐떡이며 말했다. "놈들은 그저 서서 밀러의 총을 맞고만 있어요. 도망치지도 않고."

"빌어먹을." 슈나이더가 조용히 말했다. "날 잡았군. 그럴 것 같았어. 총소리가 가까이에서 규칙적으로 들리더라니."

멀리서 총소리가 들렸다. 여기서는 희미했고 위협적이지도 않았다.

"들소들은 그저 서 있기만 해요." 앤드루스가 다시 말했다.

슈나이더는 모자를 눈 위로 당기고 바위에 기댔다. "들소들이 도망가길 바라는 게 나을 거야. 안 그러면 우린 밤새워 일해야 할 테니까."

앤드루스는 말들 쪽으로 갔다. 말들은 모두 가까이 모여 서 있었다. 고개를 똑바로 쳐들고 밀러의 총성이 들리는 방향으로 귀를 앞으로 쫑긋했다. 그는 자기 말에 올라타고 계곡을 가로질러 야영지가 있는 쪽으로 몰았다.

찰리 호지는 앤드루스가 다가가자 일하다 말고 올려다보았다. 찰리는 다른 사람들이 없는 아침 내내 가느다란 사시나무를 베어, 야영지 가장자리에 나뭇가지들이 드문드문 있는 곳으로 끌고 왔다.

"이것 좀 거들게." 앤드루스가 말에서 내리자 찰리가 소리쳤다. "말과 소들을 가둘 울타리를 만드는 중이야."

"밀러가 들소들을 손아귀에 넣었어요." 앤드루스가 말했다. "새 총과 총알을 가져오래요. 물도요."

"주님." 찰리 호지가 말했다. "그 이름 찬양받으소서." 그는 잘린 팔의 팔꿈치를 이용해 소나무 밑동 위를 가로질러 반쯤 올렸던 사시나무 장대를 바닥에 던지고, 바위 굴뚝 근처에 캔버스 천으로 덮어 두었던 물품 더미로 종종걸음쳤다. "몇 마리나 있던가?"

"250에서 300마리 정도요. 더 될 수도 있어요."

"세상에." 찰리 호지가 말했다. "놈들이 흩어지지만 않으면 밀러가 전에 잡았던 것들만큼이나 큰 무리가 되겠군." 찰리는 캔버스 천을 씌운 소나무 가지 틀에서 오래된 사냥총을 꺼냈다. 개머리판이 움푹 들어갔고 갈라진 부분이 있었다. 갈라진 부분은 줄로 단단히 감았다. "이건 오래된 발라드 사냥총이야. 샤프스만은 못하지. 하지만 50 모델이라 밀러가 자기 총이 식는 동안 쓰기에는 충분해. 여기 총알도 두 상자 있어. 이게 다야. 어젯밤에 만들었던 것과 합하면 넉넉하겠지."

앤드루스는 총과 총알을 받았다. 초조하게 서두르다 총알 상자를 떨어뜨렸다. "물도요." 앤드루스는 총알 상자를 주워 올리며 말했다.

찰리 호지는 고개를 끄덕이고 연못을 가로질러 가서 작은 나무통에 물을 채웠다. 나무통을 앤드루스에게 건네주며 그가 말했다. "총열을 식히기 전에 물을 조금 데워. 아니면 총열이 너무 뜨거워지지 않게 하거나. 너무 뜨거운 총열을 차가운 물로 식히면 망가지기 십상이야."

앤드루스는 말에 오르며 고개를 끄덕였다. 나무통을 한쪽 팔로 가슴께에 끌어안고 말고삐를 당겨 야영지를 떠났다. 아직도 길고 넓은 평원을 가로질러 희미하게 들려오는 총소리 쪽을 향하고 말에게 맡겨 두었다. 팔로 물통과 여벌 사냥총을 단단히 붙잡고, 한 손으로는 고삐를 느슨하게 쥐었다. 슈나이더가 아직 졸고 있는 계곡 굽이 근처에서 말을 세우고 불편한 자세로 내리다가 물통을 떨어뜨릴 뻔했다. 작은 나무에 말고삐를 매고, 계곡 굽이에서 넓은 반원을 그리며 밀러가 있는 곳으로 다가갔다. 이제 그곳은 총의 연기로 된 실안개가 감싸고 있었다. 밀러는 땅에 엎드린 채 우왕좌왕하는 들소 무리를 향해 2, 3분에 한 발씩 쏘았다. 앤드루스는 한쪽 팔로는 물통을 들고 다른 손으로는 몸을 받친 채, 미끄러운 풀 위로 사냥총을 밀며 밀러 옆으로 기어갔다.

"얼마나 잡았나요?" 앤드루스가 물었다.

밀러는 대답하지 않았다. 몸을 돌리더니 크고 테두리가 검은 눈동자로 앤드루스를 마치 없는 존재인 양 뚫어질 듯 우두커니 응시했다. 밀러는 여벌 사냥총을 잡고 샤프스 사냥총은 앤드루스의 손에 밀어 넣었다. 앤드루스는 개머리판과 총열을 잡았다가 바로 떨어뜨렸다. 총열은 아플 정도로 뜨거웠다.

"그 총을 청소해." 밀러가 단조로운 쇳소리로 말했다. 그는 청소 막대를 앤드루스 쪽으로 밀었다. "안쪽이 화약으로 떡졌어."

앤드루스는 총열의 금속을 만지지 않게 조심하며 사냥총을 열고 총열 입구에 청소 도구를 집어넣었다.

"그렇게 하면 안 돼." 밀러가 단조로운 목소리로 말했다. "그러면 공이가 망가져. 청소 막대를 물에 적셔서 약실을 통과시켜."

앤드루스는 물통을 열고 청소 막대 끝의 술이 달린 부분을 적셨다. 총열의 약실에 막대를 집어넣자 뜨거운 금속이 쉬익댔다. 총열 바깥에 맺힌 물방울이 검푸른 금속 위에서 잠시 맴돌다 사라졌다. 잠시 기다리다 막대를 다시 집어넣었다. 그을음으로 까매진 물이 총열 끝에서 흘러나왔다. 더러워진 총을 청소하고 주머니에서 손수건을 꺼내 아직 차가운 연못물에 적신 다음, 총이 차가워질 때까지 총열 바깥을 닦았다. 그리고 총을 밀러에게 다시 건넸다.

밀러는 쏘고, 장전하고, 다시 쏘고, 장전했다. 주위에는 총의 연기가 만들어 낸 매캐한 실안개가 짙어졌다. 앤드루스는 기침하며 숨을 가쁘게 쉬었다. 옅게 깔린 연기가 땅 주위에서 얼굴을 향했다. 고개를 들었을 때 눈앞의 땅에는 들소의 사체가 언덕을 이루며 흩어졌고, 남은 무리는—보기에는 별로 줄어든 것 같지 않았다—이제 거의 기계적으로, 마치 밀러의 총이 규칙적으로 발사될 때마다 억지로 거기에 맞추는 듯한 일종의 말 없는 리듬에 따라 빙빙 돌았다. 앤드루스는 총이 발사되는 소리에 귀청이 터질 것 같았다. 발사되는 사이사이에 귀가 무지근하게 지끈거렸다. 가슴이 쿵쿵대는 듯한 침묵 속에서 몸을 긴장시켰다. 다음번에 발사되는 총알이 거의 고통스러울 정도로 빠른 파열음으로 막힌 귀를 산산조각 내는 건 아닐까 두려워하며 기다렸다.

들소 무리는 점차 빙빙 돌며 멀어져 갔다. 두 사람은 빙빙 도는 들소들에 대한 위치를 유지하며 한 번에 몇 미터씩 그쪽으로 기어갔다. 자욱한 총 연기를 지나자 잠시 숨쉬기 쉬워졌다. 하지만 곧 다른 실안개가 깔리자 다시 가쁘게 숨 쉬며 기침을 했다.

앤드루스는 조금 후에 밀러의 도살이 띤 리듬을 깨닫기 시작했다. 밀러는 신중할 정도로 느린 움직임으로 팔 근육을 긴장시키고 머리를 고정한 다음, 손을 천천히 쥐며 총을 발사했다. 그러고는 아직 연기가 나는 탄피를 꺼내고 재장전했다. 자신이 쏜 들소를 살펴봐서 명중했다는 걸 알게되면, 눈으로는 우왕좌왕하는 들소 무리 중에서 특히 불안해하는 놈을 찾았다. 몇 초 뒤, 총에 맞은 들소가 비틀거리며 땅에 쓰러지면 밀러는 다시 쏘았다. 이 모든 과정은 앤드루스가 보기에는 주위의 자연이 만들어 낸 춤, 불길한 미뉴에트 같았다.

밀러가 첫 번째 들소를 쓰러뜨리고 나서 몇 시간 뒤, 여전히 계속되는 사냥 중에 슈나이더가 그들 뒤로 기어와 밀러의 이름을 불렀다. 밀러는 들었다는 신호를 보내지 않았다. 슈나이더는 좀 더 큰 소리로 다시 불렀다. 밀러는 슈나이더 쪽으로 고개를 조금 흔들었지만, 여전히 대답하지 않았다.

"이제 그만해." 슈나이더가 말했다. "벌써 7, 80마리나 잡았잖아. 앤드루스 씨와 내가 작업하려면 밤새도 모자라겠어."

"안 돼."

"이미 충분히 잡았어." 슈나이더가 말했다. "됐잖아. 더 할 필요…."

밀러의 손이 팽팽해지더니 슈나이더의 목소리 위로 총성이 울렸다.

"여기 앤드루스 씨는 별 도움이 못 돼. 자네도 알잖아." 총성의 메아리가 사라진 뒤 슈나이더가 말했다. "벗길 수 있는 수보다 많이 사냥할 필요 없어."

"잡은 놈들의 가죽은 전부 벗길 거야, 프레드." 밀러가 말했다. "내일 아침까지 사냥해도 상관없어."

"빌어먹을!" 슈나이더가 말했다. "난 뻣뻣한 가죽은 안 벗기겠어."

밀러는 총을 재장전하고 받침대 위에서 초조하게 움직였다. "필요하다면 내가 돕겠네. 하지만 내가 돕든 말든 자네는 가죽을 벗겨, 프레드. 가죽이 뜨겁든 차갑든, 부드럽든 딱딱하든, 전부 벗겨. 부풀어 올랐든, 얼어붙었든 상관없어. 쇠지레로 벗겨내야 한대도 그렇게 해. 이제 닥치고 꺼져. 총알 빗나가겠어."

"빌어먹을!" 슈나이더가 말했다. 주먹을 내리쳐 땅이 움푹해졌다. "알았어." 몸을 일으켜 쭈그려 앉으며 그가 말했다. "잡을 만큼 잡아. 하지만 난 안 할…."

"프레드." 밀러가 조용히 말했다. "조용히 기어서 떠나. 이 들소들이 겁먹으면 자네를 쏴 버리겠어."

슈나이더는 잠시 낮게 쭈그리고 있었다. 그러고는 고개를 젓고 무릎을 꿇은 다음, 투덜대며 두 사람에게서 직선을 이룬 채 기어갔다. 밀러가 손을 팽팽하게 긴장시키며 손가락을 꽉 쥐었다. 총소리가 무거운 정적을 갈랐다.

사냥이 끝난 건 한낮이 되어서였다.

원래의 무리는 3분의 2 넘게 줄었다. 무리 너머 거의 2킬로미터 가까이 뻗은 길고 불규칙한 평원 위로 들소의 사체가 검은 언덕을 이루며 흩어졌다. 앤드루스는 밀러를 따라 기어 다니느라 무릎이 벗겨져 쓰라렸다. 우왕좌왕하는 무리를 남쪽으로 천천히 한 발 한 발 쫓아갔다. 연기 때문에 깜빡이느라 눈이 아렸고, 연기를 들이마셔서 폐가 아팠다. 총소리 때문에 머리가 지끈거렸고, 한쪽 손 손바닥은 뜨거운 총열을 만지다 보니 물집이 잡히기 시작했다. 마지막에는 아픈 티를 내지 않으려 이를 악물었다.

하지만 몸에서 느껴지는 고통이 커지자 생각은 그 고통에서 떨어져 나와 위쪽으로 떠오르며, 자기 자신과 밀러를 전보다 더 뚜렷하게 볼 수 있었다. 사냥의 끝 무렵에 밀러는 움직이는 들소 무리에 따라 움직이는 하나의 자동 기계 장치처럼 보였다. 그리고 밀러의 들소 사냥은 피에 대한 굶주림, 가죽 또는 가죽이 가져다줄 무언가에 대한 욕망, 또는 심지어 밀러 안에서 음울하게 작동하는 맹목적인 분노가 아니라고 보게 되었다. 그것은 밀러 자신이 빠져 있는 어떤 삶에 대한 냉정하고 무심한 반응이라고 생각하게 되었다. 그리고 밀러를 따라 계곡의 평지 위를 멍하게 기어가며 밀러가 쓴 탄피를 줍고, 물통을 끌고, 총을 손질해 청소한 다음 밀러가 필요할 때 건네주는 자기 자신을 바라보았다. 그는 자기 자신을 바라보았다. 자기가 어떤 사람인지, 자기가 어디로 가는지 알 수 없었다.

밀러의 총이 불을 뿜었다. 겨우 송아지 정도밖에 되지 않은 어린 들소가 비틀거리더니 빙빙 도는 무리를 벗어나 아무렇게나 달려나갔다.

"빌어먹을." 밀러는 무심하게 말했다. "다리를 맞혔군. 그래도 충분해."

밀러는 말하면서 재장전했다. 다친 들소를 향해 다시 쏘았다. 하지만 너무 늦었다. 두 번째 총알을 맞은 들소는 방향을 바꾸더니 원을 그리며 도는 무리 안으로 달려갔다. 원이 깨졌고 무리는 잠시 멈춰서 꼼짝하지 않았다. 그러더니 젊은 수놈 한 마리가 달려 나갔고 나머지가 그 뒤를 따랐다. 한 떼의 들소들이 마치 관에서 물이 뿜어나오듯 원으로부터 쏟아져 나왔다. 밀러와 앤드루스는 까딱거리는 혹들로 이루어진 가늘고 검은 줄기가 그들에게서 멀어져 계곡의 굽이진 바닥을 따라 내려가는 것밖에 볼 수 없었다.

두 사람은 일어섰다. 앤드루스는 뭉친 근육을 풀었다. 등을 똑바로 세우자 고통으로 큰 비명이 나올 지경이었다.

"그 생각이 들었어." 밀러가 앤드루스에게서 멀리 작아져 가는 무리를 향해 말했다. "명중시키지 못하면 어떻게 하나 하는 생각이. 그래서 명중시키지 못했어. 그 생각을 하지 않았다면 무리 전부를 잡을 수 있었는데."

그는 앤드루스 쪽으로 몸을 돌렸다. 눈이 휑하니 멍했다. 눈동자가 초점 없이 흰자위에서 맴돌았다. 수염을 깎지 않은 피부는 화약 재로 새까맣고, 수염에는 화약 재가 떨어졌다. "무리 전부를." 그는 다시 말했다. 눈의 초점을 앤드루스에게 맞추고 입꼬리로 살짝 미소 지었다.

"큰 무리였나요?" 윌 앤드루스가 물었다.

"지금껏 잡아 본 무리 중에 제일 컸어." 밀러가 말했다. "이제 세어 보자."

두 사람은 쓰러진 들소들이 느슨하게 펼쳐진 흔적을 따라 계곡을 내려갔다. 앤드루스는 서른 마리까지는 셀 수 있었다. 하지만 엄청난 수의 사체 때문에 집중력이 흐트러졌고, 혼자 되풀이하는 숫자는 머릿속에서 퍼져 마치 연못처럼 빙빙 돌았다. 수를 세는 걸 그만뒀다. 밀러 옆에서 들소 사이를 이리저리 빠져나가며 멍하니 걸었다. 들소 중에는 서로 몸이 닿을 만큼 가까이 쓰러진 놈들도 있었고, 커다란 머리가 다른 들소의 옆구리에 얹힌 놈도 있었다. 그들이 다가오자 그 머리는 검고 멍한 눈으로 무관심한 듯 바라보다가 그들이 지나쳐 가면 그 너머를 응시하는 것 같았다. 그들이 두껍고 푹신한 풀 위를 천천히 걸어갈 때 구름 한 점 없는 하늘에서 뜨거운 햇살이 내리쬐었고, 사체에서 올라오는 열기로 곰팡내와 야생의 냄새가 코를 찔렀다. 부츠가 키 큰 풀들 위에서 휙휙 움직이는 소리가 정적 속에서 크게 울렸다. 앤드루스의 머릿속 둔탁한 울림은 가라앉기 시작했다. 화약의 매캐한 냄새가 지나간 뒤라 들소의 강한 냄새가 반가울 지경이었다. 빈 물통을 어깨에 좀 더 편안히 지고 밀러 옆에서 똑바로 걸었다.

슈나이더는 길게 이어진 들소의 구역이 끝난 곳에서 기다리고 있었다. 거대한 수놈의 불룩 솟은 옆구리 위에 앉아 있었다. 발이 땅에 거의 닿지 않았다. 뒤에서는 말들이 조용히 풀을 뜯었다. 고삐는 느슨하게 묶여 질질 끌렸다.

"몇 마리야?" 슈나이더가 애처롭게 물었다.

"135마리." 밀러가 말했다.

슈나이더가 침울하게 고개를 끄덕였다. "예상한 수와 얼추 비슷하네." 그는 들소 옆구리에서 미끄러져 내려와, 죽은 들소 옆 땅 위에 놓아 두었던 가죽 벗기는 칼 상자를 집어 들었다. "시작하는 게 좋겠군." 슈나이더가 앤드루스에게 말했다. "긴 오후와 밤이 기다리고 있어." 그는 밀러에게 몸을 돌렸다. "자네도 도울 거지?"

밀러는 잠시 대답이 없었다. 팔은 옆구리에 늘어졌고 어깨는 아래로 처졌다. 표정은 공허했다. 입은 살짝 벌렸고, 죽은 들소들 뒤로 펼쳐지는 평원을 바라보며 머리를 이리저리 흔들었다. 그는 슈나이더에게 몸을 돌렸다.

"뭐라고?" 그가 멍하니 물었다.

"도와줄 거냐고?"

밀러는 가슴 높이까지 손을 올려 펴 보였다. 오른손 검지는 불룩 부풀어 손바닥 안쪽으로 구부러졌다. 그는 천천히 손가락을 폈다. 왼손 손바닥에는 길고 좁은 물집이 잡혔다. 물집은 주변의 검은 살들과 뚜렷이 대조될 정도로 핏기가 없었고, 검지 아래부터 손바닥 끝 손목 가까이에 이르기까지 사선으로 뻗었다.

"시작하지." 그가 말했다.

슈나이더는 앤드루스에게 손짓했다. "칼을 가져와서 나와 함께 가세."

앤드루스는 그를 따라 어린 수놈에게 갔다. 두 사람은 그 앞에 함께 무릎을 꿇었다.

"우선 보기만 해." 슈나이더가 말했다.

그는 긴 곡도(曲刀)를 꺼내 오른손으로 단단히 쥐었다. 왼손으로는 들소의 목 주위의 두꺼운 털들을 밀었다. 다른 손으로 가죽에 작은 틈을 만들고 목부터 배까지 빠르게 칼을 끌어당겼다. 가죽은 희미하게 찢어지는 소리를 내며 깔끔하게 갈라졌다. 더 뭉툭한 칼을 사용해 고환이 든 음낭을 절개하고, 고환과 축 늘어진 음경을 살과 연결하는 조직을 잘라냈다. 작은 꽃사과(야생 사과의 일종) 크기의 고환을 음낭의 다른 부분에서 분리해 한쪽으로 던져 놓았다. 그 후에는 가죽의 남은 몇 센티미터를 항문 입구까지 길게 잘라 냈다.

"난 소 불알을 언제나 따로 챙겨 둬." 그가 말했다. "맛도 좋고 거시기에도 힘이 생기거든. 늙은 소의 불알은 그렇지 않아. 멀리하는 게 낫지."

슈나이더는 다른 칼로 목 주위를 절개했다. 배에 만들었던 틈에서 시작해 거대한 머리를 들어 한쪽 무릎으로 받치며 목구멍 주변을 완전하게 잘라 냈다. 그러고는 발목 주위로 틈새를 몇 개 만들고 처음에 배를 절개했던 부분과 만날 때까지 각 다리 안쪽을 아래로 길게 잘라 냈다. 가죽이 손에 잡힐 정도까지 발목 주위의 피부를 잘라 내고, 들소의 옆구리에서 느슨하게 접힐 때까지 다리에서 가죽을 벗겨 냈다. 피부를 다시 다리 위에 놓고, 손에 느슨하게 잡을 수 있을 때까지 혹 바로 위 가죽을 벗겼다. 여기에 안장 가방에서 가져온 가느다란 밧줄로 매듭을 만들고, 밧줄 반대쪽 끝을 안장 머리에 묶었다. 안장에 올라타서 말을 뒤로 물러가게 했다.

말이 뒤로 물러서자 들소의 가죽이 벗겨져 나왔다. 가죽이 벗겨져 나올 때 황소의 두툼한 근육이 떨리며 흔들렸다.

"이게 전부야." 말에서 내려오며 슈나이더가 말했다. 그는 가죽에서 밧줄을 풀었다. "그런 다음에 땅에 평평하게 펴서 말리지. 털이 있는 쪽을 위쪽으로 해. 그래야 너무 빨리 마르지 않아."

앤드루스는 슈나이더가 가죽을 다 벗기는 데 5분 정도밖에 걸리지 않았다고 생각했다. 들소를 쳐다보았다. 가죽이 벗겨지니 훨씬 작아 보였다. 매끄럽고 푸른 근육 위에 노란빛을 띤 흰색 지방층이 엷어졌다. 여기 저기 피부와 함께 가죽이 떨어져 나간 곳은 피가 살 위에서 검게 응고되었다. 목털과 턱 아래 수염이 달린 머리는 어마어마하게 커 보였다. 앤드루스는 시선을 돌렸다.

"할 수 있겠나?" 슈나이더가 물었다.

앤드루스는 고개를 끄덕였다.

"서두르지 말게." 슈나이더가 말했다. "그리고 늙은 수놈은 피해. 처음에는 어리고 가벼운 놈부터 해."

앤드루스는 슈나이더가 가죽을 벗겼던 들소와 거의 같은 크기의 수놈을 골랐다. 들소에게 다가가니 옷이 갑자기 뻣뻣해지며 그 안으로 오그라드는 것 같았다. 슈나이더가 썼던 것과 비슷한 칼을 상자에서 조심조심 꺼내, 손에 힘을 주고 조금 전에 봤던 대로 움직였다. 배 쪽 가죽은 보기에는 아주 부드러웠지만 의외로 칼을 뜻대로 움직일 수 없었고, 가죽 안쪽, 들소의 살 깊숙이 가라앉는 걸 느꼈다. 슈나이더처럼 매끈하고 손쉽게 칼을 움직이지 못해서 배를 가로질러 삐뚤삐뚤 거칠게 잘랐다. 차마 들소의 고환을 만질 수 없어서 대신 음낭 주위를 양쪽에서 조심스럽게 절개했다.

　다리와 목구멍 주변의 가죽에 틈을 냈을 때쯤에는 땀범벅이 되었다. 한쪽 다리의 가죽을 당기려 했지만 손이 미끄러졌다. 칼로 살을 가죽에서 조금 떼어 내고 다시 당겼다. 가죽이 커다란 살덩이를 매단 채 다리에서 벗겨졌다. 밧줄로 매듭을 묶을 만큼 충분한 가죽을 혹에서 간신히 모았다. 하지만 말을 뒤로 물리자 매듭이 미끄러지며 하마터면 말이 엉덩방아를 찧고 주저앉을 뻔했다. 가죽을 조금 더 느슨하게 그러모으고 밧줄로 매듭을 더 단단하게 묶었다. 말을 타고 다시 당겼다. 가죽이 들소 주위를 반쯤 돌며 살에서 떨어져 나왔다. 말을 뒤로 물리자 가죽이 커다란 살덩어리를 매달고 옆구리에서 떨어져 나오며 찢어졌다.

　앤드루스는 엉망이 된 가죽을 무력하게 바라보았다. 잠시 후 몸을 돌려 슈나이더를 찾았다. 슈나이더는 100여 미터 너머에서 거대한 수놈의 배를 바삐 가르고 있었다. 앤드루스는 자기가 한 마리의 가죽을 벗기는 동안 슈나이더는 여섯 놈이나 해치웠다는 걸 알았다. 슈나이더는 앤드루스가 있는 방향을 보았지만 작업을 멈추지 않았다. 가죽에 매듭을 묶고 말을 뒤로 물렸다. 벗긴 가죽을 땅 위에 펼쳐놓고 앤드루스가 기다리는 곳으로 왔다. 엉망이 된 채 아직 들소의 궁둥이에 붙어 있는 가죽을 쳐다보았다.

　"제대로 당기지 않았군." 그가 말했다. "게다가 목 주위를 고르게 자르지도 않았어. 그러면 가죽이 살 안으로 들어가고 그 부분이 너무 쉽게 벗겨져. 이 가죽은 포기하는 게 낫겠어."

　앤드루스는 고개를 끄덕였다. 가죽을 묶은 매듭을 풀고 다른 들소에게 다가갔다. 이번에는 조금 더 조심스럽게 절개했다. 하지만 가죽을 벗겨 내려 하자 아까처럼 찢어졌다. 분해서 눈물이 나왔다.

슈나이더가 다시 왔다.

"이봐." 그가 말했다. 모진 말투는 아니었다. "오늘은 자네하고 놀아 줄 시간 없어. 밀러와 내가 앞으로 몇 시간 안에 다 처리하지 못하면 이 들소들은 나무판처럼 뻣뻣해져. 어린놈 한 마리를 야영지로 끌고 가서 손질하는 게 어때? 어차피 고기도 필요하고 자네는 작업하며 어떤 느낌인지 알게 될 테니까. 다듬는 건 내가 도와주지."

앤드루스는 입을 열면 무슨 말이 나올지 몰라서 고개만 끄덕였다. 슈나이더에 대한 강렬하고 어리석은 증오가 목구멍에서 차오르는 걸 느꼈다.

슈나이더는 겨우 송아지 정도밖에 안 되는 어린 암놈을 골라 턱과 목 주위로 밧줄을 감았다. 밧줄을 짧게 당기고 앤드루스의 안장 머리를 둘러 매듭을 묶었다. 그러자 말을 당겨도 들소의 머리는 땅에 끌리지 않았다.

"말을 데리고 돌아가." 슈나이더가 말했다. "이 정도는 끌 수 있어."

앤드루스는 슈나이더를 쳐다보지 않으며 고개를 끄덕였다. 말고삐를 당기자 말이 앞으로 몸을 기울였다. 발굽이 뗏장 위에서 미끄러졌다. 하지만 어린 들소의 사체가 조금 움직였고, 말은 다시 발을 디디며 힘차게 계곡을 가로질러 나가기 시작했다. 앤드루스는 고삐를 느슨하게 앞으로 당기며 말 앞에서 지친 듯 터벅터벅 걸었다.

야영지로 돌아왔을 때는 해가 산의 서쪽 뒤로 지고 있었다. 쌀쌀한 공기가 옷 안으로 파고 들어와서 땀투성이 피부에 닿았다. 찰리 호지가 야영지에서 빠르게 걸어 나와 그를 맞았다.

"얼마나 잡았나?" 찰리 호지가 소리쳤다.

"밀러 말로는 135마리라더군요." 앤드루스가 말했다.

"세상에." 찰리 호지가 말했다. "엄청나군."

앤드루스는 야영지 근처에서 말을 세우고 안장 머리에서 밧줄을 풀었다.

"좋은 놈을 가져왔군." 찰리 호지가 말했다. "맛있겠어. 손질은 자네가 하겠나? 아니면 내가?"

"제가 하죠." 앤드루스가 말했다. 하지만 움직이지 않았다. 가만히 서서 어린 들소를 바라보았다. 들소의 크고 투명한 눈은 먼지의 막이 씌워져 멍해 보였다.

잠시 뒤 찰리 호지가 말했다. "작업대 만드는 걸 도와주지."

두 사람은 전에 찰리 호지가 말과 소의 울타리를 만들던 곳으로 갔다. 대략 육각형 비슷한 모양의 울타리는 완성되었다. 하지만 긴 사시나무 기둥이 아직 몇 개 여기저기 놓여 있었다. 찰리 호지는 길이가 같은 기둥 세 개를 가리켰다. 어린 들소가 있는 곳으로 그 기둥들을 끌고 왔다. 기둥 끝을 땅에 박고 삼각대 모양으로 조정했다. 앤드루스는 말을 타고 기둥 꼭대기를 한데 밀었다. 찰리 호지가 아직 들소 머리에 묶인 밧줄을 삼각대 위로 던졌고, 앤드루스는 밧줄의 풀어진 한쪽 끝을 안장 머리에 묶었다. 들소가 매달릴 때까지 말을 뒤로 물렸다. 들소의 발굽이 짧은 풀에 겨우 닿을 정도까지 물러났다. 찰리 호지는 앤드루스가 삼각대로 돌아와 꼭대기에 단단히 고정할 때까지 밧줄을 붙들었다. 이제 들소는 쓰러지지 않았다.

들소는 공중에 걸렸다. 두 사람은 말없이 그 모습을 잠시 살펴보았다. 찰리 호지는 모닥불로 돌아갔고. 앤드루스는 작업대에 걸린 들소 앞에 섰다. 계곡을 가로질러 멀리 어떤 움직임이 보였다. 슈나이더와 밀러가 돌아오고 있었다. 말이 계곡의 땅 위를 빠르게 걷고 있었다. 앤드루스는 심호흡하고, 들소의 드러난 배 위에 조심스럽게 칼을 댔다.

이번에는 더 천천히 했다. 배, 목 주위, 발목 주위를 절개하고 옆구리에 느슨하게 흘러내리게 가죽을 신중히 뒤로 벗겨냈다. 그리고 혹 위로 높이 손을 뻗어 등에서 가죽을 잘라 냈다. 가죽은 살이 조금만 붙은 채 부드럽게 벗겨졌다. 이 살 중에 가장 큰 걸 칼로 긁어 내고, 슈나이더가 했던 대로 살이 붙은 부분을 아래쪽으로 해 가죽을 풀 위에 폈다. 물러서서 가죽을 보는 사이에 밀러와 슈나이더가 옆으로 와 말에서 내렸다.

밀러는 화약 그을음이 줄처럼 묻고 갈색을 띤 피 얼룩으로 지저분해진 얼굴로 앤드루스를 잠시 멍하니 보다가 땅 위에 펼쳐진 가죽을 쳐다보았다. 몸을 돌려 불안하게 어기적거리며 야영지로 갔다.

"잘했네." 슈나이더가 가죽 주위를 돌며 말했다. "별문제 없었겠군. 매달아 놓고 하면 간단하지."

"당신하고 밀러는 어느 정도 했나요?" 앤드루스가 물었다.

"아직 반도 못 마쳤어. 밤새야 할 판이야."

"제가 도울 수 있으면 좋을 텐데." 앤드루스가 말했다.

슈나이더는 가죽이 벗겨진 들소 쪽으로 가 궁둥이 부위를 찰싹 쳤다. "어린 데다 살도 많군. 맛있겠어."

앤드루스는 들소 쪽으로 가 무릎을 꿇었다. 상자에 든 칼들 사이에서 더듬거렸다. 슈나이더 쪽으로 고개를 들었지만 그는 앤드루스를 보지 않았다.

"뭘 해야 하죠?"

"뭐라고?"

"처음에 무엇부터 해야 하죠? 각을 떠 본 적이(잡은 짐승을 머리, 다리 따위로 나누는 것) 없어서요."

"맙소사." 슈나이더가 조용히 말했다. "깜빡했군. 먼저 내장부터 빼내는 게 좋겠어. 그런 다음 각을 뜨는 방법을 알려 주지."

찰리 호지와 밀러는 긴 바위 굴뚝 근처에 가서 기댄 채 구경했다. 앤드루스는 잠시 망설이다 일어났다. 칼끝을 들소의 가슴뼈에 대고 복부의 부드러운 부분에 닿을 때까지 찔러 넣었다. 이를 악물고 칼을 살 속으로 밀어 아래쪽으로 당겼다. 깨끗하게 잘린 부분 가장자리에서 팔뚝보다 두꺼운, 무겁고 똘똘 감긴 푸른색과 흰색의 내장이 쏟아져 나왔다. 앤드루스는 눈을 질끈 감고 칼을 최대한 빠르게 아래쪽으로 당겼다. 몸을 펴자 셔츠 앞쪽에서 뭔가 뜨뜻한 게 느껴졌다. 열린 구멍에서 까맣고 반쯤 엉긴 피가 떨어져 내렸다. 피가 셔츠 위로 쏟아져 바지 앞쪽으로 방울방울 떨어졌다. 펄쩍 뛰어 물러섰다. 빠르게 움직이는 바람에 밧줄에 묶인 들소가 천천히 흔들렸고, 잘린 부분이 넓어지며 두꺼운 내장이 서서히 드러났다. 내장은 무겁게 미끄러지듯 움직이며 쿵 소리와 함께 땅 위에 쏟아졌다. 내장 덩어리의 끝부분이 살아 있는 생물처럼 앤드루스 쪽으로 미끄러져 신발 위쪽을 뒤덮었다.

슈나이더는 무릎을 치며 크게 웃었다. "천천히 잘라!" 그가 소리쳤다. "너무 빨리 자르면 내장을 뒤집어쓴다고!"

앤드루스는 입에 고인 걸쭉한 침을 삼켰다. 두껍고 미끈거리는 내장을 따라 사체의 구멍 안쪽으로 왼손을 밀어 넣었다. 축축하고 뜨뜻한 몸 안으로 팔뚝이 사라지는 게 보였다. 왼손이 내장 끝에 닿자 오른손에 칼을 위쪽으로 들고 그 옆으로 뻗어, 보이지 않는 상태에서 잘라 냈다. 소화관이 질겨서 작업이 힘들었다. 들소가 반쯤 소화한 먹이의 썩은 냄새가 밀려 나왔다. 숨을 참고 칼을 더 필사적으로 휘둘렀다. 관이 잘리고 내장이 몸 아래쪽에 모여 흘러나왔다. 다른 부속 기관을 찾을 수 없을 때까지 내장들을 두 팔로 퍼냈다. 필사적으로 퍼내며 자르고 찢어 냈다. 마침내 발밑에 거대한 내장 무더기가 펼쳐졌다. 앤드루스는 물러섰다. 얼굴은 창백했고, 벌린 입으로 가쁘게 숨을 쉬었다. 뻗은 팔과 손은 피에 젖은 채 떨렸다.

여전히 바위 굴뚝에 몸을 기대고 있던 밀러가 슈나이더에게 소리쳤다. "간 좀 가져와, 프레드."

슈나이더는 고개를 끄덕이고 흔들리는 사체 쪽으로 몇 걸음 옮겼다. 한 손으로는 사체를 고정하고, 열린 구멍 안쪽으로 다른 손을 뻗었다. 팔을 홱 움직였다. 갈색과 보라색의 커다란 살덩이를 든 손이 빠져나왔다. 칼을 빠르게 몇 번 휘둘러 두 조각으로 잘라 큰 부분을 밀러에게 가볍게 던졌다. 밀러는 두 손을 국자 모양으로 만들어 간을 받아, 손에서 빠져나가지 않게 가슴께로 꽉 잡았다. 입가로 들어 올려 한입 크게 씹었다. 고기에서 검은 피가 흘러 턱 양쪽으로 내려와 땅 위에 떨어졌다. 슈나이더는 히죽 웃고 자기 몫을 씹었다. 미소 지은 채 천천히 씹는 그의 입술은 고기 때문에 짙은 빨간색이었다. 그가 간을 앤드루스에게 내밀었다.

"한입 먹겠나?" 그가 묻고 웃었다.

앤드루스는 목구멍에서 쓴맛을 느꼈다. 위가 갑자기 경련을 일으키며 수축했다. 목의 근육이 당겨지며 숨이 막혔다. 몸을 돌려 두 사람에게서 몇 걸음 달려 나가, 나무에 기대 몸을 구부리며 구역질했다. 잠시 후 그들 쪽으로 몸을 돌렸다.

"당신들이 마무리해요." 그는 그들에게 소리쳤다. "난 할 만큼 했으니까."

그는 대답을 기다리지 않고 다시 몸을 돌려, 야영지에서 70미터 정도 떨어진 곳에 흐르는 샘에 갔다. 물가에서 셔츠를 벗었다. 들소의 피가 속옷에서 굳기 시작했다. 최대한 빨리 나머지 옷을 다 벗고 차가운 공기에 몸을 떨며 늦은 오후의 그림자 속에 섰다. 가슴부터 배꼽까지 갈색을 띤 붉은색의 들소 피 얼룩이 있었다. 옷을 벗는 동안 팔과 손이 다른 부위에 문질러지며 온몸에 옅은 주홍색부터 짙은 갈색조의 진홍색에 이르는 반점이 생긴 것 같았다. 얼음처럼 차가운 샘물에 손을 집어넣었다. 찬물에 피가 엉겼다. 피부에서 지워지지 않는 건 아닐까 잠시 겁이 났다. 핏덩이는 단단한 덩굴 모양을 이루며 떠내려 갔다. 차가운 공기에 숨을 제대로 쉴 수 없었지만, 폐로 공기를 간신히 들이마시며 팔과 가슴, 배에 물을 끼얹었다.

알몸인 채 눈에 보이는 핏자국을 전부 씻어 내고, 바닥에 무릎을 구부리고 앉아 팔로 몸을 감쌌다. 몸이 와들와들 떨렸고 피부는 창백한 푸른 빛을 띠었다. 옷을 한 점 한 점 집어 들어 작은 샘에 담갔다. 물이 탁해지고 더러운 붉은색을 띨 때까지 몇 번에 걸쳐 하나하나 완전히 짜고 다시 담그며 최대한 세게 문질러 닦았다. 마지막으로 핏자국이 생긴 장화를 샘 가에서 모아 온 고운 자갈과 흙으로 문질렀다. 하지만 들소의 피와 점액이 가죽의 구멍 안으로 스며들어가서 얼룩을 지울 수 없었다. 젖고 구겨진 옷을 다시 입고 야영지로 돌아갔다. 날이 벌써 어둑어둑했고 불가에 갔을 때쯤에는 옷이 추위로 뻣뻣해졌다.

들소는 각을 다 떴다. 내장, 발굽, 비계 없는 뼈 부분은 야영지에서 가지고 나가 사방에 버렸다. 다른 때보다 연기도 많이 나고 불길도 높이 솟은 모닥불 위에 큼직한 육봉살(hump meat)이 쇠꼬챙이에 꽂혀 있었다.

모닥불 옆 더러운 정사각형 캔버스 천 위에는 남은 고기들이 검고 고르지 못한 더미로 쌓여 있었다. 앤드루스는 모닥불로 가서 불을 쬐었다. 옷의 구겨진 부분에서 수증기가 증발하는 소리가 작게 났다. 아무도 그에게 말을 걸지 않았다. 앤드루스는 그들을 똑바로 쳐다보지 않았다.

잠시 후 찰리 호지가 캔버스 천으로 덮인 보관함에서 작은 상자를 꺼내 불빛에 살펴보았다. 앤드루스는 그 안에 고운 흰색 가루가 있는 걸 보았다. 찰리 호지는 바위 굴뚝 주위를 돌아, 남은 들소 고기들이 있는 쪽으로 혼자 중얼대며 갔다.

"늑대를 막으려는 거야." 밀러가 말했다. 특별히 누구에게 한 말은 아니었다. "찰리는 늑대가 악마 그 자체라고 생각해."

"늑대를 막아요?" 앤드루스는 몸을 돌리지 않고 말했다.

"날고기 위에 스트리키닌(독극물의 일종)을 뿌려." 밀러가 말했다. "그리고 야영지 주위에 며칠 동안 놔 두지. 그러면 당분간 늑대 걱정은 없어."

앤드루스는 몸을 돌려 등에 불을 쬐었다. 몸을 돌리자 옷 앞쪽이 금방 차가워졌고, 아직 젖은 옷이 얼음장처럼 피부에 닿았다.

"하지만 찰리가 저러는 건 그 때문이 아니야." 밀러가 말했다. "찰리는 죽은 늑대를 마치 악마가 죽은 것처럼 바라보지."

엉덩이를 대고 쭈그려 앉았던 슈나이더가 일어서서 앤드루스 옆에 섰다. 끝부분이 까맣게 타기 시작한 고기 냄새에 게걸스럽게 코를 킁킁거렸다.

"고기가 너무 커." 슈나이더가 말했다. "다 구워지려면 한 시간은 걸리겠네. 이 몸은 종일 가죽 벗기느라 배고파 죽겠어. 밤새 작업하려면 먹어야 해."

"그렇게까지는 안 걸려, 프레드." 밀러가 말했다. "달도 떴으니 고기가 구워지기 전에 좀 쉬지."

"날이 더 쌀쌀해져." 슈나이더가 말했다. "그리고 우린 뻣뻣한 가죽을 벗겨야 하고."

찰리가 바위 굴뚝 근처에 모습을 나타냈다. 굴뚝은 밝은 하늘 아래 더 어둡게 보였다. 찰리는 보관함 안에 스트리키닌을 조심스럽게 넣고는 바지에 손을 털고 들소 고기를 살펴보았다. 고개를 끄덕이고는 몇몇 개의 석탄이 흐릿하게 빛나기 시작한 모닥불 가장자리에 커피 주전자를 놓았다. 커피가 곧 끓기 시작했다. 기다리는 일행에게 커피 향과 불에 육즙이 흘러 떨어지는 고기의 강한 냄새가 섞이며 풍겼다. 밀러는 미소를 지었고 슈나이더는 나른한 듯 투덜거렸다. 찰리 호지는 혼자 키득댔다.

앤드루스는 아까 들소의 모습과 악취에서 느꼈던 역겨움을 떠올리며 본능적으로 그 강한 냄새에서 몸을 돌렸다. 하지만 그 냄새가 좋다는 걸 갑자기 깨달았다. 구워지는 고기를 먹고 싶어 미칠 지경이었다. 샘에서 찬물로 몸을 씻고 돌아온 뒤 처음으로 다른 사람들을 쳐다보았다.

그는 소심하게 말했다. "제가 들소 각을 그리 잘 뜨지 못한 것 같군요."

슈나이더는 웃었다. "할 만큼 했어, 앤드루스 씨."

"늘 있는 일이야." 밀러가 말했다. "더 못하는 사람도 많아."

보름달에 가깝게 둥근 달이 오른쪽에서 모습을 나타냈다. 모닥불이 사그라지면서 옅은 푸른빛이 나무들 사이를 지나 옷 위를 어루만졌다. 두 색깔이 몸 위에서 만나자 석탄의 짙은 붉은색이 차갑고 옅은 빛에 닿았다. 일행은 달이 나무들 사이로 완전히 보일 때까지 조용히 앉아 있었다. 밀러는 달의 각도를 재 보더니 찰리 호지에게 고기가 다 안 익었어도 꼬치에서 꺼내라고 말했다. 찰리 호지는 반쯤 익은 고기를 잘라 접시에 놓았다. 밀러와 슈나이더는 손으로 고기를 집어 들어 뜯었다. 고기가 뜨거워서 가끔 손가락을 뗄 때는 입으로 물었다. 앤드루스는 가죽 벗기는 칼중 하나로 고기를 썰었다. 고기는 질겼지만 육즙이 많았고, 덜 구워진 고기의 강한 향내가 났다. 그들은 입천장이 델 정도로 뜨겁고 쓴 커피를 곁들이며 고기를 삼켰다.

앤드루스는 찰리 호지가 준 고기를 조금만 먹었다. 접시와 컵을 모닥불 옆에 내려놓고 불가에 펴 둔 침낭에 누워, 말없이 고기와 커피를 잔뜩먹는 다른 사람들을 바라보았다. 그들은 찰리 호지가 준 음식을 다 해치우고도 더 먹었다. 찰리 호지 자신은 아주 작게 썬 얇은 고기 조각을 거의우아한 태도로 먹었다. 위스키를 잔뜩 마시면서 홀짝거리는 커피를 곁들여 고기를 오물오물 씹어 넘겼다. 밀러와 슈나이더가 마지막 남은 고기를먹자, 밀러는 찰리 호지의 술통에 손을 뻗어 한참 마신 뒤 슈나이더에게건넸다. 슈나이더는 술통을 기울여 술이 목구멍 안으로 오래 흘러 들어가게 했다. 그렇게 몇 번 마시고 술통을 앤드루스에게 넘겼다. 앤드루스는다문 입가에 술통 주둥이를 잠시 대다 조심스럽게 조금 마셨다.

슈나이더는 한숨을 쉬고 몸을 쭉 폈다가 모닥불 앞에 등을 대고 누웠다. 목구멍 깊숙이 낮고 느리게 으르렁거리는 듯한 목소리로 말했다. "들소 고기를 배 터지게 먹고 술도 실컷 마셨군. 이제 필요한 건 여자뿐이네."

"들소나 위스키는 죄가 없어." 찰리 호지가 말했다. "하지만 여자는 아니야. 육체에 대한 유혹이지."

슈나이더는 하품하고 다시 누워 몸을 쭉 폈다. "부처스 크로싱에 있던그 창녀 기억해?" 그는 앤드루스를 쳐다보았다. "이름이 뭐였지?"

"프랜신." 앤드루스가 말했다.

"그래, 프랜신이었지. 맙소사, 정말 예뻤는데. 그 여자 자네한테 반했던 것 같은데, 앤드루스 씨?"

앤드루스는 침을 삼키고 모닥불을 응시했다. "몰랐네요."

슈나이더는 웃었다. "시치미 떼지 말게. 계속 자네를 쳐다보던데 아무 것도 못 느꼈다는 게 말이 되나. 그 여자는 지금 일하지 않는다고도 했 지… 어땠나, 앤드루스씨? 좋던가?"

"내버려 둬, 프레드." 밀러가 조용히 말했다.

"어땠는지 알고 싶군." 슈나이더가 말했다. 몸을 일으켜 한쪽 팔꿈치로 받쳤다. 석탄의 흐릿한 불빛에 붉어진 그의 둥근 얼굴이 억지스런 겉치레 미소를 띠고 앤드루스를 쳐다보았다. "살결도 부드럽고 하얬지." 그는 음 탕하게 말하며 입술을 핥았다. "어떻게 했는지 말해 주게…."

"그만해, 프레드." 밀러가 날카롭게 말했다.

슈나이더는 화난 얼굴로 밀러를 쳐다보았다. "뭐가 문제야? 난 말도 못 하나?"

"여기서 여자 생각해 봤자 헛짓이라는 거 알잖아." 밀러가 말했다. "가 질 수 없는데 생각해 봐야 기운만 빠져."

"이세벨(성경의 열왕기에 나오는 인물. 악녀의 대명사)이야." 커피로 데웠던 컵에 위스키를 더 따르며 찰리 호지가 말했다. "악마의 작품이지."

"생각하지 않으면." 밀러가 말했다. "가지고 싶어지지도 않지. 달빛이 있을 때 가죽이나 더 벗기자고."

슈나이더는 일어나서 마치 물에 들어갔던 짐승처럼 몸을 흔들었다. 목 청을 가다듬으며 웃었다. "이런." 그가 말했다. "그냥 좀 놀렸을 뿐이야. 자신을 다스리는 방법은 나도 알아."

"물론이지." 밀러가 말했다. "어서 가세."

두 사람은 모닥불을 떠나 나무에 매어 두었던 말들 쪽으로 갔다. 슈나이더는 모닥불의 흐릿한 둥근 불빛 너머로 가기 바로 전에 몸을 돌리고 앤드루스를 보며 히죽 웃었다.

"하지만 난 부처스 크로싱으로 돌아가자마자 그 여자를 며칠 살 생각이야. 자네도 급하면 나보다 먼저 가야 할걸."

앤드루스는 두 사람이 멀어지는 소리가 들릴 때까지 기다렸다. 그들이 계곡의 어슴푸레한 땅을 가로질러 가는 모습을 쳐다보았다. 검게 흔들리는 그들의 형체가 어둠이 더 짙어지는 산 서쪽으로 사라졌다. 침낭 속으로 미끄러져 들어가 눈을 감았다. 찰리 호지가 조리 도구를 설거지하고 야영지를 정리하는 동안 오래 귀를 기울였다. 조금 뒤 정적이 흘렀다. 어둠 속에서 얼굴 위에 손을 댔다. 손에 만져지는 얼굴은 거칠고 이상했다. 턱수염의 느낌에 계속 놀라 손을 치워야 했다. 자신의 모습이 낯설었다. 어떤 얼굴일까, 지금 프랜신이 자기를 본다면 알아볼 수 있을까 생각했다.

부처스 크로싱에서 프랜신의 방에 올라갔던 그날 밤 이후 그녀를 생각하지 않으려 했다. 하지만 아까 저녁때 슈나이더가 그녀의 이름을 말하자 프랜신 생각이 물밀듯 밀려들었다. 그녀의 모습을 떨쳐 버릴 수 없었다. 몸을 돌려 도망가기 직전, 방에서 마지막에 봤던 모습이었다. 머릿속으로 계속 떠올리며 거친 잠자리에서 불안하게 뒤척거렸다.

왜 도망쳤을까? 마음속 어디에서 그런 무정함이 다가와 그에게 도망가야 한다고 말해 주었을까? 그녀가 알몸으로 서서 마치 앤드루스 자신의 욕망에 따른 듯 몸을 천천히 흔드는 모습을 보았을 때 뱃속에서 느꼈던 통증과 피가 생생할 정도로 몰리면서 찾아왔던 혐오감이 기억났다.

잠들기 직전, 부처스 크로싱에서의 그날 밤 프랜신에게서 도망쳤던 일과, 아까 낮에 여기 콜로라도의 로키 산에서 내장을 제거한 들소에게서 도망쳤던 일 사이에 미미한 연관성을 생각해 냈다. 들소에게서 도망친 이유는 피와 악취, 흘러나오는 내장에 여자처럼 욕지기를 느껴서가 아니었다. 겨우 조금 전만 해도 당당하고 고귀하며 생명의 위엄으로 가득했던 존재가 이제 속절없이 가죽이 완전히 벗겨진 채 죽은 고깃덩이가 되어, 존재 자체 또는 그 존재에 대한 앤드루스의 개념을 완전히 빼앗긴 채 기괴하게 조롱하듯 눈앞에 걸렸기 때문에 구역질이 나서 도망쳤다. 그것은 들소 자신도, 앤드루스가 상상했던 들소도 아니었다. 그 들소는 살해당했다. 앤드루스는 그 살해를 통해 자기 안에 있던 무언가가 파괴되는 걸 느꼈다. 그걸 마주할 수 없었다. 그래서 도망쳤다.

어둠 속에서 다시 손이 침낭 아래에서 나와 얼굴로 갔다. 거칠게 튀어나온 차가운 이마를, 이어 코를 지나 갈라진 입술을 더듬었고, 굵게 자란 턱수염을 문질렀다. 잠들었을 때도 손은 여전히 얼굴에 놓였다.

VI

해는 점점 짧아졌다. 산 평지의 녹색 풀은 차가운 밤공기에 노란색으로 변하기 시작했다. 계곡에서 보낸 첫 번째 날 이후 거의 날마다 오후에는 비가 내렸다. 그래서 3시쯤 일을 마치고 야영지로 와, 마차의 높은 쪽에서 펼쳐 땅에 고정한 방수포 아래 눕는 게 습관이 됐다. 쉬는 동안 이야기는 거의 나누지 않았다. 캔버스 방수포에 떨어진 비가 주위를 둘러싼 소나무에 가볍게 부딪히면서 불규칙하게 타닥거리는 소리를 듣고, 마차의 높고 불룩한 부분 아래에서 가늘게 내리는 비를 바라보았다. 가끔 비는 나무가 자란 반대편 산꼭대기를 가린 짙은 안개처럼 뿌연 회색이었다. 때로는 햇살에 빛나는 물방울처럼 밝은 은색이었고, 가느다란 바늘처럼 하늘에서 반짝이며 내려와 땅에 떨어졌다. 대개 한 시간 정도 내리는 비가 그치면 저녁 늦게까지 들소 추적과 사냥을 다시 시작했다.

일단 들소 무리를 계곡 안쪽으로 더 깊이 몰아붙이고 나면, 앤드루스, 밀러, 슈나이더는 많은 들소를 사냥하기 위해 해뜨기 전에 일어났다. 첫 번째 주가 반쯤 지날 무렵에는 들소 떼의 중심까지 가려면 한 시간 이상 말을 달려야 했다.

"계곡의 가장 끝까지 놈들을 몰아붙여야 해." 말을 오래 타고 가야 하는 걸 슈나이더가 불평하자 밀러가 말했다. "그런 후에 이쪽으로 되돌아오게 몰 거야. 놈들을 계속 앞뒤로 몰아붙이면 작은 무리로 흩어질 테고, 그러면 사냥하기가 쉽지 않아져."

찰리 호지는 이틀이나 사흘에 한 번씩 소들을 마차에 매고 사냥의 흔적을 따라왔다. 펼친 가죽을 다발로 묶어 불규칙하게 늘어놓은 게 표시였다. 앤드루스와 슈나이더, 가끔은 밀러도 찰리와 동행했다. 마차가 천천히 움직이면 세 사람은 뻣뻣해진 가죽을 마차 안에 던져 넣었다. 가죽을 전부 회수하면 마차는 주 야영지로 돌아갔고, 거기서 가죽을 마차에서 땅에 던졌다. 가죽 더미의 높이가 2미터를 좀 넘으면, 죽인 지 얼마 안 된 들소의 가죽에서 잘라 낸 녹색 가죽 끈을 제일 위와 바닥에 있는 다리 가죽의 구멍으로 통과시켜 단단히 당겨 묶었다. 가죽 꾸러미 하나마다 75장에서 90장 사이의 가죽이 있었는데, 너무 무거워서 나무 저장소 아래로 들어 올리려면 네 사람이 힘을 합쳐야 했다.

윌 앤드루스의 가죽 벗기는 기술은 점점 능숙해졌다. 손은 강하고 단단해졌다. 칼은 새것 같은 반짝임은 사라졌지만 점점 더 확실하게 가죽을 잘라 냈다. 이제 앤드루스는 슈나이더가 두 마리의 가죽을 벗겨 낼 때 한 마리는 해낼 수 있었다. 들소가 악취가 나도, 뜨뜻한 살이 손에 닿는 느낌이 들어도, 피가 엉긴 걸 보아도 점점 더 아무렇지 않아졌다. 얼마 되지 않아 그는 가죽 벗기는 작업을 마치 자동 기계처럼 했고, 죽은 들소의 가죽을 벗겨 내 땅에 놓으면서도 거의 의식하지 않았다. 가죽을 벗긴 들소 위에 파리가 새까맣게 들끓어도 그 사이로 다닐 수 있었고, 썩은 살에서 나는 악취도 거의 의식하지 않았다.

밀러의 추적에도 가끔 동행했다. 그동안 슈나이더는 가죽 벗기는 작업을 시작하기에 충분한 들소를 사냥할 때까지 기다리며 뒤에 남아 쉬곤했다. 함께 다니면서 앤드루스는 밀러의 들소 사냥을 점점 더 개의치 않게 되었다. 밀러가 들소들을 일정한 구역으로 몰아넣고, 죽은 들소를 그런 패턴으로 유지해, 쉽고 경제적으로 가죽을 벗길 수 있게 하는 전략을 알아챘다.

밀러가 앤드루스에게 사냥총을 빌려주며 사냥을 시킨 적이 있었다. 앤드루스는 밀러가 했던 것처럼 바닥에 엎드려 사냥감을 고르고 폐를 정확하게 명중시켰다. 총알이 빗나가 작은 무리가 흩어지기 전까지 세 마리더 잡았다. 앤드루스는 사냥이 끝나자 밀러에게 먼저 가라고 하고 엎드린 채 남았다. 자기가 썼던 빈 탄약통을 만지작거리며 사냥에서 느꼈던 감정을 정리하려 했다. 200여 미터 너머에 쓰러진 들소 네 마리를 쳐다보았다. 샤프스 사냥총의 묵직한 반동 때문에 어깨가 욱신거렸다. 그 밖에는 아무 느낌도 없었다. 풀잎 몇 개가 셔츠 안으로 들어와 피부를 간질였다. 앤드루스는 일어나 풀잎을 털고 자기가 엎드렸던 곳, 밀러가 있었던 데서 떠나 슈나이더에게 갔다. 슈나이더는 계곡 안쪽으로 조금 들어간 산비탈소나무에 매어 둔 말 근처에 누워 있었다. 그는 슈나이더 옆에 앉았다. 입은 열지 않았다. 두 사람은 밀러의 사냥총 소리가 희미해질 때까지 기다렸다. 그리고 죽은 들소의 흔적을 따라가며 가죽을 벗겼다.

밤이 되자 세 사람은 너무 지쳐서 말할 힘도 없었다. 찰리 호지가 준비한 음식을 게걸스레 먹고 그을음투성이의 큰 커피 주전자를 다 비우고나서 녹초가 되어 침낭 위에 쓰러졌다. 밀러의 쉴 새 없는 사냥에 끌려 다니는 두 사람의 낙이라고는 먹고 자는 것뿐이었다. 다른 음식을 먹고 싶어 하던 슈나이더가 숲에 가서 작은 암사슴 한 마리를 간신히 잡아 온 적이 있었다. 찰리 호지가 들소들이 물을 먹는 작은 호수로 계곡을 가로질러 가서 큼지막한 송어를 한 마리 잡아 온 적도 있었다. 하지만 사슴 고기는 먹을 부위가 조금밖에 없었고, 송어는 맛이 밍밍하고 별로였다. 결국 그동안 먹어 왔던 두껍고 질긴 들소 고기로 돌아올 수밖에 없었다.

슈나이더는 날마다 죽은 들소 중 한 마리의 간을 잘라 냈다. 저녁 식사 때면 거의 종교의식에 가까울 정도로 간을 거의 비슷한 크기로 나눠 일행에게 건넸다. 앤드루스는 나머지 세 사람에게는 생간을 먹는 게 허세가 아님을 알게 되었다. 밀러는 생간을 먹지 않으면 '들소 병'이라는 것에 걸린다고 설명했다. 이 병은 피부에 큰 궤양성 염증을 일으키고, 열과 일반적인 쇠약 증상도 종종 함께 생긴다고 했다. 앤드루스는 이 사실을 알고 난 뒤부터 저녁마다 간을 억지로 한 입 먹었다. 맛은 없었다. 하지만 몸이 너무 피곤했기 때문에 약간 뜨뜻하고 썩은 듯한 맛과 미끌미끌한 식감은 그다지 거슬리지 않았다.

계곡에서 일주일을 보내자 작은 소나무 숲에는 가죽 열 꾸러미가 빽빽하게 들이찼다. 앤드루스가 보기에 계곡의 평지에서 조용히 풀을 뜯는 들소 무리의 수는 크게 줄어든 것 같지 않았다.

저녁이면 녹초가 되고 아침이면 뻐근해지는 날들이 하루하루 흘러갔다. 앤드루스는 전에 물을 찾아 평원을 가로지를 때처럼, 하루하루가 지나가는 것과는 별개로 시간이 그 자체로 분리되어 멈춰 선 것 같았다. 산 고지대의 광활한 계곡에는 네 사람뿐이었고, 고립된 가운데서도 서로 가까워지지 않고 점점 멀어졌다. 그래서 네 사람 각자는 점점 자기 방식대로 자기 일만 했다. 밤에도 별로 얘기를 하지 않았다. 어쩌다 입을 뗄 때면 사냥과 관련된 특정한 얘기만 했다.

앤드루스는 밀러에게서 특히 이 내면으로의 물러남을 감지했다. 원래도 말이 적고 직설적이긴 했지만, 이제는 그마저도 거의 하지 않았다. 저녁에도 계속 불안해했다. 눈길은 자주 야영지에서 계곡 너머로 움직였다. 들소 무리가 보이지 않는데도 마치 그 무리에 시선을 고정하고 지배하려는 것 같았다. 그리고 종종 누가 그의 이름을 부르거나 질문을 해도 한동안 대답하지 않고 거의 음울할 정도로 무심하고 무기력하게 모닥불을 응시했다. 사냥하거나 슈나이더와 앤드루스가 가죽 벗기는 일을 도와줄 때만 초롱초롱했다. 앤드루스가 보기에는 그 초롱초롱함도 부자연스러울 정도로 강했다. 밀러가 보이지 않을 때도 그의 이미지를 떠올리게 되었다. 화약 연기로 검고 칙칙해진 얼굴, 늘어진 딱딱한 입술 뒤에 꽉 다문 하얀 이, 검고 흰자위가 빛나며 염증이 있는 것처럼 벌게진 눈꺼풀로 둘러싸인 눈이 보였다. 가끔 밀러의 이미지가 밤에 머릿속 꿈에서 떠오르며 놀라 깨어 침낭에서 몸을 일으켰다가 자신이 겁먹은 듯 빠르고 가쁘게 숨 쉬고 있다는 걸 알았다. 그러면 그 눈의 이미지는 어둠 속에서 약해지며 흐릿해지다 사라졌다. 쫓기는 짐승이 된 꿈을 꾼 적도 있었다. 자신을 끝까지 추적해 마침내 물러날 수 없는 어두운 구석으로 몰아넣는 냉혹한 존재를 느꼈다. 두려움에 질리거나 심하게 가위눌려 깨기 전에 어둠 속에서 불타는 이 눈동자들을 흘깃 본 것 같다는 생각이 들었다.

일주일이 지났다. 그리고 또 일주일이 지났다. 야영지 옆 가죽 꾸러미의 수는 늘어났다. 슈나이더와 찰리 호지 두 사람 다 갈수록 더 불안해했다. 그래도 찰리는 자신의 불안감을 대놓고 말하지는 않았다. 하지만 앤드루스는 자기와 슈나이더가 점점 더 기대하고 반가워하게 된, 비가 내릴

듯 구름이 잔뜩 낀 오후의 하늘을 쳐다보는 찰리 호지의 표정에서 그 불안감을 읽을 수 있었다. 불안감은 찰리가 술을 점점 더 많이 마시는 것에서도 알 수 있었다. 빈 위스키 통이 들소 가죽 꾸러미만큼 빠르게 늘어났다. 어느 날 밤 점점 추워져서 찰리가 땔감이 다 타 버릴 정도로 불을 세게 피우고, 재를 섞은 물에 푹 담가 부드럽게 만든 들소 가죽을 여러 장 덮고 자는 모습에서도 그 불안감이 엿보였다.

두 번째 주가 거의 끝나가는 날의 어느 저녁 늦은 식사 중에, 슈나이더가 반쯤 먹은 들소 스테이크를 접시에서 집어 들어 모닥불에 던졌다. 고기는 지글지글 뒤틀리며 많은 연기를 토해 냈다.

"들소 고기라면 신물이 나." 슈나이더가 말했다. 그러고는 검고 뒤틀린 재가 된 스테이크가 내려앉은 석탄이 붉은색이 되는 모습을 골똘히 바라보며 오랫동안 입을 다물었다. "신물 난다고." 그가 다시 말했다.

찰리 호지는 양철 컵에 든 커피와 위스키를 휘젓고 잠시 살펴보다 마셨다. 회색 털에 덮인 가느다란 목이 뒤틀렸다. 밀러는 멍하니 슈나이더를 쳐다보다가 다시 모닥불로 시선을 돌렸다.

"빌어먹을. 내 말 안 들려?" 슈나이더가 모두에게, 또는 아무한테나 소리쳤다.

밀러가 천천히 몸을 돌렸다. "들소 고기가 신물 난다고 했지." 그가 말했다. "찰리가 내일 콩 요리를 해 줄 거야."

"콩은 집어치워. 베이컨도, 상한 비스킷도 질렸어." 슈나이더가 말했다. "채소와 감자를 먹고 싶어. 여자도 필요해."

아무도 입을 열지 않았다. 모닥불 속에서 푸른 옹이가 맹렬하게 타오르며 공중에 불꽃이 빗발처럼 날아올랐다. 어둠 속에서 불꽃이 떠다녔고,

사람들은 옷에 내려앉은 재를 털어 냈다.

슈나이더는 목소리를 조금 낮춰 말했다. "여기 온 지 두 주째야. 예상보다 나흘 더 지났지. 사냥도 잘 됐어. 신고 갈 수 있는 것보다 많은 가죽을 얻었지. 여기서 이만 마무리하고 내일 떠나는 게 어때?"

밀러는 슈나이더를 낯선 사람인 듯 쳐다보았다. "진심이야, 프레드?"

"빌어먹게 진심이야." 슈나이더가 말했다. "봐. 찰리도 돌아갈 준비가 됐어. 그렇지?" 찰리 호지는 그를 보지 않았다. 재빨리 컵에 커피를 조금 더 따르고 위스키를 거의 테두리에 닿을 만큼 부었다. "이러다 쓰러지겠어." 슈나이더가 말을 계속했다. 눈은 여전히 찰리 호지를 향했다. "밤이 되면 점점 추워져. 이때쯤 날씨가 어떻게 변할지 모를 일이잖아."

밀러는 몸을 움직였다. 그리고 강렬한 시선으로 슈나이더를 똑바로 응시했다. "찰리는 끌어들이지 마." 그가 조용히 말했다.

"좋아." 슈나이더가 말했다. "하지만 말해 봐. 여기 더 머문다면 저 가죽 꾸러미들은 어떻게 가지고 돌아갈 생각이야?"

"가죽?" 밀러가 말했다. 잠시 멍한 표정이었다. "가죽? …실을 수 있을 만큼 싣고 나머지는 두고 가면 돼. 봄에 돌아와서 가져오는 거지. 부처스 크로싱에서도 그렇게 말했잖아."

"저 들소들을 싹쓸이할 때까지 여기 있으려고?"

밀러가 고개를 끄덕였다. "그럴 생각이야."

"미쳤군." 슈나이더가 말했다.

"열흘이면 돼." 밀러가 말했다. "두 주만 더 야영하면 돼. 날씨가 변하기 전까지 시간은 넉넉해."

"빌어먹을 들소 전부라니." 슈나이더가 말하고 질렸다는 듯 고개를 저었다. "자넨 미쳤어. 대체 무슨 생각이야? 이 빌어먹을 지역에서 들소를 죄다 잡을 순 없어."

밀러의 눈이 잠시 먼 곳을 응시했다. 그리고 슈나이더 쪽을 보았지만 그가 거기 없다는 듯한 시선이었다. 침침해진 듯 눈을 깜빡이고 얼굴을 모닥불 쪽으로 돌렸다.

"말해 봐야 소용없어, 프레드. 이건 내 사냥대고 난 이미 마음을 굳혔어."

"좋아, 빌어먹을." 슈나이더가 말했다. "자네 책임이야. 그걸 기억해 둬."

밀러는 슈나이더의 말에 더는 흥미가 없다는 듯 냉담하게 고개를 끄덕였다.

슈나이더는 화가 나서 침낭을 개어 들고 모닥불에서 멀어져 갔다. 그러고는 침낭을 집어 던지고 돌아왔다.

"하나만 더." 그가 침울하게 말했다.

밀러는 무심히 올려보았다. "뭔데?"

"우리가 부처스 크로싱에서 온 지 이제 한 달이 조금 지났어."

밀러는 기다렸다. "그런데?"

"한 달이 좀 지났다고." 슈나이더가 말했다. "월급 줘."

"뭐?" 밀러가 말했다. 잠시 어리둥절한 표정이었다.

"월급." 슈나이더가 말했다. "60달러야."

밀러는 얼굴을 찡그리다 히죽 웃었다. "지금 여기서 쓰려고?"

"상관하지 마." 슈나이더가 말했다. "약속한 대로 주기나 해."

"좋아." 밀러가 말했다. 그가 앤드루스에게로 몸을 돌렸다. "앤드루스 씨, 슈나이더 씨한테 60달러 주게."

앤드루스는 셔츠 앞을 열고 전대에서 지폐 몇 장을 꺼냈다. 60달러를 세어 슈나이더에게 건넸다. 슈나이더는 돈을 받아 모닥불로 가서 꿇어앉아 돈을 셌다. 그리고는 지폐를 주머니에 쑤셔 넣고 침낭을 던져 놓은 곳으로 갔다. 침낭을 집어 들고 일행의 시야를 벗어나 어둠 속으로 사라졌다. 불가에 있던 세 사람은 가지를 부러뜨리는 소리와 슈나이더가 침낭을 펴며 솔잎과 천이 부스럭거리는 소리를 들었다. 슈나이더의 고른 숨소리와 심하게 코 고는 소리가 들릴 때까지 귀를 기울였다. 곧 그들도 잠자리에 들었다. 아침에 일어났을 때 계곡의 풀 위에는 서리가 내렸다.

밀러는 서리가 내린 계곡을 아침 햇빛 속에서 쳐다보고 말했다.

"들소들이 풀들을 먹어 치우고 있어. 고갯길을 지나 평원까지 갈 거야. 놈들을 이쪽으로 도로 몰고 와야 해."

그리고 그렇게 했다. 아침마다 들소들을 정면에서 공격하고 산 남쪽의 가파른 언덕을 향해 천천히 뒤로 몰아붙였다. 하지만 정면 공격은 지연 작전 정도밖에 되지 못했다. 밤이 지나면 들소들은 전날 몰아붙였던 지점보다 훨씬 앞쪽에서 풀을 뜯었다. 날마다 무리의 다수는 처음에 고원 지대에 들어왔던 고갯길에 점점 더 가깝게 다가갔다.

들소들이 무턱대고 본능적으로 계곡 밖으로 몰려나가면서 사냥은 점점 더 격렬해졌다. 이미 말수가 거의 없어진 밀러는 사냥에만 완전히 몰두하며 하루하루를 보냈다. 밤에도 필요한 말을 하지 않았다. 커피 주전자를 향해 손짓했고 이름을 부르면 툴툴거렸다. 일행에 대한 지시도 손과 팔을 간단히 움직이거나, 고개를 돌리거나, 목구멍 깊숙이에서 울려 나오는 으르렁거림으로 대신했다. 매일 총 두 자루를 가지고 들소를 쫓았다. 사냥하는 동안 총열은 거의 타 버리기 직전까지 뜨거워졌다.

슈나이더와 앤드루스는 밀러가 땅 위에 흩뿌려 놓고 간 들소들의 가죽을 더욱 빨리 벗겨야 했다. 해지기 전에 일을 마치는 경우가 거의 없어서, 아침마다 동트기 전에 일어나 뻣뻣해진 들소의 질긴 가죽을 벗겨 내야 했다. 낮 동안에는 밀러를 따라잡으려고 땀투성이가 되어 필사적으로 가죽을 당겨 벗겼다. 밀러의 사냥총 총성이 정적 속에서 단조롭고 끊임없이 울려 퍼지며 그들의 신경을 쓰라리고 멍들 정도까지 두드렸다. 밤이 되어 기진맥진한 채 말을 타고 계곡을 빠져나와 어둠 속에서 작고 붉은 오렌지색 불빛으로 알아볼 수 있는 야영지로 돌아오면, 밀러가 모닥불 앞에서 음울한 얼굴로 멍하니 구부정하게 앉아 있는 모습을 볼 수 있었다. 밀러는 눈을 빼면 그가 죽인 들소처럼 움직임과 생기가 없었다. 밀러는 총을 쏘는 동안 얼굴에 묻었던 검은 화약도 닦지 않았다. 이제 화약의 그을음이 배어 살갗 일부분이 된 것 같았다. 뜨겁게 이글거리는 눈이 검은 얼굴에서 도드라졌다.

들소 무리는 점점 줄어들었다. 앤드루스는 가죽을 벗긴 들소의 사체가 사방에 흩어진 걸 볼 수 있었다. 코를 찌르는 악취가 진동했지만 너무 익숙해져서 거의 의식하지도 못했다. 나머지 들소들은 동료들의 사체 사이에서 평온하게 어슬렁거리며 갈색 피가 말라붙은 풀을 천천히 뜯었다. 무리가 줄어드는 걸 알게 되자, 앤드루스는 들소 떼가 마침내 사라져 한 마리도 남지 않게 될 때를 생각해 본 적이 없었다는 사실을 깨달았다. 자신은 슈나이더와는 달리, 밀러가 들소가 한 마리라도 살아 있는 한 이 계곡을 스스로 떠나지 않으리라는 사실을 이유는 모르겠지만 확실히 알았다. 앤드루스는 시간을 계산하고 들소 떼의 크기를 감안해 자신들이 떠날 때와 장소를 짐작해 보았다. 슈나이더처럼 의미 없이 이어졌던 날들을 바탕으로 생각한 게 아니었다. 가죽을 마차에 싣고 소들—움직이지는 않고 산의 풀은 넘쳐나서 점점 살이 쪘다—을 마차에 맨 다음, 광활한 평원을 가로질러 부처스 크로싱으로 돌아가는 걸 생각했다. 자기가 생각하는 모습을 상상할 수 없었다. 앤드루스는 가파른 산이 사방을 에워싼 넓고 굽은 고원 바깥의 세상이 그에게서 사라졌다는 사실을 약간 놀라며 깨달았다. 힘들여 올라왔던 산도, 갈증에 시달리며 고생 고생해 지나왔던 평원도, 겨우 몇 주 전에 왔다 떠나 온 부처스 크로싱도 기억나지 않았다. 그 세상은 꿈속에 가려진 것처럼 어쩌다 흐릿하게 다가왔다. 그는 삶에서 가장 중요한 모든 걸 위해 이 고원 지대에 왔다. 그리고 이 광활한 고원, 연두색의 풀들, 타오르는 듯 붉은 황금색으로 흔들리는 사시나무를 따라 짙은 녹색 소나무 숲이 우거지고 벽처럼 높이 에워싼 산, 돌출된 바위와 작은 언덕, 이 모든 걸 지붕처럼 덮은 바람 한 점 없는 짙은 푸른빛 하늘을 보았다. 눈 아래에서 산의 등고선이 흘러가고, 보이는 것이 그의 시선을 받아 형체를 갖추며 그의 존재에 형태와 자리를 부여해 주었다. 여기 이곳 바깥에 있는 자신을 생각할 수 없었다.

스무닷새째 날, 일행은 늦게 일어났다. 사냥은 지난 며칠 동안 점점 천천히 이루어졌다. 거대한 들소 떼는 3주가 지나서야 사냥꾼들의 존재를 깨닫고 묵묵히 그에 대비하기 시작한 것 같았다. 들소들은 작은 무리로 나뉘기 시작했다. 한 번의 사냥에 열둘에서 열네 마리 이상 잡기도 힘들었고, 한 무리에서 다른 무리로 쫓아가는 데 시간이 훨씬 많이 걸렸다. 하지만 들소들은 일찍 대비하지 못한 탓에 5000여 마리에서 이제 300마리 미만으로 줄어들었다. 밀러는 남은 이 300마리를 느릿하면서도 무자비하게 몰아붙였다. 무리의 크기가 줄어들면서 들소를 한 마리 한 마리씩 더 집중해 사냥하는 것 같았다. 스무닷새째 날 일행은 서두르지 않았다. 아침 식사를 마치고 나서 양철 컵에 든 커피가 식을 정도로 한참 불가에 앉아 있기까지 했다. 뒤쪽의 짙은 소나무 숲 너머는 보이지 않았지만, 산 동쪽 위에 해가 뜨고 있었다. 나무들 사이로 햇빛이 안개처럼 넓게 퍼지며 커피잔에 모였다. 그들의 딱딱한 윤곽이 부드러워졌고, 반쯤 진 그늘에서 그들의 모습이 빛났다. 하늘은 깊으면서도 연한 푸른빛이었고, 구름 한 점 없이 강렬했다. 넓은 평원과 산비탈의 갈라진 틈과 구덩이에서 눈에 거의 보이지 않는 안개가 피어오르며, 그 주위를 둘러싼 바위와 나무의 *끝부분*만이 조금 부드러워져 눈으로 볼 수 있었다.

커피를 마시고 찰리 호지가 사시나무 울타리에서 소들을 끌고 나와 빈 마차에 맬 때까지, 나머지 사람들은 빈둥거리며 주위를 돌아다녔다. 앤드루스와 슈나이더가 고정해 둔 가죽들이 며칠 사이에 마르고 있었다. 이제 가죽들을 모아서 쌓을 때였다.

슈나이더는 젖은 밀짚처럼 뒤엉켜 들러붙은 턱수염을 긁으며 나른하게 팔을 폈다. "덥겠는데." 하늘을 가리키며 그가 말했다. "비 한 방울 올 것 같지 않아." 그가 밀러 쪽으로 몸을 돌렸다. "들소가 몇 마리쯤 남은 것 같나? 200여 마리?"

밀러는 고개를 끄덕이고 목청을 가다듬었다.

슈나이더는 말을 이었다. "사나흘 안에 다 잡을 수 있겠어?"

밀러는 그제야 들은 양 슈나이더 쪽으로 몸을 돌렸다. 그는 무뚝뚝하게 말했다. "사나흘 안에 해내야 해, 프레드."

"빌어먹을." 슈나이더가 즐거운 듯 말했다. "그렇게 오래 버틸 수 있을지 모르겠네." 그는 앤드루스의 팔을 쳤다. "자넨 어떤가, 젊은 친구? 기다릴 수 있겠어?"

앤드루스는 히죽 웃었다. "물론이죠." 그가 말했다.

"주머니에 가득한 돈, 원하는 만큼 즐길 수 있는 음식과 여자." 슈나이더가 말했다. "그래야 인생이지."

밀러는 조바심 내며 움직였다. "가자." 그가 말했다. "찰리가 소들을 마차에 맸어. 출발하지."

네 사람은 천천히 야영지를 떠났다. 밀러가 선두에 섰다. 앤드루스와 슈나이더는 고삐를 안장 머리 부근에 묶고 말들이 편안히 걷게 했다. 그동안 거의 움직이지 않아서 게을러지고 잘 흥분하게 된 소들은 마차를 제대로 끌지 못했다. 절반도 알아듣기 힘든, 외침에 가까운 찰리의 투덜거림이 아침의 고요를 깼다.

30분도 채 지나지 않아 일행은 3주도 전에 들소를 처음 사냥해 가죽을 벗겼던 곳에 도착했다. 사체의 살은 돌처럼 딱딱해졌다. 찰리 호지의 스트리키닌 때문에 죽거나 도망치기 전에 늑대들이 뜯어 먹은 자리가 군데군데 있었다. 살이 뜯겨 나간 곳에는 뼈들이 마치 윤을 낸 것처럼 하얗게 빛났다. 앤드루스는 앞쪽 계곡을 내다보았다. 보이는 곳마다 사체들이 산을 이루고 있었다. 저 사체들은 내년 여름이 되기 전에 독수리들이 뜯어 먹거나 썩어 없어지겠지. 하얀 뼈들이 사방에 흩어진 계곡의 모습을 상상해 보려 했다. 해가 뜨거웠는데도 몸이 조금 떨렸다.

곧 마차는 직선으로 몰 수 없을 정도로 사체들에 둘러싸였다. 찰리 호지는 제일 앞에 묶은 소들 옆에서 사체들 사이를 이끌며 걸어야 했다. 그렇게 했는데도 마차는 가끔 들소의 내뻗어진 다리 위를 타고 넘으며 흔들렸다. 날이 점점 더워지자 늘 있었던 썩은 살의 악취가 더 지독해졌다.

소들이 악취를 피하려 불만스레 울며 거칠게 고개를 흔들어서 찰리 호지는 한참 떨어져 있어야 했다.

일행은 천천히 걸었다. 펼쳐 고정한 가죽과 죽은 지 얼마 되지 않는 사체들로 뒤덮인 넓은 지역에 들어섰다. 앤드루스와 슈나이더는 말에서 내렸다. 큰 손수건을 묶어 얼굴 아래쪽을 가렸다. 그렇게 해야 악취가 코를 찌르는 살 주위에서 윙윙거리는 작고 까만 파리 떼의 방해를 받지 않고 일할 수 있었다.

"무지하게 덥겠군." 슈나이더가 말했다. "해를 보라고."

동쪽 나무 위에 해가 이글거려서 앤드루스는 똑바로 볼 수도 없었다. 안개나 구름 한 점 없는 하늘에 해가 바로 위에서 타올라 얼굴과 손에서 흐르는 땀이 곧바로 마를 지경이었다. 앤드루스는 하늘을 여기저기 보았다. 해를 잠깐만 보아도 타 버릴 것 같았지만 시원한 푸른색 하늘이 누그러뜨려 주었다. 남쪽에는 작은 구름이 일더니 산의 언덕 바로 위에 평온하게 걸렸다.

"계속 가죠." 땅 위에 평평하게 펼친 가죽을 고정한 작은 말뚝을 차며 앤드루스가 말했다. "서늘해질 기미가 없네요."

2킬로미터 조금 못 미쳐 갔을 때, 사체들의 낮은 산 사이에 검은 형체가 어렴풋이 움직이는 게 보였다. 작은 무리들이 조용히 풀을 뜯으며 천천히 그들 쪽으로 움직이고 있었다. 밀러는 갑자기 고삐를 당기더니 가죽을 싣느라 바쁜 세 사람에게서 멀어져 무리 쪽으로 말을 몰았다.

두 사람이 일하는 동안 찰리는 소를 끌고 그들 사이로 왔다. 그래서 한두 걸음이면 마차에 가죽을 실을 수 있었다. 앤드루스와 슈나이더는 밀러가 떠난 지 얼마 안 되어 멀리서 총소리를 들었다. 둘은 고개를 들고 잠시 귀를 기울였다. 그리고 다시 일을 시작했다. 말뚝을 뽑고 밀러의 총소리에 맞춰, 더 천천히 움직이는 마차 안으로 가죽을 던져 넣었다. 총소리가 사라지자 일을 잠시 멈추고 거칠게 숨을 쉬며 땅바닥에 앉았다.

"소리로 봐서는 오늘 벗길 가죽은 많지 않겠군." 밀러의 총소리가 들려온 방향을 가리키며 슈나이더가 헐떡였다. "지금까지 열두 마리 아니면 열네 마리 정도밖에 못 잡은 것 같아."

앤드루스는 고개를 끄덕이고 팔꿈치와 팔뚝으로 몸을 받치며 반쯤 기댄 자세로 누웠다. 얼굴 아래쪽에 둘렀던 크고 붉은 두건을 벗었다. 그래야 쉬는 동안 약하지만 시원한 바람을 쐴 수 있었다. 바람이 세져 서늘해지자 지끈거리던 머리도 점점 가라앉았다. 15분쯤 뒤 다시 밀러의 총소리가 들렸다.

"작은 무리를 또 찾아냈군." 일어서며 슈나이더가 말했다. "밀러와 보조를 맞춰야겠어."

하지만 두 사람은 일하는 동안 총소리가 더는 규칙적으로 들려오지 않는다는 걸 알아챘다. 전에는 총소리가 일정한 리듬을 이뤄서 그에 맞춰 말뚝을 차내고 가죽을 들어 마차 안으로 던져 넣었다. 몇 발의 총성이 짧은 간격을 두고 강하게 몰아치듯 들려왔다. 그러고는 다시 짧게 몰아치는 총성이 있었다. 앤드루스와 슈나이더는 의아해하며 서로 쳐다보았다.

"소리가 이상하군." 슈나이더가 말했다. "들소들이 겁먹은 것 같은데."

짧은 간격의 총성 다음에 짧고 급하게 몰려드는 발굽 소리가 이어졌다. 멀리서 들소들이 달려오며 일으키는 옅은 먼지구름을 볼 수 있었다. 다시 총성이 들려오고, 먼지구름이 돌아서며 계곡의 깊은 안쪽으로 가는 게 보였다. 몇 분 뒤 다시 발굽 소리가 어렴풋이 들렸고, 아까 몰려왔던 곳보다 동쪽에서 조금 떨어진 다른 지점에서 새로운 먼지구름이 이는 게 보였다. 밀러의 사냥총이 짧은 간격을 두고 발사되는 소리가 다시 들렸고, 먼지구름이 다시 방향을 틀더니 처음 일었던 곳에서 멀어져 돌아가는 게 보였다.

"밀러한테 문제가 생겼군." 슈나이더가 말했다. "들소들한테 무슨 일이 일어났어."

그들이 서서 총소리에 귀를 기울이며 먼지구름을 바라보는 동안, 찌는 듯했던 더위가 알아챌 정도로 누그러들었다. 해 아래 엷은 실안개가 끼었고, 남쪽에서 불어오는 바람이 강해졌다.

"이제." 앤드루스가 말했다. "바람 부는 동안 이 가죽들을 마차에 싣죠."

슈나이더가 손을 들었다. "기다려." 찰리 호지는 소들을 떠나 슈나이더와 앤드루스 가까이에 서 있었다. 빠르게 달려오는 말발굽 소리가 들렸다. 가죽이 벗겨진 채 여기저기 널린 들소 사체들 사이에서 밀러가 나타나 그들 쪽으로 말을 몰고 왔다. 서 있는 세 사람 가까이 왔을 때 말을 너무 급하게 멈추는 바람에 말이 앞다리를 들어 올리며 잠시 발굽으로 허공을 갈랐다.

"들소들이 계곡을 빠져나가려 해." 밀러의 목소리는 쉰 듯 거칠었다. "열 개 정도의 작은 무리로 흩어지는 바람에 이리로 빠르게 몰고 올 수 없어. 도움이 필요해."

슈나이더는 경멸하듯 코를 킁킁거렸다. "젠장." 그는 지친 듯 말했다. "가게 내버려 둬. 겨우 200여 마리뿐이잖아."

밀러는 슈나이더를 보지 않았다. "윌, 말을 타고 저리 가서 기다려." 밀러는 산비탈에서 2, 300미터 정도 떨어진 서쪽을 가리켰다. "프레드, 자네는 저쪽으로 가고…." 그는 동쪽 반대 방향을 가리켰다. "나는 가운데 있겠네." 그는 앤드루스와 슈나이더 모두에게 말했다. "무리가 자네들 방향으로 오면 막아. 총을 두세 발 쏘면 돼. 그러면 방향을 돌릴 거야."

슈나이더는 고개를 저었다. "소용없어. 작은 무리로 흩어졌다면 그걸 전부 되돌릴 순 없어."

"한꺼번에 다 오지는 않아." 밀러가 말했다. "한 번에 두세 무리가 오겠지. 그러면 되돌릴 수 있어."

"하지만 그게 무슨 소용이야?" 슈나이더가 말했다. 거의 울부짖는 목소리였다. "대체 무슨 소용이냐고? 그래도 몇 놈은 도망가."

"서둘러." 밀러가 말했다. "언제든 올 수 있어."

슈나이더는 허공에 손을 들고 어깨를 으쓱하더니 자기 말로 갔다. 밀러는 계곡 한가운데로 말을 몰았다. 앤드루스는 말에 올라타 밀러가 가리켰던 방향으로 가다가, 찰리 호지가 돌아가 있던 마차로 향했다.

"사냥총 있어요, 찰리?" 앤드루스가 물었다.

찰리 호지는 초조하게 몸을 돌렸다. 고개를 끄덕이고 마부석 아래서 작은 사냥총을 꺼냈다. "이게 자네의 말썽꾸러기 사냥총이야." 사냥총을 앤드루스에게 건네면서 그가 말했다. "하지만 들소 방향을 돌릴 수는 있지."

앤드루스는 사냥총을 받아들고 산비탈로 향했다. 들소가 올 방향으로 말을 몰고 가 기다렸다. 계곡 너머를 내다보았다. 밀러는 계곡 한가운데 꼼짝하지 않고 서서, 아무에게도 보이지 않는 들소 무리를 향해 말 위에서 몸을 기울였다. 슈나이더는 잠든 듯 구부정하게 말을 타고 있었다. 앤드루스는 다시 남쪽으로 몸을 돌리고, 무리가 달려오는 걸 알려 주는 발굽 소리가 들리는지 귀를 기울였다.

귓가를 스치는 바람 소리 말고는 아무것도 들리지 않았다. 바람이 차가워지며 살이 아리기 시작했다. 계곡의 남쪽 지역은 산에서 내려오는 엷은 안개로 부드러워졌다. 아까 남쪽 봉우리 위를 맴돌던 작은 구름은 이제 산으로 에워싸인 계곡 끝부분까지 뻗었다. 구름 아래쪽은 탁한 회색이었고, 구름 위에서는 햇빛을 받은 하얀 수증기가 여기 계곡의 땅 위에서는 느껴지지 않는 강한 바람 앞에서 구불구불 휘감겼다.

무겁게 우르르거리는 소리가 대지를 뒤흔들었다. 앤드루스의 말이 뒤로 물러나기 시작했다. 말 머리 양쪽의 귀가 평평하게 펴졌다. 앤드루스는 천둥소리라고 생각하며 남쪽 산 주변 하늘을 잠깐 살펴보았다. 하지만 그 우르르거리는 소리는 그가 있는 곳의 아래쪽에서 계속 들려왔다. 그의 바로 앞쪽 멀리에서 엷은 먼지구름이 일더니 거의 곧바로 날아가 버렸다. 그러더니 아직 햇살이 비치는 계곡 쪽으로 들소들이 갑자기 그림자 속에서 나타났다. 믿을 수 없을 만큼 빠르게 달려왔다. 그를 향해 직선으로 달려오는 게 아니라 마치 눈에 보이지 않는 장애물이 갑자기 앞에서 몰려오는 걸 피하듯이 빠르게 방향을 바꾸고 돌리며 달렸다. 3, 40마리로 이루어진 무리 전체가 마치 단 하나의 생각, 단 하나의 의지를 가진 한 마리 들소인 것처럼 방향을 바꾸고 돌렸다. 다른 들소들이 움직이는 방향과 반대쪽으로 처지거나 돌아가는 놈은 한 마리도 없었다.

앤드루스는 잠시 말 위에서 얼어붙은 듯 꼼짝하지 않고 앉아 있었다. 몰려오는 들소 무리 앞에서 몸을 돌려 달아나야 한다는 충동을 느꼈다. 오른팔에 든 소형 사냥총으로 총을 몇 발 쏘더라도 저런 속도와 힘과 의지로 달려오는 들소들이 그 소리를 듣거나 느끼리라고 믿을 수 없었다.

방향을 돌릴 것이라고도 믿을 수 없었다. 밀러를 보려고 목을 뻣뻣하게 움직이며 안장 위에서 몸을 뒤틀었다. 밀러는 가만히 앉아 그를 보고 있었다. 잠시 후 밀러는 뭐라고 외쳤다. 그 외침은 들소들이 쇄도하며 점점 더 깊게 우르르거리는 소리에 묻혔다. 밀러는 돌을 던지는 것처럼 손과 팔을 움직이며 들소 쪽을 가리켰다.

앤드루스는 말의 옆구리에 발뒤꿈치를 묻었다. 말은 몇 걸음 앞으로 나가다가 궁둥이를 뒤로 빼며 멈췄다. 앤드루스는 공포에 질려, 발꿈치를 흔들리는 말 옆구리에 다시 필사적으로 파묻고 사냥총의 뭉툭한 끝부분으로 말의 떨리는 궁둥이를 때렸다. 말은 놀랄 정도로 빠르게 앞으로 뛰어 나갔다. 앤드루스가 꽉 잡고 있던 머리를 앞으로 내밀며 잠시 미친 듯이 달렸다. 그러고는 제풀에 지친 듯 누그러지더니 들소 무리를 향해 편안히 달려 나갔다. 바람이 앤드루스의 얼굴을 때리고 눈물을 날려 버렸다. 그는 어디로 가고 있는지 잠시 알 수 없었다.

그리고 시야가 트였다. 들소는 300미터도 채 안 되는 거리에 있었다. 일정치 않게 방향을 틀고 돌리면서도 그를 향해 왔다. 말을 세우고 사냥총을 어깨로 받쳤다. 뺨에 닿은 개머리판이 차가웠다. 쇄도하는 들소 무리 한가운데로 한 발 쏘았다. 천둥 같은 발굽 소리 때문에 총소리가 거의 들리지 않았다. 다시 쏘았다. 들소 한 마리가 비틀거리다 쓰러졌지만 다른 놈들은 그 주위로 마치 성난 파도처럼 몰려들었다. 앤드루스는 쏘고 또 쏘았다. 갑자기 들소 무리가 밀러 쪽을 향해 계곡을 가로지르며 왼쪽으로 방향을 틀었다. 앤드루스는 달려가는 들소 떼에게 총을 쏘며 박차를 가해 놈들과 나란히 달렸다. 들소 무리는 점점 방향을 돌리더니 속도를 줄이지 않으며 처음 왔던 쪽으로 되돌아 달려갔다.

앤드루스는 말을 당겨 세웠다. 그는 숨을 헐떡이며, 달려가는 들소들을 바라보고 우레처럼 대지를 울리던 발굽 소리가 줄어드는 걸 들었다. 그리고 그 소리 위로 비슷한 소리가 다시 희미하게 들려왔다. 계곡 건너를 쳐다보았다. 처음 왔던 놈들보다 조금 작은 무리가 평지를 가로질러 슈나이더 쪽으로 달려가고 있었다. 슈나이더가 그 무리에 총을 쏘고 방향을 트는 무리를 쫓아가 돌리는 모습을 지켜보았다.

세 사람은 모두 합쳐 여섯 무리의 들소를 되돌려 보냈다. 정적을 깨는 발굽 소리가 더는 들리지 않을 때까지, 혹시 다른 무리가 몰려오지 않을까 생각하며 오랫동안 기다렸다. 밀러는 두 사람에게 계곡 한가운데 있는 자신에게 오라고 손짓했다.

앤드루스와 슈나이더는 말없이 밀러 쪽으로 향했다. 들소가 다시 몰려와도 말들이 그 소리를 들을 수 있게, 말을 달리지 않고 걷게 했다. 밀러는 계곡 건너 들소들이 달려간 쪽을 눈을 가늘게 뜨고 내다보았다.

"성공했어." 밀러가 말했다. "다시는 저렇게 무리를 나누지 않을 거야."

이해할 수 없는 의기양양함이 앤드루스 안에 흘렀다. "그런 일이 가능하리라고는 상상도 못 했어요." 그가 밀러에게 말했다. "놈들은 마치 계획한 것처럼 한꺼번에 그렇게 몰려오더군요." 전에는 들소에 대해 제대로 생각해 보지 않았던 것 같았다. 수백 마리의 가죽을 벗기고, 몇 마리를 죽였고, 들소 고기를 먹고, 그 악취를 맡고, 놈들의 피에 몸을 적시기는 했다. 하지만 전에는 지금처럼 들소에 대해 생각한 적이 없었다. "들소들이 저러는 경우가 자주 있나요?"

밀러는 고개를 저었다. "놈들을 이해하려 하지 않는 게 좋아. 어떤 행동을 할지 알 수 없어. 20년이나 사냥을 해 왔지만 나도 몰라. 절벽을 넘어 계곡 안으로 수천 마리가 몰려드는 걸 본 적 있어. 그 이유를 절대 알수 없겠지. 까마귀 한 마리에 겁을 먹는 것도, 사람들이 무리 한가운데를걸어가는데도 꼼짝하지 않는 걸 본 적도 있어. 들소들이 뭘 할 건지 생각해 봐야 쓸데없이 골치만 아파. 사람이 할 수 있는 건 놈들에 대한 생각이아니야. 그저 맞서 죽이는 것뿐이지. 이해하려 하지 말고." 밀러는 말하는동안 앤드루스를 보지 않았다. 시선은 계곡을 향했다. 계곡은 이제 고요했고, 그들이 죽인 들소들의 밟혀 뭉개진 사체들 말고는 텅 비었다. 그는심호흡하고 슈나이더 쪽으로 몸을 돌렸다. "프레드, 날이 선선해졌어. 이젠 작업하기 괜찮을 거야."

"잠깐만." 슈나이더가 말했다. 시선은 아무 데도 향하지 않았다. 무언가듣는 듯 고개를 세웠다.

"들소 소리가 또 들려?" 밀러가 물었다.

슈나이더는 조용히 하라는 손짓을 했다. 계속 귀를 기울이며 안장 위에 조금 더 앉아 있었다. 허공에 코를 두 번 킁킁거렸다.

"왜 그래?" 밀러가 물었다.

슈나이더가 천천히 밀러 쪽으로 몸을 돌렸다. "여길 떠나자." 목소리는조용했다.

밀러는 얼굴을 찡그리고 눈을 깜빡였다. "무슨 일이야?"

"모르겠어." 슈나이더가 말했다. "하지만 뭔가 있어. 느낌이 좋지 않아."

밀러는 코웃음 쳤다. "자네는 들소보다도 더 쉽게 겁을 먹는군. 이봐,아직 반나절이나 남았어. 놈들은 곧 잠잠해질 거고 어두워지기 전에 많이잡을 수 있어."

"들어봐." 슈나이더가 말했다.

세 사람은 알 수 없는 소리에 귀를 기울이며 조용히 안장에 앉아 있었다. 바람은 멈췄지만 공기 중에는 약간의 한기가 남았다. 아무 소리도 들리지 않았다. 소나무 사이를 바스락거리며 지나가는 바람도 없었다. 새도 지저귀지 않았다. 말 한 마리가 힝힝거렸다. 누군가 안장 위에서 몸을 움직였다. 가죽이 삐걱거리는 소리가 희미하게 들렸다. 밀러가 침묵을 깨려고 다리를 찰싹 때렸다. 슈나이더 쪽으로 몸을 돌리고 크게 말했다.

"대체…"

하지만 말을 잇지 못했다. 슈나이더가 마치 아무것도 가리키지 않는 듯 팔과 손, 손가락을 뻗은 것을 보고 입을 다물었다. 앤드루스는 어리둥절해서 한 사람씩 쳐다보다가 둘 사이의 허공에 시선을 멈췄다. 허공 너머에서 눈송이 하나가 깃털이 떨어지는 것처럼 날렸다. 눈송이를 보는 동안 하나가, 또 하나가 더 눈에 들어왔다.

얼굴에서 미소가 비어져 나왔고, 목구멍에서는 웃음소리가 조금 터져 나오려 했다.

"와, 눈이 오네요." 다시 눈송이 하나하나를 보고 웃으며 그가 말했다. "오늘 아침만 해도 생각도 못 했는데…"

목소리가 목구멍 안으로 사라졌다. 밀러도, 슈나이더도 그를 보지 않았다. 그가 뭔가 말했다는 걸 모르는 것 같았다. 눈이 점점 더 빠르게 내리며 어두워지는 하늘을 긴장한 얼굴로 눈을 부릅뜨고 보고 있었다. 앤드루스는 재빨리 찰리 호지를 쳐다보았다. 찰리는 일행에게서 몇 미터 떨어져 높은 마부석에 꼼짝하지 않고 앉아 있었다. 찰리 호지의 얼굴이 위로 향했고, 두 팔을 가슴 위에서 모아 꽉 움켜쥐었다. 눈동자를 정신없이 굴렸지만 머리를 움직이지도, 팔을 풀지도 않았다.

"가자." 여전히 하늘을 보면서 밀러가 조용히 말했다. "더 나빠지기 전에 떠날 수 있을 거야."

밀러는 말을 뒤로 빼고 찰리 호지에게 몇 걸음 다가갔다. 안장 위에서 몸을 기울여 찰리 호지의 어깨를 세게 흔들었다.

"출발해, 찰리."

찰리 호지는 잠시 밀러의 존재를 알아채지 못한 것 같았다. 몸을 돌려 마주 보았을 때도 밀러의 얼굴을 알아보지 못하는 것 같았다. 검은 턱수염이 덥수룩한 밀러의 얼굴에 눈송이가 녹으며 반짝이기 시작했다. 찰리는 그제야 눈에 초점을 맞췄다. 그리고 떨리는 목소리로 말했다.

"별일 없을 거라고 했잖아." 찰리의 목소리가 높아지며 비난조가 되었다. "눈이 오기 전에 끝낼 수 있다고 했잖아."

"괜찮아, 찰리." 밀러가 말했다. "아직 시간은 넉넉해."

찰리 호지의 목소리가 높아졌다. "내가 그랬잖아. 오고 싶지 않다고…."

"찰리!" 밀러의 목소리가 갈라졌다. 그리고 조금 부드럽게 말했다. "낭비할 시간 없어. 마차를 몰고 야영지로 돌아가."

찰리 호지는 밀러를 쳐다보았다. 입술이 움직였지만 말이 나오지 않았다. 뒤로 손을 뻗어 마부석에서 긴 가죽 채찍을 꺼냈다. 꼰 가죽 끈이 무거운 손잡이에 달려 있었다. 제일 앞에 묶인 소의 귓가에 채찍을 휘둘렀다. 겁에 질려 휘두르는 바람에 채찍 끝이 너무 낮게 휘둘러지며 맨 앞 오른쪽 소의 귀에 맞아 피가 흘렀다. 소는 미친 듯 고개를 휘젓더니 놀란 다른 소들의 무게까지 끌며 앞으로 튀어 나갔다. 소들은 잠시 허둥댔다. 제각기 다른 방향으로 나가다가 진정하고 천천히 마차를 끌기 시작했다. 찰리 호지가 다시 채찍을 휘둘렀다. 소들은 느릿느릿 달리기 시작했다. 찰리는 소들이 들소 사이를 피해 나가게 이끌지 않았다. 마차가 사체 위를 넘어가며 거칠게 사방으로 흔들렸다. 딱딱한 가죽이 미끄러져 땅 위에 떨어졌다. 아무도 멈춰서 그 가죽을 다시 집어 들지 않았다.

말을 탄 세 사람은 마차 가까이에서 달렸다. 말들이 도망치듯 앞으로 달려 나가지 못하게 말고삐를 당겨야 했다. 얼마 되지 않아 하늘이 눈으로 새하얘졌다. 가려진 듯한 녹색 산비탈이 어렴풋이 보였지만 야영지로 가는 앞쪽은 볼 수 없었다. 양쪽으로 어둑하게 보이는 소나무들을 따라 계곡의 평지를 이동했다. 앤드루스는 눈을 가늘게 뜨고 야영지 쪽을 내다보았지만, 보이는 것이라고는 눈뿐이었다. 눈이 한 송이, 또 한 송이, 그리고 또 한 송이가 맴돌며 천천히 내렸다. 앤드루스가 가는 동안 그에게도 내려앉았다. 눈송이를 쳐다보면 머리가 빙빙 돌며 어지러워졌다. 움직이는 마차에 시선을 고정하고, 초점을 맞추지 않은 상태로 눈을 보았다. 가는 동안 다른 사람들을 어렴풋하게나마 볼 수 있었지만, 안개가 온통 주위를 둘러싸면서 고립되었다. 말이 들소 사이에서 균형을 잡지 못한 채 달리는 사이, 고삐를 잡고 안장 머리를 꽉 쥐고 있던 손은 추위로 빨개졌다. 손 하나를 바지 주머니에 쑤셔 넣으려 했지만, 천이 거칠고 딱딱해서 너무 아파 빼고 그대로 갔다.

얼마 되지 않아 눈이 땅 위에 새하얗게 덮였다. 눈 사이를 쉽게 지나간 마차 바퀴가 어둠 속에서 가느다란 평행선의 리본을 남겼다. 앤드루스는 뒤를 돌아보았다. 바퀴가 가르고 지나간 자국 위에 순식간에 눈이 덮이기 시작했고, 그들 뒤 몇 미터는 온통 흰색이어서 여기가 어딘지 알 수 없었다. 마차를 따라 계속 움직이고는 있었지만 아무 데로나 가는 느낌이었다. 위로는 보내 주지만 전진하지는 못하게 만드는 거대한 쳇바퀴 안에 갇힌 것 같았다.

　눈이 처음 내리기 시작할 때 멈췄던 바람이 다시 불어왔다. 주위의 눈이 바람에 소용돌이치며 일행의 얼굴을 때렸다. 눈보라 때문에 눈을 제대로 뜰 수 없었다. 앤드루스는 턱이 아프기 시작했다. 어느 순간부터 죽을힘을 다해 이를 악물고 있다는 걸 깨달았다. 입술이 이빨 위로 말려 마구 엉겼고, 입술의 갈라지고 벗겨진 작은 틈으로 추위가 밀려들어 따끔거리고 아팠다. 얇은 옷을 파고드는 살을 에는 추위를 피하려 어깨를 구부리고 턱에 힘을 빼며 고개를 숙였다. 말이 알아서 길을 찾을 수 있게 고삐를 안장에 묶고 양손으로 움켜잡았다.

　바람은 갈수록 거세졌고, 눈은 거센 눈보라가 되어 내렸다. 앤드루스는 마차와 다른 사람들을 시야에서 잠깐 놓쳤다. 망연자실해 어찌할 바를 모르고 고개를 쳐들었다. 휙휙대는 바람 사이로 왼쪽 어딘가에서 마차 바퀴가 삐걱대며 쿵쿵거리는 소리가 들렸다. 소리가 들리는 방향으로 말을 몰았다. 어질러진 땅 위를 위태롭게 달리는 마차의 육중한 형체가 잠시 후 나타났고, 찰리 호지가 높은 마부석에서 가죽 채찍으로 눈이 퍼붓는 허공을 가르는 모습이 보였다. 채찍 소리는 눈에 묻혀 낮아지며 바람에 가려 축축하게 갈라졌다.

　바람은 더 거세졌다. 바람은 산 위에서 울부짖으며, 쏘는 듯한 알갱이처럼 눈을 날려 보냈다. 땅에 쌓인 눈을 거대한 천처럼 들어 올려 다시 뿌렸다. 곱고 하얀 얼음 가루를 옷 갈라진 틈에 밀어 넣었다. 그 알갱이들은 체온에 녹았다. 수분이 단단하게 얼며 옷이 무겁고 딱딱해졌고, 살을 에는 듯한 추위가 밀려왔다. 앤드루스는 안장 머리를 더 단단히 잡았다. 손에 감각이 없었다. 안장 머리에서 한 손을 간신히 떼어 풀고, 아플 정도로

욱신거릴 때까지 다리 옆쪽을 때렸다. 그러고는 다른 쪽 손으로도 똑같이 했다. 그때쯤이면 처음에 푼 손에 다시 감각이 없어졌다. 눈이 다리 모양을 따라 안장에 V자 모양으로 조금씩 쌓였다.

바람 사이로 희미한 외침이 들렸다. 눈앞에 마차가 갑자기 나타났다. 말이 멈추며 몸이 앞으로 쏠렸다. 외침이 다시 들렸다. 자기 이름을 부르는 소리라고 생각했다. 바람을 피해 몸을 수그리고 반쯤 감긴 눈으로 계속 주위를 살피며, 자기를 부른 사람을 찾기 위해 말이 마차 옆을 따라 걷게 이끌었다. 밀러와 슈나이더가 말을 가까이 붙이고 바람을 맞으며 마차 앞에서 기다리고 있었다. 그들에게 다가갔을 때, 찰리 호지가 두 마리 말 사이에서 바람이 불어오는 쪽으로 등을 구부린 채 움츠린 게 보였다.

그들은 바람이 불어오는 반대쪽으로 얼굴을 향하고 뻣뻣하게 아래로 숙였다. 모자 테두리가 바람에 날려 뺨에 부딪혔다. 두 사람은 말에서 내려 바람을 등지고 몸을 구부린 채, 그 바람을 뚫고 앤드루스에게 왔다. 밀러가 내려오라고 손짓했다. 앤드루스가 내리면서 미처 몸을 제대로 세우지 못했을 때 강한 바람이 몰아쳐서 휘청거렸다. 한쪽 발이 잠시 등자에서 빠지지 않았다.

밀러가 휘청거리며 다가와 어깨를 붙잡고 턱수염이 덥수룩한 얼굴―여기저기 눈이 녹아 얼어붙은 부분이 딱딱하고 얼음에 덮였다―을 앤드루스의 귀에 댔다. 그가 외쳤다. "마차는 여기 두고 갈 거야. 속도가 너무 느려져. 프레드와 내가 소들을 풀어 놓는 동안 말들을 붙들어."

앤드루스는 고개를 끄덕이고는 고삐를 잡고 말들을 향해 갔다. 그의 말이 뒤로 가려는 바람에 하마터면 언 손에서 고삐를 놓칠 뻔했다. 고삐를 세게 당기자 말이 따라왔다. 한 손으로 고삐를 잡은 채 몸을 구부려 눈 속을 더듬었다. 눈은 마치 긴 폭발로 흐트러지는 것처럼 발치께서 떠올라 소용돌이쳤다. 마침내 앤드루스는 다른 말들의 고삐 매듭을 찾았다. 몸을 세우자 그가 있는 쪽으로 등을 향했던 찰리 호지가 몸을 돌렸다. 팔의 잘린 부분은 얇은 코트 안에 집어넣고 멀쩡한 팔은 몸을 구부리며 몸 가까이 눌렀다. 찰리 호지는 잠시 그를 쳐다보았지만 제대로 보지는 않았다. 쏘는 듯한 바람과 눈에도 창백한 눈을 뜬 채 깜빡이지 않았고, 어디에도 초점을 맞추지 않았다. 입은 빠르게 움직였고 입술은 이리저리 뒤틀려서 입 주위 수염이 여기저기 획획 돌아다녔다. 앤드루스는 찰리 호지의 이름을 외쳤지만 바람 때문에 입에서 소리가 제대로 나오지 않았다. 찰리 호지는 움직이지 않았다. 앤드루스는 조금 더 가까이 다가갔다. 한 손에 고삐 세 개를 전부 잡고 다른 손으로 찰리 호지의 어깨를 건드렸다. 찰리 호지는 뒤로 몸을 홱 빼고 웅크렸다. 눈은 여전히 게슴츠레했고 입은 쉴 새 없이 움직였다. 앤드루스는 다시 소리쳤다.

"괜찮을 거예요, 찰리. 괜찮을 거예요."

앤드루스는 찰리 호지가 바람 속으로, 눈 속으로, 추위 속으로 계속 뭐라고 되풀이해 말하는 소리를 거의 들을 수 없었다.

"주님, 도와주소서. 주 예수 그리스도님, 도와주소서. 주님, 도와주소서."

뒤에서 쿵 소리가 나서 앤드루스는 몸을 돌렸다. 흰 눈 속에서 흐릿하고 검은 형체가 불쑥 나타나 느릿느릿 그를 지나쳐 갔다. 밀러와 슈나이더가 풀어 준 첫 번째 소였다. 검은 형체가 느릿느릿 흰 눈보라 사이로 들어가 사라졌을 때, 앤드루스가 붙들고 있던 말들이 갑자기 달려 나갔다. 앤드루스는 말들의 빠른 움직임에 놀랐다. 고삐에 미처 힘을 싣기도 전에 말 한 마리의 배가 찰리 호지에게 세게 부딪히며 그가 바닥에 쓰러졌다. 앤드루스는 자기도 모르게 찰리 쪽으로 향했다. 그러자 말 세 마리가 함께 움직이며 그를 이리저리 앞쪽으로 당겼다. 앤드루스는 균형을 잃었다. 발이 허공에서 버둥거렸고, 눈밭에 배와 가슴을 밑으로 하고 크게 넘어졌다. 고삐는 어찌어찌 겨우 붙들었다. 눈 위에 대자로 쓰러진 채 가느다란 가죽 고삐 끈을 붙든 푸르딩딩한 손을 보며 바보처럼 히죽 웃었다. 주위에 눈이 쌓였다. 머리 양쪽에서 발굽이 무겁게 내디뎌지고 있었다. 배를 땅에 댄 채 끌려가고 있다는 걸 알았지만 별로 놀랍지는 않았다.

앤드루스는 끌려가는 고삐를 체중으로 당기며 간신히 무릎으로 일어날 수 있었다. 그러고는 더 힘을 주어 당겼다. 몸을 뒤쪽으로 기울이며 당기자 무릎이 앞으로 끌렸다. 말 한 마리의 뒷다리가 어깨를 스치는 바람에 하마터면 균형을 잃을 뻔했다. 겨우 몸을 바로잡고 다리로 필사적으로 아래를 차며 다시 몸을 일으켰다. 말들에 끌려 비틀거리며 몇 미터를 달려갔다. 다시 눈 속에서 발뒤꿈치에 힘을 주고 고삐를 다시 당겼다. 여전히 끌려가고 있었지만 속도는 줄었다. 발뒤꿈치가 눈 아래로 들어가 풀에 닿더니 땅에 얕게 파고들었다. 숨을 헐떡이며 잠시 서 있었다. 다리는 떨리고 팔에는 힘이 다 빠졌지만, 여전히 바보 같은 미소를 지었다. 몸을 돌려 뒤를 보았다.

눈앞이 새하얘졌다. 마차도, 소도, 가까이 서 있는 일행도 볼 수 없었다. 알려 주는 소리를 들으려 애쓰며 귀를 기울였다. 점점 커지는 바람 말고는 아무것도 들리지 않았다. 무릎을 꿇고 앉아, 눈을 파헤치며 왔던 길을 돌아보았다. 좁고 거칠게 패인 자국이 얕게 드러났다. 말들을 끌고 길을 따라갔다. 땅에 가깝게 몸을 구부리고, 고삐를 잡지 않은 손으로 눈을 썰었다. 몇 미터 지나지 않아 길은 눈으로 채워지기 시작했고, 세찬 바람이 눈을 날려 버리기도 전에 곧바로 사라져 버렸다. 자신이 왔던 방향을 최대한 추측해 가며 계속 걸었다. 마차에서 직선으로 말들에게 끌려왔길 바랐지만 확신할 수 없었다. 가끔 소리를 질렀다. 소리는 입에서 빠져나와 바람에 실려 뒤로 날아갔다. 서두르다 눈 속에서 비틀거렸다. 발과 손에 감각이 없어지더니 몸까지 이어졌다. 미친 듯 주위를 둘러보았다. 힘이 빠지지 않게 천천히 계속 앞으로 걸어가려 했다. 하지만 다리가 제멋대로 움직이는 바람에 반은 걷고 반은 뛰는 걸음걸이로 앞으로 나아갔다. 고삐를 쥔 말들이 뒤에서 양순하게 따라오기는 했지만 감당할 수 없는 짐을 진 느낌이었다. 고삐를 떨어뜨리고 눈 속에서 무턱대고 달려 나가지 않으려고 무진 애를 써야 했다. 흐느끼다가 무릎을 꿇었다. 오른손으로는 아직 고삐를 꽉 쥐고 서툴게 앞으로 기어갔다.

멀리서 외침이 들렸다. 멈춰서 고개를 들었다. 오른쪽 조금 더 가까이에서 다시 소리가 들렸다. 일어나서 그쪽으로 달려 나갔다. 흐느끼던 숨소리는 귀에 거슬리는 웃음이 되었다. 흰색과 회색으로 휘몰아치는 눈 속에서 마차의 흐릿한 형체가 불쑥 나타났다. 그 옆에 세 사람이 모여 있는 모습이 보였다. 그중 한 사람이 떨어져 나와 그가 있는 쪽으로 걸어왔다. 밀러였다. 밀러는 이해할 수 없는 무슨 말을 외치고 앤드루스가 아직 잡은 고삐를 가져갔다. 그가 고삐를 들어 올리자 앤드루스의 손도 딱딱하게 붙어 가슴께까지 올라갔다. 앤드루스는 그것을 보고 손가락을 풀려 했다. 움직이지 않았다. 밀러가 그의 손을 잡고 고삐에서 손가락을 떼어 놓았다. 앤드루스는 떨림이 사라질 때까지 손을 쥐었다 폈다 하며 손가락을 움직였다.

밀러가 가까이 와서 귀에 대고 소리쳤다. "괜찮나?"

앤드루스는 고개를 끄덕였다.

"가세." 밀러가 소리쳤다. 두 사람은 맞바람에 고개를 숙이고 마차와 찰리 호지, 그리고 슈나이더가 있는 쪽으로 죽을힘을 다해 걸어갔다. 밀러는 슈나이더와 앤드루스의 머리를 한꺼번에 가까이 끌어당기고 다시 소리쳤다. "찰리는 내가 태우고 가겠네. 자네 둘은 가까이서 따라와."

일행은 마차 옆에서 말에 올라탔다. 밀러는 찰리 호지를 등 뒤에 태웠다. 찰리는 밀러의 배 둘레를 단단히 붙잡고 머리를 밀러의 등에 묻었다. 찰리는 눈을 꽉 감았다. 입으로는 여전히 아무도 들을 수 없는 말들을 중얼거렸다. 밀러는 말을 몰고 마차를 떠났다. 앤드루스와 슈나이더가 그 뒤를 따랐다. 내리는 눈이 단단한 벽처럼 가리면서 마차가 곧 시야에서 사라졌다.

곧 들소 시체가 하얀 산처럼 쌓이며 굽이를 이룬 땅을 지나갔다. 밀러는 전속력으로 말을 몰았고 두 사람도 따라갔다. 말의 걸음걸이는 불편했고, 그들은 안장 위에서 덜컹거렸다. 양손으로 안장 머리를 단단히 붙잡아야 했다. 때로는 눈이 두껍게 쌓인 채 길게 뻗은 땅을 지나갔다. 이런 데서는 말 앞다리를 덮고 무릎 반까지 쌓인 눈을 파헤쳐 가며 말을 천천히 걷게 했다.

하얀 소용돌이를 이루며 몰아치는 눈 때문에 앤드루스는 방향 감각이 마비되었다. 전에 그들을 계곡 입구 방향으로 이끌었던, 반대쪽 산비탈에 짙게 드리웠던 희미하고 흐린 녹색의 소나무들은 일행 모두의 시야에서 가려졌다. 앤드루스는 말들과 그 주위에 옹송그리며 모인 사람들 너머에서 방향을 알려 주는 어떤 이정표도 볼 수 없었다. 보이는 곳마다 하얀

색뿐이었다. 점점 작아지는 원 주위를 어지럽게 돌고 또 돌다가 마침내는 하나의 점 위에서 맹렬하게 회전하고 있는 느낌이었다.

밀러는 여전히 말에 박차를 가하며 옆구리를 때렸다. 말의 옆구리는 몰려드는 극심한 추위 속에서도 땀으로 번들거렸다. 말 세 마리는 가까이 모여 있었다. 밀러는 칼바람 속에서 눈을 감은 채 고개를 아래와 옆으로 돌리고 있어서, 앤드루스는 전속력으로 달려가는 가운데서도 그 모습을 볼 수 있었다. 알 수 없는 어떤 어렴풋한 공포 속에서 밀러를 보았다. 밀러는 자신이 보지 않는 방향으로 말을 이끌며 고삐를 단단히 잡고 있었다.

눈 폭풍 속에서 갑자기 검은 벽이 앞에 나타났다. 나무들이 있는 산비탈이었다. 나무 위에는 강한 바람에 날려 미처 쌓이지 못한 눈이 있었다. 모닥불을 피웠던 거대한 바위 굴뚝이 유령 같은 모습으로 희미하게 나타났다. 굴뚝은 하얀 눈과 대비되는 더러운 노란색과 회색이었다. 밀러는 말의 속도를 늦춰 걷게 하고, 찰리 호지가 만들었던 사시나무 기둥 울타리로 일행을 이끌었다. 일행은 되도록 바람을 등지며 내려와 말들을 울타리 안으로 끌고 가서 제일 먼 구석에 서로 가깝게 묶었다. 안장은 얹은 채로 두었다. 등자는 바람이 불어도 말의 옆구리를 때리지 않게 안장 머리 위로 걸었다. 밀러는 따라오라는 몸짓을 했다. 그들은 맞바람에 몸을 거의 반으로 접으면서 울타리를 나와, 들소 가죽을 쌓아 묶었던 곳으로 향했다. 가죽 꾸러미에는 눈이 높이 쌓였다. 꾸러미 몇 개는 바람에 날려 바닥에 길게 쓰러졌다. 나머지는 거센 바람에 크게 흔들렸다. 땅바닥에 흩어진 가죽 중 두세 장의 모서리가 눈 위에 비죽 튀어나왔다. 앤드루스는 이것이 끈으로 묶지 않았던 가죽 더미 중 남은 것들이며, 원래의 반밖에 되지 않는다는 사실을 깨달았다. 대부분은 강한 바람에 날아가 버렸다.

일행은 잠시 가죽 더미 옆에 가까이 모여 몸을 옹송그린 채 말없이 서 있었다.

앤드루스는 가죽 더미에 반쯤 몸을 기대고 있자 극심한 피로가 몰려오는 걸 느꼈다. 추웠는데도 팔다리가 풀리고 눈꺼풀이 내려왔다. 동사(凍死)에 대해 들었던 게, 혹은 책에서 읽었던 게 어렴풋이 기억났다. 두려움에 떨며, 가죽에 기댔던 몸을 일으켰다. 피가 좀 제대로 돈다고 느낄 때까지 팔을 마구 흔들고 옆구리를 두드렸다. 무릎을 높이 들고 작은 원을 그리며 주위를 천천히 달렸다.

밀러는 가죽 더미에 기댔던 몸을 일으키고는 앤드루스가 달리는 앞에 섰다. 두 손을 앤드루스의 어깨에 놓고 얼굴을 가까이 대고 큰 목소리로 말했다. "가만히 있어. 계속 그렇게 움직이면 얼어 죽어. 그것도 더 빨리."

앤드루스는 멍하니 그를 바라보았다.

"땀이 나잖아." 밀러가 말을 이었다. "잠깐 멈추면 바로 얼어붙는다고. 내가 시키는 대로 하면 무사해." 그는 슈나이더 쪽으로 돌아갔다. "프레드, 가죽 더미 몇 개 풀어."

슈나이더는 캔버스 천 코트 주머니 하나를 더듬어 작은 주머니칼을 꺼냈다. 얼어붙은 끈이 잘리면서 묶어 둔 가죽이 쏟아져 나올 때까지 톱질했다. 가죽 절반이 곧바로 바람에 높이 떠올라 사방으로 날려갔다. 몇 장은 소나무 가지에 높이 걸렸고, 나머지는 바람을 타고 눈을 따라 계곡 쪽으로 날아가 사라졌다.

"서너 장씩 잡아." 밀러가 외쳤다. 그리고 큰 무더기에서 밀려 나온 작은 꾸러미 위를 덮쳤다. 앤드루스와 슈나이더도 재빨리 그대로 했다. 하지만 찰리 호지는 움직이지 않았다. 반쯤 쭈그려 앉은 채 몸을 웅크렸다.

밀러는 배 아래 가죽을 끌고 눈 사이를 기어, 묶지 않은 가죽 몇 꾸러미가 있는 곳으로 갔다. 그는 슈나이더가 맨 아래 남았던 가죽에서 잘라서 간신히 빼냈던 뻣뻣한 가죽 끈을 당겼다. 들소 다리 가죽에 낸 작은 구멍을 통해 조였던 끈이었다. 밀러는 이것을 같은 길이의 작은 끈 몇 개로 잘랐다. 슈나이더와 앤드루스는 눈 위를 기어와 밀러가 하는 일을 지켜보았다.

밀러는 배 밑에 깐 가죽 하나하나의 다리에 작은 칼로 구멍을 냈다. 그리고 가죽 두 장을 돌려 털과 털끼리 닿게 서로 맞대고 다리를 끈으로 함께 묶었다. 다른 두 장은 털 부분이 바깥을 향하게 하고, 한 장은 아까 대충 만들어 두었던 자루 위로 끝부분과 옆쪽이 개방되게, 다른 한 장은 자루 아래 십자형으로 놓았다. 마지막 두 장의 가죽 다리 부분을 묶자, 엉성하지만 꽤 효과적인 방한 자루가 만들어졌다. 이 자루는 끝부분은 열렸지만, 옆은 느슨하게 닫혀서 두 사람이 그 안으로 기어들어 가면 거센 바람과 맹렬한 눈보라를 상당히 피할 수 있었다. 밀러는 눈 위로 이 무거운 자루를 끌고 가서 쓰러진 가죽 더미 사이로 당긴 다음, 그 위로 쌓인 눈 더미 쪽에 자루의 열린 끝부분을 밀어 넣었다. 그러고는 찰리 호지가 그 자루 안에 기어들어 가는 걸 도와주고 앤드루스와 슈나이더에게 돌아왔다. 앤드루스는 땅바닥에서 몸을 조금 일으켰다. 밀러는 앤드루스 밑에서 가죽을 두 장 꺼내 가죽 끈으로 다리 부분을 묶기 시작했다.

"이러면 얼어 죽지 않을 거야." 바람 사이로 밀러가 소리쳤다. "이 안에서 가까이 붙어 있고 몸이 안 젖게 해. 따뜻하지는 않겠지만 살 수는 있어." 앤드루스는 무릎으로 일어서서 가죽의 끝부분을 움켜잡고 집어 들어 밀러에게 가지고 가려 했다. 밀러는 이미 방한 자루의 첫 번째 부분을 거의 끝마쳤다. 하지만 앤드루스는 손가락이 너무 곱아서 가죽을 제대로 끌고 갈 수 없었다. 손가락은 손끝에 달린 채 얼어붙은 가죽 위를 약하고 괴상하게 움직이고 있었다. 힘도 감각도 없었다. 손목을 구부려 가죽 아래 눈을 파내며 천천히 발을 움직였다. 몸으로 가죽을 누르며 밀러에게 끌고 갔다. 강한 바람이 몰아치며 가죽을 세게 미는 바람에 거의 발이 들릴 뻔했다. 앤드루스는 밀러 근처에서 다시 땅 위에 쓰러져, 가죽을 눈 사이로 그에게 밀었다.

슈나이더는 꼼짝하지 않았다. 작은 가죽 더미 위에 배를 깔고 누워 밀러와 앤드루스를 쳐다보았다. 눈과 얼음으로 반짝이고 딱딱해진, 헝클어진 머리칼과 수염 사이에서 슈나이더의 눈이 빛났다.

밀러는 가죽을 십자 모양으로 놓고 마지막 끈으로 묶으며 슈나이더에게 소리쳤다. "이리로 와! 이걸 끌고 찰리와 내가 있는 곳으로 끌고 가자고."

얼음과 눈으로 하얗게 뒤덮인 슈나이더의 얼굴에서 시퍼런 입술이 히죽거리듯 오므라들었다. 그리고 천천히 고개를 좌우로 저었다.

"어서!" 밀러가 다시 소리쳤다. "그렇게 계속 있다간 엉덩이까지 꽁꽁 얼어."

슈나이더의 목소리가 휘몰아치는 바람을 뚫고 크게 들려왔다. "싫어!"

앤드루스와 밀러는 방한 자루를 끌고 슈나이더에게 갔다. 밀러가 말했다.

"미쳤어, 프레드? 빨리 가자. 윌하고 이 안에 들어가. 꽁꽁 얼어붙겠어."

슈나이더는 다시 히죽 웃고 두 사람을 하나씩 쳐다보았다.

"너희 개자식들은 지옥에나 가." 슈나이더는 눈을 감고 턱을 앞뒤로 움직여 침을 뱉으려 했다. 턱수염에서 얼음과 눈송이가 떨어지며 바람에 날려갔다. "지금까지 난 시키는 대로 했어. 가고 싶지 않을 때도 같이 갔고, 그럴 필요가 없다는 걸 알면서도 여기서 함께 머물렀어. 이제부턴 자네하고 얽히고 싶지 않아, 너희 개자식들 꼴 보기도 싫어. 냄새도 싫어. 여기서 나 혼자 지낼 거야. 더 할 말 없어." 그는 한 손을 밀러 쪽으로 뻗었다. 손가락은 위쪽을 더듬었고 분노로 떨렸다. "그 가죽 끈이나 몇 개 내놓고 꺼져. 나 혼자 알아서 할 거야."

밀러의 얼굴은 슈나이더보다도 더한 분노로 일그러졌다. 주먹으로 눈을 내리쳤다. 단단한 땅 안으로 주먹이 깊게 파고들었다.

"미쳤군!" 그가 외쳤다. "머리 좀 써. 얼어 죽을 거야. 이 눈보라에서 못 버텨."

"내가 알아서 해." 슈나이더가 말했다. "눈이 오기 시작할 때부터 생각해 놨어. 이제 그 끈이나 주고 꺼져."

두 사람은 잠시 서로를 쳐다보았다. 모래처럼 두껍고 날카로운 작은 눈송이가 두 사람 사이에서 계속 내렸다. 밀러는 마침내 고개를 젓고. 남은 가죽 끈을 슈나이더에게 건넸다. 목소리는 조금 조용해졌다. "하고 싶은 대로 해, 프레드. 난 상관하지 않겠어." 그는 앤드루스 쪽으로 몸을 조금 돌리고, 쓰러진 가죽 더미 쪽으로 머리를 홱 움직였다. "이제 가지." 그들은 앤드루스의 방한 자루를 끌고 슈나이더를 떠나 눈 위를 기어갔다. 앤드루스는 한 번 뒤돌아봤다. 슈나이더는 가죽을 단단히 묶기 시작했다. 눈보라가 몰아치는 가운데 혼자 미친 듯이 일했다. 그들 방향으로는 눈도 돌리지 않았다.

밀러와 앤드루스는 찰리 호지의 몸으로 불룩해진 방한 자루 옆에 다른 방한 자루를 놓았다. 열린 끝부분을 가죽 더미에 파묻었다. 밀러는 다른

쪽 끝을 열고 앤드루스에게 소리쳤다.

"들어가서 누워. 되도록 가만히 누워 있어. 움직일수록 몸이 얼어. 가능하면 잠을 청해 봐. 이걸로 한동안은 버틸 수 있어."

앤드루스는 발부터 먼저 자루 안으로 들이밀었다. 머리가 완전히 들어가기 전에 몸을 돌려 밀러를 쳐다보았다.

밀러가 말했다. "괜찮을 거야. 시킨 대로만 해." 앤드루스는 머리를 안으로 들이밀었다. 밀러는 자루의 덮개를 닫고 눈 속에 파묻어 닫은 상태를 유지했다. 앤드루스는 어둠 속에서 눈을 깜빡였다. 들소의 악취가 콧구멍으로 파고들었다. 감각이 없는 손을 허벅지 사이에 넣고 따뜻해질 때까지 기다렸다. 오랫동안 감각이 돌아오지 않아서 손이 언 게 아닌가 걱정했다. 마침내 손이 서서히 따뜻해지며 따끔거리고 아프기 시작하자 한숨을 쉬고 잠시 긴장을 풀었다.

바깥바람이 자루의 작은 입구를 찾아내 그 안으로 눈을 날려 보냈다. 바람이 거세게 불 때면 자루의 옆 부분이 몸을 찔렀다. 바람이 잦아들면 자루 옆 부분이 몸에서 떨어졌다. 옆에 있는 방한 자루의 움직임을 느꼈다. 찰리 호지가 두려움에 울부짖는 소리를 바람 속에서 들은 것 같았다. 얼굴이 따뜻해지자 들소의 거친 털이 피부를 자극했다. 무엇인가가 얼굴 위로 기어오르는 걸 느끼고 치워 버리려 했다. 하지만 몸을 움직이자 방한 자루 옆쪽이 열리며 눈이 몸 위로 밀려들었다. 그가 느꼈던 건 들소에 기생하던 벌레—이, 벼룩, 또는 진드기—라는 걸 깨달았지만 가만히 누워 다시는 움직이려 하지 않았다. 벌레가 살을 무는 걸 기다렸다. 살이 물렸을 때 움직이지 않으려 애썼다.

시간이 지나자 뻣뻣한 가죽 방한 자루에 무게가 더 실리며 그를 눌렀다.

바람은 잦아든 것 같았다. 바람의 성난 으르렁거림과 신음이 더는 들려오지 않았기 때문이다. 방한 자루의 덮개를 들어 올렸다. 자루 위에 쌓인 눈의 무게가 느껴졌다. 어둠 속에서 아주 희미한 빛만 보였다. 그쪽으로 손을 움직였다. 딱딱하게 언 눈이 건조하게 부스러지며 차갑게 느껴졌다.

그는 지금 눈 아래, 겨우 며칠 전만 해도 들소의 살에 붙어 있었던 가죽 사이에서 쉬고 있었다. 잘 돌지 않던 피가 천천히 따뜻해졌고 피부와 안쪽 들소 가죽까지 온기가 돌았다. 몸 전체에 조금씩 온기가 퍼지며 풀리기 시작했다. 위에서 날카롭게 웅웅대는 바람이 귀를 달랬다. 그는 잠들었다.

일행이 갇힌 계곡에 이틀 낮과 사흘 밤 동안 눈 폭풍이 몰아쳤다. 그들은 눈 무더기 아래 누운 채 숨어 꼼짝하지 않았다. 용변을 볼 때와 닫히고 어두운 가죽 동굴에 신선한 공기가 들어오게 하려고 눈 더미에 구멍을 낼 때를 빼고는 움직이지 않았다. 앤드루스는 사타구니와 허벅지 위쪽이 아플 정도로 참던 소변을 보려고 밖으로 나와야 했던 적이 있었다. 머리쪽 덮개에서 힘없이 눈을 옆으로 밀고 눈(眼)을 깜빡이며 살을 에는 추위속으로 기어 나와, 완전한 어둠 속에 몸을 드러냈다. 눈이 뺨과 이마를 찌르는 걸 느꼈다. 폐를 파고드는 찬 공기에 움찔했다. 움직이는 게 두려워서, 나왔던 자리에 쪼그리고 어둠 속에서 소변을 보았다. 그리고는 뒤로 눈 속을 더듬어 방한 자루 안으로 꿈틀거리며 들어갔다. 자루에는 그가 나갔을 때 있던 온기가 아직 남았다.

앤드루스는 대부분의 시간 동안 잠을 잤다. 자지 않을 때는 무릎을 가슴까지 끌어올리고 옆으로 누워 꼼짝하지 않았다. 그러면 몸에 온기가 돌았다. 잠에서 깨면 멍하고 무기력했다. 머리는 느리게 순환하는 피만큼이나 둔하게 돌았다. 근거도 없고 뚜렷하지도 않은 생각이 모호하게 떠돌며 머릿속에서 오락가락했다. 보스턴의 안락했던 집이 반쯤 기억났다. 하지만 너무 멀고 현실이 아닌 것 같았다. 그런 생각 중에 머릿속에 남는 건, 기억하는 감각의 희미한 환상뿐이었다. 밤에 자던 깃털 침대의 느낌, 어두컴 거실이 주는 편안한 친밀감, 자러 간 뒤에 아래층에서 들려오던 느긋한 대화의 웅웅거림 같은 것들.

프랜신을 생각했다. 그녀의 이미지를 떠올릴 수 없었다. 그래서 시도하지 않았다. 그녀를 살, 부드러움, 온기라고 생각했다. 이유는 몰랐고 궁금하지도 않았지만, 그녀를 자신의 일부이기는 해도 다른 곳은 따뜻하게 해 줄 수는 없는 어떤 부분이라 생각했다. 어쨌든 그는 전에 그 부분을 자신에게서 밀어냈다. 자신이 그 따뜻함 속으로 가라앉는 걸 느꼈다. 그는 추위를 느끼기도 전에 잠들었다.

VII

사흘째 되는 날 아침, 앤드루스는 무거운 눈 아래 힘없이 몸을 돌려 머리 쪽에 길게 쌓인 눈 속으로 머리를 파묻었다. 어쨌든 추위에 점점 익숙해져서, 잘 때도 조금이나마 온기를 유지할 수 있을 정도였지만 움찔하며 눈을 감았다. 살이 차가운 눈에 닿자 목을 어깨 쪽으로 웅크렸다.

눈 아래서 나왔을 때도 계속 눈을 감았다. 순간적으로 하얀 열기와 함께 눈 위를 화끈거리게 한 밝은 빛 때문에 눈을 떴다. 손에는 녹은 눈덩이가 아직 붙어 있었지만 눈 위에 대고 통증이 사라질 때까지 문질렀다. 한 번에 조금씩 눈꺼풀을 가늘게 들어 올리며 눈을 햇빛에 적응시켰다. 마침내 주위를 둘러볼 수 있게 되자, 전에 보지 못했던 세상이 눈에 들어왔다.

구름 한 점 없는 하늘, 높이 떠오른 해 아래 눈으로 볼 수 있는 가장 먼 곳까지 하얀 눈이 차갑게 빛나며 펼쳐졌다. 눈은 야영지 주변에 두껍게 쌓였고, 드넓게 뻗은 계곡의 언덕 위를 마치 움직이지 않는 물결처럼 덮었다. 계곡의 굽잇길을 분명히 보여 주었던 산비탈은 부드러워지고 달라졌다. 눈은 산에서 넓은 계곡으로 퍼진 짙은 소나무 주변에 부드러운 곡선을 이루며 쌓였고, 하얀 눈 위로 나무의 꼭대기만 짙게 보였다. 눈은 산비탈에 높이 쌓였고, 소나무의 짙고 푸른색은 더는 보이지 않았다. 주위를 둘러싼 눈 속에서 나무 한 그루 한 그루가 두드러졌다. 앤드루스는 방한 자루에서 나온 자리에 그대로 서서 경이에 찬 눈으로 주위를 둘러보았다. 움직이지 않았다. 눈 말고 아무 표시도 없는 눈밭을 지나가기 망설여졌다. 몸을 구부리고 앞에 있는 얇은 눈의 표면 속으로 손가락 하나를 찔러 넣었다. 손가락으로 만든 구멍을 주먹을 쥐고 넓혔다. 눈을 한 움큼 쥐고 손가락 사이로 그 작고 하얀 부스러기가 그 눈을 퍼냈던 구멍 옆으로 떨어지게 했다. 제대로 먹지 못해 약해진 몸과 며칠 밤낮을 어둠 속에 누워 있어서 생긴 어지럼증 때문에, 허리께까지 쌓인 눈 속에서 몇 걸음 앞으로 휘청거렸다. 몸을 이리저리 돌리며 전에는 너무 익숙해서 제대로 살펴보지 않았던 야영지를 쳐다보았다. 야영지는 이제 갑자기 낯설게 다가왔다. 너무 낯설어서 전에 이곳을 봤다는 사실을 믿을 수 없었다. 계곡에서 나온 투명하고 깊은 고요가 산 위를 지나 하늘로 올라갔다. 자기 숨소리가 크게 들렸다. 고요함을 깨뜨리지 않으려 숨을 참았다. 바지에 묻었던 눈이 발치께 쌓인 단단한 눈 위로 미끄러지듯 떨어지며 나는 소리가 들렸다. 눈의 무게로 나무가 부러지는 소리가 멀리서 부드럽게 메아리치며 들려왔다. 야영지 건너 눈이 쌓인 울타리에서는 말이 크게 힝힝거리는 소리가 들렸다. 소리가 너무 커서 앤드루스는 울타리가 겨우 몇 미터 거리에 있겠다는 생각이 잠깐 들었다. 참았던 숨을 내쉬며 울타리 쪽으로 몸을 돌렸다. 쌓인 눈 너머로 말들이 움직이는 게 보였다.

공기를 들이마시고 한껏 크게 소리를 질렀다. 소리를 지르고 난 뒤, 목소리가 점점 작아지며 울리다가 그가 생각하기에 한참 지난 뒤, 고요 속으로 들어가 멀리서 흩어지면서 눈에 빨려드는 걸 들으며 입을 벌린 채 그대로 있었다. 이틀 동안 누워 있던 눈 더미 쪽으로 몸을 돌렸다. 그 눈 더미 중 하나의 아래에 이틀 동안 누워 있었다. 다른 눈 더미 아래에는 아직 밀러와 찰리 호지가 누워 있었다. 어떤 움직임도 보이지 않았다. 갑자기 공포에 사로잡혀 눈을 뚫고 몇 발짝 앞으로 나갔다. 그때 눈 더미가 살짝 떨리더니 위쪽부터 갈라지는 게 보였다. 갈라진 부분은 그가 있는 쪽까지 길게 늘어났다. 밀러의 머리—머리가 나타난 매끈한 하얀 눈에 대비되게 검고 거친—가 시야에 들어왔다. 수영 선수 같은 두툼한 팔이 마구 흔들리며 눈을 한쪽으로 밀더니 밀러가 세차게 눈을 껌뻑이며 똑바로 일어섰다. 잠시 후 눈을 가늘게 뜨고 앤드루스를 보더니 쉰 목소리로 말했다. 목소리가 떨리고 불안정했다. "괜찮나, 젊은 친구?"

"네." 앤드루스가 말했다. "당신과 찰리는요?"

밀러는 고개를 끄덕였다. 야영지 너머를 내다보았다. "프레드는 어떻게 됐는지 모르겠군. 얼어 죽지는 않았겠지."

"여기 들어가기 전에 마지막으로 봤을 때는 저쪽 너머에 있었어요." 앤드루스가 말했다. 그리고 전에 야영지를 꾸렸던 바위 굴뚝 쪽을 가리켰다. 그들은 확신하지 못한 채 그쪽으로 걸어갔다. 때로는 허리까지 쌓인 눈을 파내며, 때로는 겨우 종아리 중간쯤 쌓인 눈을 수월하게 헤치며 갔다. 장화로 눈을 조심스럽게 찔러 보며 높은 바위 주변을 돌았다.

"어디 있는지 알 수 없군." 밀러가 말했다. "봄이 와 눈이 녹을 때까지 못 찾을 수도 있겠어."

하지만 밀러가 말했을 때, 앤드루스는 바위 굴뚝 아주 가까이에서 눈이 움직이더니 갈라지는 걸 보았다.

"여기 있어요!" 그가 외쳤다.

밀러와 앤드루스 사이에서 울퉁불퉁한 형체가 눈을 뚫고 나타났다. 커다란 흰 얼음덩어리가 들소 가죽의 엉킨 털에 붙어 있다가 떨어져 가죽의 밤색이 드러났다. 순간 앤드루스는 혹시 들소가 일어나 덤벼드는 게 아닌가 하는 두려움에 뒤로 물러섰다. 하지만 다음 순간 슈나이더가 미라처럼 둘둘 감쌌던 가죽을 옆으로 던져 버리고 앞을 제대로 보지 못하며 두 사람 사이에 섰다. 슈나이더는 눈을 꽉 감았다. 고통으로 눈썹 사이 살에 주름이 잡혔고, 입은 한쪽으로 당겨졌다.

"맙소사, 너무 밝군." 슈나이더가 말했다. 목소리가 불분명하게 꺽꺽거렸다. "아무것도 안 보이네."

"괜찮으세요?" 앤드루스가 물었다.

슈나이더는 눈을 가늘게 떴다. 앤드루스를 알아보고 고개를 끄덕였다. "손가락이 살짝 동상에 걸린 것 같아. 발은 얼어붙기 직전이고. 하지만 그런대로 괜찮아. 몸이 좀 녹으면 확실히 알겠지."

세 사람은—손과 발로, 그리고 슈나이더가 버렸던 가죽을 접어—바위 굴뚝 주변의 눈을 최대한 넓게 치웠다. 얼어붙은 땅, 그리고 새까맣게 타고 얼음이 덮인 옛 모닥불 자리 위에, 눈이 쌓인 소나무의 낮은 가지에서 꺾어 낼 수 있었던 마른 잔가지를 쌓았다. 밀러는 물품 저장소 안을 파서 오래된 부싯깃 통과 눈에 젖지 않은 구겨진 종이 몇 장, 사용하지 않은 탄약통을 찾아냈다. 마른 잔가지 아래 종이를 놓고 탄약통에서 납탄을 꺼내 종이 위에 화약을 붓고 그 위에 구겨진 종이를 몇 장 더 놓았다. 부싯깃으로 화약에 불을 붙였다. 화약이 세게 타오르면서 종이에 불이 붙었다. 곧 작은 불길이 일며 바위 안쪽에 붙어 있던 눈을 녹이기 시작했다.

"이 불씨를 잘 간수해야 해." 밀러가 말했다. "바람이 부는데 젖은 나무로 불을 피우기는 아주 어려워."

불이 강해지자 세 사람은 눈을 뒤져 장작들을 찾아내, 젖은 채 불 위에
쌓았다. 불가 근처에 웅숭그려 앉았다. 너무 가까이 앉아서 젖은 옷에서
김이 날 정도였다. 슈나이더는 들소 가죽 위에 앉아 장화를 불 가까이 거
의 닿을 정도로 뻗었다. 그슬린 가죽 냄새가 땔감이 타며 내는 강한 냄새
와 섞였다.

밀러는 몸을 녹이고 나자, 그와 앤드루스가 아까 만들었던 비뚤비뚤한
길을 따라 야영지를 가로질러, 찰리 호지가 아직 누워 있는 가죽 사이로
갔다. 앤드루스는 밀러가 가는 걸 보았다. 고개를 돌리지 않으며 눈으로
그 뒤를 따라갔다. 불의 열기가 살갗에 닿자 아팠지만 그래도 불 가까이
다가가고 싶은, 불 주위를 맴돌고 싶은, 몸 안에 불을 가져오고 싶은 충동
을 여전히 느꼈다. 열기로 몸이 아파져 입술을 깨물었지만, 뒤로 물러나
지 않았다. 손이 새빨개지고 얼굴이 탈 듯 화끈거릴 때까지 불 앞에 그대
로 있었다. 그리고 뒤로 물러나자 곧바로 추워졌다.

밀러가 찰리 호지를 데리고 눈밭을 지나 불가로 왔다. 찰리 호지는 밀
러 앞에서 걸었다. 끊어진 길 위에서 고개를 숙인 채 어기적거리며 종종
무릎을 휘청거렸다. 길이 꺾이는 곳에서 눈 위에 고꾸라졌다. 그는 발을
멈췄다. 밀러가 그를 잡아 부드럽게 돌려줘야 겨우 몸을 움직였다. 두 사
람은 불 앞으로 다가왔다. 찰리 호지는 불 앞에 무기력하게 섰다. 아직 고
개를 수그려서 얼굴이 다른 사람들에게서 가려졌다.

"찰리는 아직 자기가 어디 있는지 잘 몰라." 밀러가 말했다. "좀 지나면
괜찮아질 거야."

찰리 호지는 불을 쬐어 따뜻해지자 조금 움직이기 시작했다. 멍하니

앤드루스와 슈나이더를, 다시 밀러를 보았다. 그리고 불길에 시선을 돌리고 더 가까이 갔다. 손목의 잘린 부분을 불 가까이 뻗고 오랫동안 그대로 있었다. 마침내 불 앞에 앉아 턱을 무릎에 댔다. 무릎을 가슴 가까이 당기고 팔로 단단히 감쌌다. 불길을 골똘히 응시하며 가끔 눈을 느릿느릿 멍하니 깜빡였다.

밀러는 울타리로 가 말들을 살펴보았다. 자기 말을 끌고 돌아와, 다른 말들도 날씨에 비해 상태가 괜찮다고 불가에 있는 일행에게 알려 주었다. 다시 물품 저장소를 뒤져 반쯤 찬 곡물 사료 자루를 가져왔다. 건초를 보충하려고 가져온 사료였다. 곡물 사료를 조금 꺼내 말에게 주었다. 슈나이더에게 좀 있다 다른 말들에게도 사료를 주라고 했다. 말의 몸이 풀리고 사료 덕분에 기운을 차릴 때까지 잠시 주위를 돌아다니게 했다. 안장에서 얼음과 눈을 닦아 내고 안장띠를 말의 배에 단단히 매고 올라탔다.

"고갯길에 가서 상태가 어떤지 보고 올게." 밀러가 말했다. 그가 천천히 멀어져 갔다. 말은 고개를 수그리고 걸었다. 그들이 만들어 낸 자국에서 발굽을 조심스레 들고, 얇은 얼음 표면 위에 발굽을 더 조심스럽게 놓은 다음, 발굽에만 힘을 준 것처럼 눈 속으로 내디뎠다.

얼마 지나 밀러의 소리가 더 들리지 않자 슈나이더는 불에 대고 말했다. "가 봐야 소용없어. 상황이 안 좋다는 건 밀러도 알아."

앤드루스는 침을 삼켰다. "얼마나 안 좋죠?"

"한동안 여기 있어야 할 거야." 슈나이더가 말했다. 그리고 웃음기 없이 킬킬거렸다. "한참."

찰리 호지가 고개를 들더니 마치 정신을 차리려는 듯 흔들었다. 슈나이더를 바라보더니 눈을 깜빡였다. "안 돼." 그가 쉰 목소리로 크게 말했다. "안 돼."

슈나이더는 찰리 호지를 보고 히죽 웃었다. "살아 있었네, 영감? 좀 쉬니 괜찮아?"

"안 돼." 찰리 호지가 말했다. "마차는 어디 있어? 소를 매야 해. 여기서 떠나야 해."

찰리 호지는 일어나서 몸을 흔들며 미친 듯이 주위를 둘러보았다. "어디 있어?" 그는 불에서 한 걸음 물러섰다. "낭비할 시간 없어. 없다고…."

슈나이더가 일어나서 찰리 호지의 팔에 손을 놓았다. "진정해." 무뚝뚝하게 달래며 그가 말했다. "괜찮아. 밀러가 곧 돌아와. 밀러가 다 알아서할 거야."

찰리 호지는 일어설 때처럼 갑자기 땅에 주저앉았다. 불 쪽으로 고개를 끄덕이며 중얼거렸다. "밀러가 우리를 데리고 여길 나갈 거야. 기다려야지. 밀러가 데리고 나갈 거야."

굵은 장작이 녹아 젖으며 석탄 위에 떨어졌다. 장작은 푸른 회색의 굵은 연기 기둥과 함께 쉬익 소리를 내며 갈라졌다. 세 사람은 맨땅 위에 작은 원 모양으로 쪼그려 앉았다. 녹아서 물이 된 눈과 가까운 눈 더미에서 배어 나온 눈 때문에 땅이 질척거렸다. 그들은 밀러가 돌아오길 기다리며 아무 말도 하지 않았다. 불의 열기로 무기력해진 데다, 이틀 동안 제대로 먹지 못해 몸이 약해져서 움직이거나 먹을 생각이 나지 않았다. 앤드루스는 녹는 눈 더미로 가끔 손을 뻗어 무기력하게 눈을 한 줌 쥐고 입에 집어넣었다. 혀에서 눈을 녹여 목구멍으로 넘겼다. 모닥불 너머를 보지는 않았다. 하지만 계곡을 뒤덮은 눈의 하얀색이 햇빛에 밝게 빛나면서 얼굴을 피했는데도 눈앞에서 타오르는 듯 강렬해졌다. 눈이 쓰라리고 머리가 지끈거렸다.

밀러가 야영지를 떠난 지 거의 두 시간이 되었다. 밀러는 돌아와서는 아무에게도 눈길을 주지 않고 야영지를 지났다. 몸을 떨며 숨차 하는 말을 눈이 쌓인 울타리 안에 두었다. 불가에서 기다리는 일행에게 눈을 헤치며 지친 듯 힘겹게 걸어왔다. 손을 덥히고—손은 추위와 화약 그을음으로 시퍼렇고 까맸다—몇 차례 몸을 돌려 완전히 녹일 때까지 입을 열지 않았다.

잠시 침묵이 흐르고 슈나이더가 매몰차게 말했다. "그래서? 상황이 어때?"

"우린 완전히 눈에 갇혔어." 밀러가 말했다. "고갯길을 1킬로미터도 가지 못했어. 내가 돌아본 곳에는 눈이 3미터 가까이 쌓인 데도 있더군. 그리고 더 나빠질 것 같았어."

쪼그려 앉아 있던 슈나이더는 무릎을 때리며 똑바로 일어섰다. 모닥불에서 떨어져 땅에서 지글거리던, 타 버린 장작을 발로 찼다.

"알고 있었어." 슈나이더가 음울하게 말했다. "자네가 말하기 전부터 알고 있었어." 그는 밀러와 앤드루스를 차례로 보았다. 그리고 다시 반대 순서로 쳐다보았다. "진작 여기를 떠야 한다고 했지만 너희 개자식들은 듣지 않았지. 지금 이 꼴을 봐. 이제 어떻게 할 거야?"

"기다려야지." 밀러가 말했다. "눈보라가 또 올 걸 대비해야 해. 그리고 기다려야지."

"이 몸은 아니야." 슈나이더가 말했다. "난 여기를 뜰 거야."

밀러는 고개를 끄덕였다. "길을 찾아낼 수만 있다면 그렇게 해."

앤드루스는 일어나서 밀러에게 말했다. "우리가 넘어온 길이 유일한

출구인가요?"

"산을 타고 넘어가는 수도 있긴 하지." 밀러가 말했다. "위험하기 짝이 없지만."

슈나이더는 팔을 쩍 벌렸다. "뭐가 문제인데?"

"문제는 없어." 밀러가 말했다. "자네가 정말 그렇게 할 만큼 바보라면 말이지. 눈신발을 신어도 짐을 지고 산을 넘을 수는 없어. 처음 만나는 눈밭에 빠질 거야. 겨울에는 고원 지대에서 살아남을 수 없어."

"식량만 있으면 버틸 수 있어." 슈나이더가 말했다.

"자네가 바보라서 산을 넘어간다고 쳐도, 눈보라가 또 몰아칠 위험이 있어. 산비탈에서 눈보라 만난 적 있어? 한 시간도 못 버텨."

"어차피 이판사판이야." 슈나이더가 말했다. "해 봐야지."

"그리고 설사 자네가 바보라서 그런 위험을 무릅쓴다 해도, 평원 지대를 모르면 길을 알려 줄 사람을 만날 때까지 두 주는 헤매야 해. 여기와 덴버 사이에는 아무것도 없어. 그리고 덴버까지는 아주 먼 길이고."

"자네는 대평원을 잘 알잖아." 슈나이더가 말했다. "자네가 안내하면 되겠네."

"게다가." 밀러가 말했다. "가죽들을 여기 두고 가야 해."

슈나이더는 잠시 입을 다물었다. 그러고는 고개를 끄덕이고 젖은 장작을 다시 찼다. "그거였군." 그가 딱딱한 목소리로 말했다. "알아챘어야 했는데. 그 빌어먹을 가죽을 두고 갈 수 없는 거야."

"가죽뿐만이 아니야." 밀러가 말했다. "우린 아무것도 가지고 갈 수 없어. 말들은 제멋대로 날뛸 거고, 소들은 여기 아직 남은 들소 떼들과 함께 가 버리겠지. 이 고생을 하고도 남는 건 하나도 없게 돼."

"바로 그거야." 슈나이더가 다시 말했다. 언성이 높아졌다. "아무것도 안 남아도 돼. 난 물건들에 그다지 관심 없어. 필요하다면 혼자 가겠어. 가는 경로하고 이정표만 몇 개 알려 줘. 그럼 나 혼자 가겠어."

"안 돼." 밀러가 말했다.

"뭐?"

"자네는 여기 있어야 해." 밀러가 말했다. "사람 셋이 있어야 해⋯." 그는 모닥불 앞에서 몸을 흔들며 거의 들리지 않을 정도로 낮게 웅얼거리는 찰리 호지를 흘깃 보았다. "두 사람만으로는 가죽 실은 마차를 끌고 산을 내려갈 수 없어. 자네 도움이 필요해."

슈나이더는 오랫동안 밀러를 바라보았다. "이 개자식." 그가 말했다. "기회조차 안 주는군."

"기회는 지금 주잖아." 밀러가 조용히 말했다. "여기 우리와 함께 머무르는 거. 내가 경로와 이정표를 말해 줘도 자네는 못 찾아. 여기 우리와 함께 있는 게 살아남는 기회야."

슈나이더는 다시 한동안 입을 다물었다. 마침내 그가 말했다. "좋아. 물어본 내가 바보였지. 겨우내 여기 눌러앉아 한 달에 60달러씩 받겠어. 그리고 너희 개자식들은 지옥에나 가." 그는 밀러와 앤드루스 쪽으로 등을 돌리고 모닥불을 향해 화난 듯 손을 뻗었다.

밀러는 뭔가 말하려는 듯 찰리 호지를 잠시 쳐다보았다. 그리고 갑자기 앤드루스 쪽으로 몸을 돌렸다. "물건들을 뒤져서 콩이 든 자루를 찾아 봐. 찰리의 냄비도. 뭐라도 먹어야 해."

앤드루스는 고개를 끄덕이고 시키는 대로 했다. 그가 눈 속을 뒤질 때 밀러는 야영지를 떠나 몇 분 뒤 뻣뻣한 들소 가죽 몇 장을 끌고 돌아왔다. 야영지와 들소 가죽 있는 곳 사이를 서너 번 왕복하면서 돌아올 때마다 가죽을 더 많이 갖고 왔다. 가죽을 열두어 장 쌓고 눈 속을 뒤져 도끼한 자루를 찾아냈다. 그리고 도끼를 어깨에 짊어지고 터덜터덜 야영지를 떠나서 산을 올라 거대한 소나무 숲 사이로 갔다. 소나무의 낮은 가지는 눈의 무게 때문에 괴상하고 기이한 곡선을 이루며 아래로 휘어졌다. 낮은 가지들은 하얀 대지 위에 끝이 닿은 게 많았다. 나뭇가지를 아래로 휘게 한 눈과 그 나뭇가지들이 놓인 눈은 똑같아 보였다. 밀러는 이렇게 만들어진 아치 아래를, 짙은 녹색과 눈부신 결정체의 동굴 안으로 들어가는 것처럼 보일 때까지 한참 걸었다.

밀러가 없는 동안 앤드루스는 눈 속에서 찾아낸 무쇠솥 안에 말린 콩을 몇 줌 집어넣었다. 그리고 눈을 몇 덩이 퍼 넣고 솥이 바위 한쪽에 기대게 모닥불 뒤쪽에 놓았다. 소금 자루는 못 찾았지만 소금에 절인 돼지고기 껍질 몇 개와 커피 깡통은 찾아냈다. 돼지고기 껍질을 솥에 넣고 다시 눈 속을 뒤져 커피 주전자를 찾았다. 밀러가 숲에서 돌아왔을 때는 콩이 든 솥이 부글부글 끓었고, 주전자에서는 희미한 커피 향이 피어오르기 시작했다.

밀러는 어깨에 소나무 가지 몇 개를 지고 왔다. 도끼로 베어 낸 가지 밑동은 원색에 가까운 노란색에 굵고 무거웠다. 밀러 몸 뒤쪽으로 가면서 가늘어진 잔가지와 솔잎이 눈 속에 굵은 흔적을 울퉁불퉁하게 남겼고, 밀러가 비틀거리며 산비탈을 내려오며 만든 발자국을 덮었다. 밀러는 가지의 무게로 몸을 구부린 채 휘청거리며 불가까지 마지막 몇 걸음을 옮겨, 옆의 눈 위에 나뭇가지들을 던져 놓았다. 땅에서 흰 먼지 같은 고운 구름이 터져 올라 허공에서 한동안 맴돌았다.

밀러의 얼굴은 때와 먼지투성이에 추위와 탈진으로 시퍼런 회색이었다. 밀러는 나뭇가지를 내려놓은 자리에서 몇 번 몸을 흔들고, 삐뚤삐뚤한 선을 그리며 불가로 와 선 채 몸을 녹였다. 커피가 석탄 위에서 끓으며 주전자 한쪽에서 김이 나고 쉬익거릴 때까지 말없이 그렇게 서 있었다.

그가 약하고 공허한 목소리로 앤드루스에게 말했다. "컵은 찾았나?"

앤드루스는 주전자를 불 끝으로 옮겨 놓았다. 손잡이가 뜨거워서 손을 뎄지만 움찔하지 않았다. 고개를 끄덕였다. "두 개 찾았어요. 나머지는 날아가 버린 게 분명해요."

끓인 커피를 컵 두 개에 부었다. 슈나이더가 걸어왔다. 앤드루스는 컵 하나를 밀러에게, 다른 하나는 슈나이더에게 건넸다. 커피는 싱겁고 밍밍했지만 두 사람은 입천장이 델 것처럼 뜨거운 커피를 불평 없이 들이켰다. 앤드루스는 커피 가루를 조금 쥐어, 끓고 있는 주전자 안에 집어넣었다.

"조금만 해." 컵을 양손으로 쥔 밀러가 말했다. 밀러는 손이 데지 않게 컵을 이리저리 옮기면서 식지 않게 감쌌다. "이제 커피가 얼마 남지 않았어. 있는 걸 오래 끓여."

밀러는 커피를 두 잔째 마시자 다시 기운을 차린 것 같았다. 석 잔째를 조금 홀짝이다 찰리 호지에게 건넸다. 찰리는 불 앞에 가만히 앉아 아무도 쳐다보지 않았다. 슈나이더는 두 잔째 커피를 마시고 찰리 호지를 지나 원의 끝부분으로 돌아가서 석탄을 우울하게 응시했다. 나무들 사이를 통해 스며들며 그들이 앉은 자리에 그림자를 짙게 드리운 눈부신 하얀 빛 속에서 석탄이 옅은 회색으로 타올랐다.

"여기 대피소를 만들 거야." 밀러가 말했다.

뜨거운 커피 때문에 얼얼해서 입을 벌린 앤드루스가 또렷하지 않은 발음으로 말했다. "이렇게 해 아래 그냥 나와 있는 게 낫지 않나요?"

밀러는 고개를 저었다. "낮에는 그렇겠지. 하지만 밤에는 아니야. 그리고 눈보라가 또 몰아치면 대피소 없이는 1분도 못 버텨. 여기 만들어야 해."

앤드루스는 고개를 끄덕였다. 목을 뒤로 젖히고 커피잔을 위로 기울여 컵의 따뜻한 테두리가 콧날에 닿게 하며 남은 커피를 마셨다. 끓는 물에서 부드러워진 콩에서 옅은 냄새가 났다. 허기를 느끼지 않았는데도 그 냄새에 배가 뒤틀렸다. 갑작스러운 고통에 몸을 구부렸다.

밀러가 말했다. "시작하는 게 좋겠어. 콩은 두세 시간 더 끓여야 먹을 수 있어. 밤이 오기 전에 일을 마쳐야 해."

"밀러 씨." 앤드루스가 말했다. 일어나기 시작하던 밀러는 멈춰서 한쪽 무릎으로 쭈그린 채 그를 쳐다보았다.

"왜?"

"여기 얼마나 있어야 할까요?"

밀러는 일어났다. 몸을 굽혀 석탄이 묻은 검은 진흙과 젖은 솔잎을 무릎에서 털어냈다. 고개를 숙인 채 검고 헝클어진 눈썹 아래 눈을 올려 뜨고 앤드루스를 똑바로 쳐다보았다.

"자네에게 거짓말하진 않겠네, 젊은 친구." 밀러는 그들이 있는 방향으로 몸을 돌리고 있던 슈나이더 쪽으로 갑자기 고개를 홱 돌렸다. "그리고 프레드에게도. 우리가 넘어온 고갯길의 눈이 녹을 때까지 여기 있을 거야."

"얼마나 걸릴까요?" 앤드루스가 물었다.

"날씨가 좋으면 3, 4주 정도겠지." 밀러가 말했다. "하지만 그전에 한겨울이 될 거야. 봄까지 여기 있어야 해. 마음의 준비를 하라고."

"봄까지요?" 앤드루스가 말했다.

"적어도 여섯 달, 길면 여덟 달이겠지. 그러니 물건들을 뒤져서 길게 버틸 준비를 해야 해."

앤드루스는 여섯 달이 얼마나 길지 생각해 보려 했지만 짐작도 가지 않았다. 지금 여기 온 지 얼마나 됐지? 한 달? 한 달 반? 얼마가 되었든 그 기간은 새로움과 일, 극도의 피곤으로 가득 차서 시간을 재거나 생각하거나 다른 걸 할 새가 없었다. 여섯 달. 크게 말하면 뭔가 더 의미가 있는 것처럼 말했다. "여섯 달."

"일곱 달, 여덟 달일 수도 있어." 밀러가 말했다. "생각해 봐야 소용없어. 커피 바닥나기 전에 일을 시작하지."

앤드루스와 밀러, 슈나이더는 그날 남은 시간 동안 대피소를 만들었다. 굵지 않은 가지에서 작은 잔가지를 잘라내 불 가까이에 단정하게 쌓았다. 밀러와 앤드루스가 나뭇가지 작업을 하는 동안, 슈나이더는 뻣뻣한 가죽 중에서 최대한 작고 어린 걸 잘라, 고르지는 않지만 비교적 가는 가죽 끈으로 만들었다. 돌처럼 딱딱한 가죽을 자르느라 날이 금세 무뎌져서 몇 번을 갈아야 가죽 끈 하나를 만들 수 있었다. 가죽 끈을 많이 만들고 난 다음, 눈 속에 파묻혔던 찰리 호지의 물건 중에서 찾아낸 큰 솥에 맞게 구부렸다. 불가에서 재를 최대한 긁어모아 끈과 함께 주전자에 넣었다. 그리고 밀러와 앤드루스에게 소리쳐 그가 서 있는 곳으로 오게 하고는 솥에 소변을 보라고 말했다.

"네?" 앤드루스가 말했다.

"저 안에 오줌을 싸라고." 슈나이더가 히죽 웃으며 말했다. "오줌 싸는 법은 알지?"

앤드루스는 밀러를 쳐다보았다. 밀러가 말했다. "슈나이더 말이 맞아.

인디언들이 쓰는 방법이지. 뻣뻣해진 가죽을 풀어 주는 데 도움이 돼."

"여자 오줌이 최고인데." 슈나이더가 말했다. "하지만 있는 걸로 만족해야지."

세 사람은 무쇠 솥에 진지하게 소변을 보았다. 슈나이더는 재가 떠오른 높이를 살펴보았다. 유감스럽다는 듯 고개를 저으며 눈을 몇 뭉치 집어넣어, 거무스름한 혼합물이 가죽 끈을 덮을 정도의 높이가 되게 했다. 솥을 불 위에 놓은 다음에는 앤드루스와 밀러의 작업을 함께 했다.

나뭇가지를 길게 잘라 네 개—짧은 것 두 개, 긴 것 두 개—를 불 앞에 직사각형으로 놓았다. 가지를 고정하기 위해 질퍽대는 땅을 팠다. 뻗은 나무뿌리를 잘라 내고 땅 아래 흩어진 돌을 건져 내며 거의 2미터 가까운 깊이로 팠다. 이 구멍에 높은 쪽이 모닥불을 마주하게 나뭇가지들을 쌓았다. 좀 더 가늘고 긴 가지는 단단히 고정되게 V자로 깔쭉깔쭉하게 잘라 내, 땅 위에 두툼하게 수직으로 묶어 상자 모양의 견고한 틀을 만들었다. 틀은 뒤쪽에 있는 30센티 정도 높이의 그루터기에서 앞쪽으로 사람 어깨 높이까지 비스듬하게 기울어졌다. 오줌과 재로 적신 가죽 끈으로 가지들을 묶었다. 가죽 끈은 아직 너무 뻣뻣해서 일하기 불편했다. 오후가 반쯤 지나자 그들은 거의 녹초가 되어 잠시 쉬며, 무쇠 솥에서 끓던 딱딱한 콩을 먹었다. 네 사람은 눈 속에 흩어져 있던 조리 도구 중에서 찾아낸 걸 사용해 냄비 하나로 함께 먹었다. 소금을 치지 않은 콩은 싱거웠고 속이 더부룩했다. 하지만 솥에 남은 콩을 마지막 한 숟가락까지 싹싹 먹어 치웠다. 밀러, 슈나이더, 앤드루스가 틀로 돌아갔을 때, 들소 가죽 끈은 뻣뻣해지면서 수축해 나뭇가지들을 철끈처럼 단단히 묶었다. 오줌과 재의 세례를 받아 부드러워진 가죽 끈을 사용해 들소 가죽을 틀에 꿰었다. 틀 사방에 얕은 도랑을 파서 가죽 끝부분을 그 안에 집어넣고, 대피소 안으로 공기나 습기가 스며들지 않게 젖은 흙과 토탄으로 덮었다.

어둠이 오기 전에 대피소가 완성됐다. 몇 겹으로 묶은 들소 가죽으로 벽과 바닥을 만든 견고한 구조물이었다. 그래서 겉보기에 적어도 뒤쪽과 옆쪽은 눈과 바람을 막을 수 있을 것 같았다. 넓은 앞쪽에는 가죽 몇 장을 느슨하게 나란히 걸어, 바람이 불 때면 땅에 박아둔 긴 말뚝에 고정할 수 있게 했다. 눈 속에서 침낭을 꺼냈다. 남은 담요를 똑같이 나누고 불 앞에 펴 말렸다. 해가 지며 눈에 덮인 대지를 차가운 파란색과 밝은 오렌지색으로 감쌀 때, 앤드루스는 온종일 만들어 낸, 나무와 들소 가죽으로 된 대피소를 바라보았다. 그는 생각했다. 앞으로 여섯 달에서 여덟 달 동안 여기가 우리 집이군. 거기서 산다는 건 어떤 것일까 궁금했다. 지루할까 두렵긴 했지만 기대감은 남았다.

그들은 일하며 나날을 보냈다. 부드러워진 가죽을 60센티미터 길이로 좁게 자른 다음, 털을 벗겨 내고 끈 가운데 지름 10센티미터의 구멍을 뚫고 눈 위에 가면처럼 썼다. 눈을 뜰 수 없을 정도로 밝게 반짝이는 눈의 빛을 차단하기 위해서였다. 쌓아 둔 작은 소나무 가지 중에서 긴 것을 골라 물에 적셔 타원형으로 구부리고 그 위에 가죽 끈을 격자로 묶어, 얇고 단단하게 언 눈 위를 빠지지 않고 걸을 수 있는 임시 눈신발로 사용했다. 부드러워진 가죽으로는 스타킹 모양의 투박한 장화를 만들어 종아리에 가죽 끈으로 고정했다. 발이 안 얼게 하기 위해서였다. 눈보라에 날아간 담요들을 보충하기 위해 가죽 몇 장을 말렸다. 가죽으로 헐렁한 긴 겉옷을 만들어 외투 대용으로 쓰기까지 했다. 땔감으로 쓸 나무를 베었다. 야영지 주변의 눈이 뭉쳐 단단해질 때까지 큰 나무를 눈 위로 끌었다. 그러고 나면 표면이 얼어붙어서 힘을 덜 들이고도 나무들을 밀고 올 수 있었다. 불이 밤낮으로 꺼지지 않게 밤마다 번갈아 일어나 극심한 추위 속에 돌아다니며, 쌓인 재 아래쪽에 나무들을 밀어 넣었다. 앤드루스는 언젠가 거센 바람이 거의 밤새 몰아칠 때, 모닥불이 10여 개의 굵은 나뭇가지를 집어삼키며 한 번도 사그라지지 않고 타오르는 걸 본 적이 있었다. 잉걸불은 바람을 받아 계속 빛나며 뜨겁게 타올랐다.

눈보라가 치고 나흘째 되는 날, 슈나이더와 앤드루스가 바위 굴뚝 옆에 쌓여 가는 땔감 더미에 나무를 보충하려고 숲으로 출발할 때, 밀러가 계곡으로 가 들소를 사냥하겠다고 말했다. 고기가 얼마 안 남았고 날씨는 좋을 것 같았다. 밀러는 울타리에 혼자 남았던 말 위에 올라타서—다른 두 마리는 소들과 함께 계곡에서 알아서 풀을 찾아 먹으라고 풀어 주었다—천천히 야영지를 떠났다. 그는 거의 여섯 시간이 지난 후에 돌아와 지친 듯 말에서 내렸다. 모닥불가에서 기다리던 세 사람에게 눈을 헤치며 터벅터벅 걸어왔다.

"들소가 없어." 그가 말했다. "눈보라가 칠 때 나간 게 분명해. 고갯길에 눈이 쌓이기 전에."

"고기가 얼마 안 남았어." 슈나이더가 말했다. "밀가루는 다 떨어졌고 콩은 한 자루뿐이야."

"여기는 그렇게 높은 지대가 아니라서 사냥감을 찾을 수 있을 거야." 밀러가 말했다. "내일 나가서 사슴을 잡아 볼게. 최악의 경우에는 물고기를 잡으면 돼. 호수는 얼었지만 얼음이 그렇게 두껍지 않아서 구멍을 뚫을 수 있어."

"소와 말들은 봤어?" 슈나이더가 물었다.

밀러는 고개를 끄덕였다. "소들은 살아 있어. 눈이 날아간 데가 군데군데 있어서 어떻게든 풀을 찾을 수 있을 거야. 말들은 상태가 좋지는 않지만 운 좋으면 버틸 수 있겠지."

"운 좋다면 말이지." 슈나이더가 말했다.

밀러는 불에서 멀리 몸을 기울여 뺀고 슈나이더를 보며 히죽 웃었다.

"프레드. 자네에겐 유쾌함이 하나도 없군. 상황은 나쁘지 않아. 이제 준비는 다 됐어. 어느 겨울에 와이오밍에서 나 혼자 눈 속에 갇혔던 때가 떠오르더군. 숲 바로 위였고 내려가는 길이 없었어. 너무 높은 지대라 사냥감도 없었지. 내 말과 산양 한 마리로 겨우내 버텼지. 대피소라고는 그 말에게서 벗겨 낸 말가죽뿐이었어. 지금 이 정도면 양반이야. 불평할 이유가 없지."

"난 있어." 슈나이더가 말했다. "자네도 그걸 알고."

하지만 시간이 지나면서 슈나이더는 점점 형식적으로만 불평했고, 마침내는 전혀 불평하지 않았다. 밤에는 가죽으로 만든 대피소에서 다른 사람들과 함께 잤지만, 대부분 점점 혼자 지냈다. 누가 직접 말을 시킬 때만 대답했고 그나마 아주 무성의했다. 밀러가 사냥하러 떠나면 슈나이더는 자주 야영지를 벗어나 오후 늦게까지 멀리 나가 있었다. 나가서 뭘 했는지 알 만한 건 아무것도 가지고 오지 않았다. 다른 일행들과 어울리지 않겠다는 결심을 명백하게 내보이면서 혼잣말하는 습관이 생겼다. 앤드루스는 한번은 슈나이더에게 다가갔다가 그가 여자에게 하는 것처럼 부드럽고 감상적으로 말하는 걸 들었다. 앤드루스는 놀라고 반쯤은 무서워서 물러섰다. 하지만 슈나이더는 그가 오는 소리를 들었고, 몸을 돌려 마주 보았다. 두 사람은 잠시 서로 쳐다보았다. 하지만 슈나이더는 아무것도 못 본 것 같았다. 눈은 게슴츠레하고 공허했다. 그리고 잠시 후 멍하니 먼 곳을 쳐다보았다. 앤드루스는 얼떨떨하고 걱정이 되어서 밀러에게 슈나이더의 새 습관에 대해 말했다.

"걱정하지 마." 밀러가 말했다. "혼자 있으면 그렇게 돼. 나도 그러는걸. 자네도 해 봐. 지금처럼 네 사람이 갇혔을 때는 서로에게 말을 많이 안 하는 게 좋아."

그래서 밀러가 사냥하러 나가 있는 동안 야영지에는 앤드루스와 찰리 둘만 남겨졌다. 슈나이더는 머릿속에 맴도는 이미지를 되는대로 말하며 혼자 서성거렸다.

찰리 호지는 처음에 눈에서 꺼내어졌을 때 마비가 올 듯한 충격을 받고 난 뒤에는 주변 상황을 천천히 깨닫기 시작했고, 심지어 받아들이기까지 했다. 밀러는 성난 눈보라가 휩쓸고 난 뒤에 야영지에 남은 물건 중에서 멀쩡한 3.7리터 위스키 통을 두 개 찾아냈다. 이 위스키를 매일 찰리 호지에게 줬다. 찰리 호지는 전날 마셨던 커피의 찌꺼기로 끓이고 또 끓여 연하고 밍밍해진 커피와 함께 이 위스키를 마셨다. 커피와 위스키를 계속 마셔 몸이 풀리고 따뜻해지면 야영지 주위를 조금 걷기 시작했다. 처음에는 눈이 녹은 대피소와 모닥불 사이의 넓은 원 너머로는 가려 하지 않았다. 여기는 모닥불의 열기도 있는 데다 그들이 왔다 갔다 했기 때문에 눈이 녹았다. 그러다 하루는 찰리가 갑자기 모닥불 앞에서 일어섰다. 너무 갑자기 일어서는 바람에 커피와 위스키가 튀며 조금 흘렀다. 미친 듯 주위를 둘러보았다. 컵을 땅바닥에 떨어뜨리고 손으로 가슴 주위를 때리다가 주머니에 집어넣었다. 그러고는 눈밭으로 달려갔다. 물건을 간수해 뒀던 큰 나무 근처에서 무릎을 꿇고, 다소 혼란에 빠진 것처럼 손을 눈 아래로 찔러넣어 눈을 옆으로 던지며 그 속을 뒤지기 시작했다. 앤드루스가 옆으로 가 무슨 일이냐고 묻자 찰리 호지는 쉰 목소리로 계속 "책! 책!"이라고만 말하고 더욱 맹렬하게 눈을 파헤쳤다.

찰리는 거의 한 시간 동안 눈을 파헤쳤다. 모닥불로 수시로 돌아와 놀란 짐승처럼 훌쩍이며, 손과 시퍼렇게 오므라든 잘린 손목 부위를 녹였다. 앤드루스는 찰리가 뭘 찾는지 눈치챘다. 어디를 뒤져 봐야 할지 모르면서도 함께 찾았다. 눈 더미를 옆으로 치우느라 감각이 없어진 앤드루스의 손가락이 부드러운 물체에 닿았다. 찰리 호지의 성경이었다. 젖은 채 펼쳐져 눈과 얼음 바닥에 놓여 있었다. 앤드루스는 젖은 페이지가 찢어지지 않게, 깨지기 쉬운 접시처럼 성경을 잡고 들어 올리며 찰리 호지를 불렀다. 찰리 호지가 성경을 받아들었다. 그의 손이 떨렸다. 찰리는 그날 오후부터 다음 날 아침까지 모닥불 앞에서 책을 한 페이지 한 페이지씩 말렸다. 그날부터 찰리는 커피와 위스키를 섞은 밍밍한 음료를 홀짝이며, 흐릿하고 더러워진 성경의 페이지들을 훑으면서 무료한 시간을 보냈다. 찰리는 꼼짝하지도 않았고 야영지는 밀러가 없는 동안 쥐 죽은 듯 조용했다. 그래서 거의 화가 날 정도로 신경이 날카로워진 앤드루스가 찰리에게 아무 부분이나 읽어 달라고 청했다. 찰리 호지는 성난 눈길로 그를 쳐다보며 대답하지 않았다. 눈을 다시 성경으로 돌리고 느릿느릿 책장을 넘겼다. 줄을 따라 손가락을 열심히 움직이고 눈썹을 모으며 집중해 읽었다.

밀러는 혼자 있는 게 편해 보였다. 낮에는 대부분 야영지를 떠나 식량을 찾아다녔고, 늘 땅거미가 내리기 직전에 돌아왔다. 가끔은 그를 기다리던 일행 뒤에, 때로는 앞에 나타났다. 하지만 풍경 속에서 불쑥 솟아오르듯 항상 갑자기 나타났다. 검은 수염이 덥수룩한 얼굴은 종종 피로에 지쳤고 눈과 얼음으로 번들거렸다. 말없이 그들에게 걸어와서, 잡아 온 사냥감을 야영지 주위의 눈 위에 던져놓았다. 곰을 잡아 그 자리에서 각을 뜬 적도 있었다. 밀러가 양어깨에 곰의 뒷다리와 엉덩이를 지고 그 무게로 비틀거리며 나타났을 때, 앤드루스는 순간 그가 괴이한 모양을 한 거대한 짐승이 아닐까 하는 생각이 들었다. 곰의 작은 머리가 거대한 어깨 사이에서 굽혀지며 그들 쪽을 향했다.

야생동물의 고기만 먹은 탓에 다른 사람들은 점점 몸이 약해졌지만, 밀러의 힘과 참을성은 점점 강해졌다. 온종일 사냥한 뒤에도 고기를 손질했고, 찰리 호지가 더는 못하는 일들을 대부분 맡아 저녁 식사를 준비했다. 때로 날이 맑으면 밤늦게 도끼를 들고 숲으로 갔다. 따뜻한 모닥불가에 남은 사람들은 차가운 금속이 차가운 소나무 안으로 파고드는 날카롭고 강한 울림을 들을 수 있었다.

밀러는 거의 입을 열지 않았다. 하지만 그 침묵은 앤드루스가 들소 사냥 중에 봤던 필사적인 집중과는 달랐다. 저녁이 되면 밀러는 일행 뒤에 있는 대피소에 반사되어 등까지 따뜻하게 해 주는 불가에 구부정하니 앉아 노란색 불길을 응시했다. 불빛이 그의 어둡고 차분한 모습 위에서 깜빡거렸다. 생기 없는 입술로는 만족한 듯한 미소를 습관적으로 지었다. 하지만 다른 사람들과 함께 있어서, 다른 사람들이 조용히 해서 즐거워하는 게 아니었다. 모닥불과 그 너머 쌓인 눈 위로 달빛과 별빛이 여기저기 희미하게 빛나는 어둠 속을 응시했다. 아침이 되어 사냥을 떠나기 전에 일행과 자신을 위한 식사를 차리면서, 그 일을 즐거워하거나 짜증을 내면서가 아니라 마치 사냥을 떠나기 위한 필수적인 사전 준비처럼 행했다. 야영지를 떠날 때 그의 움직임은 마치 풍경 속으로 흘러 들어가는 것 같았다. 어린 소나무와 들소 가죽 끈으로 만든 눈신발을 신고, 힘들이지 않고 미끄러지듯 눈 위 어두운 숲속으로 녹아 들어갔다.

앤드루스는 주위의 일행을 쳐다보며 기다렸다. 밤에 들소 가죽으로 만든 따뜻한 대피소 안에 다른 사람들과 함께 있을 때 가끔 바람 소리가 들렸다. 바람은 갑자기 일어 구슬픈 듯 쌕쌕거리며 대피소의 모퉁이를 맴돌았다. 그럴 때면 좁은 대피소 안에서 어우러지는 동료들의 거친 숨소리와 코골이, 그들의 몸이 자신의 몸에 닿는 감각, 몸의 악취가 현실이 아닌 것 같았다. 자신의 일부가 바깥 어둠 속으로 나가 바람과 눈, 그리고 아무것도 없는 하늘 사이에서 무턱대고 세상을 떠도는 것 같았다. 잠이 들기 직전에는 거센 눈보라 아래 혼자 있을 때 그랬던 것처럼 프랜신이 생각나기도 했다. 하지만 지금은 그녀를 조금 더 정확히 기억할 수 있었다. 눈을 감고도 이미지를 떠올릴 수 있었다. 점차 그녀와 함께 있었던 마지막 밤의 기억까지 떠올랐다. 그리고 마침내 부끄러워하거나 당황하지 않고 생각할 수 있었다. 자신이 그녀의 따뜻하고 하얀 몸을 밀어내는 걸 보았다. 자신이 한 일인데도 마치 낯선 사람의 행동에 놀란 것 같았다.

그는 생활 속의 침묵을 받아들였다. 그리고 그 안에서 의미를 찾으려 했다. 그 침묵을 함께하는 사람들을 하나하나 바라보았다. 찰리 호지가 뜨겁고 밍밍한 커피와 물을 탄 위스키를 홀짝이는 모습을, 타오르는 불가에 웅크렸으면서도 늘 조금의 추위라도 피하려는 모습을 보았다. 흐릿하고 눈곱 낀 눈을 엉망이 된 성경의 페이지에 고정한 걸 보았다. 그를 약하게 만드는 하얀 눈의 폐허에서 시선을 떼지 못하는 것 같았다. 프레드 슈나이더가 고독하고 음침한 자신의 존재가 사방을 둘러싼 차가운 흰 눈에 대한 유일한 방어벽인 것처럼, 동료들에게서 멀어져 자기 안으로 물러나는 모습을 보았다. 슈나이더는 최대한 넓고 거칠게 걸음을 내디디며 눈 위를 난폭하게 터벅터벅 걸었다. 거의 늘 쓰고 있는 좁은 들소 가죽의 가느다란 구멍 사이로 눈을 쳐다보았다. 앤드루스는 슈나이더가 눈을 살아 있는 존재처럼, 그 눈을 뚫고 솟아오르는 존재를 기다리는 것처럼 바라보며 때를 기다린다 생각했다. 그는 앤드루스가 전에 부처스 크로싱에서 처음 알아차렸던 작은 권총을 다시 차기 시작했다. 가끔 슈나이더는 혼잣말을 중얼거리며 손을 허리띠로 살금살금 올려 개머리판을 쓰다듬었다. 밀러의 경우, 앤드루스는 자신이 원하는 그의 모습을 생각할 때면 언제나 잠시 멈칫했다. 하얀 눈과 대조되는 밀러의 거칠고 어두우며 지저분한 모습을 보았다. 밀러는 멀리 있는 전나무처럼 풍경과 뚜렷이 구별되면서도 그 필연적인 일부였다. 아침이면 밀러가 깊은 숲속으로 들어가는 모습을 보았다. 그가 풍경과 어우러져 더는 보이지 않을 정도로 고유한 일부가 되더라도 앤드루스 자신의 시야에서 그렇게 많이 사라진 건 아니라는 느낌이 늘 들었다.

앤드루스는 자기 자신은 바라볼 수 없었다. 지금 있는 땅의 강 서쪽을 바라보며, 자기 자신이 낯선 존재인 것처럼 몇 달 전 부처스 크로싱에서의 모습을 생각했다. 그때 무슨 생각을 했지? 어디 있었지? 뭘 느꼈지? 이제 자기 자신을 아무것도 하지 않은 정체불명의 희미한 형체라고 생각했다. 맑고 구름 한 점 없는 하늘이 그와 찰리 호지, 슈나이더가 앉아 있는 희미한 모닥불 위로 눈이 멀 정도로 짙은 그늘을 드리우던 어느 날, 앤드루스는 양쪽에 앉은 말 없는 두 사람에게서 도망쳐야 한다는 불안한 충동을 느꼈다. 앤드루스는 한마디도 하지 않고, 거의 사용하지 않던 눈신발을 신고 터덜터덜 야영지를 떠나 계곡에 갔다. 오랫동안 걸었다. 시선은 딱딱한 눈 사이를 소리 내며 질질 끌듯이 걷는 발에 가 있었다. 발은 얼어 감각이 없었지만 목 뒤쪽은 그늘 하나 없는 햇볕에 탔다. 계속 불편하게 걷느라 다리가 아프기 시작하자, 발을 멈추고 고개를 들었다. 사방이 하얗게 반짝이는 가운데 바늘 같은 한 지점이 불타고 있었다. 눈에 들어온 광대함에 숨이 턱 막혔다. 시선을 조금 더 위로 들었다. 멀리 산허리에서 새파란 하늘을 향해 흔들리는 소나무들의 검은 끝부분이 보였다. 하지만 푸른 하늘을 가르는 산의 어둡고 밝은 테두리를 보자, 산허리는 전부 희미하게 빛났고 지평선 끝은 흐릿해졌다. 갑자기 온통―위, 아래, 사방이―하얀색뿐이었다. 그리고 눈에서 타는 듯 날카로운 통증이 느껴지기 시작해서 위태위태하게 뒤로 물러섰다. 눈을 깜빡이고 손으로 눈을 덮었다. 하지만 눈을 감았는데도 하얀색만 보였다. 입에서 작고 불분명한 비명이 터져나왔다. 온통 하얀색 속에서 자신은 무게가 없다고 느꼈다. 서 있는지, 아니면 눈 속에 쓰러졌는지 잠시 알 수 없었다. 손을 허공에 휘둘렀다. 무릎을 꿇고 손을 아래로 향했다. 얼어붙은 부드러운 눈이 만져졌다. 손가락을 눈 속으로 집어넣고 조금 쥐어 눈에 문질렀다. 그제야 자신이 눈 보호대도 하지 않고 야영지를 떠났으며, 녹지 않은 눈에 반사된 햇빛이 눈을 찔러서 앞이 안 보였다는 걸 깨달았다. 손으로 파낸 눈으로 눈꺼풀을 문지르며 오랫동안 눈밭에 꿇어앉았다. 마침내 눈을 덮은 손가락의 조금 벌어진 사이로 야영지의 이정표가 되는 나무와 바위의 검은 형체 같은 걸 알아볼 수 있었다. 눈을 감은 채 그쪽으로 터덜터덜 걸어갔다. 앞이 보이지 않아서 가끔 균형을 잃고 눈밭에 굴렀다. 넘어지면 위험을 무릅쓰고 손가락 사이로 재빨리 내다보며 방향을 바로잡았다. 마침내 야영지에 도착했을 때는 눈이 타는 것 같아서 아무것도 볼 수 없었다. 잠깐 보는 것조차 불가능했다. 슈나이더가 나와서 그를 맞아 대피소로 데려갔다. 대피소에서 눈을 치료하며 사흘 동안 대부분 어둠 속에 누워 지냈다. 그 뒤로 다시는 가죽 눈 보호대 없이는 눈을 쳐다보지 않았다. 그리고 다시는 드넓고 하얀 계곡으로 가지 않았다.

변덕스러운 날씨를 견디며 한 주 한 주, 마침내는 한 달 한 달을 지냈다. 어떤 날은 덥고 맑은 여름 날씨 같았고, 바람이 너무 잔잔해서 소나무 가지에 쌓인 눈이 날아가지 않을 정도였다. 어떤 날은 양쪽에 길게 뻗은 산 사이로 회색 찬바람이 계곡에 몰아쳤다. 눈이 내렸다. 고요한 날에는 회색을 띤 하얀 하늘에서 천천히 아래로 내려오는 딱딱한 덩어리가 허공을 가득 메웠다. 가끔은 이리저리 부는 바람에 눈이 강하게 날려 대피소 주변에 둔덕을 이루며 두껍게 쌓였다. 그래서 밖에서 보면 마치 안이 텅 빈 눈 굴(snow cave)에서 사는 것 같았다. 밤이 되면 지독할 정도로 엄청나게 추웠다. 서로의 몸을 아무리 가까이 붙여도, 들소 가죽을 아무리 두껍게 덮어도, 잠자리는 긴장되고 불편했다. 며칠이 지났는지, 몇 주가 지났는지 알 수 없었다. 앤드루스는 시간의 흐름을 느낄 수 없었고, 봄이 오는지 알 방법도 없었다. 슈나이더가 날짜를 세려고 만든 소나무 가지의 눈금을 가끔 쳐다보았다. 멍하니 기계적으로 날짜를 셌지만 그 숫자는 아무 의미도 없었다. 슈나이더가 와서 월급을 요구하는 규칙적인 간격을 통해 한 달이 지났다는 사실을 알았다. 그럴 때면 슈나이더는 돈을 받아서 대체 어디 간수할까 조금 궁금해하며 전대에서 그가 요구하는 액수를 진지하게 세었다. 하지만 이런 일이 있어도 시간의 흐름을 의식할 수 없었다. 슈나이더가 요구하면 해 줘야 하는 의무일 뿐이었다. 흐르지 않으면서 그를 그 자리에서 꼼짝하지 못하게 붙들고 있는 시간과는 아무 관계가 없었다.

VIII

3월 말에서 4월 초가 되자 날씨가 풀렸다. 앤드루스는 계곡의 눈이 고통스러울 정도로 느리게 녹는 걸 날마다 바라보았다. 처음에는 가장 낮게 쌓인 곳부터 녹았다. 그래서 한때 평평했던 계곡은 색바랜 풀과 더러워지는 혹 모양 눈 더미의 조각보가 되었다. 하루하루가 지나 몇 주가 되었다. 눈에서 녹아 땅으로 스며든 물기와 계절이 바뀌며 점점 따뜻해지는 날씨 덕분에, 엉겨 붙은 겨울 풀밭에 새싹이 자라기 시작했다. 작년에 자랐던 잿빛 노란색 위에 얇은 녹색의 막이 덧씌워졌다.

생기가 돌아온 흙에 눈이 녹아 스며들며 사냥감이 더 풍부해졌다. 사슴은 계곡을 돌아다니며 어린 새 풀잎을 먹었고, 종종 야영지에서 겨우 100여 미터 이내에서 풀을 뜯을 정도로 대담해졌다. 사슴은 소리가 나면 고개를 들었다. 작은 원뿔 모양의 귀를 쫑긋 세우고 몸을 낮춰 긴장하며 도망갈 준비를 했다. 소리가 또 나지 않으면 다시 풀을 뜯었다. 황갈색 목이 땅을 향해 우아한 곡선을 그렸다. 산메추라기가 나무 위에서 울다가 사슴 옆으로 내려와 모이를 먹었다. 회색과 흰색, 누런색 몸이 땅과 뒤섞였다. 밀러는 사냥감을 가까이에서 잡을 수 있었기 때문에 더는 숲을 돌아다니지 않았다. 앤드루스의 작은 사냥총을 구부린 팔꿈치에 들고, 거만 하다고까지 할 수 있는 자세로 야영지에서 몇 걸음 걸어 나가, 필요한 사 냥감의 위치만큼 내린 어깨에 개머리판을 대충 댔다. 일행은 사슴, 메추 라기, 엘크(북미에 사는 큰 사슴) 고기를 배터지게 먹었다. 미리 손질해 놓 으면 더워지는 날씨에 상해 먹을 수 없었다. 슈나이더는 녹은 눈 사이를 느릿느릿 걸어 고갯길로 가, 그들과 바깥세상 사이에서 천천히 녹는 눈 더미를 살펴보았다. 밀러는 해를 쳐다보고, 점점 넓어지며 산허리까지 퍼 지기 시작한 맨땅들로 시선을 향했다. 그리고 아무 말도 하지 않았다. 찰 리 호지는 낡은 성경만 읽었다. 하지만 가끔 놀란 듯 고개를 들어, 달라지 는 땅을 응시했다. 겨우내 지켰던 모닥불에는 점점 더 신경 쓰지 않았다. 여러 번 꺼지는 바람에, 밀러가 셔츠 주머니에 가지고 다니는 부싯깃으로 다시 피워야 했다.

계곡의 눈은 거의 녹았지만 숲과 산 쪽으로 솟은 넓은 땅에는 아직 두 껍게 쌓였다. 밀러는 겨우내 울타리에 가둬 두었던 말을 놓아 주어 풀을 뜯게 했다. 얼마 안 되는 곡물과 그들이 간신히 찾아낸 사료 조금만 먹고 지낸 탓에 여위었던 말은, 야영지 앞쪽 맨땅에 자라난 새 풀을 뜯어 먹었 다. 말이 다시 기운을 차리자 밀러는 안장을 얹어 올라타고 야영지를 떠 나 계곡으로 갔다. 몇 시간 뒤 겨울에 풀어 주었던 말 두 마리를 데리고 돌아왔다. 말들은 오랫동안 풀어 놓아서 거의 야생마에 가까워졌다. 야영 지 주변에서 헤매지 않게 밀러와 슈나이더가 두 마리를 함께 묶으려 하 자 앞다리를 들어 올리며 고개를 돌렸다. 갈기가 휘날렸고 눈은 흰자위가 보일 정도로 위로 희번덕거렸다. 새로 난 풀을 며칠 동안 뜯자 가죽에 희 미하게 윤기가 돌았고, 덜 날뛰었다. 마침내 등에 안장을 얹을 수 있었다.

제대로 먹지 못한 채 겨울을 지내며 여위었기 때문에 배 아래로 안장띠를 죌 수 없었다.

"며칠만 더 날씨가 나빴다면." 밀러가 어둡게 말했다. "말들도 못 버텼을 거야. 그러면 우린 부처스 크로싱까지 걸어갈 수밖에 없었겠지."

밀러, 앤드루스, 슈나이더는 안장을 얹자 온순해진 말들을 타고 계곡 안으로 들어갔다. 마차 앞에서 멈췄다. 마차는 너른 들판에서 엄혹한 겨울을 견뎌 냈다. 바닥 널빤지 몇 개는 휘어졌고 금속 부품은 얇게 녹슬었다.

"마차는 괜찮을 거야." 밀러가 말했다. "이곳저곳 기름칠을 해야겠지만 쓰는 데는 문제없겠어." 그는 말 위에서 몸을 기울여 손가락으로 바퀴를 감싼 두꺼운 금속을 만졌다. 손가락 끝에 묻은 두꺼운 녹을 쳐다보고 먼지가 딱딱하게 붙은 바지에 닦았다.

마차가 서 있던 곳에서 내려, 눈보라 때 풀어 주었던 소들을 찾기 시작했다.

소들은 전부 살아 있었다. 말들처럼 여위거나 뼈만 남은 건 아니었지만 훨씬 거칠어졌다. 일행이 다가가자 움직이기 시작하더니 놀라 쿵쾅거리며 달아났다. 세 사람은 소 여덟 마리를 나흘 걸려 잡아 야영지로 끌고 왔다. 거기서 두 마리씩 묶고 풀을 뜯게 했다. 소들은 빠르게 자라는 풀들로 배를 채우자 좀 온순해졌다. 그 주가 지나기 전에 소들을 마차에 매고, 가을에 죽였던 들소들의 사체가 버려진 계곡을 몇 시간씩 아무렇게나 돌아다니게 했다. 날이 더워지면서 사체에서는 지독한 악취가 나기 시작했고, 주변의 풀은 더 두꺼워지고 녹색이 진해졌다.

겨울 동안 앤드루스의 뼛속까지 파고들었던 한기도 날씨가 따뜻해지며 사라지기 시작했다. 소와 말들을 다루며 근육이 풀렸고, 초록색이 되어 가는 땅을 보며 시야도 예리해졌다. 두껍게 쌓인 눈 속에 빨려드는 소음에 겨우내 익숙해졌던 귀도 계곡의 무수한 소리—바람이 딱딱한 소나무 가지를 지나며 바스락거리는 소리, 자라는 풀 위를 미끄러지듯 지나는 발소리, 말 위에서 안장이 움직이면서 삐걱거리는 가죽 소리, 사람의 목소리가 멀리 퍼져 허공 속으로 사라지는 소리—를 받아들이기 시작했다.

소들이 살이 찌고 사람이 시키는 일을 하는 데 다시 익숙해지자, 슈나이더는 점점 더 많은 시간을 야영지와 눈이 쌓인 고갯길—그들을 계곡의 고원에서 벗어나 산을 내려가 평원으로 가게 해 줄—사이를 왔다 갔다 하며 보냈다. 어느 날에는 흥분하고 열의에 차 돌아와서 일행 각자에게 다가가 낮고 쉰 목소리로 빠르게 말했다.

"빠르게 녹고 있어." 그가 말했다. "표면 아래는 움푹 들어가고 질척해졌어. 며칠 뒤면 지나갈 수 있겠어."

침울하게 돌아오는 때도 있었다.

"빌어먹을 얼음이 아직도 차가워. 하루나 이틀 밤만 따뜻해지면 녹을 거야."

밀러는 심술궂게 즐기지는 않았지만, 슈나이더를 쌀쌀하게 쳐다보며 아무 말도 하지 않았다.

하루는 슈나이더가 눈을 살펴보고는 다른 때보다 더 흥분해 돌아왔다.

"지나갈 수 있어!" 그가 말했다. 횡설수설하는 말투였다. "나 끝까지 지나갔어. 눈 쌓인 데 반대쪽까지."

"말을 타고?" 들소 가죽 위에 그대로 누워 밀러가 물었다.

"걸어서." 슈나이더가 말했다. "눈이 높이 쌓인 곳은 거리가 50미터 정도밖에 되지 않아. 그다음에는 트였어."

"얼마나 높이 쌓였는데?" 밀러가 물었다.

"높지 않아." 슈나이더가 말했다. "그리고 옥수수죽처럼 부드러워."

"얼마나 높이 쌓였냐고?" 밀러가 물었다.

슈나이더는 손바닥을 아래로 하고 머리 위 몇 센티 위로 손을 들었다. "사람 키보다 조금 높아. 쉽게 지나갈 수 있어."

"걸어서 지나갔다고 했지?"

"쉬웠어." 슈나이더가 말했다. "반대쪽까지 쭉 뻗었어."

"빌어먹을 멍청이." 밀러가 조용히 말했다. "젖은 눈이 덮치면 어떻게 될지 생각도 안 해봤어?"

"프레드 슈나이더한테는 그런 일 없어." 슈나이더가 말했다. 그리고 주먹을 쥐고 가슴을 탕탕 쳤다. "프레드 슈나이더는 자기 앞가림할 줄 알아. 모험은 안 해."

밀러는 히죽 웃었다. "프레드, 그렇게 앞뒤 안 가리고 덤벼들다간 큰 코 다쳐."

슈나이더는 초조하게 주먹을 휘둘렀다. "상관 마. 짐은 안 실을 거야?"

밀러는 들소 가죽 위에서 몸을 더 편하게 뻗었다. "서두를 필요 없어." 그는 나른하게 말했다. "자네가 말한 만큼 눈이 높이 쌓였다면—그보다 덜하지는 않겠지—아직 며칠 더 있어야 해."

"하지만 지금 지나갈 수 있다고!" 슈나이더가 말했다.

"물론이야." 밀러가 말했다. "그리고 눈이 덮칠 위험을 무릅써야겠지. 우리는 말할 것도 없고 저 소들이 몇 톤이나 되는 젖은 눈에 깔리면 어떻게 되겠어?"

"가서 살펴보지도 않을 거야?" 슈나이더가 투덜거렸다.

"그럴 필요 없어." 밀러가 말했다. "말했잖아. 자네가 말한 만큼 눈이 높이 쌓였다면 며칠 더 있어야 녹아. 조금만 기다려."

그래서 일행은 기다렸다. 겨우내 꾸던 긴 꿈에서 서서히 깨어난 찰리 호지는, 적어도 지난가을만큼 빈 마차를 쉽게 끌 수 있을 때까지 마차에 맨 소들과 씨름했다. 앤드루스는 찰리가 시키는 대로 30센티미터 크기의 송어와 큰 사슴 고기 조각을 많이 훈제했다. 산에서 내려가고 평원을 가로지르는 동안 일행이 먹을 식량이었다. 밀러는 녹기 시작한 눈이 아직 높이 쌓인 산허리 위를 다시 돌아다니기 시작했다. 구부린 팔에 사냥총 두 정—자기의 샤프스 사냥총과 앤드루스의 소형 사냥총—을 들고 다녔다. 야영지에 남은 사람들은 폭발하는 듯한 샤프스 사냥총의 총소리, 또는 날카롭게 갈라지는 듯한 소형 사냥총의 총소리를 자주 들을 수 있었다. 때로 밀러는 잡은 사냥감을 가지고 야영지로 돌아왔다. 잡은 자리에 그대로 두고 오는 때가 더 많았다. 야영지에서는 계곡과 주위에 솟은 산비탈의 테두리를 계속 두리번거렸다. 이런저런 이유로 눈길을 그 너머로 돌려야 할 때면 좀 망설이는 것 같았다.

계곡을 떠나자는 제안을 밀러가 거절하자 슈나이더가 보였던 시무룩한 태도는 일종의 말 없는 적개심으로 바뀌었다. 그 대상은 분명 밀러였지만, 밀러는 의식하지 않는 것 같았다. 슈나이더가 밀러에게 말을 하는 건 거의 매일 밀러가 계곡에 쌓인 눈을 살펴보러 갈 때 자기도 동행하겠다고 고집할 때뿐이었다. 밀러는 그러라고 했다. 호의적이지도 악의적이지도 않았다. 슈나이더에게서 떨어져 무심하게 갔다가 무심하게 돌아왔다. 화가 나 벌게진 슈나이더의 얼굴 옆에 밀러는 평온하고 침착한 표정으로 있었다. 반쯤만 알아들을 수 있는 발음으로 하는 슈나이더의 주장에 이렇게 대답할 뿐이었다.

"아직 안 돼."

앤드루스는 아무 말도 하지 않았지만, 마지막 며칠이 가장 견디기 힘들었다. 떠날 날이 눈앞에 다가오자 자기가 계속 손바닥에 땀이 흥건한 채 주먹을 꽉 쥐고 있다는 사실을 알았다. 하지만 떠나고 싶어 하는 마음이 어디서 왔는지는 말할 수 없었다. 슈나이더의 초조함을 이해할 수 있었다. 제대로 된 음식으로 배를 채우고, 깨끗하고 부드러운 침대에 몸을 감싸고, 쌓인 욕구를 아무 여자에게나 풀고 싶은 슈나이더의 단순한 욕망을 알 수 있었다. 앤드루스 자신의 욕망은 이 모든 것들에 어느 정도 포함되기는 했지만 동시에 더 강렬하고 모호했다. 어디로 돌아가고 싶은가? 어디에서 어디로 가고 싶은가? 그리고 이토록 모호했는데도 욕망은 그의 내부에 날카롭고 고통스럽게 남았다. 가끔 그는 밀러와 슈나이더가 고갯길로 가며 다져 놓은 눈길을 따라가, 계곡의 입구를 알려 주는 쌍둥이 봉우리 사이에 난, 눈이 높이 쌓인 좁은 길에 섰다. 눈 더미 위로는 봉우리의 적갈색 바위가 드러나 푸른 하늘을 갈랐다. 슈나이더가 눈 속에 만들었던 좁은 도랑을 내려다보았다. 하지만 너무 구불구불해서 그 너머의 평원을 볼 수 없었다.

냉정한 태도를 보이는 밀러 때문에 다른 사람들은 기다릴 수밖에 없었다. 숲의 단단한 그림자에 쌓인 눈이 녹기 시작해 좁은 시냇물이 되어 야영지 옆을 지나갈 때도 기다렸다. 4월 말까지 기다렸다. 그러던 어느 날 밤 모닥불 앞에서 밀러가 불쑥 말했다.

"푹 자 둬. 내일 짐 싣고 출발할 거야."

밀러의 말이 끝나고 긴 침묵이 흘렀다. 그러다 슈나이더가 일어나 공중으로 펄쩍 뛰며 크게 함성을 질렀다. 그는 밀러의 등을 때렸다. 말없이 웃음을 터뜨리며 두세 번 빙빙 돌다가 다시 밀러의 등을 때렸다.

"드디어 떠나는군! 세상에, 밀러! 자네도 정말 나쁜 놈은 아니었어." 그는 혼자 웃음을 터뜨리고 다른 사람들에게 의미 없는 말을 하면서 잠시 좁은 원을 그리며 걸었다.

앤드루스는 밀러의 발표에 환호했던 순간이 지나자 향수병의 예감 같은 기이한 슬픔이 몰려드는 걸 느꼈다. 어둠 속에서 기분 좋게 타오르는 작은 모닥불과 그 너머의 어둠을 보았다. 손바닥만큼 잘 알게 된 계곡이 있었다. 보이지는 않았지만 거기 있다는 건 알았다. 거기에는 그들이 가죽을 얻어 내기 위해 땀과 시간과 힘을 들였던 들소들의 사체가 버려져 있었다. 눈에 보이지 않았지만 그 가죽들의 더미도 거기 있었다. 아침이면 마차에 그 가죽들을 싣고 이곳을 떠나겠지. 지금 가져가지 못하는 가죽들을 가지러 다른 사람들과 함께 다시 와야 한다는 걸 알고는 있었다. 하지만 자신은 다시 돌아오지 않으리라는 느낌이 들었다. 무언가를, 소중한 무언가를, 전에는 알 수 있었던 무언가를 남겨 두고 떠난다는 걸 어렴풋이 느꼈다. 그날 밤 모닥불이 꺼지고 나서 대피소 밖으로 나와 어둠 속에 홀로 누워, 봄의 한기가 옷 사이로 스며들어 살에 닿게 했다. 마침내 잠들었지만 밤중에 몇 차례 깨어 별 하나 없는 어둠 속으로 눈을 깜빡였다.

슈나이더는 다음 날 동이 트자마자 다른 사람들을 깨웠다. 그들은 마지막 날을 축하하기 위해, 몇 주 동안 보관해 두었던 커피를 몽땅 마시기로 했다. 찰리 호지는 진한 블랙커피를 끓였다. 커피 찌꺼기를 다시 끓인 밍밍한 커피만 마시던 터라, 신선하고 쓴 향기가 머릿속으로 파고들며 몸에 새 활력을 주었다. 소들을 마차에 매고 높이 쌓인 가죽 꾸러미 뒤 넓은 들판으로 끌고 갔다.

앤드루스, 슈나이더, 밀러가 엄청난 양의 가죽 꾸러미를 마차에 싣는 동안, 찰리 호지는 야영지를 청소하고, 겨우내 캔버스 천에 덮여 야영지 옆에 있었던 큰 나무상자에 훈제한 생선과 고기를 다른 물품들과 함께 넣었다. 오랫동안 사냥한 고기와 생선만 먹어 몸이 약해진 세 사람은 가죽의 무게에 애를 먹었다. 한 쌍씩 놓인 여섯 개의 큰 꾸러미가 마차 바닥을 채웠다. 그 위에 간신히 꾸러미 여섯 개를 더 올려놓았다. 그렇게 하니 끈에 묶인 가죽은 마차의 측면부 위로 사람 키 높이만큼 쌓였다. 일하느라 숨이 가쁘고 반쯤 기절할 지경이었지만, 밀러는 그들을 재촉해 열두 개의 꾸러미 위에 여섯 개를 더 올려놓았다. 마침내 가죽들은 찰리 호지가 앉아야 할 마부석 위로 3미터 넘게 솟아 위태위태하게 자리했다.

"너무 많아." 마지막 꾸러미가 자리 잡은 뒤 슈나이더가 잠긴 목소리로 말했다. 거칠게 숨을 쉬었다. 때와 그을음으로 덮인 얼굴은 밝은 색의 머리카락과 수염보다도 창백했다. 그는 마차 옆으로 와 산더미처럼 쌓인 짐을 쳐다보았다. "이렇게 싣고는 산을 못 내려가. 조금만 길이 울퉁불퉁하면 바로 쓰러질 거야."

밀러는 찰리 호지가 마차 옆에 정리해 둔 물품 중에서 밧줄들을 찾아내 모았다. 슈나이더의 말에는 대답하지 않았다. 길이가 제멋대로인 밧줄들을 이어 매듭을 짓고, 마차 측면 상단의 보강판과 쇠고리에 고정하기 시작했다. 슈나이더가 말했다.

"이 짐들을 싣고 내려가면 상황만 나빠져. 이렇게 무거운 짐을 싣는 마차가 아니야. 바퀴 축이 부러지면 어떻게 하려고?"

밀러는 꾸러미 맨 꼭대기로 밧줄을 던졌다. "내려갈 때는 짐을 고정할 거야." 그가 말했다. "조심스럽게 내려가면 바퀴 축도 버틸 수 있어." 그는 잠시 말을 멈췄다. "제대로 된 짐을 가지고 부처스 크로싱에 돌아가고 싶어. 사람들 눈이 놀라 튀어나오는 꼴을 봐야지."

그들은 마차에 가죽을 최대한 단단히 묶었다. 안간힘을 써서 밧줄을 당겼다. 가죽이 납작해지며 마차 측면부로 밀려나와 밖으로 불거졌다. 짐이 고정되자 그들은 좀 떨어져 바라보았다. 남은 가죽 꾸러미를 쳐다보았다. 앤드루스가 보기에 거의 마흔 개의 꾸러미가 땅 위에 남은 것 같았다.

"마차 두 대 분이군." 밀러가 말했다. "올봄 늦게 가지러 오면 돼. 지금 가져가는 게 1500장이고 여기 남은 게 3000장 정도 돼. 전부 합해서 4600에서 4700장 쯤 되는군. 가격만 유지되면 1만 8000달러 이상은 되겠어." 그는 앤드루스를 보며 심드렁하게 히죽 웃었다. "자네 몫은 7000달러 이상일 거야. 겨우내 아무것도 안 하고 논 대가치고는 나쁘지 않지?"

"이봐." 슈나이더가 말했다. "돈은 받고 나서 세라고. 짐 싣는 거 마무리하고 여기를 떠나자."

"자네도 몫을 나눠 받는 식으로 해야 했어, 프레드." 밀러가 말했다. "훨씬 많이 벌 수 있었을 텐데. 어디 보자…."

"괜찮아." 슈나이더가 말했다. "불만 없어. 나름대로 기회를 잡았으니까. 그리고 아직 짐을 싣고 마을에 도착한 것도 아니고."

"만약에." 밀러가 말했다. "자네가 내 몫인 60을 요구한다면…."

"괜찮아요." 앤드루스가 말했다. 자기 목소리에 자기가 놀랐다. 밀러에게 조금씩 화가 나는 걸 느꼈다. "슈나이더는 제가 챙기겠다고 했죠. 월급을 넘는 몫은 제가 주겠어요."

밀러는 천천히 앤드루스를 쳐다보았다. 뭔가 느낀 듯 살짝 고개를 끄덕였다. "그러게, 뭘. 자네 돈이니까."

슈나이더는 얼굴이 벌게져서 앤드루스를 화난 듯 쳐다보았다. "아니, 사양하겠네. 난 한 달에 60달러라고 했고 그 돈을 받고 있어. 프레드 슈나이더는 자기 앞가림은 해. 누구한테도 부탁 안 해."

"좋아요." 앤드루스가 말했다. 약간 바보처럼 히죽 웃었다. "부처스 크로싱에 돌아가면 크게 한잔 살게요."

"고마워." 슈나이더가 진지하게 말했다. "잘 얻어먹겠네."

그들은 야영지의 물품과 훈제한 식량을 높은 마부석 아래 집어넣고, 남은 게 없는지 주위를 둘러보았다. 나무들 사이에 있는, 그들이 겨울을 보냈던 대피소는 작고 비좁아 보였다. 앤드루스는 남은 가죽을 가지러 봄이나 여름에 올 때까지는 대피소가 남아 있으리라는 걸 알았다. 하지만 그 뒤에는 더위에 마르고 눈과 얼음과 맹추위에 갈라지며 점점 무너지고, 조각조각 부스러져 찢어질 것이다. 결국 대피소는 사라지고, 땅에 박아 두었던 통나무의 그루터기만 남아 그들이 지낸 긴 겨울을 보여 주겠지. 앤드루스는 저 그루터기들이 비바람에 썩어 바닥에 두껍게 쌓인 솔잎 속으로 스며들어가기 전에 그걸 볼 사람이 자신들 말고 있기나 할까 생각했다.

남은 꾸러미들은 있는 자리에 그대로 두었다. 안 보이게 나무들 사이로 밀어 두는 수고는 굳이 하지 않았다. 찰리 호지는 새들이 가죽 위에 둥지를 틀지 못하게, 마지막 남은 스트리크닌을 가죽에 뿌렸다. 밀러, 앤드루스, 슈나이더는 말에 안장을 얹고 담요와 소지품을 부드러운 가죽으로 싸 안장 뒤에 묶었다. 찰리 호지는 높은 마부석에 기어 올라갔다. 밀러가 신호하자 찰리는 쌓아 놓은 가죽 꾸러미 쪽으로 멀리 몸을 기울이고 뒤에서 긴 가죽 채찍을 펴 재빨리 소들 옆으로 가져왔다. 벌어진 가죽 끝이 큰 소리를 내며 갈라지더니 곧바로 찰리 호지가 가는 목소리로 으르렁거리듯 소리쳤다. "이랴!" 놀란 소들이 무거운 마차를 끌려고 용을 썼다. 갈라진 발굽이 땅을 깊게 파고들었다. 나무 굴레가 소들의 어깨살을 파고들었고, 나무는 당겨지며 깊은 신음 같은 소리를 냈다. 새로 기름칠한 바퀴가 축 위에서 돌았다. 끄는 짐의 무게에 맞게 소들이 균형을 잡자, 마차는 조금씩 속도를 내며 앞으로 움직였다. 가죽의 무게 때문에 바퀴는 부드러운 땅 위를 빠져들듯 지나갔고, 밝은 연두색 위에 검고 무거운 평행선의 바퀴 자국을 깊게 남겼다. 일행은 뻗어가는 바퀴 자국을 그 뒤에서 볼 수 있었다.

고갯길에는 아직 눈이 말의 구절 높이로 쌓였다. 하지만 눈은 부드러웠고, 마차 바퀴가 젖은 땅 위에 중심축의 반 정도까지 빠지긴 했어도 소들은 비교적 쉽게 고갯길을 지나갔다. 그들은 고갯길의 정상, 정확히는 계곡을 드나들게 해 주는 무너진 문의 거대한 기둥 같은 두 봉우리 사이에서 잠시 쉬었다. 슈나이더와 밀러는 산비탈을 내려갈 때 마차가 너무 빨리 달려가는 걸 막아 주는 브레이크를 점검했다. 점검하는 동안 앤드루스는 곧 시야에서 사라질 계곡을 돌아보았다. 이 거리에서 보니 새로 자란 풀은 대지 표면에 붙어 이른 아침 햇살에 반짝이는 옅은 녹색 안개 같았다. 이곳이 전에는 수천 마리의 죽어 가는 들소들로 쿵쾅거리고 거세게 요동치던 그 계곡이었다는 사실을 믿을 수 없었다. 저 풀들이 한때는 피로 얼룩져 엉겨 붙었다는 걸 믿을 수 없었다. 저렇게 뻗은 계곡이 전에는 성난 눈보라에 갈기갈기 찢겼다는 걸 믿을 수 없었다. 겨우 몇 주 전만 해도 눈이 멀 것 같은 하얀색으로 뒤덮인 황량하고 단조로운 곳이었다는 사실을 믿을 수 없었다. 길게 뻗은 계곡을 한껏 멀리 위아래로 내다보았다. 집중하면 이 거리에서도 들소의 검은 사체가 점처럼 펼쳐진 걸 볼 수 있었다. 몸을 돌렸다. 다른 사람들, 그리고 고갯길 정상에 움직이지 않고 선 마차를 지나 말을 몰았다. 잠시 후 말발굽이 천천히 쿵쿵거리는 소리와 마차가 느릿느릿 삐걱거리는 소리가 뒤에서 들렸다. 일행은 긴 내리막을 내려가기 시작했다.

고갯길 너머 몇 미터를 지나자 세 사람은 말에서 내려 말들을 느슨하게 함께 묶고, 그들이 산에서 내려가는 동안 뒤따라 걷게 했다. 그들이 가을에 따라와 산을 올랐던 들소의 길은 계곡처럼 질퍽거리지는 않지만 매끄러웠다. 마차 바퀴는 평지를 벗어나 산의 경사면을 따라갈 때마다 길 옆으로 미끄러지곤 했다. 밀러는 찰리 호지의 물품 상자에서 밧줄 세 가닥을 찾아, 짐 위에 높이 고정했다. 세 사람은 마차가 내려갈 때 마차 옆과 위쪽에서 맨 위쪽 짐과 수평을 이루게 걸으며 밧줄을 계속 당겼다. 이렇게 하면 마차는 산과 큰 각을 이루면서 내려오더라도 뒤집히지 않는다. 가끔 길이 급하게 구부러질 때면, 짐을 위태로울 정도로 높게 쌓은 마차의 무게 때문에 넘어질 뻔했다. 그들은 매끄러운 풀 위쪽에서 아래로 미끄러지면서 발로 땅을 파 지탱하고, 손바닥에 불이 날 정도로 밧줄을 당겼다.

올라왔을 때보다 더 느리게 산에서 내려갔다. 뒤에 높이 쌓인 가죽들 때문에 왜소해 보이는 찰리 호지는 마부석에 똑바로 앉아서, 마차가 기울면 그에 맞춰 비스듬하게 움직이며 채찍과 핸드브레이크를 신중하게 섞어 가면서 속도를 조절했다. 일행은 자주 멈췄다. 짐승과 사람들 모두 긴 겨울에 허약해져서 쉬지 않고는 먼 길을 갈 수 없었다.

한낮이 되기 전, 산 밖으로 나가는 짧은 길로 이어지는 평탄한 고원을 만났다. 말의 입에서 재갈을 빼고 소들을 풀어 줘 고원을 덮은 작은 바위들 사이에 자란 두꺼운 풀들을 뜯게 했다. 찰리 호지는 길게 잘라 훈제한 사슴 고기를 넓고 평평한 바위 위에서 같은 크기로 나눠 일행에게 주었다. 앤드루스는 맥없이 고기를 받아 입으로 가져갔다. 하지만 조금 먹다 말았다. 기진맥진해 구역질이 나며 배 근육이 당겼다. 눈앞에 작고 검은 점이 번쩍였다. 차가운 풀 위에 등을 대고 누웠다. 조금 뒤에야 가죽처럼 질긴 고기를 찢을 수 있었다. 오랫동안 고기만 먹어서 염증이 생긴 잇몸이 질긴 고기 때문에 욱신욱신 쑤셨다. 혀로 부드럽게 녹이고 씹었다. 고기를 겨우 다 넘기고 난 다음, 아직 피곤해서 다리가 아팠지만 일어서서 주위를 둘러보았다. 산허리에는 다양한 그늘과 색조가 모였다. 소나무 가지의 짙은 녹색은 새로 자라기 시작한 꼭대기에서는 연두색으로 옅어졌다. 산딸기 덤불에서는 진홍색과 흰색의 봉오리가 열리기 시작했다. 가느다란 사시나무 줄기의 은백색 껍질 위로 새로 자란 가지의 연한 녹색이 일렁였다. 땅 위에서는 사방에서 연한 색의 새 풀들이 햇빛을 받아 큰 소나무 아래 드리워진 그늘로 반사했다. 소나무의 어두운 색 줄기들은 그 빛을 받아, 마치 그 빛이 나무들 자신의 숨은 중심부에서 나오는 양 희미하게 빛났다. 귀를 기울이면 풀들이 자라는 소리를 들을 수 있을 것 같았다. 실바람이 가지 사이에서 바스락거렸고, 솔잎은 서로 비비며 속삭였다. 풀에서는 수많은 벌레가 눈에 보이지 않게 일하며 몰래 바스락거리는 소리가 들려왔다. 숲 깊은 곳에서는 보이지 않는 짐승들의 발바닥에 잔가지들이 부러졌다. 앤드루스는 향기로운 공기를 깊이 들이마셨다. 부서진 솔잎 냄새와 거대한 나무 그늘 아래쪽 땅에서 천천히 썩어 가며 올라오는 사향 냄새가 향취를 더했다.

정오가 되기 직전에 일행은 느리게 하산하는 여정을 재개했다. 앤드루스는 몸을 뒤로 돌려 그들이 내려온 산을 올려다보았다. 길은 너무나도 불규칙하게 굽어서, 내려온 길을 찾으려면 어디를 봐야 하는지 확실히 알수 없었다. 산 정상이 있다고 생각한 쪽을 올려다보았지만 볼 수 없었다. 길을 둘러싼 나무들이 시야를 가려서 그들이 어디 있었는지 알 수도, 얼마나 멀리 왔는지 판단할 수도 없었다. 다시 몸을 돌렸다. 아래쪽 길은 구불구불해서 시야에 들어오지 않았다. 그는 슈나이더와 밀러 사이에 자리를 잡았다. 일행은 산에서 내려가는 고통스러운 여정을 다시 시작했다.

해가 내리쬐면서 앤드루스와 양옆에 있는 두 사람의 몸에서 악취가 나기 시작했다. 구역질이 나서 신선한 바람을 쐬려 고개를 이리저리 돌렸다. 몇 달 전 들소 피를 뒤집어썼던 첫날 오후 이후로는 몸을 씻지 않았고, 옷을 빨지도 갈아입지도 않았다는 사실을 갑자기 깨달았다. 몸에 걸친 셔츠와 바지가 갑자기 뻣뻣하고 무거워졌고, 생각만 해도 불쾌했다. 옷이 닿자 피부가 쭈그러드는 게 느껴졌다. 찬바람을 맞은 것처럼 몸서리를 치고 입을 벌려 숨을 내쉬고 들이마셨다. 더 가팔라지는 산을 내려가 넓은 평원에 가까이 가자 불결함을 속으로 더 강하게 의식했다. 마침내 이유는 알 수 없지만, 일종의 불안한 고통에 시달렸다. 앤드루스는 쉴 때면 다른 사람들과 떨어져 앉아, 살이 옷 속에서 움직이는 걸 느끼지 못하게 딱딱한 자세를 유지했다.

한낮이 반쯤 지났을 때, 바람이 굴을 서둘러 지나가는 것처럼 낮고 희미하게 웅웅거리는 소리가 일행의 귀에 들려왔다. 앤드루스는 멈춰서 귀를 기울였다. 흔들리는 마차에 계속 시선을 두며 오른쪽에 있던 슈나이더와 부딪혔다. 슈나이더는 낮게 투덜댔지만 마차에서 눈을 떼지 않았다. 앤드루스는 앞으로 가서 슈나이더와 밀러 사이에서 같은 거리를 유지했다. 웅웅거리는 소리는 서서히 커졌다. 소리가 계속 강해졌기 때문에 앤드루스는 바람이 평지와 만나는 산의 끝부분을 쓸고 지나가는 소리라는 첫인상을 바꿨다.

밀러는 앤드루스와 슈나이더 쪽으로 몸을 돌리고 히죽 웃었다. "들었지? 얼마 안 남았어."

그제야 앤드루스는 봄의 빗물로 불어난 강물 소리라는 걸 깨달았다.

내리막길이 거의 끝나고 시원한 물이 가까이 있다는 생각에 일행의 발걸음은 빨라졌고 기운이 다시 샘솟았다. 찰리 호지는 채찍을 휘두르고 핸드브레이크를 몇 센티 풀었다. 마차는 울퉁불퉁한 길 위에서 위험하게 흔들렸다. 어디선가 세 사람 쪽의 바퀴가 몇 센티 튀어 올랐다. 찰리 호지가 고함을 지르며 브레이크를 잡았고, 세 사람은 필사적으로 밧줄을 당겼다. 마차는 잠시 흔들리다가 네 바퀴가 땅에 닿으며 뒤로 밀렸다. 가죽의 불균형한 무게 때문에 이리저리 흔들렸다. 그다음부터는 더 천천히 전진했다. 하지만 곧 쉴 수 있다는 생각에 여전히 힘이 나서, 강둑으로 완만하게 경사지고 이끼로 덮인 평평한 바위에 다다를 때까지 멈추지 않았다.

"이때치고는 물이 높아." 슈나이더가 외쳤다.

밀러는 고개를 끄덕였다. 앤드루스는 눈을 가늘게 뜨고 고운 물보라 너머를 봤다. 강물은 강둑에서 강둑으로 흐르며, 강바닥 깊이 자리해 눈에 보이지 않는 바위에 부딪히고 잔물결로 소용돌이쳤다. 흐르던 강물이 여기저기서 하얀 거품으로 부서졌다. 물거품, 물 위를 맴도는 나무껍질과 파란 잎사귀만이 산에서 시작해 먼 길을 달려온 강물의 속도와 힘을 알려 줄 뿐이었다. 앤드루스는 강물을 위아래로 쳐다보았다. 강의 가장 좁은 부분도 양쪽으로 최소한 100미터 이상 뻗었다.

찰리 호지는 소를 풀어 주고 강둑 끝에 있는 말들에게 가게 했다. 짐승들은 거센 강물 위에 조심스럽게 주둥이를 댔다가 물보라가 눈과 콧구멍을 때리자 급히 고개를 들었다.

슈나이더는 바위 위에서 반쯤은 기고 반쯤은 미끄러지듯 앤드루스와 밀러를 지나쳐 갔다. 강물 옆에서 무릎을 꿇고 손을 동그랗게 모아 쥐어 물 안에 집어넣고 손 위로 흐르는 물을 요란하게 마셨다. 슈나이더가 물을 다 마시자 앤드루스는 다리로 바위 위를 미끄러져 내려가 강으로 갔다. 강물의 힘이 예상치 못하게 밀어닥쳤고, 차갑고 급한 물길은 다리에 힘을 주기도 전에 하반신을 흔들었다. 강물이 무릎 바로 아래 다리 주위에서 소용돌이와 하얀 물결로 부서졌다. 물은 얼음장처럼 차가웠지만 다리를 움직이지 않았다. 뒤에 있는 바위를 잡으며 조금씩 강물 안으로 몸을 집어넣었다. 차가운 물이 주는 충격 때문에 숨이 턱 막혔다. 마침내 강바닥의 바위에 발이 닿았다. 그는 강둑에서 몸을 기울여, 몰려오는 강물 쪽을 향했다. 거센 강물에서 균형을 잡으며 강둑에서 떨어져 섰다. 오른쪽에서 우툴두툴하게 튀어나온 바위를 발견했다. 우툴두툴한 부분을 잡고 물 아래로 전신을 가라앉혔다. 강한 추위에 숨을 참으며 쪼그린 자세로 어깨까지 몸을 담갔다. 하지만 추위는 곧 가셨고, 몸 주위로 물이 겨우내 쌓인 때를 씻으며 흐르는 걸 느꼈다. 상쾌하고 부드러웠으며, 거의 따뜻하기까지 한 느낌이었다. 강물의 흐름으로 거품이 이는 수면 가까이에서, 물길에 몸이 편안하고 똑바로 누울 수 있을 때까지, 오른손으로 여전히 바위를 단단히 잡고 거센 물결에 몸을 맡겼다. 바위의 우툴두툴한 부분을 잡고 물속에서 거의 무게를 느끼지 못하며 잠시 누웠다. 한쪽으로 고개를 돌리고 눈을 감았다.

웅웅거리는 강물 위에서 어떤 소리가 들렸다. 슈나이더가 옆 바위 위에 쪼그리고 앉아서 씩 웃고 있었다. 슈나이더는 손을 동그랗게 모아 쥐고 물에 집어넣었다. 모아 쥔 손이 갑자기 나타나더니 앤드루스의 얼굴에 물을 끼얹었다. 앤드루스는 헉하는 소리를 내고 몸을 위로 솟구치며, 바위를 잡지 않은 손을 빠르게 올려 슈나이더에게 물을 튀겼다. 잠시 두 사람은 웃고 식식거리며 아이처럼 서로에게 물을 끼얹었다. 마침내 앤드루스는 고개를 젓고 숨을 헐떡이며 슈나이더 옆 바위에 앉았다. 잔잔한 바람에 조금 추웠지만 몸을 데워 줄 햇빛이 있었다. 옷은 나중에 뻣뻣해지겠지만 지금은 헐렁하고 편안했다. 깨끗해진 느낌이 들었다.

"세상에." 슈나이더가 말했다. 완만한 바위 위에 누워 몸을 쭉 폈다. "산에서 내려오니 좋군." 그는 밀러 쪽으로 몸을 돌렸다. "부처스 크로싱까지는 얼마나 걸릴까?"

"기껏해야 두 주 정도." 밀러가 말했다. "왔을 때보다 빨리 돌아갈 거야."

"난 거의 멈추지 않고 갈 생각이야." 슈나이더가 말했다. "채소로 배를 채우고, 술로 입가심하고 나서, 그 독일 여자를 잠깐 볼 때 빼고는. 그리고 곧바로 세인트루이스로 가겠어."

"호사스러운 생활이군." 밀러가 말했다. "세인트루이스라. 자네가 거길 그렇게 좋아하는 줄 몰랐네, 프레드."

"나도 몰랐지." 슈나이더가 말했다. "조금 전까지는 말이야. 겨울을 지

내고 나니 삶의 취향이 달라지는군."

밀러는 바위에서 일어나 위와 옆으로 팔을 뻗었다. "어두워지기 전에 이 강을 건널 길을 찾는 게 좋겠어."

밀러가 강둑의 무성한 풀밭에서 풀을 뜯던 말들을 끌고 오는 동안, 앤드루스와 슈나이더는 찰리 호지를 도와 소들을 한데 모아 마차에 맸다. 마차에 다 맸을 때쯤 밀러가 말들을 데리고 가까이 와 자기 말에 올라탔다. 그는 강을 건너는 지점처럼 보이는 곳을 찾아냈다. 다른 사람들은 강둑에 나란히 서서 밀러가 빠르게 흐르는 강물 속으로 말을 타고 들어가는 모습을 조용히 바라보았다.

말은 들어가려 하지 않았다. 얕은 소용돌이의 자갈 바닥에 몇 걸음 내딛더니 멈췄다. 한 발짝 한 발짝 들어 올리고 수면 바로 위에서 미세하게 떨었다. 밀러는 몸을 앞으로 기울여 말의 귀에 달래듯 말하며 어깨를 토닥거리고 손가락으로 갈기를 어루만졌다. 말은 앞으로 나갔다. 강물이 흘러 발굽 주위에서 하얗게 갈라졌다. 말이 앞으로 나가자 물은 정강이, 그 다음에는 무릎 주위로 흐를 때까지 위로 솟아올랐다. 밀러는 지그재그로 강을 건넜다. 말이 물 아래 매끄러운 바위에 미끄러지면 밀러는 잠시 서서 부드럽게 말하며 살짝 토닥거려 달랬다. 강 한가운데서 강물이 등자에 걸친 밀러의 발 위까지 차올랐다. 물이 말의 앞다리 윗부분과 넓적다리에서 갈라지며 말의 배가 잠겼다. 밀러는 더 얕은 강물 쪽으로 아주 천천히 지그재그로 말을 타고 갔다. 곧 강을 건너 마른 땅 위에 올라섰다. 밀러는 손을 흔들었다. 그리고 다시 말을 끌고 강물로 들어섰다. 돌아오는 길이 처음 갔던 길과 교차하게 다시 지그재그로 건넜다.

밀러는 일행이 기다리는 강둑으로 돌아와 말에서 내려 걸어왔다. 걸을 때마다 장화에 찼던 물이 철벅거렸고 발걸음 뒤로 물이 바위를 검게 적시며 흘렀다.

"강을 건너기 좋은 지점이야." 밀러가 말했다. "강바닥이 거의 내내 평평하고 직선으로 건널 수 있어. 가운데 오른쪽이 조금 깊지만 소들이 건너는 데는 문제없어. 마차는 무게가 있어서 쏠려가지 않을 테고."

"좋아." 슈나이더가 말했다. "건너자."

"잠깐." 밀러가 말했다. "프레드. 자네는 제일 앞에 있는 소들 옆으로 따라가며 놈들을 이끌어. 내가 선두에 설 테니 자네는 내 뒤만 따라와."

슈나이더는 눈을 가늘게 뜨고 잠시 밀러를 쳐다보다 고개를 저었다.

"아니." 그가 말했다. "그렇게는 안 해. 난 소들을 좋아한 적이 없어. 놈들도 나를 별로 좋아하지 않고. 노새라면 괜찮아. 하지만 소는 아니야."

"별것 아니야." 밀러가 말했다. "소들의 약간 하류 쪽으로 가기만 하면 돼. 소들은 직선으로 건너고."

슈나이더는 다시 고개를 저었다. "게다가." 그가 말했다. "그건 내 일도 아니야."

밀러가 고개를 끄덕였다. "그렇지." 그가 동의했다. "정확히 말하면 자네 일은 아니지. 하지만 찰리는 말이 없어."

"자네 말을 타면 되잖아." 슈나이더가 말했다. "자네는 여기 월의 말을 같이 타고."

"젠장." 밀러가 말했다. "이 문제로 옥신각신할 시간 없어. 내가 선두에 서서 이끌겠어."

"아니." 찰리 호지가 말했다. 세 사람은 놀라 뒤돌아봤다. 찰리 호지가 헛기침을 했다. "아니." 그가 다시 말했다. "내가 할 일이야. 그리고 말은 필요 없어." 그는 멀쩡한 손으로 맨 앞에 선 소들 중에서 먼 쪽에 맨 놈을 가리켰다. "저놈을 타고 건너가겠어. 어쨌든 그게 최선이야."

밀러는 그를 주의 깊게 쳐다보았다. "할 수 있겠어, 찰리?" 그가 물었다.

"물론이지." 찰리 호지가 말했다. 셔츠 안으로 손을 뻗어 뒤틀리고 얼룩진 성경을 꺼냈다. "주님께서 해 주셔. 내 발걸음을 바른 길로 인도하실 거야." 그는 배를 안으로 집어넣고 성경을 허리띠 아래 셔츠 안쪽에 쑤셔 넣었다.

밀러는 잠시 더 찰리를 쳐다보다 갑자기 고개를 끄덕였다. "좋아. 내 뒤를 똑바로 따라와, 알겠지?" 그는 앤드루스 쪽으로 몸을 돌렸다. "윌, 자네는 지금 말을 타고 건너. 내가 했던 대로만 해. 직선으로만 건너. 큰 바위나 구멍을 발견하면 말을 세우고 우리가 자네 위치를 알 수 있게 소리를 질러. 마차는 조금만 흔들려도 뒤집어질 거야."

"알았어요." 앤드루스가 말했다. "반대편에서 기다릴게요."

"조심해." 밀러가 말했다. "천천히 가. 말이 자기 속도대로 걷게 해. 물살이 아주 빨라."

"전 괜찮을 거예요." 앤드루스가 말했다. "당신과 찰리는 가죽만 잘 챙기세요."

앤드루스는 자기 말로 가 올라탔다. 강 쪽으로 몸을 돌리자 찰리 호지가 소에 올라타는 모습이 보였다. 소는 신음하며 낯선 무게에서 벗어나려 했지만 찰리 호지가 어깨를 토닥였다. 슈나이더와 밀러는 앤드루스가 말을 타고 첫 번째 얕은 물로 들어가는 걸 바라보았다.

물이 발굽 위로 차올라 무릎 주위에서 소용돌이치자 말이 몸을 떨었다. 앤드루스는 밀러가 밟고 건너갔던 젖은 땅에 시선을 두고 말이 그쪽으로 똑바로 지나게 했다. 말의 발걸음이 불안해지는 게 느껴졌다. 안장 위에서 긴장을 풀고 흔들리지 않으려 애쓰며 고삐를 느슨하게 했다. 강 한가운데서 몹시 차가운 강물이 그의 발목과 무릎 한가운데로 흘러왔다. 물살이 거세서 다리를 말 옆구리에 붙였다. 앤드루스는 말이 천천히 앞으로 발을 뗄 때마다 그와 말이 빠른 물살에 떠올라 옆으로 밀려가는 듯한 역겨운 무중력 상태의 기분을 잠깐씩 느꼈다. 물소리가 강렬하지만 불분명하게 귀를 때렸다. 강바닥이 물에 젖고 흔들리는 것처럼 보이는 지점에서 아래쪽을 내려다보았다. 강물이 보였다. 깊지만 투명한 녹갈색이었고 두꺼운 밧줄과 쐐기 모양으로 그를 지나 흘러가며 눈앞에서 믿을 수 없을 정도로 복잡하게 형태가 달라졌다. 그 모습을 보니 어지러워져서 시선을 들어 다시 목표 지점을 쳐다보았다.

마차가 건너기 어려울 것 같은 구멍이나 바위를 만나지 않고 얕은 물가에 도달했다. 말이 마른 땅에 올라서자 앤드루스는 내려 반대쪽 강둑에서 기다리는 사람들에게 손을 흔들었다.

거센 강물 때문에 더 멀어 보이는 거리에서, 작게 보이는 밀러가 손을 들어 딱딱하게 응답하고 손을 옆구리로 내려놓았다. 밀러의 말이 앞으로 가기 시작했다. 그는 강으로 5, 6미터쯤 들어갔을 때 몸을 돌려 찰리 호지에게 손짓했다. 찰리는 선두의 소 중 한 마리에 올라타 멀쩡한 왼손에 소몰이 막대를 높이 들고 기다리고 있었다. 선두에 선 소의 어깨를 막대로 가볍게 치자 소들은 얕은 물가로 느릿느릿 전진했다. 마차 바퀴가 강둑의 작은 경사면을 내려가 강으로 들어서자 가죽 꾸러미가 흔들렸다.

마차의 상류 쪽 강둑에서는 슈나이더가 말을 타고 기다리고 있었다. 마차가 소용돌이치는 강으로 깊이 들어가 전진하는 것을 집중해서 바라보았다. 잠시 뒤 그도 말을 돌려 마차로부터 10미터쯤 위 상류에서 마차를 따라갔다.

선두에 선 소의 배가 거센 물살에 잠겼을 때, 가장 멀리 마차 옆에 있는 소는 아직 무릎 아래 정도의 깊이까지밖에 가지 않았다. 앤드루스는 안전하게 강을 건너는 방법을 이해했다. 가장 먼 곳에 맨 소가 불안정해지고 발걸음을 유지하기가 힘들어질 때쯤에는 다른 소들은 얕은 물가에 있어서 마차의 무게를 대부분 당길 수 있다. 마차가 바닥까지 잠길 때는 마차 측면이 강물의 힘을 다 받고, 소들은 모두 얕은 물가에서 안정적으로 마차를 당길 수 있다. 그는 알지도 못한 채 두려워했다가 더는 그렇지 않게 되었다는 생각에 살짝 미소 지었다. 밀러를 보았다. 밀러는 선두에 선 소의 상당히 앞쪽에서 말을 재촉해 얕은 물가를 지나 마른 땅에 올라섰다. 앤드루스에게 퉁명스럽게 고개를 끄덕이고 강둑에 서서, 찰리 호지가 빨리 그가 있는 쪽으로 오게 양손으로 빠르게 손짓해 안내했다.

선두의 소가 강둑에서 3미터 이내에 있는 얕은 물가에 다다르자, 찰리 호지는 강을 건너는 동안 탔던 소에서 내렸다. 소들 옆에서 마차를 뒤돌아보며 무릎 깊이의 물속을 철벅철벅 걸었다. 마차는 강의 가장 깊은 부분 가까이에 있었다. 찰리는 소의 속도를 늦추고, 선두에 있는 소들에게 달래듯 말했다.

밀러가 말했다. "이제 천천히 해. 천천히 데려와."

앤드루스는 마차가 강의 한가운데 있는 움푹 파인 곳으로 내려가는 걸 보았다. 고개를 조금 돌렸다. 아직 상류에 있는 슈나이더가 마차와 같은 높이에 서 있는 게 보였다. 물이 슈나이더의 말 배 주변에서 소용돌이쳤다. 슈나이더의 눈은 천천히 움직이는 말의 귀 사이 앞쪽에 있는 물을 열심히 보았다. 앤드루스는 슈나이더에게서 눈을 떼고 상류 쪽으로 시선을 옮겨, 빽빽하게 자란 나무들을 따라갔다. 나무들은 어떤 지점에서는 강둑에서 너무 가깝게 자라서 뿌려지는 물보라에 줄기가 절반 가까이 검게 젖을 정도였다. 하지만 갑자기 앤드루스의 시선이 강 위에 못박혔다. 순간 온몸이 마비되는 것 같았다. 앤드루스는 최대한 몸을 높이 치켜세우고 시선을 붙든 그 지점을 집중해 쳐다보았다.

하류 끝에서 쪼개진, 두께는 사람 몸뚱이만 하고 길이는 사람 키의 두 배나 되는 통나무가, 소용돌이치는 강물에 반은 잠기고 반은 나온 채 성냥개비처럼 까딱거리며 앞으로 돌진하고 있었다. 앤드루스는 강둑 끝까지 달려가서 위쪽을 가리키며 외쳤다.

"슈나이더! 조심해! 조심해!"

슈나이더는 고개를 들고, 으르렁거리는 강물을 지나 들려오는 희미한 목소리 쪽으로 귀를 모았다. 앤드루스는 다시 소리쳤다. 슈나이더는 들으려고 안장 위에서 몸을 조금 앞으로 기울였다.

통나무의 쪼개진 끝부분이, 으르렁거리는 강물 위로도 분명히 들을 수 있을 정도로 귀청이 터질 듯한 쿵 소리를 내며 슈나이더의 말 옆구리를 강타했다. 그 순간 말은 간신히 몸을 똑바로 세웠다. 그리고 통나무는 떠내려갔다. 말은 고통과 두려움에 짧고 높은 비명을 지르고 마차 쪽을 향해 옆으로 쓰러졌다. 슈나이더는 말이 쓰러지면서 강물에 빠졌다. 말의 몸이 슈나이더 위에서 완전히 뒤집혔다. 말의 배의 크게 갈라진 부분이 그 주위의 강물을 일순간에 붉게 물들였다. 슈나이더는 말의 앞다리와 뒷다리 사이에서 나타났다. 일행은 그의 얼굴을 순간적으로 꽤 분명히 볼 수 있었다. 좀 어리둥절한 듯 약간 얼굴을 찌푸렸고 찡그린 입술은 짜증과 경멸로 살짝 일그러졌다. 말을 밀어 버리려는 듯 왼손을 내밀었다. 말의 몸이 다시 뒤집혔고 높게 들린 뒷발굽 하나가 슈나이더의 머리를 둔탁하게 강타했다. 슈나이더는 전신이 뻣뻣해지며 오한에 걸린 듯 떨었다. 표정에는 변화가 없었다. 그리고 얼굴 위로 피가 새빨간 가면처럼 계속 흘러내렸다. 슈나이더는 말 옆의 물속으로 천천히 뻣뻣하게 쓰러졌다.

말과 통나무가 거의 동시에 마차의 옆쪽을 때렸다. 마차는 옆쪽 바위 위로 밀렸다. 높이 쌓인 짐이 흔들리며 마차를 당겼다. 물이 약하게 흔들리는 말을 넘어 마차 바닥으로 밀려들었다. 마차는 거대한 신음 같은 소리를 내며 옆으로 넘어졌다.

찰리는 마차가 넘어지자 소들이 있는 쪽에서 옆으로 펄쩍 뛰어 피했다. 소들은 뒤집힌 마차의 무게 때문에 강으로 끌려 들어갔다. 마차는 가까이 맨 소의 무게 때문에 잠시 강 한가운데서 안정적으로 느릿느릿 떠내려갔다. 소가 굴레에 묶여 요동치며 물을 치는 바람에 거품이 일었다. 마차는 강바닥에 있는 바위를 더 세게 긁고, 그 주위에서 소들을 끌어당기며 천천히 흔들렸다. 강바닥을 딛고 있던 소의 발이 느슨해지자 마차는 더 빨리 떠내려가며 하류 쪽의 더 큰 바위에 부딪혀 부서지기 시작했다. 짐을 묶고 있던 밧줄이 끊어지며 들소 가죽들이 강물 사방으로 터져나가 빠르게 시야에서 사라졌다. 강둑에 서 있던 일행은 채 1분도 되지 않는 순간에 안간힘을 쓰던 소들이 물에 완전히 가라앉는 걸, 부서진 마차가 뒤집히며 멀리 떠내려가는 걸 볼 수 있었다. 잠시 더 서서 마차가 사라진 하류 쪽을 바라보았지만 아무것도 보이지 않았다.

앤드루스는 그 자리에 쓰러져, 다친 짐승처럼 고개를 좌우로 흔들었다. "맙소사!" 그는 목쉰 소리로 말했다. "맙소사, 맙소사!"

"겨우내 했던 일이." 밀러는 단조롭고 생기 없는 목소리로 말했다. "2분도 안 되는 새 사라졌군."

앤드루스는 거칠게 고개를 들고 일어섰다. "슈나이더." 그가 말했다. "슈나이더를 찾아야…."

밀러가 그의 어깨에 손을 얹었다. "진정해. 슈나이더 걱정해 봐야 소용없어."

앤드루스는 손을 꽉 쥐었다. 목이 메었다. "하지만 우리가…."

"진정해." 밀러가 말했다. "할 수 있는 일이 없어. 슈나이더는 물에 빠진 순간에 죽었어. 찾으려는 건 바보짓이야. 소들이 얼마나 빨리 떠내려가는지 봤잖아."

앤드루스는 멍하니 고개를 저었다. 몸에 힘이 빠지고 다리가 어기적거리며 밀러에게서 멀어져 가는 걸 느꼈다. "슈나이더." 그는 낮은 목소리로 말했다. "슈나이더, 슈나이더."

"슈나이더는 신성모독자였어." 찰리 호지의 목소리가 높고 가늘게 갈라졌다. 앤드루스는 비틀거리며 다가가 흐릿한 눈으로 그의 얼굴을 내려다보았다.

찰리 호지는 멍하니 강을 내려다보았다. 눈이 빠르게 깜빡였고 허물어지는 것처럼 얼굴 근육이 주체할 수 없이 일그러졌다. "슈나이더는 신성모독자였어." 찰리 호지는 다시 말하고 빠르게 고개를 끄덕였다. 눈을 감고 성경을 묶어 놓은 배를 꽉 쥐었다. 높고 가는 목소리로 노래하듯 말했다. "음탕한 여자와 함께 누웠고, 간통했고, 신성모독을 했고, 주님의 이름을 헛되이 일컬었어." 눈을 뜨고 멍한 얼굴을 앤드루스 쪽으로 돌렸다. "주님의 뜻이야. 주님 뜻대로 된 거야."

찰리 호지가 고개를 끄덕이자 앤드루스는 고개를 저으며 뒤로 물러섰다.

"진정해." 밀러가 말했다. "여길 떠나자. 우리가 할 수 있는 게 없어."

밀러는 찰리 호지를 말까지 데려와 안장 뒤에 타게 도왔다. 그리고 말에 오르며 앤드루스에게 소리쳤다. "가자, 윌. 빨리 떠날수록 좋아."

앤드루스는 고개를 끄덕이고 비틀거리며 자기 말로 갔다. 말에 오르기 전에 몸을 돌려 다시 강을 보았다. 반대쪽 강둑에 있는 무언가가 눈에 들어왔다. 슈나이더의 모자였다. 검고 물에 흠뻑 젖어 형체가 없었다. 강둑에서 튀어나온 두 개의 바위 사이 강물에 떠 있었다.

"슈나이더의 모자예요." 앤드루스가 말했다. "여기 두고 가면 안 돼요."

"가자." 밀러가 말했다. "곧 어두워져."

앤드루스는 말에 올랐다. 강에서 천천히 떠나는 밀러와 찰리 호지를 따라갔다.

3부

I

5월 하순 어느 음산한 오후, 세 사람이 스모키 힐 도로를 따라 동쪽으로 가고 있었다. 북풍이 가늘고 차가운 비를 뿌려서 일행은 옹송그리며 모여 갔다. 고개를 숙여 비를 피했다. 열흘 동안 거의 직선으로 대평원을 가로질렀다. 그들을 태우고 가는 말들은 지쳤다. 고개는 떨궜고, 뼈가 앙상한 옆구리는 평지를 힘들게 걸어가며 들썩였다.

한낮이 지나자 지붕 같은 구름을 뚫고 해가 나타났고, 바람이 잦아들었다. 말이 비틀거리며 걷는 진흙탕 길 위로 수증기가 피어올랐고, 축축한 열기가 안장 위에 무기력하게 앉은 일행을 숨 막히게 했다. 오른쪽에는 스모키 힐 강의 강둑에 나란히 자라난 키 작은 나무와 덤불이 아직도 보였다. 그들은 도로를 벗어나 부처스 크로싱으로 향하는 평원을 가로질러 몇 킬로미터째 가고 있었다.

"몇 킬로만 더 가면 돼." 밀러가 말했다. "어두워지기 전에 도착할 수 있어."

밀러 뒤에 앉은 찰리 호지는 뼈가 앙상한 말 궁둥이에 얹힌 엉덩이에서 힘을 뺐다. 멀쩡한 손으로는 밀러의 허리띠를 잡았고, 오른손 손목의 잘린 부분은 옆구리에 늘어졌다. 그는 밀러와 나란히 가는 앤드루스를 건너보았다. 하지만 눈에는 알아보는 빛이 없었다. 입술이 말없이 움직였다. 다른 사람들이 듣지 못하는 무언가에 응답하듯 고개를 빠르고 불안하게 흔들었다.

한 시간이 조금 더 지나자 부처스 크로싱으로 가는 길을 가로지르는 좁은 냇물의 혹 모양 강둑이 시야에 들어왔다. 밀러의 발뒤꿈치가 말의 옆구리를 찼다. 말은 앞으로 뛰어나가 잠시 빠르게 걷더니 다시 보통의 느린 걸음으로 돌아왔다. 앤드루스는 안장 위에서 몸을 일으켰지만 냇물의 높은 강둑 너머 있는 마을을 볼 수 없었다. 지금 달리는 길에는 비가 내리지 않았다. 말의 느린 발굽에 도로에서 먼지가 피어올라 축축한 옷에 달라붙었고, 얼굴에 흐르는 땀에 긴 줄을 남겼다.

일행은 솟아오른 강둑 너머 도로에 다다랐다. 앤드루스는 얕은 시냇물이 흐르는 좁은 도랑으로 내려가기 전에 부처스 크로싱을 재빨리 흘끗 보았다. 도랑은 지난가을보다 물이 불었다. 바닥을 따라 흐르는 냇물은 짙고 탁한 갈색이었다. 시냇물 가운데 말을 멈추고 흙탕물을 마시게 한 뒤 발걸음을 재촉했다.

새잎이 나느라 아직 앙상하고 헐벗은 미루나무 숲을 왼쪽에 두고 지나갔다. 앤드루스는 다시 부처스 크로싱 오른쪽을 집중해 바라보았다. 건물들은 늦은 오후의 햇살을 받아 불그레했고, 그늘 속에서 모습이 제대로 드러나지 않았다. 일행과 마을 사이에서 말 한 마리가 풀을 뜯고 있었다. 몇 백 미터 거리였는데도 말은 그들이 다가오는 소리에 고개를 들더니, 순간적으로 속도를 내며 빠른 걸음으로 가 버렸다.

"잠깐 안쪽으로 돌지." 밀러가 말했다. 그리고 오른쪽에 있는 마차길 방향으로 고개를 홱 돌렸다. "맥도널드와 할 얘기가 있어."

"네?" 앤드루스가 말했다. "그 사람하고 무슨 얘기를?"

"가죽 얘기지. 젊은 친구. 가죽." 밀러가 초조하게 말했다. "우리가 떠난 곳에는 아직 3000장 넘는 가죽이 기다리고 있어."

"그렇죠." 앤드루스가 말했다. "잠깐 깜빡했네요."

앤드루스는 말을 돌렸다. 마차 때문에 흙이 닳아진 쌍둥이 바퀴 자국 위를 밀러 옆에서 걸었다. 마차 자국 여기저기에는 새 풀의 작은 뗏장이 돋아 대평원을 덮은 풀밭까지 퍼져 갔다.

"맥도널드가 겨울에 재미를 본 것 같군." 밀러가 말했다. "저 가죽들을 보라고."

앤드루스는 올려다보았다. 맥도널드가 사무실로 쓰는 작은 판잣집 주위에 들소 가죽 꾸러미들이 쌓여 있었다. 그래서 비뚤어진 지붕의 극히 일부만 지나가며 볼 수 있었다. 가죽 꾸러미는 판잣집 아주 가까이에서 시작해 울타리를 친 작업장 끝 주변까지 불규칙하게 쌓였다. 꾸러미들 사이에는 열 대가 넘는 마차가 군데군데 있었다. 똑바로 선 마차 몇 대는 더 위에 기포가 생기고 뒤틀렸다. 바퀴는 테두리 주변의 흙과 녹색으로 빽빽하게 자란 풀에 파묻혔다. 다른 마차들은 뒤집혔다. 바큇살 주위의 금속 테에 군데군데 슨 녹이 오후의 햇살에 밝게 빛났다.

앤드루스는 밀러 쪽으로 몸을 돌리고 입을 열려다가 그의 표정을 보고 멈칫했다. 밀러의 입은 곱슬곱슬한 수염 아래에서 어리둥절한 듯 벌어졌다. 큰 눈은 주위를 살펴보면서 가늘어졌다.

"뭔가 잘못됐어." 그가 말했다. 그리고 안장 뒤에 맥없이 앉은 찰리 호지를 남겨 두고 말에서 내렸다.

앤드루스는 말에서 내렸다. 가죽 꾸러미들 사이를 지나 맥도널드의 판잣집으로 향하는 밀러를 따라갔다.

판잣집 문은 녹슨 경첩에 헐렁하게 매달려 있었다. 밀러가 문을 밀었다. 두 사람은 안으로 들어갔다. 바닥에는 서류가 흩어져 있었고, 펼쳐진 장부가 정리되지 않은 장부 더미에서 흘러내렸다. 맥도널드의 책상 뒤 의자는 뒤집혔다. 앤드루스는 몸을 굽혀 바닥에서 서류 한 장을 집어 들었다. 글씨는 지워졌지만 신발 뒤꿈치가 찍힌 자국은 여전히 남아 있었다. 다른 서류들을 집어 들었다. 전부 오랫동안 방치되어 엉망이었다.

"맥도널드 씨는 오랫동안 여기서 지내지 않았던 것 같군요." 앤드루스가 말했다.

밀러는 한동안 방을 신중하게 둘러보았다. "가지." 그가 갑자기 말하고 몸을 돌려 바닥을 지나갔다. 흩어진 서류가 그의 발밑에서 짓밟혔다. 앤드루스는 그를 따라 밖으로 나갔다. 일행은 말을 타고 판잣집을 떠나 부처스 크로싱으로 향했다.

마을을 이루는 판잣집들과 건물들을 양쪽으로 가르는, 하나뿐인 도로는 거의 방치되었다. 오른쪽에 있는 대장간에서 금속이 금속을 때리는 느리고 가벼운 철커덩 소리가 들려왔다. 대피소의 옅은 그늘 아래 사람이 느릿느릿 움직이는 게 어렴풋이 보였다. 도로로 들어서자 왼쪽에는 많은 사냥꾼이 마을에 잠깐 머무는 동안 이용하는 큰 합숙소가 있었다. 높은 창문 중 하나를 가리는 모슬린 천은 찢어져 밖으로 늘어져 나와, 잔잔하고 더운 바람에 느릿느릿 움직였다. 앤드루스는 고개를 돌렸다. 흐릿하게 보이는 임대 마구간에 말 두 마리가 빈 여물통 너머에 서서 졸고 있었다. 잭슨 술집을 지나가자 입구 긴 벤치에 앉아 있던 두 남자가 천천히 일어나더니 판자 보도 가장자리로 걸어와, 세 사람이 말 두 마리에서 내리는 걸 보았다. 밀러는 두 사람을 자세히 쳐다보고 앤드루스에게 고개를 저었다.

"다들 자거나 죽었나 보군." 그가 말했다. "이 두 사람도 누군지 모르겠어."

그들은 부처스 호텔 앞에서 말을 세우고, 건물 앞 보도에서 몇 미터 떨어진 말뚝에 고삐를 맸다. 안으로 들어가기 전에 말의 배에 묶었던 안장 띠를 느슨하게 해 주고 안장에서 침낭을 풀었다. 이 일을 하는 동안 찰리 호지는 말 궁둥이 위에 꼼짝하지 않고 앉아 있었다. 밀러가 무릎을 두드리자 멍하니 몸을 돌렸다.

"내려, 찰리." 밀러가 말했다. "다 왔어."

찰리는 움직이지 않았다. 밀러는 그의 팔을 잡고 부드럽게 반쯤 당겨 땅으로 내리게 했다. 앤드루스와 밀러는 불안하게 걷는 찰리를 사이에 두고 호텔 안으로 들어갔다.

넓은 로비는 거의 텅 비었다. 먼 쪽 벽에 스트레이트 의자 두 개가 함께 있었다. 그중 하나는 등판이 갈라졌다. 바닥, 벽, 천장에는 고운 먼지가 녹청처럼 앉았다. 로비를 가로질러 접수처 카운터로 갈 때, 발자국이 나무 바닥 위에 뚜렷하게 남았다.

사방이 막힌 카운터의 흐릿한 불빛 속에, 허름한 작업복을 입은 노인이 아무것도 없는 책상에 스트레이트 의자를 기댄 채 졸고 있었다. 밀러는 손바닥으로 카운터 위를 세게 쳤다. 노인은 날카롭고 거칠게 숨을 헐떡였다. 입이 다물어졌고 의자는 앞으로 돌아왔다. 노인은 한순간 앞이 안 보인 듯 얼굴을 찌푸리다가 눈을 깜빡였다. 일어나 하품하더니 턱 주위에 까칠하게 자란 회색 수염을 긁으며 휘청휘청 카운터로 왔다.

"뭘 도와드릴까요?" 그가 중얼거렸다. 그리고 다시 하품했다.

"방 두 개 줘요." 밀러가 차분하게 말하고 침낭을 카운터 너머로 던졌다. 먼지가 조용히 위로 피어올라 공기 중에 떠다녔다.

"방 둘이요?" 노인이 말했다. 눈으로 그들을 주시했다. "방 둘이라고 했습니까?"

"얼맙니까?" 밀러가 물었다. 앤드루스는 침낭을 밀러 것 옆에 던졌다.

"얼마더라?" 노인은 다시 턱을 긁었다. 앤드루스의 귀에 희미한 삐걱거림이 들렸다. 노인은 여전히 그들을 쳐다보며 카운터 아래를 더듬어, 덮인 숙박부를 꺼냈다. "모르겠군요. 방 하나당 1달러면 될까요?"

밀러는 고개를 끄덕였다. 그는 노인이 앞에 펴놓은 숙박부를 앤드루스에게 거칠게 밀었다. 밀러가 말했다. "욕조와 더운물, 비누와 면도칼도 필요합니다. 얼마죠?"

노인이 턱을 긁었다. "글쎄요. 전엔 얼마였나요?"

"작년엔 25센트였어요." 앤드루스가 말했다.

"적당한 값이군요." 노인이 말했다. "한 사람당 25센트로 하죠. 물을 데워 놓겠습니다."

"이 빌어먹을 마을에 무슨 일이 생겼죠?" 밀러가 큰 소리로 말했다. 그리고 손바닥으로 다시 카운터 위를 쳤다. "다들 죽기라도 했나요?"

노인은 불안하게 어깨를 으쓱했다. "모르겠습니다, 손님. 저는 여기 며칠 전에 혼자 왔거든요. 덴버로 가는 길에 돈이 떨어졌죠. 여기를 잘 관리하고, 버는 돈은 가지라더군요. 제가 아는 건 그게 답니다."

"그럼 맥도널드라는 이름을 들어본 적이 없겠군요. J. D. 맥도널드."

"없습니다. 말씀드렸듯이 여기 온 지…."

"알았어요." 밀러가 말했다. "우리 방은 어디죠?"

노인은 열쇠 두 개를 건넸다. "계단 올라가서 바로입니다. 방 번호는 열쇠에 있어요."

"말들을 임대 마구간에 끌어다 놔요." 밀러가 말했다.

"말들을 임대 마구간에 끌어다 놓을 것." 노인이 되풀이했다. "알겠습니다, 손님."

밀러와 앤드루스는 침낭을 집어 들고 계단으로 갔다. 계단에는 먼지가 부드럽고 온전하게 쌓여 있었다.

"오랫동안 손님이 없었나 보네요." 앤드루스가 말했다.

"뭔가 이상해." 밀러가 말했다. 세 사람은 찰리 호지를 가운데 세우고 계단을 쿵쿵거리며 올라갔다. "느낌이 안 좋아."

방은 계단을 올라가서 바로 나란히 있었다. 앤드루스의 열쇠 번호는 17이었다. 밀러와 찰리가 방으로 들어가자 앤드루스가 말했다. "먼저 끝내면 밖에 나가 있을게요. 좀 둘러보려고요."

밀러는 고개를 끄덕이고 찰리 호지를 앞으로 밀었다.

윌 앤드루스가 자물쇠에 열쇠를 넣어 돌리고 문을 안으로 밀자, 사용하지 않았던 방에서 퀴퀴한 먼지 냄새가 풍겨왔다. 문을 반쯤 열고, 모슬린 천으로 덮인 창문으로 갔다. 나무 창틀에 걸린 천에는 먼지가 들러붙었다. 창문에서 창틀을 떼어, 사용한 흔적이 거의 보이지 않는 빗물막이 나무 덧문 옆 바닥에 놓았다. 따뜻한 바람이 천천히 방 안으로 들어왔다.

앤드루스는 좁은 밧줄 침대에 매트리스를 펴고 커버 천 위에 앉았다. 몇 달 전부터 원래의 신발 끈을 대신했던 들소 가죽과 씨름하며 신발을 벗었다. 밑창은 얇게 닳았고 갑피는 완전히 갈라졌다. 갑피는 두꺼운 종이처럼 찢어졌다. 남은 옷을 빠르게 벗어 침대 옆에 아무렇게나 쌓았다. 얼룩지고 구겨진 전대를 풀어 매트리스 위에 던졌다. 알몸으로 침대에서 일어나 방 한가운데, 창문으로 들어오는 노란 빛 속에 섰다. 맨살을 내려다보았다. 더러웠고, 물고기 아랫배처럼 회색 섞인 하얀색이었다. 털 없는 뱃가죽을 따라 검지를 밀었다. 길고 가는 두루마리처럼 때가 벗겨지며 그 아래 때가 더 많이 드러났다. 몸을 떨고 창가 근처 세면대로 갔다. 수건걸이에서 먼지투성이 수건을 꺼내 털어 엉덩이 주위를 따라 두르고 침대로 돌아가 앉았다. 노인이 목욕통과 물을 가지고 오기를 기다렸다.

얼마 되지 않아 노인이 숨을 헐떡이며 목욕통 두 개를 가지고 올라왔다. 하나는 밀러와 찰리 호지의 방에, 다른 하나는 앤드루스의 방에 가져왔다.

노인은 목욕통을 바닥 가운데 아무렇게나 놓고, 침대에 앉은 앤드루스를 호기심 어린 눈길로 쳐다보았다.

"맙소사." 그가 말했다. "냄새가 정말 지독하군요. 목욕한 지 얼마나 됐습니까?"

앤드루스는 잠깐 생각했다. "지난 8월 이후로는 안 했군요."

"어디 있었는데요?"

"콜로라도 쪽에요."

"채광?"

"사냥이요."

"뭘 사냥했나요?"

앤드루스는 지쳤지만 놀란 눈으로 그를 쳐다보았다. "들소요."

"들소라." 노인은 말하고 모호하게 고개를 끄덕였다. "그쪽에 들소가 있었다는 얘기를 언젠가 들었던 것 같군요."

앤드루스는 입을 열지 않았다. 잠시 후 노인은 한숨을 쉬고 문으로 돌아갔다. "물은 곧 데워질 겁니다. 필요한 게 더 있으면 말씀해 주세요."

앤드루스는 침대 옆 바닥에 쌓인 옷들을 가리켰다. "저거 가져가고 새 옷 좀 사다 줘요."

노인은 옷을 집어 한 손으로 멀리 들었다. 앤드루스는 전대에서 지폐 한 장을 꺼내 노인의 다른 손에 놓았다.

"이것들은 어떻게 하죠?" 옷을 살짝 흔들며 노인이 물었다.

"태워 버려요." 앤드루스가 말했다.

"태워 버리죠." 노인이 되풀이했다. "직물 가게에서 파는 옷 중에서 특별히 원하는 게 있나요?"

"깨끗한 옷이요." 앤드루스가 말했다.

노인은 킬킬거리고 방을 나갔다. 앤드루스는 노인이 물 두 양동이를 가지고 돌아올 때까지 침대에서 움직이지 않았다. 노인이 목욕통에 물을 붓는 걸 지켜보았다. 노인은 주머니에서 면도칼 하나, 가위 하나, 긴 막대 모양의 누런 비누 하나를 꺼냈다.

"면도칼은 샀습니다." 그가 말했다. "하지만 가위는 제 거예요. 옷은 바로 가져다드리죠."

"고맙습니다." 앤드루스가 말했다. "물을 더 데워 놓으세요."

노인은 고개를 끄덕였다. "이걸로는 어림없을 것 같았죠. 이미 더 데우기 시작했습니다."

앤드루스는 노인이 방을 나가고 조금 더 기다렸다. 그러고는 비누를 들고 미지근한 물로 들어가 몸을 담갔다. 물을 끼얹고 비누로 힘차게 몸을 닦았다. 거친 비누 아래로 때가 기다란 줄을 이루며 벗겨지는 모습을 일종의 환희를 느끼며 바라보았다. 몸에는 벌레에 물린 작은 자국들이 아직 덜 아문 채 뒤덮여 있었다. 거기에 강한 비누가 닿으니 따끔거렸다. 하지만 손톱으로 거칠게 살을 갈퀴질하며 비누칠했다. 몸에는 길고 빨갛게 부은 자국이 교차되어 십자가 모양으로 남았다. 머리카락과 수염에 비누칠하고, 시꺼먼 물줄기가 욕조로 다시 떨어지는 걸 보았다. 목욕하면서 나온 악취가 물에서 풍겨 나와서 숨을 참았다.

노인이 새 물을 가지고 돌아오자, 앤드루스는 노인이 열린 창으로 목욕통을 나르는 걸 알몸으로 바닥에 회색 물을 떨어뜨리며 도왔다. 아래 보도에 물을 뿌렸다. 물이 도로에 후드득 떨어져 먼지 속으로 곧장 스며들었다.

"휴." 노인이 말했다. "대단하군요." 그는 앤드루스의 새 옷을 가져와, 물을 버리기 전에 침대 위에 던져 놓았다. 노인은 이제 옷들을 가리켰다. "맞으면 좋겠군요. 손님이 버린 옷과 최대한 비슷한 크기입니다."

"괜찮아 보이네요." 앤드루스가 말했다.

그는 몸 위에 거품을 내고 그 거품들이 목욕물 위에 떠다니는 걸 보며 좀 더 느긋하게 목욕했다. 마침내 목욕통에서 나와 수건으로 몸을 닦았다. 피부가 하얘서 놀랐다. 장밋빛의 부은 자국이 생기는 걸 보려고 살을 때렸다. 그러고는 노인이 면도칼과 가위를 놓아 둔 세면대로 갔다. 눈을 들어 세면대 위에 비뚤어지게 걸린 거울을 보았다.

산에서 대평원까지 오면서 물을 마셨던 연못과 시내에서 자신의 얼굴을 흐릿하고 어둡게나마 보았고, 얼굴 위와 손가락 아래 느껴지는 길고 헝클어진 수염과 머리카락의 느낌에 점점 익숙해지긴 했지만, 거울에 비친 자신의 모습을 볼 준비는 되어 있지 않았다. 목욕하느라 아직 젖은 수염이 얼굴 아래쪽에서 밝은 갈색 끈처럼 뒤엉킨 채 자리했다. 상상 속의 인물처럼 보이게 하는 가면을 쓴 것 같았다. 얼굴 윗부분 절반은 수염이나 머리카락보다 어둡고 핏기 없는 갈색이었다. 얼굴은 비바람 속에서 거칠어져서 어떤 표정이나 특징도 찾아볼 수 없었다. 머리카락은 귀를 덮을 정도로 길어서 거의 어깨까지 늘어졌다. 머리를 이리저리 돌리며 오랫동안 자신의 모습을 응시했다. 그리고 테이블에서 가위를 천천히 집어 들고 수염을 자르기 시작했다.

가위는 무뎠다. 한 손으로 잡고 들어 올린 머리카락이 가윗날 사이에서 미끄러졌기 때문에, 날을 얼굴 쪽으로 해서 가늘고 뻣뻣한 머리카락을 반쯤 자르고 반쯤은 거칠게 베어 내야 했다. 마침내 까칠하고 조금 긴 수염만 남자, 목욕할 때 썼던 누런 비누로 얼굴에 비누칠하고 면도칼로 피부 위를 짧고 조심스럽게 움직였다. 면도를 마치고 얼굴의 비누를 씻어 낸 뒤, 거울 속에 비친 모습을 다시 쳐다보았다. 수염이 있던 부분은 이마와 뺨과는 대조되는 칙칙한 하얀색이었다. 얼굴 근육을 풀고 우울하게 히죽이며 입술을 말았다. 엄지와 검지 사이로 턱을 따라 피부를 잡았다. 감각과 생기가 없는 느낌이었다. 얼굴 전체가 핼쑥했고, 헝클어진 머리칼에서부터 창백한 채로 그를 응시했다. 다시 가위를 집어 들고 얼굴 주위에 굵은 밧줄처럼 늘어진 머리카락을 거칠게 잘라 내기 시작했다.

얼마 지나 거울에서 뒤로 물러서 자신의 솜씨를 살펴보았다. 머리카락은 서툴고 고르지 못하게 잘렸지만, 더는 얼굴이 어려 보이지 않았다. 테이블 위에 쌓인 머리카락을 쓸어 손에 모아 창문 밖으로 던졌다. 머리카락은 허공에서 퍼지면서 땅 위로 천천히 떠다니며 내려갔다. 늦은 햇살이 머리카락에 비치며 반짝이다 머리카락이 아래 보도와 땅 위로 내려앉자 사라졌다.

노인이 사 온 옷은 거칠고 잘 맞지 않았지만, 그 거칠고 깨끗한 촉감은 지난 몇 달 동안 못 가졌던 활력과 섬세한 감각을 주었다. 그는 날카롭게 주름이 잡힌 검은 브로드 천 바지 아랫부분을 빳빳한 새 신발 위까지 올려 입고, 두꺼운 푸른 셔츠의 제일 윗 단추를 풀었다. 방을 나가 밀러와 찰리 호지의 방문 앞에 잠시 멈췄다. 안에서 물을 끼얹는 소리가 들렸다. 계단을 내려가 로비를 지나, 호텔 밖 판자 보도에서 늦은 오후의 열기와 정적 속에 섰다.

보도를 이루는 다양한 길이의 나무판자는 겨울 동안 뒤틀렸고 대다수는 가로 면이 위로 휘었다. 새 신발을 신은 앤드루스는 그 위를 조심스럽게 걸어야 했다. 거리를 위아래로 쳐다보았다. 호텔 왼쪽, 마을의 오른쪽에는 넓은 사각형으로 다져진, 풀 없는 흙이 늦은 오후의 햇빛을 받아 빛났다. 앤드루스는 잠시 생각하다 여기가 조 롱 이발소로 사용되던 대형 군용 천막 자리라는 걸 기억해 냈다. 앤드루스는 몸을 돌리고 호텔을 지나 다른 방향으로 갔다. 방치되어 허물어지는 대피소를 지나 임대 마구간에 다다를 때까지 쉬지 않고 걸었다. 그들을 태우고 부처스 크로싱으로 왔던 말 두 마리는 큰 마구간의 희미한 그늘 아래 여물통의 곡물을 천천히 먹고 있었다. 마구간 안으로 들어가려다가 그만뒀다. 천천히 몸을 돌려 호텔로 돌아갔다. 문틀에 몸을 기대고 눈에 들어오는 마을을 살펴보며 밀러와 찰리 호지가 내려오길 기다렸다.

해가 졌다. 서쪽부터 퍼져온 엄청난 빛이 마을 위에 떠 있는 희뿌연 먼지를 비추며 건물의 딱딱한 테두리를 부드럽게 만들 때, 밀러와 찰리 호지가 호텔을 나와, 보도에 서 있는 앤드루스와 합류했다. 우람한 어깨 위에 있는 밀러의 얼굴은 검은 수염을 깎아 육중하고 하얬다. 앤드루스는 약간 놀라며 쳐다보았다. 찢어지고 더러운 옷만 빼면, 몇 달 전 앤드루스가 잭슨 술집의 테이블에 있는 그에게 처음 갔을 때와 거의 똑같은 모습이었다. 찰리 호지는 외모가 가장 많이 달라졌다. 긴 수염을 가위로 최대한 짧게 잘랐다. 밀러는 면도칼을 사용하는 위험을 감수하지 않은 게 분명했다. 면도하고 남은 회색 수염 아래 찰리의 얼굴에는 교활함이 사라졌다. 이제 그 얼굴은 얼빠진 듯했고 핼쑥했다. 뺨은 깊게 꺼졌고 눈은 움푹 들어갔으며, 입은 처지고 헤벌어졌다. 부러진 이빨 위로 입술이 고르지 못하게 움직였지만 아무 소리도 나오지 않았다. 찰리 호지는 밀러 옆에 무기력하게 섰다. 팔이 옆구리에서 흔들렸고 오른손의 잘린 부분이 소매 밖으로 삐져나왔다.

"가지." 밀러가 말했다. "맥도널드를 찾아야 해."

앤드루스는 고개를 끄덕였다. 세 사람은 판자 보도를 나와 길의 먼지 속으로 들어갔다. 길을 가로질러 잭슨 술집의 낮고 긴 정문으로 향했다. 밀러가 제일 앞에, 앤드루스가 제일 뒤에 서서 좁고 천장이 낮은 바로 들어갔다. 바에는 사람이 없었다. 그을음 묻은 서까래에 걸린 등불 예닐곱 개 중에 하나에만 불이 들어왔다. 그 흐릿한 불빛이 밖에서 정문으로 들어온 빛과 만나 바에 크고 평평한 그림자를 드리웠다. 널빤지로 된 바에는 반쯤 빈 위스키병이 하나 있었다. 그 옆에는 빈 잔이 있었다.

밀러는 바로 가서 손으로 그 위를 세게 쳤다. 빈 잔이 튀어 올라 가장자리가 불안하게 흔들거렸다. "어이!" 밀러가 소리쳤다. 다시 소리쳤다.

"어이, 바텐더!" 아무도 대답하지 않았다.

밀러는 어깨를 으쓱하고 위스키병의 목을 잡아 잔에 거의 가득 따랐다. "여기." 그는 찰리 호지에게 말하고 잔을 그쪽으로 밀었다. "공짜야."

찰리 호지는 앤드루스 옆에 서서 잠시 꼼짝하지 않고 위스키 잔을 바라보았다. 눈이 밀러에게 갔다가 다시 잔으로 갔다. 그러더니 바 쪽으로 쓰러지는 것 같았다. 발은 몸의 균형을 잃지 않을 정도로만 빠르게 움직였다. 그는 불안하게 잔을 잡았다. 술이 손과 손목에 튀었다. 목이 마른 듯 입술에 대고 고개를 뒤로 젖히며 길고 요란하게 들이켰다.

"천천히 마셔." 밀러가 찰리의 잘린 팔을 잡고 흔들며 말했다. "마신 지 오래됐잖아."

찰리 호지는 밀러의 손이 맨살을 건드리기라도 한 듯 팔을 흔들었다. 빈 잔을 내려놓았다. 눈은 흔들렸고 먼 거리를 달려온 것처럼 숨을 제대로 쉬지 못했다. 얼굴이 딱딱하고 창백해졌다. 그는 잠시 숨을 참았다. 그러고는 거의 태연하게 바 너머로 몸을 기울여 그 뒤 바닥에 토했다.

"너무 빨리 마셔서 그래." 밀러가 말했다. "내가 뭐랬어." 그는 잔에 위스키를 2센티 채 못 될 정도만 따랐다. "다시 해 봐."

찰리 호지는 단숨에 마셨다. 잠시 기다리더니 밀러에게 고개를 끄덕였다. 밀러가 다시 잔을 채웠다. 병은 거의 비었다. 밀러는 찰리 호지가 위스키를 조금 더 마실 때까지 기다렸다. 남은 위스키를 자기 잔에 전부 따르고 병을 바 뒤로 아무렇게나 던졌다.

"다른 방에 사람들이 있는지 가 보자." 그가 말했다.

세 사람은 다시 밀러를 앞장세워 한 줄로 바 옆 큰 방으로 이어지는 문으로 들어갔다. 방은 어둑했다. 빛이라고는 벽 높이 달린 좁은 창문으로 새어 들어와 흐르는 노을뿐이었다. 많은 테이블 중 두 개에만 사람이 있었다. 둘 중 방 건너편에 있는 테이블에는 여자 둘이 앉아 있다가 세 사람이 문을 들어서자 올려다보았다. 앤드루스는 어둑함 속에서 여자들을 쳐다보며 한 걸음 앞으로 나갔다. 여자들은 멍하니 마주 보다가 시선을 돌렸다. 다른 테이블에는 남자 둘이 앉아 있었다. 일행을 흘낏 보더니 다시 낮은 목소리로 대화했다. 남자 중 하나는 흰 셔츠에 앞치마를 걸쳤다. 키가 작고 뚱뚱했다. 콧수염을 길게 길렀고 완전히 둥근 얼굴이 흐릿함 속에서 번들거렸다. 밀러는 울퉁불퉁한 바닥을 쿵쿵거리며 가로질러 가 테이블 옆에 섰다.

"당신이 바텐더요?" 그가 키 작은 남자에게 물었다.

"그렇습니다." 남자가 말했다.

"맥도널드를 찾고 있소." 밀러가 말했다. "어디 있습니까?"

"그런 사람 못 들어봤는데요." 바텐더가 말하고 동행에게 몸을 돌렸다.

"이 주변에 있던 가죽 상인입니다." 밀러가 말했다. "마을에서 나가 냇가 바로 곁에 사무실이 있었소. J. D. 맥도널드라는 이름의."

바텐더는 다시 몸을 돌리지 않고, 같이 있던 사람들과 얘기했다. 밀러는 남자의 어깨에 손을 짚었다. 손에 힘을 주고 남자의 몸을 당겨 자기 쪽으로 돌렸다.

"사람이 말하면 들어야 할 것 아니오." 밀러가 조용히 말했다.

"네, 그러죠." 바텐더가 말했다. 그는 밀러의 잡은 손 밑에서 꼼짝도 하지 않았다. 밀러는 손을 내렸다.

"자, 내가 한 얘기 들었습니까?"

"네, 손님." 바텐더가 말했다. 입술을 핥고 한 손을 어깨에 올려 문질렀다. "들었습니다. 하지만 맥도널드라는 이름을 들어본 적은 없어요. 전 여기 온 지 한 달 정도밖에 안 됐습니다. 맥도널드나 다른 가죽 상인에 대해선 아무것도 모릅니다."

"알았어요." 밀러가 말했다. 남자에게서 뒤로 물러섰다. "바에 가서 위스키 한 병과 먹을 것 좀 갖다줘요. 여기 내 친구가…." 그는 찰리 호지를 가리켰다. "카운터 뒤에 토했습니다. 치우는 게 좋을 거요."

"알겠습니다, 손님." 바텐더가 말했다. "먹을 거라고는 기름에 튀긴 고기 옆구리 살과 데운 콩뿐입니다. 괜찮으시겠습니까?"

밀러는 고개를 끄덕이고 두 남자가 있던 곳에서 몇 미터 떨어진 테이블로 갔다. 앤드루스와 찰리 호지가 뒤에서 따라갔다.

"그 빌어먹을 맥도널드." 밀러가 말했다. "놈은 내뺐어. 남겨 둔 가죽을 가지고 올 때까지는 돈 나올 데가 없겠군."

앤드루스가 말했다. "맥도널드 씨가 서류작업에 지쳐서 잠시 떠났을 수도 있어요. 버려 두고 갔다기엔 사무실 주위에 가죽들이 너무 많이 있었어요."

"모르겠어." 밀러가 말했다. "난 그놈을 믿은 적이 없어."

"걱정하지 마세요." 앤드루스가 말했다. 그리고 주위를 초조하게 둘러보았다. 두 여자 중 하나가 동행의 귀에 뭐라고 낮게 말하고 테이블에서 일어섰다. 여자는 얼굴에 미소를 띠고 편한 걸음으로 바닥을 가로질러 그들에게 왔다. 얼굴은 거무스름하고 여위었다. 숱이 적은 검은 머리칼이 가닥가닥 솜털처럼 부풀었다.

"자기." 여자가 그들 모두를 쳐다보며 가는 목소리로 말했다. 입술이 이빨 위로 말려 들어갔다. "내가 해 줄 게 있나요? 원하는 거 있어요?"

밀러는 의자에 등을 기대고 무표정한 얼굴로 여자를 쳐다보았다. 천천히 두 번 눈을 깜빡이고 말했다. "앉아. 바텐더가 술병 가져 오면 같이 한잔하지."

여자는 한숨을 쉬고 앤드루스와 밀러 사이에 앉았다. 부풀어 오른 눈꺼풀 뒤에서 작고 검은 눈을 강하게 움직이며 빠르고 능숙하게 그들을 훑어보았다.

"이 마을에 와 본 지 오래된 분들 같네요. 사냥꾼인가요?"

"그래." 밀러가 말했다. "여기 무슨 일이 생겼지? 마을이 죽어 버렸나?"

바텐더가 위스키병 하나와 잔 세 개를 가지고 돌아왔다.

"자기." 여자가 바텐더에게 말했다. "다른 테이블에 내 잔을 두고 왔어. 이 세 신사분이 같이 한잔하자네. 잔 좀 가져다줄래?"

바텐더는 끙 하는 소리를 내고는 다른 테이블에서 그녀의 잔을 가져왔다.

"내 친구도 오라고 할까요?" 다른 여자가 무심하게 기다리는 테이블 쪽으로 엄지손가락을 흔들며 그녀가 말했다. "작은 파티를 열 수 있는데."

"아니." 밀러가 말했다. "이걸로 됐어. 자, 이 마을에 무슨 일이 있었지?"

"지난 몇 달 새 망해 버렸어요." 여자가 말했다. "사냥꾼도 하나 없어요. 하지만 기다리세요. 가을까지요. 그때쯤엔 나아질 거예요."

밀러가 끙 소리를 냈다. "사냥이 신통찮았나?"

여자는 웃었다. "이런, 나한테 묻지 마세요. 아무것도 몰라요." 그녀가 눈을 찡긋했다. "난 남자들하고 얘기는 많이 하지 않아요. 내 일이 아니니까요."

"여기 오래 있었나?" 밀러가 물었다.

"1년 넘었어요." 여자가 말하고 슬프게 고개를 끄덕였다. "난 이 작은 마을이 좋았어요. 망해 가는 게 싫어요."

앤드루스가 헛기침했다. "아직… 당신 같은 여자들이 여기 많이 있나요?"

여자의 미소가 사라지며 피부에 느슨하게 주름이 잡혔다. 그녀는 고개를 끄덕였다. "좀 있죠. 하지만 많이 떠났어요. 난 아니에요. 이 마을이 좋아요. 한동안 머물 생각이죠." 여자는 위스키를 잔에 따라 쭉 마셨다.

"1년 넘게 있었다면." 밀러가 말했다. "맥도널드에 대해 들어봤겠군. 가죽 상인 말이야. 아직 여기 있나?"

여자는 기침하고 고개를 끄덕였다. "내가 마지막으로 듣기로는 그래요. 한동안 호텔에서 묵었어요." 여자가 말했다. "마을 바깥의 낡은 합숙소에서 지낸다는 얘기를 들은 게 마지막이에요."

밀러는 거의 마시지 않은 자기 잔을 찰리 호지 앞에 밀어 놓았다. "마셔." 그가 말했다. "그리고 나가자."

"이런." 여자가 말했다. "작은 파티를 할 줄 알았는데."

"남은 술 가져가." 밀러가 말했다. "그걸로 친구하고 파티 해. 우린 일이 있어."

"아이, 자기." 여자가 말하며 손을 밀러의 팔에 얹었다. 밀러는 잠시 그녀의 손을 쳐다보다가 벌레가 앉은 듯 무심히 손가락을 튕겨 털어냈다.

"어쨌든." 여자가 말하고 변함없이 미소 지었다. "술 잘 마실게요." 여자는 앙상한 손가락으로 술병 목을 잡고 테이블에서 일어났다.

"잠깐만요." 여자가 자리를 뜨려 할 때 앤드루스가 말했다. "작년에 여기 살던 여자 중에 프랜신이라고 있었어요. 아직 여기 있나요?"

"프랜신? 알죠. 아직 있어요. 하지만 오래 있진 않을 거예요. 지난 며칠 동안 짐을 싸던데요. 올라가서 데려올까요?"

"아니요." 앤드루스가 말했다. "아니요, 괜찮습니다. 나중에 만나 보죠." 그는 의자에 등을 기댔다. 밀러를 쳐다보지 않았다.

"맙소사." 밀러가 말했다. "슈나이더 말이 맞았군. 그 창녀를 마음에 두고 있었어. 난 거의 잊었는데. 하고 싶은 대로 해. 하지만 지금 당장은 더 중요한 일이 있어."

"식사는 안 할 건가요?" 앤드루스가 말했다.

"먹고 싶으면 나중에 먹어." 밀러가 말했다. "지금 당장은 이 맥도널드 일부터 해결해야 해."

앤드루스와 밀러는 빈 잔을 뚫어지게 보는 찰리 호지를 일으켜 술집을 나가 땅거미 속으로 들어섰다. 짙어가는 어둠 속으로 불빛 하나 비치지 않았다. 비틀거리며 판자 보도를 지나 거리로 갔다. 잭슨 술집을 지나 오른쪽으로 돌아, 위층으로 향하는 실외 계단을 지나갔다. 앤드루스는 걸어가며 어두운 계단과 그보다 더 어두운 직사각형 문을 쳐다보았다. 건물을 지나며 계속 위를 쳐다보았다. 건물 뒤에서 창문을 통해 희미한 불빛이 새어 나오는 게 보였다. 하지만 불빛이 나오는 창에서는 어떤 움직임도 볼 수 없었다. 걷고 있는 넓은 땅 위에 자란 두꺼운 풀 위에서 비틀거렸다. 그러고는 앞을 보며 찰리 호지를 옆에 오게 이끌었다.

잭슨 술집 뒤쪽에서 200여 미터쯤 지나 서쪽으로 들판을 가르지른 곳에, 지붕이 낮고 평평한 합숙소가 어둠 속에 어렴풋이 솟아 있었다.

"저 안에 누군가 있어." 밀러가 말했다. "불빛이 보여."

반쯤 열린 문 사이로 희미한 불빛이 흘러나왔다. 밀러는 다른 사람들보다 몇 발짝 앞서가더니 문을 발로 차 열었다. 세 사람은 안으로 몰려 들어갔다. 앤드루스는 서까래가 낮고 완전한 사각형으로 된 큰 방을 보았다. 방 주위로 2, 30개의 침대가 흩어져 있었다. 몇 개는 뒤집혔고 나머지는 제멋대로 놓였다. 매트리스는 하나도 없었고 침대에서 자는 사람도 없었다. 방의 제일 끝 모퉁이에서 등불 하나가 흐리게 타면서, 침대 끝에 앉아서 책상 위로 몸을 구부린 사람의 그림자를 비췄다. 일행이 들어오는 소리에 그 사람이 고개를 들었다.

"맥도널드!" 밀러가 소리쳤다.

그 사람이 침대에서 일어나 불빛 뒤로 나왔다. "누구요?" 그가 희미하게 짜증 난 목소리로 물었다.

세 사람은 흩어진 침대를 피하며 그의 앞으로 다가갔다. "우리예요, 맥도널드 씨." 앤드루스가 말했다.

"누구라고?" 맥도널드는 고개를 낮추고 불빛 너머를 쳐다보았다. "얘기하는 사람은 누구요?"

일행은 모퉁이 서까래 중 하나의 고리에 걸린 등불에서 나오는 흐릿한 불빛 안에 들어갔다. 맥도널드가 가까이 다가와, 불룩하게 튀어나온 눈을 잡아먹을 듯 천천히 껌뻑이며 세 사람의 얼굴을 차례대로 살펴보았다.

"맙소사!" 맥도널드가 말했다. "밀러. 윌 앤드루스. 세상에! 죽은 줄 알았는데." 그는 앤드루스에게 다가가서 가느다란 손으로 앤드루스의 팔을 꽉 잡았다. "윌 앤드루스." 앤드루스의 팔 위에서 그가 손을 떨더니 온몸을 떨기 시작했다.

"자." 앤드루스가 말했다. "앉으세요, 맥도널드 씨. 놀라게 할 생각은 없었어요."

"세상에." 맥도널드는 다시 말하고 침대 가장자리에 주저앉았다. 세 사람을 쳐다보고 고개를 좌우로 저었다. "잠깐 진정할 시간을 주게." 잠시후 그는 몸을 꼿꼿이 폈다. "하나 더 있지 않았나? 가죽 벗기는 사람."

"슈나이더." 밀러가 말했다. "슈나이더는 죽었어."

맥도널드는 고개를 끄덕였다. "어쩌다?"

"물에 빠져 죽었어." 밀러가 말했다. "돌아오는 길에 강을 건너다가."

맥도널드는 다시 멍하니 고개를 끄덕였다. "그럼 자네의 들소는 찾아냈군."

"찾았지." 밀러가 말했다. "장담했던 대로."

"엄청난 수의 무리였겠군." 맥도널드가 말했다.

"어마어마했지." 밀러가 말했다.

"가죽은 얼마나 가져왔나?"

밀러는 심호흡을 하고 맥도널드 맞은편 침대에 앉았다. "하나도 못 가져왔어." 그가 말했다. "슈나이더가 죽었을 때 강물에 떠내려갔지."

맥도널드는 고개를 끄덕였다. "마차도 떠내려갔겠군."

"모두 다." 밀러가 말했다.

맥도널드가 앤드루스 쪽으로 몸을 돌렸다. "죄다 떠내려갔나?"

앤드루스가 말했다. "네. 하지만 별일 아닙니다."

"아니." 맥도널드가 말했다. "내 생각은 달라."

"맥도널드 씨." 앤드루스가 말했다. "이 마을이 왜 이렇죠? 왜 여기서 지내십니까? 돌아오는 길에 사무실에 들렀어요. 무슨 일이 있었습니까?"

"무슨 일이 있었냐고?" 맥도널드가 말했다. 그가 앤드루스를 쳐다보고 눈을 깜빡였다. 그리고 건성으로 웃었다. "얘기가 길지. 암, 얘기가 길어."

그는 밀러 쪽으로 몸을 돌렸다. "그러면 사냥의 성과를 보여 줄 게 아무것도 없군. 보아하니 산속에서 눈에 갇혔던 것 같네. 겨울을 지내고도 아무 성과가 없고."

"가죽이 3000장 있어. 특상품 겨울 가죽이야. 산에 쌓아 뒀어. 거기 그대로 있네. 성과가 있었어." 밀러가 험악하게 맥도널드를 쳐다보았다.

맥도널드는 다시 웃었다. "늙으면 그 가죽 위에서 편하게 지내겠군." 그가 말했다. "그게 다야."

"특상품 가죽이 3000장 있다고." 밀러가 말했다. "가지고 돌아오는 비용 빼고도 1만 달러는 돼."

맥도널드는 웃었다. 웃다가 기침에 목이 막혔다. "맙소사. 눈도 없나? 둘러보지 않았어? 마을에서 누구와 얘기 안 해 봤나?"

"약속했잖아." 밀러가 말했다. "당신과 나. 특상품 가죽을 장당 4달러에. 안 그래?"

"그랬지." 맥도널드가 말했다. "더럽게 맞는 얘기야. 누구도 다툴 수 없지."

"그 약속을 지키게 하겠어." 밀러가 말했다.

"약속을 지키게 한다." 맥도널드가 말했다. "맙소사. 나도 그랬으면 좋겠군." 그는 침대에서 일어나 맞은편에 있는 세 사람을 내려다보다가 완전히 한 바퀴 돌았다. 다시 그들을 마주 보며 손을 들어 앙상한 손가락으로 가늘어지는 머리카락을 헤집었다. 그러고는 세 사람 쪽으로 손바닥을 위쪽으로 해 손을 내밀었다. "자네는 아무것도 할 수 없어. 모르겠나? 나한테는 아무것도 없기 때문이지. 지난가을에 가죽을 3, 4만 장 사서 작업장에 뒀어. 있는 돈 다 털어서 샀지. 그 가죽들을 사고 싶나? 장당 10센트에 주겠네. 내년, 어쩌면 내후년이면 그걸로 이익을 좀 볼 수 있을 거야."

밀러는 고개를 숙이고 천천히 좌우로 저었다.

"거짓말." 그가 말했다. "엘스워스로 가져가겠어."

"그러게." 맥도널드가 소리쳤다. "엘스워스로 가져가 봐. 비웃음만 살 걸세. 현실이 안 보이나? 모든 시장에서 시세가 바닥이야. 가죽 산업은 끝 장났어. 영원히." 그는 머리를 낮추고 밀러 가까이 들이댔다. "자네가 끝 장난 것처럼, 밀러. 그리고 자네 같은 사람들도."

"거짓말쟁이!" 밀러가 크게 말하며 몸을 뒤로 뺐다. "남자 대 남자로 약 속했잖아. 우린 가죽을 구하려고 죽어라 애썼어. 그런데 당신은 입을 씻 으려 하는군."

맥도널드는 물러서서 차분하게 밀러를 쳐다보았다. 그의 목소리는 냉 랭했다. "난 그 가죽들을 감당 못 해. 바위에서 물을 짜낼 수는 없는 법이 야." 그는 고개를 끄덕였다. "재미있군. 자넨 7개월 정도 늦었어. 처음 예 정대로 돌아왔다면 돈을 받을 수 있었겠지. 내가 망하는 데 자네도 한몫 했을 거야."

"거짓말이야." 밀러가 조금 더 조용하게 말했다. "속임수를 쓰는군. 왜? 겨우 지난해만 해도 특상품 가죽은, 특상품 가죽은….."

"작년 일이지." 맥도널드가 말했다.

"그럼 대체 1년 동안에 뭐가 잘못됐지? 겨우 1년 만에?"

"비버 일 기억나나?" 맥도널드가 물었다. "전에 비버 사냥을 했지? 사람 들이 비버 가죽 모자를 쓰지 않자 비버 가죽은 쓸모가 없어졌지. 사람들 이 이제는 거의 다 들소 가죽 겉옷을 하나씩은 가지게 된 것 같아. 그러고 나니 더는 원하지 않더군. 처음에는 왜 원했는지 모르겠어. 자네도 결코 못 알아내겠지."

"하지만 겨우 1년인데." 밀러가 말했다.

맥도널드가 어깨를 으쓱했다. "조짐은 있었어. 동부에 갔다면 알 수 있었을 텐데…. 4, 5년쯤 기다리면 사람들이 들소 가죽의 다른 용도를 생각해낼 수도 있겠지. 그때쯤이면 자네의 특상품 가죽 값은 여름 가죽 수준밖에 안 될 거야. 장당 3, 40센트는 받겠지."

밀러는 한 방 맞아 어지러운 듯 고개를 저었다. "이 주위에 땅을 가지고 있지?" 그가 물었다. "그 땅을 팔아서 우리한테 돈을 주면 되잖아."

"내 말을 제대로 듣지 않았군." 맥도널드가 말했다. 그의 손이 다시 떨리기 시작했다. "땅을 원하나? 그럼 그것도 가지게." 그는 몸을 돌려 침대 밑 상자를 뒤지기 시작했다. 서류 한 장을 꺼내 테이블 위에 놓고 그 위에 펜촉으로 뭔가 써 갈겼다. "여기 있어. 자네한테 넘기지. 다 가져. 하지만 그 황무지를 지키려면 농사를 짓는 게 좋을 거야. 아니면 내가 자네한테 넘겼던 것처럼 처분하든지."

"철도." 밀러가 말했다. "철도가 지나가면 땅이 금값이 될 거랬잖아."

"아, 그렇지." 맥도널드가 말했다. "철도. 지나가고는 있지. 지금 철길을 까는 중이야. 여기서 80킬로미터쯤 북쪽에." 맥도널드는 다시 웃었다. "재미있는 얘기 하나 해 줄까? 사냥꾼들은 철도 회사에 들소 고기를 팔아. 가죽은 벗긴 자리에 그대로 방치해 햇빛에 썩어 가게 두지. 자네가 사냥한 모든 들소들을 생각해 보게. 자네가 파리와 늑대들 먹잇감으로 남겨뒀던 그 고기로 1킬로그램당 10센트는 받을 수 있을 거야."

침묵이 흘렀다.

"내가 늑대를 죽였어." 찰리 호지가 말했다. "스트리키닌 독으로 죽였어."

밀러는 약에 취한 듯 맥도널드를 쳐다보다 앤드루스를 보고, 다시 맥도널드에게 눈을 돌렸다.

"그럼 지금 당신은 빈털터리군." 밀러가 말했다.

"땡전 한 푼 없어." 맥도널드가 말했다. "자네도 그 점은 좀 만족한 것 같군."

"맙소사, 그래." 밀러가 말했다. "당신이 망하면서 나까지 망하게 했다는 걸 빼면. 당신은 그저 여기 앉아 있었고, 우리는 나가서 죽어라 일했어. 당신은 문제없이 돈을 주겠다고 했지. 그러고는 망하면서 우리까지 끌고 들어갔어. 맙소사. 하지만 그만한 가치가 있었어. 거의."

"내가 자넬 망쳤다고?" 맥도널드가 웃었다. "자네 신세는 자네가 망쳤어. 자네와 자네 같은 인간들이. 자네가 살면서 매일 하는 일이, 자네가 하는 모든 일이. 아무도 자네한테 이래라저래라 안 했어. 그러지 않았어, 죽인 사냥감들의 악취로 땅을 뒤덮으며 제멋대로 살아왔지. 가죽을 무더기로 풀어 시장을 망하게 하고는 이제 와서 내가 자넬 망쳤다고 징징거리는군." 맥도널드의 목소리가 점점 노기를 띠었다. "자네는, 자네들 모두는 내 말을 귀담아들었어야 했어. 자네들은 자네들이 죽인 짐승들보다 나을 게 없어."

"돌아가." 밀러가 말했다. "이 평원에서 꺼져. 여긴 당신이 필요 없어."

맥도널드는 가쁘게 숨을 쉬면서 등불 아래 구부정하게 섰다. 얼굴에 짙은 그림자가 드리웠다. 밀러는 침대에서 일어나 찰리 호지를 일으켜 세웠다. 찰리 호지를 옆으로 끌어놓고 맥도널드에게서 떠나 몇 걸음 걸어 나갔다.

"아직 다 끝나지 않았어." 그가 맥도널드에게 말했다. "다시 오겠네."

"그러게." 맥도널드가 지친 듯 말했다. "그게 소용이 있다고 생각하면."

앤드루스는 헛기침하고 밀러에게 말했다. "남아서 맥도널드 씨와 잠깐 얘기 좀 할게요."

밀러는 잠시 무심하게 그를 쳐다보았다. 검은 머리카락이 뒤쪽 어둠에 섞였다. 무겁고 창백한 얼굴이 어둠 속에서 음울하게 두드러졌다.

"좋을 대로 해." 밀러가 말했다. "난 상관없으니까. 우리 일은 끝났어." 그리고 몸을 돌려 문을 나가 어둠 속으로 들어갔다.

밀러와 찰리 호지가 떠나고 잠시 침묵이 흘렀다. 맥도널드는 등불에 손을 뻗어 심지를 세웠다. 두 사람 주위의 빛이 환해지며 그들의 모습이 조금 더 뚜렷해졌다. 앤드루스는 자신이 앉았던 침대를 맥도널드가 주저 앉은 침대에 좀 더 가깝게 움직였다.

"결국." 맥도널드가 말했다. "자네가 원하던 사냥을 했군."

"네."

"그리고 내가 말했던 것처럼 쫄딱 망했고."

앤드루스는 입을 열지 않았다.

"그걸 원하지 않았나?" 맥도널드가 물었다.

"그럴지도 모르죠, 처음에는요." 앤드루스가 말했다. "적어도 어느 정도 는 그랬습니다."

"젊은 사람들은…." 맥도널드가 말했다. "언제나 상처를 받고 시작하고 싶어 하지. 알아. 다른 사람들은 자네가 하려는 일을 절대 모른다고 생각 하지?"

"생각해 보지 않았습니다." 앤드루스가 말했다. "저 자신도 제가 뭘 하 려는지 모르기 때문이겠죠."

"지금은 알겠나?"

앤드루스는 불안하게 몸을 움직였다.

"젊은 사람들은." 맥도널드는 업신여기듯 말했다. "찾아낼 무언가가 있다고 늘 생각하지."

"네."

"글쎄, 그런 건 없어." 맥도널드가 말했다. "자네는 거짓 속에서 태어나고, 보살펴지고, 젖을 떼지. 학교에서는 더 멋진 거짓을 배우고. 인생 전부를 거짓 속에서 살다가 죽을 때쯤이면 깨닫지. 인생에는 자네 자신, 그리고 자네가 할 수 있었던 일 말고는 아무것도 없다는 걸. 자네는 그 일을 하지 않았어. 거짓이 자네한테 뭔가 다른 게 있다고 말했기 때문이지. 그제야 자네는 세상을 가질 수 있었다는 걸 알게 되지. 그 비밀을 아는 건 자네뿐이니까. 하지만 그때는 너무 늦었어. 이미 너무 늦었거든."

"아니요." 앤드루스가 말했다. 주위를 둘러싼 어둠 속에서 희미한 공포가 슬금슬금 나와 그의 목소리를 딱딱하게 만들었다. "그런 게 아닙니다."

"그럼 배우지 못했군." 맥도널드가 말했다. "자넨 아직도 배우지 못했어…. 보게. 자네는 인생에서 거의 1년이라는 시간과 힘을 낭비했어. 바보 같은 꿈 때문이지. 그래서 뭘 얻었나? 아무것도 없어. 들소 3, 4000마리를 죽이고 가죽을 벗겨 깔끔하게 쌓았지. 들소는 자네가 놔둔 자리에서 썩어 가고 가죽에는 쥐가 보금자리를 틀겠지. 자네한테 뭐가 남았나? 자네 인생에서 날아간 1년, 비버가 댐을 만드는 데 쓸 부서진 마차, 손에 박힌 굳은살, 죽은 사람에 대한 기억뿐이겠지."

"아니요." 앤드루스가 말했다. "그게 다가 아닙니다. 제가 가진 건 그게 전부가 아니에요."

"그럼 뭔가? 뭘 얻었나?"

앤드루스는 입을 다물었다.

"대답하지 못하는군. 밀러를 보게. 누구보다도 대평원을 잘 알고 자신이 믿는 게 진실이라는 확신이 있지. 그게 무슨 소용이던가? 성경과 위스키를 가진 찰리 호지가 있지. 그게 자네가 겨울을 더 수월하게 보내게 해주던가? 아니면 자네의 가죽을 지켜 주던가? 그리고 슈나이더가 있지. 슈나이더가 맞나? 이름이 그랬지?"

"그렇습니다." 앤드루스가 말했다.

"그가 남긴 건 그 이름이 전부지." 맥도널드가 말했다. "이름. 그 이름마저 자기가 남긴 게 아니야." 맥도널드는 앤드루스를 보지 않으며 고개를 끄덕였다. "물론 나도 알아. 나도 아무것도 없지. 내가 배운 걸 오래전에 잊었기 때문이야. 거짓이 되돌아오게 했지. 나도 꿈이 있었어. 자네나 밀러의 것과 달랐기 때문에 그건 꿈이 아니라고 생각했지. 하지만 이제 난 알아, 젊은 친구. 그리고 자네는 모르고. 자네와 내가 다른 점은 그게 전부야."

"이제 뭘 하실 생각입니까, 맥도널드 씨?" 앤드루스가 말했다. 목소리가 부드러웠다.

"뭘 하냐고?" 맥도널드는 침대에서 몸을 바로 세웠다. "글쎄, 밀러가 하라는 대로 할 생각이네. 서부를 떠날 거야. 세인트루이스로 돌아가겠어. 어쩌면 보스턴이나 뉴욕으로 갈지도 모르지. 서부는 오래 있을수록 감당이 안 돼. 너무 크고 너무 텅 비었어. 그리고 거짓이 자네에게 찾아오게하지. 거짓을 다룰 수 있기 전에는 거짓을 피해야 해. 그리고 더는 꿈같은 건 꾸지 말게. 난 할 수 있을 때 할 수 있는 것만 해. 그밖에는 아무것도 신경 쓰지 않아."

"행운을 빕니다." 앤드루스가 말했다. "일이 잘 안 돼서 유감이네요."

"자네는?" 맥도널드가 물었다. "자네는 어떻게 할 생각인가?"

"아직 모르겠습니다." 앤드루스가 말했다. "아직 모르겠어요."

"몰라도 돼." 맥도널드가 말했다. "나와 함께 돌아가세. 우리 둘이 잘 해 낼 수 있어. 이제 둘 다 서부를 알잖아. 서부에서 떠났으니 그걸로 뭔가 할 수 있어."

앤드루스는 미소를 지었다. "맥도널드 씨, 이제 저를 믿는 것처럼 말씀하시네요."

"아니." 맥도널드가 말했다. "전혀 그렇지 않아. 그저 내가 서류 작업을 싫어하기 때문이지. 자네가 있으면 내가 거기서 손을 좀 뗄 수 있으니까."

앤드루스는 침대에서 일어났다. "예전이었다면 그랬을 수도 있죠." 그가 말했다. "하지만 청해 주셔서 고맙습니다." 맥도널드에게 손을 내밀었다. 맥도널드는 힘없이 그 손을 흔들었다. "전 호텔에 있겠습니다. 떠나시면 그전에 한번 찾아와 주세요."

"알았네, 젊은 친구." 맥도널드가 그를 올려다보았다. 튀어나온 눈 위로 눈꺼풀이 천천히 내려왔다가 올라갔다. "자네가 살아 돌아와서 기쁘군."

앤드루스는 재빨리 몸을 돌렸다. 점점 가늘어지는 빛의 원을 떠나 방의 어둠 속으로, 그리고 밖에서 기다리는 더 짙은 어둠 속으로 들어갔다. 그의 발밑에서 바스락거리는 마른 풀 위로, 새로 뜬 가느다란 달이 희미하고 거의 눈에 보이지 않게 반짝이는 빛을 내며 서쪽 하늘에 걸렸다. 그는 울퉁불퉁한 길을 천천히 걸어, 낮고 검은 덩어리처럼 서 있는 잭슨 술집으로 갔다. 건물 가운데 부근의 높은 창에는 불이 켜진 램프의 노란 등이 아직 보였다.

가파른 오르막 계단을 지나쳐 판자 보도 위에 발을 디디고 몸을 돌렸다. 그리고 깨닫기도 전에 계단 입구 너머로 몇 걸음 내려갔다. 보도에서 발을 멈추고 천천히 몸을 돌려 계단이 시작되는 곳으로 걷기 시작했다. 다리가 약해지더니 상반신까지 힘이 빠지며 팔이 옆구리에 느슨하게 늘어졌다. 잠시 꼼짝하지 않았다. 발 하나가 의지를 거스르듯 들어 올려져 첫걸음을 떼기 시작했다. 손으로 왼쪽의 난간이나 오른쪽의 벽을 잡지 않으며 천천히 계단을 올랐다. 계단 위 층계참에서 다시 잠깐 발을 멈췄다. 마을을 감싼 따뜻하고 연기 냄새 나는 공기를 깊이 들이마셨다. 몸의 쇠약함이 폐 안으로 모여들었다가 공기 중으로 내쉬어졌다. 더듬어 걸쇠를 찾아 들어 올리고 문을 안으로 밀었다. 복도 안으로 들어가서 뒤의 문을 닫았다. 뜨겁고 고요한 공기가 그를 감싸고 살을 눌렀다. 눈을 깜빡이고 더 가쁘게 숨을 쉬었다. 잠시 뒤에야 자신이 서 있는 어둠의 깊이를 깨달을 수 있었다. 아무것도 볼 수 없었다. 몸의 균형을 유지하며, 앞이 보이지 않는 상태에서 걸음을 내디뎠다.

왼쪽에서 벽을 찾아내 손으로 그 위를 미끄러지듯 만지며 더듬더듬 앞으로 나갔다. 손이 문간의 움푹 파인 부분을 두 개 지나친 다음, 노란 불빛이 가늘게 새어 나오는 문틈 아래 문에 다다랐다. 문 가까이에 서서 잠시 귀를 기울였다. 방 안에서는 움직이며 바스락거리는 소리가 들리다가 조용해졌다. 잠시 더 기다리다 문에서 물러나 섰다. 주먹을 쥐고 문을 두 번 두드렸다. 다시 옷이 바스락거리고 맨발바닥이 가볍게 움직이는 소리가 들렸다. 문이 몇 센티미터 열렸다. 얼굴에 느껴지는 노란 불빛 말고는 아무것도 볼 수 없었다. 문이 천천히 더 열렸고 프랜신이 보였다. 뒤에서 나오는 램프 불빛에 형체만 보였다. 그녀는 한 손은 문 끝에 대고, 다른 손은 무릎 근처까지 내려오는 헐렁한 실내복의 깃을 움켜잡고 있었다. 그는 그녀가 입을 열기를 기다리며 뻣뻣하게 서서 꼼짝하지 않았다.

"당신이에요?" 한참 뒤에 프랜신이 물었다. "윌 앤드루스?"

"네." 그가 여전히 뻣뻣이 서서 꼼짝하지 않은 채 말했다.

"당신이 죽은 줄 알았어요." 프랜신이 낮게 말했다. "다들 당신이 죽었다고 생각했어요." 그녀는 여전히 문간에서 움직이지 않았다. 앤드루스는 그 앞에 어색하게 섰다가 몸을 움직였다. "들어와요." 그녀가 말했다. "밖에 세워 둘 생각은 아니었어요."

그는 방 안으로 들어와 프랜신을 지나쳐, 얇은 카펫 가장자리 근처에 섰다. 뒤에서 문이 닫히는 소리가 들렸다. 몸을 돌렸지만 그녀를 똑바로 바라보지는 않았다.

"방해가 안 됐으면 좋겠네요." 그가 말했다. "늦은 시간인 건 알아요. 하지만 겨우 몇 시간 전에 마을에 왔거든요. 당신을 보고 싶었어요."

"괜찮아요?" 프랜신이 가까이 다가와서 불빛 속에서 그를 바라보며 물었다. "무슨 일 있었어요?"

"괜찮아요." 그가 말했다. "눈에 갇혔죠. 겨우내 산에 있어야 했어요."

"다른 사람들은요?" 프랜신이 물었다.

"무사해요." 앤드루스가 말했다. "슈나이더만 빼고요. 돌아오는 길에 강을 건너다 죽었어요."

그는 거의 망설이듯 눈을 들어 그녀를 보았다. 프랜신의 길고 노란 머리카락은 머리 가까이에 납작하게 붙을 정도로 빽빽하게 땋았다. 눈가에는 피곤한 듯한 주름이 몇 개 있었다. 창백한 입술이 다소 큰 이 위로 벌어졌다.

"슈나이더." 그녀가 말했다. "독일어로 말했던 덩치 큰 남자 말이군요."

"네." 앤드루스가 말했다. "그 사람이 슈나이더예요."

프랜신은 방의 열기에 몸을 떨었다. "그 사람 마음에 들지 않았어요." 그녀가 말했다. "하지만 죽어서 잘됐다는 얘긴 아니에요."

"네." 앤드루스가 말했다.

프랜신이 방 주위로 움직였다. 손가락이 소파 뒤쪽 새김 나무 틀을 따라 움직이더니 옆 테이블 위에 놓인 장신구들을 초조하게 다시 정리했다. 가끔 앤드루스를 올려다보며 빠르고 수수께끼 같은 미소를 지었다. 앤드루스는 제대로 숨을 쉬지 못하며 말없이 그녀의 움직임을 자세히 지켜보았다.

프랜신은 깊이 낮게 웃고, 문 가까이 선 그에게 방을 가로질러 다가왔다. 그의 소매를 만졌다.

"얼굴 잘 보게 불빛 있는 데로 와요." 그녀가 말하고 셔츠 소매를 부드럽게 당겼다.

앤드루스는 그녀가 이끄는 대로 빨간색 소파 옆 테이블 가까이 갔다. 프랜신이 그를 자세히 쳐다보았다.

"별로 안 달라졌어요." 그녀가 말했다. "얼굴이 좀 더 갈색이 됐고 나이가 좀 더 들어 보여요." 프랜신이 양손으로 그의 팔뚝을 잡아 손바닥을 위쪽으로 향하게 하고 들어 올렸다. "손은." 그녀는 애석한 듯 말하고 그의 한 손 손바닥 위로 손가락을 가볍게 달렸다. "손은 이제 딱딱하네요. 내 기억엔 아주 부드러웠는데."

앤드루스는 침을 삼켰다. "내가 돌아왔을 때는 손이 딱딱해졌을 거라고 했죠. 기억나요?"

"네." 그녀가 말했다. "기억나요."

"오래전이었죠."

"그래요." 프랜신이 말했다. "겨우내 난 당신이 죽었다고 생각했어요."

"미안해요." 그가 말했다. "프랜신." 말을 멈추고 그녀의 얼굴을 내려다보았다. 그녀의 크고 투명하고 옅은 푸른빛 눈이 그가 해야 할 말을 기다리고 있었다. "당신에게 말하고 싶었어요. 겨우내 눈에 갇혀 있는 동안 그 생각을 했죠."

그녀는 아무 말도 하지 않았다.

"그날 밤 당신을 그렇게 떠난 건." 그는 말을 이었다. "당신이 아니라 나 때문이란 걸 알려 주고 싶었어요. 이해해 줬으면 했어요."

"알아요." 프랜신이 말했다. "부끄러웠겠죠. 하지만 그래서는 안 됐어요. 당신 생각만큼 중요하지 않아요. 그건⋯." 그녀는 어깨를 으쓱했다. "어떤 남자들은 처음으로 사랑을 할 때 그러기도 해요."

"젊은 남자." 앤드루스가 말했다. "당신은 내가 아주 젊다고 했죠."

"그랬죠." 프랜신이 말했다. "그리고 당신은 화가 났죠. 젊은 남자들이 사랑할 때 그래요⋯. 하지만 돌아왔어야 했어요. 그럼 다 잘됐을 텐데."

"알아요." 앤드루스가 말했다. "하지만 난 그렇게 할 수 없다고 생각했죠. 그러고는 너무 멀리 떠났고."

그녀는 그를 자세히 쳐다보았다. 그리고 고개를 끄덕였다. "나이가 들었네요." 다시 말했다. 목소리에는 슬픔의 흔적이 있었다. "그리고 내가 틀렸어요. 당신은 달라졌어요. 달라졌으니까 돌아올 수 있었던 거예요."

"맞아요." 그가 말했다. "적어도 그 정도는 달라졌죠."

그녀는 물러서서 등이 그를 향하게 몸을 돌렸다. 몸매가 램프 불빛에 선명하게 보였다. 두 사람 사이에는 오랫동안 침묵이 흘렀다.

"어쨌든." 앤드루스가 말했다. "다시 당신을 보고 싶었어요. 당신에게 말하고…." 그는 말을 멈추고 마치지 않았다. 그녀에게 몸을 돌려 문 쪽을 향했다.

"가지 말아요." 프랜신이 말했다. 그녀는 움직이지 않았다. "또 그렇게 가지 말아요."

"안 가요." 앤드루스가 말했다. 그는 몸을 돌린 곳에 그대로 서 있었다. "다시는 그렇게 가지 않아요. 미안해요. 가지 말라고 부탁하게 하려던 건 아니었어요. 여기 있고 싶어요. 그랬어야 했어요…."

"상관없어요. 당신이 여기 있었으면 좋겠어요. 당신이 죽었다고 생각했을 때 난…." 그녀는 말을 잠시 멈추고 고개를 세게 저었다. "한동안 같이 지내요." 그녀는 몸을 돌리고 머리를 세게 흔들었다. 램프에서 나온 붉은 황금색 불빛이 머리카락 주위에서 떨렸다. "한동안 나와 같이 지내요. 그리고 꼭 이해해 줘야 해요. 다른 사람들과 지내는 것과는 다르다는 걸."

"알아요." 앤드루스가 말했다. "그 얘기는 하지 말아요."

그들은 서로에게 더 다가가지 않으면서 잠시 말없이 서로를 바라보았다. 그러다 앤드루스가 말했다. "미안해요. 전과 다르죠?"

"달라요." 프랜신이 말했다. "하지만 괜찮아요. 당신이 돌아와서 기뻐요."

그녀는 몸을 돌려 램프 쪽으로 몸을 기울였다. 심지를 내렸다. 여전히 몸을 기울인 채 고개를 돌려 어깨 너머로 그를 쳐다보았다. 그리고 오랫동안 그의 얼굴을 살폈다. 그녀는 미소 짓지 않았다. 그리고 램프의 등갓

위로 세게 입김을 불었다. 어둠이 방 안에 퍼졌다. 그는 프랜신의 옷이 바스락거리는 소리를 들었다. 그녀가 창문 앞으로 걸어갈 때 언뜻 그녀의 모습을 어렴풋이 봤다. 침구가 말리며 바스락거리는 소리에 이어 몸이 시트 위로 미끄러지는 조금 더 무거운 소리를 들었다. 그는 잠시 움직이지 않았다. 그러고는 프랜신이 어둠 속에서 기다리는 쪽으로 방을 가로질러 가면서 셔츠 단추를 더듬어 풀었다.

II

그는 어둠 속에서 잠이 깼다. 몸 아래 침대 시트가 땀으로 축축하게 젖은 걸 느꼈다. 깊은 잠에서 갑자기 깨는 바람에 잠시 여기가 어딘지 몰랐다. 옆에서 느리고 고른 숨소리가 들렸다. 손을 뻗었다. 손이 따뜻한 살에 닿아 거기 머물렀다. 숨 쉬며 움직이는 살을 따라 손을 살짝 움직였다.

앤드루스는 작고 닫힌 방에서 프랜신과 닷새 밤낮을 지냈다. 식사나 음료를 가져올 때, 재고가 점점 바닥나는 브래들리 직물 가게에서 옷을 몇 벌 살 때만 방에서 나왔다. 첫날 프랜신과 밤을 보낸 뒤, 산에서 눈보라가 칠 때 눈으로 뒤덮인 들소 가죽 대피소에서 그랬던 것처럼 시간 감각을 모두 잃어버렸다. 하나뿐인 창문에 늘상 커튼이 처진 어둑한 방에서는 점점 아침과 저녁이 구별되지 않았다. 램프가 계속 켜져 있어서 낮과 밤을 구별하기도 어려웠다.

앤드루스는 영원한 황혼으로 이루어진 이 닫힌 절반의 세상에서 자기 자신에게 몰두했다. 프랜신에게 자주 말을 하지 않았다. 그녀를 꽉 껴안고 거친 숨소리와 말 없는 울음 속에서만 서로의 말을 들었다. 마침내 그는 자신의 유일한 존재를 그 숨소리와 울음 속에서 찾은 것 같았다. 자신을 둘러싼 사방의 벽 너머에서 위협적으로 압박해 오는 밝음과 소음뿐인 무(無)를 상상할 수 있었다. 너무 오래 집중해서 벽을 쳐다보면 벽 자체가 그를 누르는 것 같았고, 시야에 들어오는 사물들—빨간 소파, 카펫, 테이블에 널린 장신구—이 자신이 사는 절반쯤의 어둠 속에서 발견한 편안함을 눈에 보이지 않게 위협하는 것 같았다. 프랜신의 움직이지 않는 몸 옆에서 알몸으로 눈을 감으면 자신 안에서 무중력 상태로 떠다니는 것 같았다. 깨어 있을 때조차, 프랜신과 사랑을 나눈 뒤 깊이 잠들었을 때와 비슷한 상태가 되었다.

점점 그는 프랜신과 나누는 잦고 격렬한 섹스도 자신이 아니라 다른 누군가가 하는 것처럼 생각하게 되었다. 자신이 무의미하게 이름 붙인 육체 위에서 욕망을 채울 때, 멀리서 눈에 띄지 않게 자기 자신과 자신의 감각을 주시했다. 때로는 프랜신 옆에 누워 자신의 창백한 육체를, 자기 자신과는 아무 관계없는 듯 내려다보았다. 오리털처럼 가느다란 털이 하얀 살 위에 드문드문 말린 자기 가슴을 만졌다. 그리고 손이 피부 위를 가볍게 문지르는 감촉에 놀랐다. 이럴 때면 옆에 있는 프랜신은 그와 아무 관계도 없는 것 같았다. 그녀는 앤드루스 자신 안에 존재하지만 자신조차 거의 알지 못하는 어떤 욕망이 채워질 때까지 달래주는 존재였다. 가끔은 그녀 위에 무겁게 올라타 욕정의 어둠 속에 빠지면서도, 자기 안에서 자기도 의식하지 못했던 어떤 감각을 찾아내고 놀랐다. 그리고 눈을 떴을 때 몸 아래에 있는 프랜신의 크고 의미를 알 수 없게 뜬 눈과 마주치면, 그녀가 거기 있다는 사실에 다시금 놀랄 정도였다. 나중에 그는 프랜신의 눈에 나타난 표정을 떠올리고, 열정적인 그 순간에 그녀가 무슨 생각을 하는지, 무엇을 느끼는지 궁금해졌다.

그리고 마침내 이 궁금증은 그의 생각과 시선을 자아의 중심에서 벗어나 프랜신에게 초점을 맞추게 했다. 그녀가 어둑한 방 안을 걸어 다닐 때, 얇은 회색 실내복을 헐렁하게 입고 있을 때, 침대에서 옆에 알몸으로 누워 있을 때, 그녀를 은밀히 쳐다보았다. 그녀를 만지지 않으면서 그녀의 몸을, 어둠 속 침대 시트 위에서 짙게 보이는 노란색 머리카락에 느슨하게 둘러싸인 둥글고 고요한 얼굴을, 눈으로 훑었다. 푸른 혈관의 복잡한 그물망으로 섬세하게 장식된 풍만한 가슴을, 방으로 새어 들어온 희미하고 어슴푸레한 빛에 보이는, 밝은 색으로 가늘고 낮게 곡선을 이룬 음모(陰毛) 밑으로 흘러내리는 배를 훑어보았다. 작은 발에 이르기까지 점점 가늘어지는 크고 단단한 다리를 내려다보았다. 가끔 그는 그녀를 응시하며 조용히 잠들었다가 마찬가지로 조용히 일어났다. 누군지 알아채지 못하며 눈으로 다시 그녀를 보았다. 그래서 그는 그녀의 얼굴과 모습을 난생 처음 보는 듯 살펴보았다.

주말이 가까워지자 초조함이 찾아들었다. 따뜻하고 어두운 방에 무기력하게 누워 있는 것에 더는 만족할 수 없었다. 점점 더 자주 방을 나가 부처스 크로싱의 하나뿐인 거리를 돌아다녔다. 사람들과 말을 거의 하지 않았고, 한 장소에서 몇 분 이상 머물지도 않았다. 해를 향해 눈을 깜빡이며 햇빛이 몸 안으로 스며드는 것에 만족했다. 한번은 부처스 호텔에 가서 침낭을 챙기고 짧은 기간의 숙박비를 낸 뒤, 직원에게 다시 돌아오지 않는다고 알렸다. 마을 서쪽 길을 따라 내려가 미루나무 숲에서 쉬며 가죽 꾸러미들이 쌓여 있는, 전에 맥도널드의 사무실이었던 곳을 바라본 적도 있었다. 가끔 잭슨 술집에 들러 미지근한 맥주를 한 잔 마셨다. 바에서 뒤쪽 테이블에 앉아 있는 찰리를 본 적도 있었다. 찰리는 위스키 한 병과 반쯤 찬 잔만 앞에 두고 혼자 있었다. 앤드루스는 바에 잠시 서서 맥주를 홀짝였다. 찰리 호지의 시선은 여러 차례 그가 있는 쪽을 지나갔지만, 그를 보았다는 기색을 드러내지 않았다.

앤드루스는 바를 지나 테이블에 앉았다. 찰리 호지에게 고개를 끄덕이고 인사했다.

찰리 호지는 멍하니 쳐다보기만 하고 대답하지 않았다.

"밀러는 어디 있어요?" 앤드루스가 물었다.

"밀러?" 찰리 호지는 고개를 저었다. "언제나 있는 곳. 강가 대피소."

"안 좋게 받아들이던가요?"

"뭘?" 찰리 호지가 물었다.

"가죽 말이에요." 앤드루스가 말했다. 거의 빈 잔을 테이블 앞에 놓고 손으로 하릴없이 돌렸다. "밀러에게는 큰 타격이었을 게 분명해요. 이 모든 일이 그에게 어떤 의미였는지 짐작도 못 하겠어요."

"가죽?" 찰리 호지가 멍하니 말하며 눈을 깜빡였다. "밀러는 괜찮아. 대피소에서 쉬고 있어. 곧 올 거야."

앤드루스는 입을 열다가 자신을 응시하는 크고 멍한 눈을 자세히 쳐다보았다. "찰리." 그가 말했다. "괜찮아요?"

찰리 호지는 약간 당혹스러운 듯 얼굴을 찡그렸다. 그러더니 무표정하고 공허한 얼굴이 되었다. "물론이지. 난 괜찮아." 그는 빠르게 고개를 끄덕였다. "어디 보자. 자네는 뭘 앤드루스였지?"

앤드루스는 자신을 응시하면서 점점 휘둥그레지는 듯한 시선을 피할 수 없었다.

"밀러가 자네를 찾고 있어." 찰리 호지가 높고 단조로운 목소리로 말을 이어갔다. "밀러는 우리 모두 어딘가로 가서 들소 사냥을 해야 한다고 했어. 콜로라도에 있는 어떤 장소를 알아. 자네를 보고 싶어 하는 것 같더군."

"찰리." 앤드루스가 말했다. 목소리가 떨렸다. 손을 떨지 않으려고 잔을 꽉 잡았다. "찰리, 정신 차려요."

"우리는 사냥하러 갈 거야." 찰리는 노래하는 듯한 목소리로 말을 이어갔다. "자네와 나, 그리고 밀러. 밀러는 엘스워스에 있는 가죽 벗기는 사람을 알아. 괜찮을 거야. 난 이제 산에 올라가는 게 두렵지 않아. 주님께서 함께하실 테니까." 그는 미소를 띠며 고개를 끄덕이더니 앤드루스 쪽으로 계속 고개를 끄덕였다. 하지만 시선은 위스키 잔으로 내려갔다.

"기억 안 나요, 찰리?" 앤드루스의 목소리는 공허했다. "사냥이 하나도 기억 안 나요?"

"기억하냐고?" 찰리 호지가 물었다.

"산, 사냥, 슈나이더."

"그 이름이야." 찰리 호지가 말했다. "슈나이더. 엘스워스에 있는 가죽 벗기는 사람. 밀러가 데려올 거야."

"기억 안 나요?" 앤드루스의 목소리가 갈라졌다. "슈나이더는 죽었어요."

찰리 호지는 앤드루스를 쳐다보았다. 고개를 젓고 미소를 지었다. 아랫입술에 침 한 방울이 고여 부풀더니 턱 주변의 짧은 수염으로 들어갔다. "아무도 죽지 않아." 그가 부드럽게 말했다. "주님께서 지켜 주셔."

앤드루스는 다시 찰리 호지의 눈을 뚫어지게 쳐다보았다. 눈은 멍하고 푸른색이었다. 텅 빈 하늘이 더러운 웅덩이에 비친 것 같았다. 눈 뒤에는 아무것도 없었다. 앤드루스가 계속 응시하지 못하도록 할 만한 게 하나도 없었다. 그는 거의 공포에 가까운 느낌으로 물러서서 고개를 세차게 저었다. 테이블에서 일어나 물러 나갔다. 찰리 호지는 공허한 시선을 거두지 않았고, 앤드루스의 움직임을 보았다는 어떤 신호도 주지 않았다. 앤드루스는 몸을 돌려 빠르게 바 밖으로 걸어 나갔다. 밝은 햇빛 아래 보도에서도 그 느낌은 사라지지 않았다. 다리에 힘이 없었고 손이 떨렸다. 거리를 빠르고 불안정하게 걸어 올라가다 몸을 돌렸다. 잭슨 술집 옆에서 프랜신의 방으로 가는 계단을 올라갔다.

그는 어둑한 방 안에서 눈을 크게 떴다. 아직 숨이 가빴다. 프랜신이 침대에 누운 채 팔꿈치로 몸을 받치며 그를 바라보았다. 그 움직임에 헐렁한 회색 실내복이 벌어지며 한쪽 가슴이 팔뚝 쪽으로 비어져 나왔다. 가슴은 회색 옷에 대비되어 창백해 보였다. 앤드루스는 서둘러 침대로 갔다. 거칠게 실내복을 벗기고 그녀의 몸 위로 손을 빠르고 격렬하게 움직였다. 프랜신의 얼굴에 살짝 미소가 떠올랐다. 그녀의 눈꺼풀이 내려왔다. 그녀의 손이 앤드루스에게 뻗어와 옷을 더듬더니 아래로 당겨 내렸다.

잠시 뒤 그는 그녀 옆에 누웠다. 격정은 잦아들었다. 찰리 호지와 만났던 일과, 그 만남에서 느꼈던 공포감에 대해 얘기하려 했다. 그 공포감을 느낀 이유는 찰리 호지가 공허하게 에워싸는 듯한 시선으로 응시하며 보여 준 게 그들 각자—밀러, 찰리 호지, 슈나이더, 심지어 앤드루스 자신도—가 내내 내면에 가지고 있었던 무엇이었다는 사실을 깨달아서가 아니었다. 그 사실을 프랜신에게 이해시키려고 했다. 그 공포감은 그들이 부처스 크로싱으로 돌아왔던 그날 밤, 크고 텅 빈 합숙소의 깜빡이는 등불 불빛 옆에서 맥도널드가 말해 주었던 것이었다. 그는 프랜신에게 이 점을 말해 주려 했다. 그 공포감은 말의 발굽에 두개골이 쪼개진 직후에 슈나이더가 강 한가운데서 뻣뻣하게 똑바로 섰을 때, 그가 슈나이더의 얼굴에서 보았던 것이었다. 그 공포감은….

프랜신의 도톰하고 창백한 입술에 미소의 흔적이 희미하게 남았다. 그녀는 고개를 끄덕였다. 그녀의 손이 그의 맨가슴 위에서 부드럽게 달래듯 움직였다.

그는 하려는 말을 제대로 못 하며 이야기를 이어갔다. 그 공포감은 대평원을 가로지르는 긴 여정 동안, 들소를 사냥할 때 그 큰 짐승이 몸을 떨며 땅에 쓰러지는 순간, 가죽을 벗기면서 나는 뜨겁고 숨 막혀 죽을 듯한 악취에서, 눈보라가 치면서 온통 하얘진 시야에서, 눈보라가 친 뒤의 발자국 없는 풍경 속에서, 순간순간 느꼈던 감정이었다. 다들 그런 공포감을 느꼈을까? 그는 속으로 물었다. 그 공포감은 모든 사람 안에 도사리듯 숨어 있다가 튀어나와 사람을 집어삼키고 찢어발기려고 기다리는 게 아닐까? 그 결과로 지금 찰리 호지가 세상에 던지는 우울한 시선에서 보이는 공허함만이 남는 걸까? 아니면 그 공포감은 마치 바위 뒤에 숨은 늑대처럼, 누군가 지나갈 때까지 기다리다가 이유 없이 갑자기 무섭게 달려드는 걸까? 아니면 사람은 자신이 아는 범위를 넘어서는 이러한 공포의 형태를 찾아낸 다음, 그 공포가 튀어나올 수도 있다는 이해하기 힘들고 비뚤어진 희망을 품고 그 공포 앞을 지나가는 걸까? 강물의 빠른 흐름 속에서 그 쪼개진 통나무는 슈나이더 말의 배를, 말의 발굽은 슈나이더의 두개골을 찾아낸 걸까? 아니면 반대로 슈나이더가 공포의 모호한 형태를 찾아내 정확히 그 옆을 지나가다가 마침내 공포를 발견한 걸까? 이게 무슨 의미일까? 알고 싶었다. 슈나이더는 어디 있었을까?

그는 침대에서 몸을 틀었다. 옆에는 프랜신이 가볍게 잠들어 있었다. 벌어진 입에서 낮게 숨소리가 흘러나왔다. 손은 옆구리에 느슨하게 말려 있었다. 그는 조용히 일어나 방을 가로질러 갔다. 램프의 심지를 내리고 등갓를 훅 불어 껐다. 건너편에 있는 커튼을 친 하나뿐인 창문을 통해 마지막 회색빛이 스며들었고, 창밖은 어두워졌다. 침대로 돌아가 조심스럽게 프랜신 옆에 누워, 몸을 옆으로 하고 그녀를 바라보았다.

이게 무슨 의미가 있을까? 그는 다시 자신에게 물었다. 심지어 지금 자신이 프랜신에 대해 품은 이 갈망—사랑이라고 하기가 망설여지는—조차 무슨 의미가 있을까? 다시 슈나이더를 생각했다. 그리고 갑자기 슈나이더가 살아서 지금 자기 자리, 프랜신 옆에 누운 걸 상상했다. 그는 슈나이더가 누워 있는 걸, 팔을 뻗어 프랜신의 가슴을 애무하는 모습을, 어떠한 분노나 적개심도 품지 않고 쳐다보았다. 미소를 지었다. 슈나이더는 지금 자신이 품는 것 같은 의문을 가지지 않았으리라는 걸, 궁금해하지도 않았으리라는 걸, 슈나이더 자신 안에 있는 이러한 의심과 두려움을 찰리 호지처럼 표정으로 내비치지 않으리라는 걸 알았기 때문이다. 슈나이더는 일종의 거칠고 심술궂은 호의로 프랜신과 재미를 본 다음 자기 길을 가고, 어떤 식으로든 그녀를 특별히 다시 생각하지 않을 것이다.

프랜신은 잠결에 알아들을 수 없는 말을 속삭이듯 했다. 그녀는 미소를 지었다. 숨을 고르고 깊게 쉬며 앤드루스 옆으로 몸을 조금 움직였다.

앤드루스는 그 생각을 하고 싶었던 건 아니었다. 하지만 자신도 슈나이더처럼 프랜신을 떠나 자기 길을 가리라는 걸 알았다. 하지만 자신은 슈나이더와는 달리, 프랜신을 생각하고 기억할 것이다. 어떤 식으로 생각하고 기억할지는 아직 알 수 없었다. 떠난 뒤에는 그녀 소식을 알려 하지 않을 것이다. 절대로 알려 하지 않을 것이다. 이제 방 안이 완전히 어둠으로 덮였다. 프랜신의 얼굴을 거의 볼 수 없었다. 어둠 속에서 눈을 뜨고 프랜신의 손을 찾을 때까지 팔을 따라 손을 움직여 내려갔다. 그리고 조용히 그녀 옆에 누웠다. 자신처럼 프랜신의 욕망과 육체를 알았던, 그리고 그밖에는 아무것도 몰랐던 남자들을 생각했다. 적개심을 품지 않고 그 남자들을 생각했다. 어둠 속에서 그 남자들은 얼굴이 없었고, 말도 하지 않았고, 마치 자신처럼 조용히 숨 쉬며 누워 있었다. 한참 뒤, 여전히 프랜신의 손을 느슨하게 잡은 채 잠들었다.

그는 갑자기 잠에서 깨어났다. 왜 깼는지 알 수 없었다. 어둠 속에서 눈을 깜빡였다. 방 건너 커튼을 친 창문에서 희미한 불빛이 깜빡이다 사라지더니 다시 깜빡거렸다. 가까워지면서 더 강해진 비명이 방 안으로 들려왔다. 바깥 거리에서 말발굽 소리가 쿵쿵거렸다. 앤드루스는 침대에서 나와 고개를 거세게 흔들며 잠시 서 있었다. 흥분한 듯 외치는 소리가 거리에서 다시 들려왔다. 판자 보도가 무거운 부츠 아래 덜커덕거렸다. 어둠 속에서 옷을 찾아 서둘러 걸쳤다. 다른 소리가 들리나 귀를 기울였다. 프랜신의 고르고 편안한 숨소리가 들렸다. 빠르게 방을 나가 살며시 문을 닫고, 어두운 복도를 발끝으로 걸어 건물 밖 층계참으로 향했다.

서쪽, 강이 있는 방향에서 어둠 위로 불길이 타오르고 있었다. 부처스 크로싱의 낮은 건물들 위로 분명하게 보였다. 앤드루스는 믿을 수 없어서 계단 난간을 잠시 꽉 움켜잡았다. 불은 맥도널드의 판잣집에서 나고 있었다. 불길은 서쪽에서 불어오는 강한 바람에 더욱 거세지면서, 길 건너편의 키 큰 미루나무 숲까지 밝혔다. 주위의 어둠 속에서도 밝은 회색의 줄기와 짙은 녹색의 잎사귀가 선명하게 보였다. 불길이 내뿜는 연기가 굵고 검은 밧줄 같은 고리 모양으로 치솟더니 퍼지며 바람에 실려 마을 쪽을 향해 되돌아갔다. 가만히 서 있는 그의 아래쪽에서 사람들이 달려가며 덜커덕거리는 소리가 들렸다. 빠르게 계단을 내려가 판자 보도 위를 비틀거리듯 걸어갔다. 그리고 불이 난 쪽을 향해 먼지투성이 도로를 달려갔다.

마차 바퀴 자국이 미루나무 숲 바로 위의 도로를 벗어난 지점에서도 불의 엄청난 열기가 밀려오는 걸 느꼈다. 앤드루스는 흙이 쌍둥이처럼 나란히 파여 나간 자국에서 잠시 멈췄다. 불의 노랗고 빨간빛 속에서 자국이 선명하게 보였다. 달려오느라 숨을 거칠게 몰아쉬었지만, 머리에는 아직 무거운 잠기운이 가시지 않았다. 불타는 판잣집 주위의 넓고 불규칙한 반원 안에 열다섯에서 스무 명쯤 되는 사람들이 드문드문 서 있었다. 부풀어 오르는 빛에 대비되어 작고 평온하며 윤곽이 뚜렷이 보였다. 사람들은 혼자, 또는 두셋씩 모여 불을 쳐다보았다. 움직이지는 않았다. 불길이 빽빽하고 무겁게 타닥거리는 소리만이 밤의 고요 위로 들려왔고, 불의 거대한 진동만이 사람들 뒤의 그림자를 움직였다. 앤드루스는 손으로 눈을 문질렀다. 뒤틀린 고리 모양의 연기에서 나오는 희뿌연 안개 때문에 눈이 따끔거렸다. 사람들이 모인 곳으로 달려갔다. 사람들에게 다가가다가 강렬한 열기 때문에 달려가던 방향에서 얼굴을 돌리는 바람에 구경꾼 무리 중 한 사람에게 부딪혔다. 부딪힌 사람이 옆으로 밀려났다. 그 사람은 앤드루스를 보지 않았다. 입은 벌어졌고 눈은 거대한 화염에 못 박혀 있었다. 그 사람의 얼굴 위에서 화염의 불빛이 짙고 변화무쌍한 붉은색으로 빛났다.

"무슨 일이죠?" 앤드루스는 헐떡이며 말했다.

그 사람의 눈은 움직이지 않았다. 입도 열지 않았다. 고개만 저었다.

앤드루스는 사람들을 하나씩 쳐다보았지만 아는 얼굴은 하나도 없었다. 진동하는 빛 속에서 뒤틀린 가면처럼 보이는 얼굴들을 쳐다보며 사람들 사이를 걸어갔다.

찰리 호지와 마주쳤을 때 거의 알아보지 못할 뻔했다. 찰리는 열기와 불빛 앞에 움츠렸지만, 튀어 나갈 것처럼 몸을 구부리고 있었다. 입은 공포 혹은 환희를 외치는 듯 벌리고 비뚤어졌다. 연기에 뒤덮인 눈은 깜빡이지 않고 크게 떴다. 앤드루스는 찰리의 눈 속에서 불이 줄어들어 반사되는 걸 볼 수 있었다. 마치 찰리 호지의 눈 안 깊은 곳에서 불길이 타오르는 것처럼 보였다.

앤드루스는 찰리의 어깨를 잡고 흔들었다.

"찰리! 무슨 일이에요? 어쩌다 불이 났죠?"

찰리는 앤드루스가 잡은 어깨를 빼고 재빨리 몇 걸음 물러섰다.

"날 내버려 둬." 찰리가 격격대듯 말했다. 눈은 앞쪽에 못 박혀 있었다. "날 내버려 둬."

"무슨 일이에요?" 앤드루스가 다시 물었다.

찰리는 잠깐 불에서 앤드루스 쪽으로 몸을 돌렸다. 눈썹 아래 눈은 흐릿하고 공허했다. "불이야." 그가 말했다. "불, 불이 났어."

앤드루스는 다시 찰리의 몸을 흔들기 시작했다. 하지만 멈췄다. 손을 찰리 호지의 어깨에 가볍게 얹었다. 불길의 쉭쉭거리고 탁탁거리는 소리 위로, 그에 맞춰 낮지만 강렬한 중얼거림이 군중 속에서 들렸다. 앤드루스는 주위 사람들이 조금 앞으로 나아가고 싶어 하는 것을 봤다기보다는 느꼈다.

움직임의 방향으로 몸을 돌렸다. 기다란 줄 모양의 검은색을 푸른색과 하얀색, 노란 주황색이 가르는 강렬한 불길에 잠시 앞이 보이지 않았다. 불길이 너무 밝아서 눈을 가늘게 떴다. 여기저기 흩어진 들소 가죽 꾸러미 위에서 불길이 거대하게 돌았고, 그 사이에서 검고 격렬한 움직임이 보였다. 밀러였다. 말을 타고 있었다. 말은 불길에 겁을 먹고 앞다리를 위로 들어 올리며 날카롭게 소리를 질렀지만, 밀러는 힘으로 찍어 누르며 통제하고 있었다. 그는 이미 피를 흘리는 말의 입 안으로 더 파고 들어갈 정도로 맹렬하게 고삐를 잡아채고, 발뒤꿈치로 말의 옆구리를 세게 차면서, 흩어진 가죽 꾸러미 사이로 말을 몰았다. 앤드루스는 잠시 상황을 파악하지 못하고 입을 딱 벌렸다. 밀러는 무의식적으로 말을 불길 바로 입구까지 몰았다가 물러나게 했다. 그리고 다시 가까이 다가갔다.

앤드루스는 찰리 호지에게 몸을 돌렸다. "무슨 짓이죠? 저러다 죽겠어요. 밀러는⋯."

찰리 호지의 입이 들리며 공허하게 히죽 웃었다. "그냥 봐." 그가 말했다. "보기만 해."

앤드루스는 봤지만 이해할 수 없었다. 그러다 밀러가 뭘 하는지 깨달았다. 말을 불타는 판잣집 가까이에 쌓인 가죽 꾸러미로 억지로 몰고 가, 쌓여 있는 가죽 꾸러미를 밀어 그 꾸러미가 불길의 입구 안으로 쓰러지게 했다. 땅바닥에 하나씩 놓인 가죽 꾸러미 쪽으로 말의 가슴을 억지로 밀고 옆구리를 사정없이 긁었다. 그러면 꾸러미는 땅을 따라 밀리면서 거대한 불길의 가장자리로 들어섰다.

앤드루스의 바짝 마른 목에서 비명이 터져 나왔다. "저 멍청이!" 그가 외쳤다. "밀러는 미쳤어요! 저러다 죽어요!" 그리고 앞으로 움직이기 시작했다.

"내버려 둬." 찰리 호지가 말했다. 목소리는 높고 맑았으며 갑자기 날카로워졌다. "내버려 둬." 그가 다시 말했다. "밀러의 불이야. 내버려 둬."

앤드루스는 멈춰서 찰리 호지 쪽으로 몸을 돌렸다. "당신 말은… 밀러가 불을 질렀다는 건가요?"

찰리 호지가 고개를 끄덕였다. "밀러가 지른 불이야. 내버려 둬."

마을 사람들은 처음에는 무의식적으로 앞으로 나가려 했지만 그 뒤에는 움직이지 않았다. 지금은 가만히 서서, 밀러가 연기 피어오르는 가죽 꾸러미 사이를 무모하게 질주하는 모습을 바라보았다. 앤드루스는 힘이 빠져 무력하게 앞으로 쓰러졌다. 밀러가 거칠게 질주하는 모습을 다른 사람들과 마찬가지로 쳐다보았다.

밀러는 판잣집 가장 가까이에 있던 가죽들을 불길 속으로 쓰러뜨리고, 불길에서 좀 떨어진 곳으로 말을 몰려 뛰어내렸다. 여기저기 흩어져 버려진 마차들 중 하나에 고삐를 묶었다. 불빛의 바깥쪽 가장자리에 있어서 모습을 알아볼 수 없는 검은 형체가 된 밀러는 마차 가까운 곳, 그의 옆쪽에 있는 가죽 꾸러미 중 하나로 빠르게 달려갔다. 밀러는 몸을 굽혔다. 그 림자가 가죽 꾸러미와 구별되지 않았다. 몸을 폈다. 형체가 뚜렷해졌고, 편 몸과 함께 꾸러미가 위쪽으로 움직였다. 구경하던 사람들 눈에는 꾸러미가 마치 밀러의 어깨에 붙은 거대한 부속물 같았다. 그의 몸이 거대한 형체 아래에서 잠시 흔들렸다. 그러고는 앞으로 휘청대다 달려 나가더니 마차 측면에서 갑자기 멈춰 섰다. 그러자 어깨에 진 꾸러미가 앞으로 떨어지며 마차 바닥에 부딪혔다. 마차는 충격에 잠시 흔들렸다. 밀러는 마차 주위를 돌면서 계속 가죽 꾸러미를 모으고, 그 무게에 흔들리고 휘청거리며 무릎을 구부린 채 마차로 달려갔다.

"맙소사!" 앤드루스 뒤에 있던 마을 사람 하나가 말했다. "저 가죽 무게가 분명 200킬로 가까이 될 텐데."

아무도 입을 열지 않았다.

밀러는 네 번째 꾸러미를 마차에 싣고 말로 돌아갔다. 안장 머리에서 긴 밧줄을 풀고, 마차 끌채를 틀에 고정하는 오크 나무 삼각형의 꼭짓점 주위에 묶었다. 밧줄의 묶지 않은 쪽을 한 손에 들고 말로 돌아가 올라탄 다음, 밧줄 끈을 안장 머리 주위로 두 번 돌려 묶었다. 밀러는 말에게 소리치며 발뒤꿈치를 말 옆구리에 날카롭게 찔러 넣었다. 말은 안간힘을 쓰며 앞으로 나갔다. 밧줄이 팽팽해졌고, 그 팽팽한 밧줄 아래 마차 끌채가 들어 올려졌다. 밀러는 다시 소리 지르며 말 궁둥이를 손바닥으로 쳤다. 불의 쉭쉭거리고 우르르거리는 소리 위로 밀러가 말 궁둥이를 치는 소리가 철썩하며 울렸다. 마차 바퀴가 녹슨 축 위에서 끼익거리며 천천히 움직이기 시작했다. 밀러는 다시 소리치며 발뒤꿈치를 말에 찔러 넣었다. 마차가 조금 더 빠르게 움직였다. 말의 숨소리가 신음하듯 가빠졌고, 발굽이 마른 땅을 갈랐다. 그러더니 마차와 말은 투석기에서 쏘아진 것처럼 땅 위를 달렸다. 밀러는 다시 한 번 소리를 지르며 마차와 말을 판잣집과 쌓인 가죽에서 타오르는 불길 쪽으로 곧바로 몰았다. 밀러는 불길의 노랗고 뜨거운 중심부에 사람과 말이 내던져지기 직전에 안장머리에서 밧줄을 빠르게 풀고, 말을 옆으로 급하게 돌렸다. 그러자 밧줄이 풀리지 않은 마차는 자체의 탄력으로 불길의 중심부로 내던져졌다. 지름 30미터 사방에 불꽃이 튀었다. 불은 가죽을 실은 마차와 충돌하고 얼마 뒤, 그 충격에 꺼진 것처럼 어두워졌다. 그러더니 마차를 집어삼키며 더 맹렬하게 타올랐다. 마을 사람들은 그 강한 열기에 몇 걸음 물러섰다.

앤드루스는 뒤에서 누군가 달려오며 외치는 소리를 들었다. 짐승의 소리처럼 높고 강해서 거의 비명에 가까웠다. 그는 멍하니 몸을 돌렸다. 맥도널드였다. 검은 프록코트 옆구리를 펄럭이고 허공에 손을 마구 내저으며 성근 머리카락은 부스스한 채, 불 주변에 모인 사람들에게 달려오고 있었다. 하지만 그의 시선은 오로지 사람들 너머, 불타는 사무실과 연기를 내며 타는 가죽에 못박혀 있었다. 맥도널드는 사람들을 헤치며 나갔다. 앤드루스가 잡아 말리지 않았다면 계속해서 사람들 너머로 달려 나갔을 것이다.

"맙소사!" 맥도널드가 말했다. "불이 났잖아!" 그는 미친 듯이 주위를 두리번거렸다. 말없이 가만히 있는 사람들을 쳐다보았다. "왜 다들 손 놓고 있어?"

"할 수 있는 게 없어요." 앤드루스가 말했다. "여기 가만히 계세요. 다치겠어요."

그때 맥도널드는 밀러가 점점 넓어지는 불길 안으로 가죽을 실은 다른 마차를 끌고 들어가는 걸 보았다. 그는 의아한 듯 앤드루스 쪽으로 몸을 돌렸다.

"저건 밀러잖아." 그가 말했다. "뭘 하는 거지?" 그러면서 계속 앤드루스를 보던 그의 입이 떡 벌어지고, 눈은 헝클어진 눈썹 아래에서 휘둥그레졌다. "아니야." 맥도널드는 쉰 목소리로 말했다. 그리고 다친 짐승처럼 고개를 좌우로 흔들었다. "아니야, 아니야. 밀러. 저놈이…."

앤드루스는 고개를 끄덕였다.

맥도널드의 목구멍에서 극도의 고통에 가까운 비명이 다시 터져 나왔다. 그는 몸을 틀어 앤드루스에게서 빠져나와, 주먹을 쥐어 마치 방망이처럼 머리 위로 들고, 연기 그을음 가득한 땅을 가로질러 밀러에게 달려 갔다. 밀러는 말을 탄 채 몸을 돌려 그를 맞았다. 연기로 새카매진 얼굴로 억지 미소를 짓듯 크게 씩 웃었다. 밀러는 맥도널드가 거의 눈앞까지 다가올 때까지 기다렸다. 맥도널드가 주먹을 들어 힘없이 내질렀다. 밀러가 말 옆구리에 발뒤꿈치를 찔러 넣으며 잽싸게 피하는 바람에 맥도널드의 주먹은 허공만 갈랐다. 밀러는 말을 뒤로 물려 아까 기다리던 곳에서 몇 미터 떨어진 곳에 세웠다. 맥도널드는 몸을 돌려 다시 밀러에게 달려갔다. 밀러는 이제 웃으며 박차를 가해 물러섰다. 맥도널드의 주먹은 다시 허공만 갈랐다. 두 사람은 거대한 불 앞 넓은 공간에서 한 3분 정도 꼭두각시 인형처럼 홱홱 움직였다. 맥도널드는 꽉 다문 누런 이 사이로 거의 흐느끼며 고집스럽게 밀러를 쫓아다녔지만 허사였다. 그리고 밀러는 웃음기 없는 얼굴을 찡그리느라 입술을 말며, 맥도널드의 팔이 닿는 범위에서 언제나 살짝 떨어진 위치로 말을 물렸다.

그러더니 맥도널드가 갑자기 꼼짝하지 않고 섰다. 팔을 옆구리에 무기력하게 늘어뜨리고 밀러에게 조용히, 깊이 생각하는 듯한 시선을 던지고 고개를 저었다. 맥도널드의 어깨가 축 처졌다. 무릎을 구부린 채 몸을 돌려 앤드루스와 찰리 호지가 서 있는 곳으로 걸어왔다. 맥도널드의 얼굴에는 그을음으로 줄이 생겼고, 눈썹 하나에는 날아온 불티에 탄 자국이 있었다.

앤드루스가 말했다. "밀러는 자기가 뭘 하는지 몰라요, 맥도널드 씨. 미쳤나 봐요."

맥도널드가 고개를 끄덕였다. "그런 것 같군."

"게다가." 앤드루스는 말을 이었다. "말씀하셨던 것처럼 저 가죽은 아무

가치도 없잖아요."

"그게 아니야." 맥도널드가 조용히 말했다. "가죽들은 아무 가치도 없어. 하지만 내 거라고."

세 사람은 말없이 거의 무관심하게 서서, 밀러가 가죽 꾸러미를 나르고 마차를 당겨 불에 땔감으로 집어넣는 걸 지켜보았다. 서로 쳐다보지 않았다. 입도 열지 않았다. 맥도널드는 밀러가 마차를 끌고 와, 불길 속에서 뼈대만 남은 마차의 잔해에 충돌시키는 모습을 거의 흥미를 잃은 듯 바라보았다. 가죽 꾸러미와 마차가 연이어 불길 안에 쌓였다. 불은 원래 크기보다 두 배 이상으로 타올랐다. 밀러가 일을 마치는 데는 거의 한 시간이 걸렸다. 가죽을 실은 마지막 마차가 불 속으로 돌진했고, 밀러는 몸을 돌렸다. 밀러는 그를 지켜보며 함께 서 있는 세 사람에게 천천히 말을 타고 왔다.

밀러가 말을 세웠다. 말은 걷다가 갑자기 멈춰 섰다. 등자 위에 있는 밀러의 다리가 눈에 띄게 움직일 정도로 말의 옆구리가 격하게 떨렸다. 이빨 사이에 낀 재갈 때문에 뒤틀리고 찢어진 입에서는 피가 떨어져 먼지 속에 모였다. 앤드루스는 냉정하게 생각했다. 저 말은 이제 끝났다. 오늘밤을 못 넘기겠지.

밀러의 얼굴은 그을음으로 새카맸다. 눈썹은 거의 다 타 버렸고 머리카락은 그을려 구불거렸다. 이마를 가로질러 길고 빨갛게 부은 자국이 생기며 물집이 잡혔다. 밀러는 말의 수그러진 머리 너머를 오랫동안 쳐다보았다. 음울한 시선은 맥도널드를 향했다. 하얀 이 위로 입술을 말더니 목구멍 깊숙이에서 신경 거슬리는 웃음을 터뜨렸다. 맥도널드에서 찰리 호지, 이어서 앤드루스에게 시선을 옮기고는 다시 맥도널드를 쳐다보았다.

히죽거리던 웃음이 천천히 얼굴에서 사라졌다. 네 사람은 다른 사람들의 얼굴 위로 느리게 탐색하듯 눈을 천천히 움직이며 서로를 쳐다보았다. 몸을 움직이지 않았고 말도 하지 않았다.

우린 서로에게 할 말이 있어. 하지만 그게 뭔지 모르지. 우리는 꼭 해야 할 말이 있어. 앤드루스는 어렴풋이 생각했다.

앤드루스는 입을 벌리고 손을 내밀며 뭔가 말하려는 듯 밀러 쪽으로 몸을 옮겼다. 밀러는 그를 흘낏 내려다보았다. 밀러의 시선은 무심히 다른 데를 보는 것 같았고 공허했다. 그를 알아보지 못하는 듯했다. 밀러는 안장 위에서 몸에 힘을 빼고 발뒤꿈치를 말의 옆구리에 찔러 넣었다. 말은 앞으로 뛰어올랐다. 앤드루스가 예상치 못했던 움직임이었다. 앤드루스는 아직 손을 위로 든 채 서 있었다. 말의 가슴이 왼쪽 어깨에 부딪혀서 그는 한 바퀴 빙글 돌았다. 비틀거렸지만 넘어지지는 않았다. 다시 볼 수 있게 되자 밀러가 말 위에 몸을 웅크리고 불안정하게 멀리 어둠 속으로 달려가는 모습이 눈에 들어왔다. 밀러가 가 버리자 찰리 호지는 두 사람에게서 벗어나 어기적거리며 밀러를 따라갔다. 앤드루스는 밀러와 찰리가 어둠 속으로 가 버리고, 멀리서 들리던 말발굽 소리도 사라진 뒤에도, 서서 그들이 간 방향을 바라보았다. 그는 맥도널드 쪽으로 몸을 돌렸다. 두 사람은 조용히 서로를 쳐다보았다. 잠시 후 맥도널드는 고개를 젓더니 마찬가지로 가 버렸다.

III

새벽녘이 되자 공기에 찬 기운이 스며들어, 화재의 그을린 잔해를 지켜보던 남은 몇 안 되는 사람들의 등 뒤를 가볍게 스쳤다. 사람들은 그을음이 남긴 거대한 원의 가장자리로 몇 걸음 나갔다. 판잣집의 타 버린 나무들 주위를 작은 불길들이 날름댔다. 불길은 검은색과 회색의 재 위에서 파랗게 타올랐고, 끝부분은 엷은 노란색이었다. 전에는 가죽 꾸러미였던, 불에 탄 더미들 수십 개가 서로의 위에 쓰러져 흐릿하고 불규칙한 붉은색으로 빛나며 어둠 속으로 짙고 뒤틀린 연기를 내보냈다. 고르지 못한 불길이 현장을 희미하게 빛내서, 남은 사람들은 그림자 속에 익명의 존재처럼 따로따로 서 있었다. 동쪽으로 불던 바람이 잦아들면서, 타 버린 가죽의 매캐하고 썩은 냄새가 점점 더 지독해졌다. 불이 났던 곳 밖에서 기다리던 사람들은 하나씩 몸을 돌리더니 거의 신중하게 보일 만큼 조용히 부처스 크로싱으로 돌아갔다.

마침내 윌 앤드루스만 남았다. 그는 타 버린 가죽 꾸러미 중 하나로 향했다. 꾸러미는 새카맸지만 불에 완전히 삼켜지지는 않았다. 그가 하릴없이 차자 꾸러미는 넘어졌다. 쓰러지며 재가 부드럽게 터져 올랐다. 그을린 원의 중심부 가까이에 있던 목재 하나가 희미하게 타닥거리며 완전히 타 버렸다. 꺼져 버린 분노가 스스로 다시 차오르는 것처럼 불길이 잠깐 솟았다. 앤드루스는 짧게 다시 타올랐던 불길이 사라질 때까지 가만히 서서, 멍하니 불에 시선을 고정했다. 밀러를 생각했다. 그리고 밀러가 자신이 시작한 대학살로부터 말을 재촉해 돌리던 순간 얼굴에 나타났던 갑작스러운 공허함을 생각했다. 밀러의 이미지가 선명하게 기억났다. 그 이미지는 밀러가 애써 피워 올렸던 맹렬한 불꽃에 대비되어 뚜렷하고 분명하며 완전하게 알아볼 수 있었다. 밀러가 죽어 가는 말을 타고 그들에게서 멀어져 갈 때, 그처럼 굳은 모습이 어둠과 하나가 되던 게 기억났다. 찰리 호지가 기억났다. 그의 공허한 눈에서 불길이 지옥처럼 타오르던 모습이 기억났다. 찰리가 몸을 돌려, 빠르고 불편한 움직임으로 밀러를 따라가던 게 기억났다. 불에서, 마을 사람들에게서, 그리고 마을 자체로부터 몸을 돌려, 세상에서 그에게 남은 유일한 존재를 따라가던 모습이 기억났다. 그리고 맥도널드도 기억났다. 검은 짐승 같은 형체, 맥도널드 자신은 인정하지 않으려 하는 어떤 믿음을 배신한 그 형체를 향해 분노를 가라앉히지 못하고 팔을 마구 휘두르던 게 기억났다. 맥도널드가 헛되이 밀러를 쫓아다니던 걸 그만두고 갑자기 쓰러졌던 게 기억났다. 그리고 맥도널드가 자신의 분노가 가진 의미를 찾는 듯 앞을 응시할 때, 다른 데를 보는 것 같은 당혹감에 가까운 표정이 얼굴에 떠올랐던 게 기억났다.

동쪽 지평선 위로 새벽의 첫 번째 희미한 회색빛이 하늘을 흐릿하게 밝혔다. 앤드루스는 몸을 움직였다. 밤새 불을 보느라 팔다리가 뻣뻣했다. 불에서 몸을 돌리고 점차 걷히는 어둠 속을 걸어, 부처스 크로싱에 있는 방으로 돌아갔다.

프랜신은 아직 자고 있었다. 자면서 이불을 차 버려서, 침대 위에 알몸으로 팔다리를 아무렇게나 괴상하게 뻗은 채 누워 있었다. 어둠 속에서 희미한 형체가 빛나는 것 같았다. 앤드루스는 조용히 창가로 가 커튼을 걷었다. 바깥 풍경이 넓게 색깔 없이 펼쳐지더니 회색 실안개 속에서 점점 짙어지며 비현실적으로 보였다. 실안개는 동쪽에서 비쳐오는 빛을 받아 아주 희미한 분홍색을 띠기 시작했다. 창문에서 몸을 돌려 프랜신이 누운 침대로 돌아가 그녀 위쪽에 섰다.

아침 햇살에 광택이 사라진 머리카락이 프랜신의 얼굴에 엉겼다. 입은 반쯤 벌어졌고, 자면서 느릿느릿 숨 쉬고 있었다. 눈 주위에 퍼진 작은 주름살은 햇빛 속에서 거의 보이지 않았다. 자면서 늘어진 살 위가 땀으로 번들거렸다. 전에는 지금 모습, 잠들어 추한 얼굴을 본 적이 없었다. 봤더라도 시선을 돌렸을 것이다. 이제 프랜신이 무방비 상태로 천진하게 자는 걸 보며 친근하고 솔직한 연민을 느꼈다. 전에는 결코 그녀를 보지 않았던 것 같았다. 지금 보는 그녀의 한 부분을 절대 보지 않았던 것 같았다. 몇 달 전 그녀의 방에 처음 왔던 날 밤이, 창피함 속에서 그녀에 대한 연민이 밀려 들어왔던 게, 그녀가 삶을 버티기 위해 스스로 단련시켜야 했던 음란함이 기억났다. 이제 그 연민은 한심하고 모욕적인 것 같았다.

아니, 전에는 그녀를 제대로 보지 않았다. 열린 창문 쪽으로 다시 몸을 돌렸다. 부처스 크로싱 너머의 평원이, 동쪽에서 부풀어 오르는 상쾌한 회색빛 속에서 광활하고 선명하게 펼쳐졌다. 동쪽 해안에는 이미 해가 떴다. 해는 북쪽 만에 줄지어 늘어선 바위 위에서 반짝였고, 소금기 많은 허공을 맴도는 갈매기의 날개에서 빛났다. 보스턴의 텅 빈 거리를 이미 밝혔고, 보일스턴 스트리트와 세인트 제임스 애버뉴를 따라 늘어선 교회들의 첨탑 위, 알링턴과 버클리, 그리고 클라렌던 위에서 빛났다. 아버지 집의 높이 달린 창문으로 들어와 아무도 움직이지 않는 방 안을 밝혔다.

비탄의 전조와 같은 슬픈 느낌이 머릿속에 퍼졌다. 아버지를 생각했다. 여위고 근엄한 모습이 눈앞에서 낯선 사람처럼 움직이더니 느낄 새도 없이 회색 안개 속으로 사라졌다. 후회와 연민으로 떨며 눈을 감았다. 찾아온 어둠을 눈꺼풀의 작은 움직임에서 예민하게 감지했다. 자신이 돌아가지 않으리라는 걸 알았다. 맥도널드와 함께 집으로 돌아가지 않을 것이다. 자기가 태어났던 곳, 자기의 과거 모습과 이제 겨우 깨닫기 시작한 조건으로 자신을 키웠던 곳, 더 진정한 자기 자신의 모습을 찾게 황야로 몰아 낸 그곳으로는 돌아가지 않을 것이다. 절대로 돌아가지 않을 것이다.

심연의 가장자리에서 절묘하게 균형을 잡은 것처럼 창문에서 몸을 돌려, 프랜신의 잠든 모습을 다시 바라보았다. 마치 불가사의한 자력처럼 자신을 이 방과 이 육체로 끌어들였던 열정을 이제는 거의 떠올릴 수 없었다. 대륙 절반을 횡단해, 상상 속 불변의 자아를 찾을 수 있으리라 꿈꾸었던 그 황야로 가게 했던 또 다른 열정의 힘도 떠올릴 수 없었다. 이제 그는 이러한 열정들이 솟아올랐던 그 허영심을 거의 후회 없이 인정할 수 있었다.

그 허영심은 어둠 속에서 희미하게 깜빡거리던 합숙소 등불의 불빛 아래서 맥도널드가 말했던 그 무(無)였다. 찰리 호지의 시선에 있었던 밝고 푸른 공허감─그는 찰리의 눈 안에서 그 공허감을 언뜻 보고 프랜신에게 말해 주려 애썼다─이었다. 슈나이더가 강에서 말발굽이 얼굴을 당혹하게 만들기 직전에 보였던 경멸적인 표정이었다. 산에서 하얀 눈보라가 몰아치기 전에 밀러의 얼굴에 나타났던 맹목적인 인내심이었다. 찰리 호지가 꺼져 가는 불에서 몸을 돌려 밀러를 따라 밤 속으로 따라가기 전에 그의 눈에 있었던 텅 빈 반짝임이었다. 맥도널드가 가죽이 불타 버리는 데 광분해 밀러를 쫓아다니는 동안, 얼굴에 격노한 가면을 쓴 것처럼 만든 끝없는 절망이었다. 베개 위에 죽은 듯 늘어진 프랜신의 잠든 얼굴에서 지금 보고 있는 그것이었다.

다시 프랜신을 쳐다보았다. 부드럽게 손을 뻗어 그녀의 젊지만 성숙한 얼굴을 만지고 싶었다. 하지만 그녀가 깰까 두려워 그렇게 하지 않았다. 조용히 방구석으로 가 침낭을 집어 들었다. 침낭 위에 놓인 전대에서 지폐 두 장을 꺼내 주머니에 쑤셔 넣었다. 나머지 돈은 소파 옆 테이블 위에 단정하게 놓았다. 프랜신은 어디로 가든 돈이 필요할 것이다. 새 깔개와 커튼을 살 때 필요하겠지. 다시 한 번 그녀를 바라보았다. 방 건너 큰 침대에 있는 그녀는 아주 작아 보였다. 앤드루스는 조용히 문을 나갔고, 돌아보지 않았다.

동쪽에는 붉은 줄이 완만한 둔덕을 이루며 쌓였다. 앤드루스는 버려진 거리의 고요 속을 가로질러 임대 마구간으로 갔다. 마구간지기를 깨워, 가진 지폐 중 한 장을 주고 말을 끌고 왔다. 마구간의 흐린 불빛 속에서 빠르게 안장을 얹어 올라타고, 몸을 돌려 마구간지기에게 손을 흔들려 했다. 하지만 마구간지기는 다시 자러 가고 없었다. 앤드루스는 말을 타고 마구간을 나와 부처스 크로싱의 먼지투성이 거리를 내려갔다. 말굽이 다가닥대는 소리가 두터운 먼지에 약해졌다. 양쪽으로 눈을 돌려 부처스 크로싱에 남은 것들을 쳐다보았다. 곧 여기에는 아무것도 남지 않을 것이다. 목조 건물은 무너져 자재 몇 개만 남을 것이다. 뗏장 오두막은 비바람에 씻겨 나가고 평원의 풀들이 서서히 도로 위로 살금살금 다가올 것이

다. 마을은 이른 아침의 햇살 속에서 지금도 작은 폐허처럼 보였다. 햇빛
이 건물 가장자리를 비추자, 이미 텅 빈 건물들이 더 도드라졌다.

아직 연기가 나는 맥도널드의 판잣집과 그 오른쪽 미루나무 숲을 지나
갔다. 좁은 강을 건너고 말을 세웠다. 몸을 돌렸다. 해의 가느다란 가장자
리가 동쪽 지평선 위에서 타올랐다. 다시 몸을 돌려 눈앞의 평원을 바라
보았다. 평원에 그의 그림자가 길고 평평하게 펼쳐지다가 바삭거리는 새
풀잎의 가장자리에서 갈라졌다. 손에 잡은 고삐는 억세고 미끄러웠다. 올
라탄 안장이 바위처럼 미끄럽다는 걸, 말이 숨을 들이쉬고 내쉴 때마다
말의 옆구리가 부드럽게 부풀며 움직이는 걸 예민하게 의식했다. 새 풀에
서 올라와 말의 퀴퀴한 땀과 섞인 향기로운 공기를 깊이 들이마셨다. 고
삐를 한 손에 단단히 모아 쥐고 발뒤꿈치로 말의 옆구리를 건드려 너른
평원으로 달려 나갔다.

지금 어디로 가는지는 대강의 방향 말고는 알 수 없었다. 하지만 오늘
늦게는 다다르겠지. 서둘지 않고 말을 몰았다. 그는 뒤에서 서서히 해가
뜨며 공기가 안정되는 걸 느꼈다.

[끝]

옮긴이 정세윤

경희대학교 법학과를 졸업하고 같은 학교 대학원에서 영미계약법 연구로 석사 학위를 받았다. 영상 번역 분야에 종사하면서 여러 편의 다큐멘터리, 드라마, 영화 등을 번역하다 출판 번역가의 길로 들어섰으며 번역작으로는 『슬기로운 작가 생활』, 『출입통제구역』, 『다클리』, 『장르 작가를 위한 과학 가이드』, 『오직 밤뿐인』, 『펀치 에스크로』 등이 있다.

부처스 크로싱

1판 1쇄 발행 2023년 9월 27일
1판 4쇄 발행 2024년 10월 10일

지은이 존 윌리엄스
옮긴이 정세윤

발행인 김지아
표지 및 본문 디자인 풀밭의 여치 blog.naver.com/srladu

펴낸곳 구픽
출판등록 2015년 7월 1일 제2015-27호
주소 서울시 광진구 동일로 459, 1102호
전화 02-491-0121
팩스 02-6919-1351
이메일 guzma@naver.com
홈페이지 www.gufic.co.kr

ISBN 979-11-87886-92-1   03840